W0249693

1980: Corinna Wagner kann ihr Glück kaum fassen – sie hat endlich das heiß ersehnte Literaturstipendium ergattert, mit dem sie ihren Roman vollenden kann. Doch dann wird der Lindenhof gleich von mehreren Schicksalsschlägen erschüttert und Corinna muss die Leitung der geliebten Puppenmöbelmanufaktur ihrer Eltern übernehmen. Dabei fühlt sie sich völlig unvorbereitet. Ihre alte Freundin Petra greift ihr unter die Arme, doch alte Konflikte treiben die beiden Frauen immer wieder auseinander. Und der Lindenhof ist noch lange nicht sicher: Die Presse ist auf das Unglück aufmerksam geworden und droht, den guten Ruf der Firma zu zerstören. Kann der junge Journalist Marc Corinna helfen oder wird er das Schicksal des Lindenhofs besiegeln?

Drei Frauen kämpfen um Selbstbestimmung und die Liebe: Die Lindenhof-Saga.
Band 1: Ein Neuanfang für uns
Band 2: Zusammen können wir träumen
Band 3: Gemeinsam der Zukunft entgegen

Andrea Bottlinger und *Claudia Hornung* schreiben gemeinsam als Katharina Oswald. Beide sind in Baden-Württemberg geboren und lieben es, sich in Frauenschicksale verschiedener Jahrzehnte hineinzudenken. Sie kennen sich schon lange und ergänzen sich beim Schreiben perfekt: Andrea achtet immer auf die Struktur der Geschichte und Claudia vertieft sich ganz in die Details und Emotionen. Zusammen haben sie eine mitreißende Familiensaga geschaffen.

Weitere Informationen finden Sie auf www.fischerverlage.de

KATHARINA OSWALD

Die Frauen vom Lindenhof

Zusammen können wir träumen

ROMAN

FISCHER Taschenbuch

Aus Verantwortung für die Umwelt hat sich der S. Fischer Verlag zu einer nachhaltigen Buchproduktion verpflichtet. Der bewusste Umgang mit unseren Ressourcen, der Schutz unseres Klimas und der Natur gehören zu unseren obersten Unternehmenszielen.

Gemeinsam mit unseren Partnern und Lieferanten setzen wir uns für eine klimaneutrale Buchproduktion ein, die den Erwerb von Klimazertifikaten zur Kompensation des CO_2-Ausstoßes einschließt.

Weitere Informationen finden Sie unter:
www.klimaneutralerverlag.de

Alle Figuren und Begebenheiten in diesem Roman sind rein fiktiv. Jede Ähnlichkeit mit real existierenden Personen oder Organisationen ist rein zufällig.

Eine Auflistung möglicher Trigger finden Sie am Ende des Buches.

FSC
www.fsc.org
MIX
Papier | Fördert gute Waldnutzung
FSC® C083411

Originalausgabe
Erschienen bei FISCHER Taschenbuch
Frankfurt am Main, Juni 2023

© 2023 S. Fischer Verlag GmbH,
Hedderichstr. 114, D-60596 Frankfurt am Main

Redaktion: Silke Reutler
Satz: Dörlemann Satz, Lemförde
Druck und Bindung: CPI books GmbH, Leck
Printed in Germany
ISBN 978-3-596-70655-6

PROLOG

Die große Kreissäge erinnerte Marianne an ein schlummerndes Raubtier. Fast dreißig Jahre hatte sie nun schon überdauert, hatte abgedeckt hinter der Trennwand in der Werkstattecke gestanden und ihre Zähne waren in all der Zeit immer stumpfer geworden. Dennoch hatte sie nie aufgehört, Marianne Respekt abzunötigen.

Und jetzt hatte Alexandre die verrosteten Teile ersetzt und sie geölt, denn die Kreissäge wurde zum ersten Mal seit dem Krieg wieder gebraucht.

»Vielleicht hätten wir doch eine neue kaufen sollen.« Marianne beobachtete, wie Alexandre das Ungetüm an den Strom anschloss und dann die Hand nach dem großen Schalter ausstreckte, um es zum Leben zu erwecken. Seine schlanken Künstlerfinger waren inzwischen leicht gekrümmt vom Alter, aber Marianne bewunderte trotz allem immer noch ihre Geschicklichkeit. All die Jahre hatten diese Hände an der Erfüllung ihres Traumes gearbeitet, und nie hatte Alexandre sich darüber beschwert, dafür seine eigene Künstlerkarriere in Paris aufgegeben zu haben.

Nun blickte er mit einem Lächeln zu ihr hinüber. »Ja, hätten wir. Aber wenn wir das Geld für eine neue hätten, müssten wir auch nicht darüber nachdenken, etwas anderes als Puppenmöbel herzustellen.«

Marianne seufzte. Wo er recht hatte, hatte er recht. Das Geschäft lief nicht mehr so gut, seit Barbie-Puppen und Action-Figuren den Spielzeugmarkt überschwemmten. Plastik war billiger und bunter und ließ sich schneller verarbeiten als das Holz, das sie verwendeten.

Aber mit der Kreissäge wären sie nicht allein auf die Herstellung von Puppenmöbeln angewiesen. Sie könnten dieselben Dinge herstellen wie zuvor, nur in Normalgröße. Und hoffentlich würden sie damit mehr Geld verdienen.

»Bist du bereit?«, fragte Alexandre.

Marianne nickte. Während er den Schalter drückte, hielt sie den Atem an.

Mit einem elektrischen Surren ging ein Ruck durch die alte Maschine. Schwerfällig setzte sich das Sägeblatt in Bewegung.

»Es funkti …!«

Die Worte blieben Marianne im Hals stecken, als das Ungetüm ein metallisches Knirschen und Kreischen von sich gab. Erschrocken hielt sie sich die Hände über die Ohren und sprang einen Schritt zurück.

Alexandre blieb ruhig. Die Hand am Kinn, die Stirn in Falten gelegt, beugte er sich vor und sah sich prüfend um.

Schon im nächsten Moment hellte sich sein Gesichtsausdruck auf. Mit dem Griff des Schraubenziehers, den er noch in der Hand hielt, schlug er einmal gegen die Aufhängung des Sägeblatts.

Das Kreischen erstarb sofort. Das Sägeblatt legte an Geschwindigkeit zu, drehte sich nun ohne Schwierigkeiten. Grinsend wandte Alexandre sich zu Marianne um. Sie liebte dieses spitzbübische Grinsen noch immer wie am ersten Tag. Langsam nahm sie die Hände wieder von den Ohren.

»Na, ich habe doch gesagt, ich krieg das hin!«

Marianne lachte, tat einen Schritt auf ihn zu.

Da sah sie es.

Das Sägeblatt wackelte mit einem Mal in seiner Aufhängung, schwang erst kaum sichtbar hin und her, dann immer deutlicher, ein wabernder Kreis aus Metall.

Einen Augenblick später kehrte das Kreischen zurück, nun viel lauter. Es verschluckte Mariannes Warnruf. Funken sprühten.

Und das Sägeblatt riss sich los.

Wie in Zeitlupe sprang es aus seiner Halterung, schlug Funken und Metallsplitter aus dem Rahmen der Maschine. Marianne warf sich nach vorne, die Hände nach dem Schalter ausgestreckt. Doch sie wusste bereits, dass es zu spät war.

Wie das Raubtier, als das die Maschine Marianne zuvor noch erschienen war, grub das Sägeblatt seine Zähne in Alexandres Rücken.

Sie sah das Entsetzen auf seinem Gesicht. Dann wieder den Funkenflug, die Splitter.

Der stechende Schmerz im rechten Auge kam im selben Moment, in dem ihre Finger den Schalter berührten. Sie schrie, sah Alexandre noch fallen. Der Schalter gab nach, aber Marianne hörte nicht mehr, ob das Surren der Maschine verstummte. Der Schmerz in ihrem Auge wurde stärker. Ein Funken? Sie tastete danach, spürte warme Feuchtigkeit auf ihrer Wange.

Dann wurde der Schmerz so unerträglich stark, dass er sie mit sich in die Dunkelheit riss.

KAPITEL 1

Westberlin, Oktober 1980

»Corinna! Post für dich!«

Corinna blickte von der Schüssel mit Frühstücksflocken auf, die sie gerade in sich hineinschlang. Sie war mal wieder viel zu spät aufgestanden, und nun blieb ihr bis zur ersten Vorlesung des Tages kaum mehr Zeit für das Nötigste.

Ulrike, ihre Mitbewohnerin, war natürlich schon längst wach und, so wie es aussah, im nahegelegenen Park bereits joggen gewesen. Ihr Haar war zu einem Pferdeschwanz zurückgebunden und an ihren Handgelenken trug sie Schweißbänder. Während sie ihre Turnschuhe abstreifte, wedelte sie mit einem Brief, den sie kurz darauf neben Corinna auf den Küchentisch legte.

»Ist vom Berliner Senat. Ich habe gehört, das Amt für Kulturförderung würde die Absagen immer zuerst verschicken, deshalb kommt dein Brief wahrscheinlich vor meinem.«

Corinna presste die Lippen aufeinander. Ulrike war bisher eigentlich eine sehr angenehme Mitbewohnerin gewesen, aber seit sie sich beide auf dasselbe Stipendium beworben hatten, hatte sie sich als ziemlich unausstehlich entpuppt.

Noch immer kauend, griff Corinna nach dem Brief. Vielleicht sollte sie ihn einfach später öffnen, wenn sie allein in ihrem Zimmer war und niemand mitansehen konnte, wie sehr ihr eine Absage zusetzte. Aber Ulrike blieb erwartungsvoll stehen.

»Na, bist du nicht gespannt?«

Corinna seufzte, schluckte den letzten Löffel Frühstücksflocken mit Milch hinunter. Um eine Diskussion zu vermeiden, riss sie den Brief auf.

»Sehr geehrte Frau Wagner, hiermit bedanken wir uns für Ihre Einsendung zum …« Rasch überflog sie den Text. Irgendwo musste doch stehen, ob sie das Stipendium bekam oder nicht. Aber nach dem, was Ulrike gesagt hatte, waren ihre Hoffnungen nicht sehr groß.

»Hiermit möchten wir Ihnen mitteilen, dass Sie mit Ihrem Werk ›Patroklos' Fall‹ für das literarische Projektstipendium der Stadt Berlin …« Corinna stockte, rechnete fest mit einem ›nicht‹, fand aber keines. Aufregung machte sich in ihr breit. »… zur Förderung ausgewählt wurden!« Sie blickte auf, ihre Mundwinkel verzogen sich zu einem Grinsen. »Ich hab's geschafft! Ulrike, ich hab's geschafft!«

Ulrikes Lächeln wirkte dünn. »Schön für dich.« Damit drehte sie sich um und verschwand türenknallend in ihrem Zimmer.

Corinna blinzelte, den Brief immer noch in der Hand.

Schade. Es wäre schön gewesen, jemanden zu haben, der sich mit ihr freuen konnte. Ulrikes Reaktion dämpfte ihr spontanes Glücksgefühl. Aber davon würde sie sich den Erfolg nicht vermiesen lassen. Später musste sie unbedingt ihren Vater anrufen. Er würde ganz sicher stolz auf sie sein.

Corinna las den Brief noch einmal und konnte nicht anders, als sich zu freuen und breit zu grinsen. Sie hatte das begehrte Stipendium ergattert! Ein Jahr lang würde sie Geld vom Senat dafür bekommen, sich voll und ganz auf das Schreiben ihres Romans zu konzentrieren.

Nun ja, neben ihrem Studium – aber vielleicht konnte sie sich dafür ein Freisemester nehmen. Wenn ihre literarische Karriere jetzt schon Fahrt aufnahm, musste sie vielleicht nicht einmal fertig studieren. Nach zwei Semestern Literaturwissenschaft an der Freien Universität fand sie es aufregender, selbst zu schreiben und schöpferisch tätig zu sein, statt bloß über Versmaße und Literaturgattungen oder angestaubte Texte aus vergangenen Jahrhunderten zu diskutieren.

Ihre Vorlesung musste sie natürlich trotzdem besuchen. Ein Blick auf die Küchenuhr sagte ihr, dass sie nun endgültig zu spät kam. Aber das ließ sich verschmerzen.

Eilig packte Corinna den Brief ein und ließ das benutzte Frühstücksgeschirr auf dem Tisch stehen. Falls Ulrike sich ärgerte, dass sie es nicht gespült und weggeräumt hatte, war ihr das egal. Der Tag versprach gut zu werden.

Corinna liebte Westberlin. Wenn sie daran dachte, dass sie Hall früher für eine große Stadt gehalten hatte, musste sie lachen. In Hall klappte man die Bürgersteige abends um zehn Uhr hoch. Aber hier, in der ehemaligen Hauptstadt, war tatsächlich rund um die Uhr etwas los und eine Sperrstunde gab es auch nicht.

Die 6-Zimmer-Altbauwohnung mit den hohen Decken gehörte Ulrikes Eltern, die in einer Villa im Grunewald lebten. Derzeit wohnten sie zu fünft in der WG – neben Juan, dem nickelbebrillten Philosophiestudenten aus Nicaragua, hinter dessen Tür es oft verdächtig nach Gras roch, gab es noch Berit, die Theaterwissenschaft studierte und sich für Kunst begeisterte. Sie trug meist Latzhosen und hatte Corinna im Sommer mehrmals in den neu eröffneten Kulturzirkus »Tempodrom« auf dem Potsdamer Platz mitgeschleppt. Das Zimmer am Ende des Flurs bewohnte Angie, die eigentlich Angelika hieß, und von der Corinna nicht wusste, ob sie überhaupt noch studierte. In letzter Zeit war Angie selten hier, sie übernachtete meistens bei ihrem

Freund, der in einem besetzten Haus in Kreuzberg untergekommen war. Die Szene, in der Angie verkehrte, war Corinna nicht ganz geheuer. Politische Diskussionen mied sie, weil sie Sorge hatte, man würde ihr sonst allzu schnell anmerken, wie brav sie insgeheim war oder dass sie aus der Provinz stammte. Und genau deshalb war sie doch nach Berlin gekommen – um das Provinzielle, das ihr anhaftete, abzustreifen. Sie tat auch ihr Bestes, was das anging, zumindest in kultureller Hinsicht hatte sie sich gut eingelebt. Tagsüber musste sie nur einmal durch das Dahlemer Unigebäude, die Rost- und Silberlaube, laufen, um neue Ankündigungen für Lesungen, Workshops, Konzerte oder Podiumsgespräche zu entdecken, die sie interessierten.

Heute allerdings blieb sie nach der Vorlesung nur kurz vor einem Plakat für eine Ausstellung afrikanischer Masken stehen. Zu Hause wartete ihr Roman auf sie. Der Roman, für den sie seit neuestem ein Stipendium bekam!

»Hey, Corinna!« Schnelle Schritte erklangen hinter ihr, als sie den Weg zur Bushaltestelle einschlug. Als sie sich umdrehte, hatte Martin sie gerade eingeholt. Im vergangenen Semester hatten sie mehrere Seminare gemeinsam belegt, in diesem leider nur eines. Er war groß und schlank, fast schlaksig, und das Kassengestell seiner Brille wirkte riesig in seinem Gesicht. Ein wenig außer Puste ging er neben ihr her. »Ich war gerade auf dem Weg zur Mensa. Falls du auch zu Mittag essen willst, könnten wir zusammen …«

Der Satz hing unvollendet in der Luft, während er offensichtlich nach Worten suchte, die ein gemeinsames Essen in der Mensa zu etwas Besonderem machen würden. »… also, zusammen essen halt.«

Corinna zögerte. Martin mochte ein wenig schüchtern und nicht gerade ein Adonis sein, aber man konnte bis spät in die

Nacht mit ihm über Bücher reden, zum Beispiel über Hermann Hesses »Siddhartha«.

Doch dann schüttelte sie den Kopf. »Mich zieht es zurück zu meiner Schreibmaschine. Erinnerst du dich, dass ich dir von meiner Bewerbung für das Stipendium erzählt habe?«

»Klar.«

»Ich habe heute die Zusage bekommen.«

Martins Miene hellte sich auf. »Ehrlich? Du kriegst das Stipendium? Das ist ja toll, herzlichen Glückwunsch!«

»Danke.« Ungeduldig trat Corinna von einem Fuß auf den anderen. Ihr Bus würde bald kommen.

Doch Martin fuhr fort. »Vielleicht können wir das gemeinsam feiern. Bei ... einem Abendessen eventuell?«

Fragte er sie nach einer Verabredung? Für einen Moment vergaß Corinna ihren Bus. An der Schule hatte es nicht viele Jungs gegeben, die sie interessierten. Und die wenigen, die es gegeben hatte, fanden es seltsam, dass sie ständig mit der Nase in einem Buch steckte.

Martin war zwar nicht unbedingt der Mann, der Schmetterlinge in Corinnas Bauch flattern ließ, aber er war nett und belesen. Warum sollte sie nicht mit ihm ausgehen? Es konnte nicht schaden, es zu versuchen, oder? Zumindest würde sie sich mit ihm nicht langweilen.

»Gerne.«

Martins Lächeln vertiefte sich. »Morgen Abend? Ich habe gehört, es gibt ein neues arabisches Restaurant, gar nicht weit von dir entfernt. Man sitzt da, wie es dort traditionell üblich ist, auf dem Boden und isst mit den Händen ganz ohne Besteck. Was meinst du, wollen wir das ausprobieren?«

»Ja, das klingt großartig!« Auch das mochte Corinna an Berlin, dass es fast an jeder Ecke kulinarische Köstlichkeiten aus aller Welt zum kleinen Preis gab. Arabisch essen zu gehen, versprach ein besonderes Erlebnis zu werden. Sie hoffte nur, dass die Gerichte nicht ganz so scharf gewürzt waren wie bei dem indischen Imbiss, von dem Berit geschwärmt hatte. Corinna hatten schon nach dem ersten Bissen die Augen getränt, und sie hatte unmöglich weiteressen können, war somit gar nicht satt geworden.

»Dann bis morgen!« Martin winkte, beeilte sich, seinen Freunden, die gerade an ihnen vorbeigekommen waren, zur Mensa zu folgen.

»Bis morgen!« Beschwingt lief Corinna vor bis zur Haltestelle.

Schon im Bus holte sie ihr Notizbuch hervor und ordnete zuerst einmal ihre Gedanken. In ihrem Roman verwendete sie den Patroklos aus der griechischen Mythologie als eine Metapher. Verschiedene Charaktere, im Grunde alle Charaktere in der Geschichte waren Patroklos, allein gelassen mit einer Bürde, die eigentlich für jemand Stärkeren gedacht war.

Die ersten fünfzig Seiten des Romans hatte sie schon geschrieben. Der Rest existierte in Versatzstücken und noch unausgereiften Notizen.

Der nächste Abschnitt, den sie schreiben wollte, war der mit der alten Frau, deren Tochter gestorben war und ihr ein kleines Kind hinterlassen hatte, dessen einzige Verwandte sie nun war.

Eifrig schrieb Corinna Stichworte zur Einstiegsszene auf, zog Kreise um die wichtigsten Punkte, verband Elemente mit Pfeilen. Nach und nach wurde ihre Vorstellung davon klarer. Beim Aussteigen und auf dem Heimweg blickte sie kaum von ihrem Notizbuch auf.

Sie schob den Durchsteckschlüssel in die Wohnungstür und

stieß sie mit dem Ellenbogen auf, während sie noch eilig eine neue Idee unten auf die volle Seite kritzelte.

Das Klingeln des Telefons begrüßte sie. Corinna klappte das Notizbuch zu, doch bevor sie ihre Sachen ablegen konnte, stürmte Ulrike schon aus ihrem Zimmer und hob den Hörer von der Gabel.

»Bei Doberg?«, meldete sie sich – ihr üblicher dezenter Hinweis darauf, wer in dieser WG die wichtigste Person war und das Sagen hatte. Alle anderen meldeten sich einfach mit Hallo, wenn sie ans Telefon gingen.

Während Ulrike lauschte, was auf der anderen Seite der Leitung gesagt wurde, schob Corinna die Tür zu und streifte ihre Schuhe ab.

»Ja, die ist gerade reingekommen, Moment.« Ulrike hielt ihr den Hörer hin. »Dein Onkel, oder so.«

»Wer?« Noch während Corinna sich wunderte, drückte ihre Mitbewohnerin ihr schon den Hörer in die Hand. Corinna trat einen Schritt näher an das Schränkchen neben der Garderobe, auf dem der Telefonapparat stand, damit sich das Kabel des Hörers nicht durch den halben Flur spannte. »Ja?«

»Corinna?«

»Ludwig, bist du das?« Corinna lachte. »Stell dir vor, meine Mitbewohnerin hat dich gerade für Onkel Herbert gehalten.«

Ludwig lachte nicht mit ihr. »Corinna, es tut mir schrecklich leid, aber du solltest heimkommen. So schnell wie möglich.«

Kälte kroch in Corinnas Glieder. Irgendetwas stimmte nicht. »Ist was passiert?«

Sie hörte Ludwig auf der anderen Seite der Leitung schlucken. »Es gab einen Unfall in der Schreinerei. Deine Mutter liegt im Krankenhaus, die Ärzte können noch nichts Genaues sagen.«

»Meine Mutter ist verletzt?«

»Ja, und dein Vater …« Die Pause dehnte sich endlos.

»Was ist mit meinem Vater?«

»Er ist … Die Kreissäge … Ich weiß nicht, wie ich dir das sagen soll. Er hat den Unfall nicht überlebt.«

Eisige Kälte ergriff von Corinnas ganzem Körper Besitz. Alles fühlte sich taub an. Wie aus weiter Ferne hörte sie das dumpfe Geräusch, mit dem ihr Notizbuch zu Boden fiel.

»Mein Vater ist tot?« Sie würgte an dem Kloß in ihrer Kehle. Zu unvorstellbar war es, diese Worte auszusprechen.

»Ja, und deine Mutter … sie braucht dich jetzt. Kannst du nach Hause kommen, Corinna?«

»Natürlich.« Sie räusperte sich, das Kratzen in ihrem Hals wurde stärker. Gleich würde sie anfangen zu weinen. So viele Fragen wollte sie stellen, aber keine davon kam heraus. Es war, als hätte der Schock alles in ihr gelähmt.

»Ich nehme den nächsten Zug.« Der Eisenbahnerstreik hatte mehrere Berliner S-Bahn-Linien lahmgelegt, aber soweit sie wusste, waren der Fernverkehr und die Transitzüge nicht betroffen. »Bis morgen sollte ich es wohl schaffen.«

»Sag Lotte Bescheid, wann genau du ankommst, dann kann sie dich am Bahnhof abholen.«

»In Ordnung.«

»Sie ist gerade im Krankenhaus und kümmert sich um deine Mutter. Es tut mir leid, dass du die schlimme Nachricht von mir erfahren musst, aber wir dachten, du solltest es wissen. Ich muss mich hier um alles kümmern. In Kürze kommt eine große Holzlieferung. Eigentlich hätte dein Vater …« Ludwigs Stimme erstarb.

»Danke, dass du mich angerufen hast«, sagte sie. »Ich komme, so schnell ich kann.«

»Bis bald, Corinna.«

Ein Knacken, dann ertönte das Freizeichen. Sie versuchte, den Telefonhörer auf die Gabel zurückzulegen, aber ihre Finger zitterten zu stark. Der Hörer rutschte zur Seite, fiel herunter und baumelte an seinem Kabel.

Es war ihr egal. Sollte er doch dort hängen bleiben. Langsam bückte Corinna sich nach ihrem Notizbuch, umklammerte es, als könne sie bei ihm Halt finden. Sie musste ihre Sachen packen und dann zum Bahnhof. Herausfinden, wann am Fernbahnsteig der nächste Zug in die gewünschte Richtung fuhr. Hoffentlich reichte ihr Bargeld für die Fahrkarte, sonst musste sie Ulrike anpumpen.

So viel gab es zu organisieren, sie hatte jetzt keine Zeit für Gefühle.

Dennoch flossen die ersten Tränen, noch bevor sie ihre Zimmertür erreichte.

KAPITEL 2

Es war über ein Jahr her, dass Corinna ihre Tante zum letzten Mal gesehen hatte. Die Person, die ihr zuwinkte, als sie am Waldenburger Bahnhof erschöpft und zerschlagen aus dem Zug kletterte, erkannte sie kaum als Lotte wieder.

Bisher hatte Corinna immer das Gefühl gehabt, dass es bei ihrer Oma und der älteren Landbevölkerung noch nicht wirklich angekommen war, dass Frauen inzwischen auch Hosen tragen durften. Doch ihre Tante trug heute eine Tischlerhose mit weitem Schlag, die über bequem aussehende Stiefel fiel. Ihr Hemd hing zur Hälfte aus der Hose heraus, und das kinnlange Haar hatte sie unter einer Schirmmütze versteckt. Die Mütze verrutschte, als sie Corinna fest an sich drückte. »Es tut mir so leid.«

Corinna vergrub das Gesicht an Lottes Schulter und kämpfte wie so oft auf dieser Fahrt schon wieder mit den Tränen. »Du kannst ja nichts dafür.«

»Ach, ich hätte ihnen früher helfen müssen.« Mit einem tiefen Seufzer ließ Lotte Corinna wieder los. »Marianne hat mich letztes Jahr schon gefragt, ob ich die Buchführung übernehme. Wahrscheinlich hätte sie mich dringender gebraucht als Henni im Laden. Aber um ehrlich zu sein, wollte ich nicht aus der Stadt weg und aufs Dorf zurück.«

»Glaub mir, das kann ich gut verstehen.«

Corinna war von ihrer Mutter früher auch bedrängt worden, sich mehr ins Familienunternehmen einzubringen. Aber ein

Studium in Berlin und die Aussicht, ihre literarischen Ambitionen in die Tat umzusetzen, waren ihr immer viel reizvoller erschienen.

Gemeinsam verließen sie den Bahnsteig und gingen zum Parkplatz. Lotte deutete auf einen schon etwas in die Jahre gekommenen VW-Golf. »Henni hat mir ihren Wagen geliehen. Sie war heute Morgen kurz im Krankenhaus bei Marianne, aber sie kann den Laden und die Mädchen nicht so lange allein lassen.«

Corinna nickte. Tante Henni war nett, aber auch laut und nicht allzu feinfühlig. Lottes Gesellschaft war ihr derzeit deutlich lieber. Die jüngste der drei Schwestern konnte am besten zuhören.

So saßen sie eine Weile schweigend im Wagen, während Lotte ihn vom Parkplatz lenkte und dann in Richtung Hall steuerte. »Wir können allerdings auch erst zum Lindenhof fahren und du besuchst Marianne morgen? Wär dir das lieber?«

Zuerst einmal daheim anzukommen, etwas zu essen und in ihrem ehemaligen Kinderzimmer auszuschlafen, klang verlockend. Andererseits, wer wusste schon, welche unschönen Streiche ihr das Schicksal als Nächstes spielen würde. Dass ihr Vater nicht mehr lebte, dass er ihr nie wieder entgegenkommen würde, mit seinem warmen Lachen und den Händen voller Farbe, wollte ihr einfach nicht in den Kopf. Nein, sie musste auf schnellstem Weg ins Krankenhaus und sich davon überzeugen, dass ihre Mutter wieder genesen würde.

»Erzähl mir, was genau passiert ist«, bat sie. »Wie geht es Mama?«

Lotte seufzte. »Das Sägeblatt hat wohl Splitter losgeschlagen, als es sich gelöst hat, und sie hat ein paar davon ins Gesicht bekommen. Das eine Auge ist nicht mehr zu retten. Das andere wird wohl wieder, sagen die Ärzte. Da ist die Sicht nur durch oberflächliche Verletzungen getrübt.«

Das war eine beängstigende Vorstellung. Corinnas Mutter ohne ihren sonst so scharfen und aufmerksamen Blick.

»Ich muss sie sehen.« Vielleicht machte es das erträglicher. Vielleicht malte sie sich die Situation schlimmer aus, als sie war. Marianne war eine Kämpferin, das war sie immer gewesen. Sie würde wieder auf die Beine kommen.

Lotte nickte. »Wenn du irgendetwas brauchst«, sagte sie. »Ich bin für dich da.«

Schon wieder drohten die Tränen zu fließen. Corinna schluckte. »Denkst du wirklich«, fragte sie schließlich, »du hättest etwas ändern können, wenn du ihnen schon vorher mit der Buchhaltung geholfen hättest?«

Lotte zog die Schultern hoch. »Ich weiß nur, dass sie große Möbel bauen wollten, weil sich die Puppenmöbel nicht mehr gut genug verkaufen. Vielleicht wäre mir eine sinnvolle Lösung eingefallen. Zumindest hätte ich irgendwo das Geld für einen Fachmann auftreiben können, der die Säge repariert und instand setzt.«

Die verdammte Kreissäge. Sie stand schon in der Schreinerei seit Corinna denken konnte, und hatte dort nur Staub gefangen. Das Vorkriegsteil hätte schon längst auf den Schrott gehört. »Sie würden nie jemanden dafür bezahlen, solange das Geld knapp ist. Sie wollten schon immer alles allein machen.«

»Wahrscheinlich hast du recht.« Lotte seufzte. »Sie sind solche Sturköpfe!«

Corinna konnte nicht anders, als zu denken, dass »sind« nicht mehr ganz korrekt war. Sie spürte, wie sich ihr Magen zusammenzog.

Corinna hatte ihre Mutter nie als alt wahrgenommen und mit ihren 47 Jahren war Marianne das auch gewiss nicht. Doch zwischen den gestärkten Laken des Krankenhausbetts wirkte sie gebrechlich. Über dem rechten Auge trug sie einen Verband, das andere Auge wirkte gerötet und tränte. Als Lotte mit einem aufgesetzt fröhlichen »Hallo!« an ihr Bett trat, streckte sie die Hände aus, auf denen unzählige kleine Schnitte und Brandwunden zu sehen waren.

»Lottchen! Du hast Henni verpasst.«

»Ich weiß.« Lotte lächelte. »Aber ich musste noch deine Tochter vom Bahnhof abholen.«

Nun erst richtete sich Mariannes Blick auf Corinna. Sie blinzelte, schien sich anzustrengen, etwas zu erkennen. »Du bist extra aus Berlin gekommen?«

Die Ungläubigkeit in der Stimme ihrer Mutter machte sie betroffen. Ja, Corinna hatte bei ihrem Weggang kein Blatt vor den Mund genommen, was ihren Unwillen betraf, sich mit Holzspielzeug zu befassen. Aber das hieß doch nicht, dass sie nicht heimkam, wenn ihr Vater starb und es einen Notfall in der Familie gab.

»Natürlich bin ich hier.« Sie trat näher an das Krankenbett, wagte aber nicht, die geschundenen Hände ihrer Mutter zu berühren, also legte sie ihr die Hand auf die Schulter.

»Natürlich bin ich hier«, wiederholte sie. Ihre Stimme klang selbst in ihren eigenen Ohren erstickt. Und dann konnte sie die Tränen nicht mehr zurückhalten. Sie strömten ihr über die Wangen.

Unbeholfen tätschelte Marianne ihr die Hand. Sie war nie sonderlich gut im Trösten gewesen. Es war eher Alexandre gewesen, der sich um Corinna gekümmert hatte, wenn sie sich weh getan oder es etwas gegeben hatte, das ihre kleine Welt erschütterte. Dann war sie immer zu ihm gelaufen. Der Gedanke, dass er sie nie wieder in den Arm nehmen würde, ließ Corinna aufschluchzen.

»Keine Zeit zum Trauern«, sagte ihre Mutter. »Du und Lotte, ihr müsst die Schreinerei führen. Ich bin sicher, du kannst das besser, als du denkst. Du bist eine Wagner-Frau, wir lernen schnell.«

Corinnas Tränen versiegten abrupt. Konnte ihre Mutter wirklich an nichts anderes denken als an ihre Firma? Schlagartig war ihr der Auslöser wieder präsent, weshalb sie sich eigentlich geschworen hatte, Distanz zu ihrer Mutter zu wahren. Die kleinen Lesungen, organisiert von der Schreibgruppe in Hall, zu denen sie hin und wieder gegangen war. Dann ihre eigene erste Lesung. Sie war so stolz gewesen.

Ihr Vater war gekommen, aber ihre Mutter … Sie hatte in der Schreinerei Überstunden gemacht – zusammen mit Corinnas damals bester Freundin Petra. Sie hatte ihre Tochter einfach durch eine andere ersetzt, die sie in dem unterstützte, was für sie wichtig war. Und nun besaß ihre Mutter die Unverschämtheit, trotzdem von ihr zu verlangen, den Weg einzuschlagen, den sie vorgab.

Es kostete Corinna ihre gesamte Willenskraft, nicht wütend aufzufahren. Sie schniefte, wischte sich mit dem Ärmel über die Augen. »Erst einmal ist es wichtig, dass du wieder gesund wirst.«

Marianne schnaubte. »Ich werde nicht jünger und habe gerade meinen Mann und ein Auge verloren. Es wird Zeit, dass wir über meine Nachfolge reden.«

»Was?« Das war nicht fair. Corinna hatte auch gerade ihren Vater verloren. Und sie hatte ein eigenes Leben in Berlin! Aber wieder einmal wurde sie nicht gefragt, was sie eigentlich wollte.

Das war typisch für ihre Mutter … Doch wenn sie die gebrochene Gestalt im Krankenbett sah, brachte sie es nicht fertig, sich zu widersetzen und einen Streit anzufangen.

»Jetzt warte doch erst mal ab«, versuchte sie es erneut. »Du brauchst vor allem Ruhe, und dann …«

»Ich brauche keine Ruhe!«, brauste Marianne auf. »Ich brauche Alexandre zurück!«

Erschrocken machte Corinna einen Schritt vom Bett weg. Im nächsten Moment sackte ihre Mutter in sich zusammen, als hätte dieser Ausbruch sie ihre letzte Kraft gekostet. Schluchzer schüttelten sie. »Ich kann nicht glauben, dass er nicht mehr bei mir ist. Oh, Alexandre …«

Sofort fühlte sich Corinna schlecht, weil sie ihre Mutter dafür verurteilt hatte, zuallererst an die Firma zu denken. Nun wurde ihr klar, dass das gar nicht so war. Ihre Mutter versuchte nur, von den Dingen, die ihr am Herzen lagen, die zu retten, die noch zu retten waren.

Mit zugeschnürter Kehle trat Corinna wieder an das Krankenbett. Während sie die Arme um ihre Mutter legte, spürte sie, wie Lotte neben sie trat und ebenfalls Mariannes Hände ergriff.

»Mach dir keine Sorgen«, sagte sie mit rauer Stimme. »Wir kümmern uns um die Schreinerei, bis es dir besser geht.«

»Das tun wir«, bekräftigte Lotte.

Ihre Tante an ihrer Seite zu haben, war ein beruhigendes Gefühl. Dennoch fühlte sich Corinna ein bisschen wie eine Figur aus ihrem Roman. Sie fühlte sich allein gelassen mit einer Bürde, die für sie eigentlich viel zu schwer war.

KAPITEL 3

Nach dem Unfall wieder die Schreinerei zu betreten fühlte sich an, als würde Petra mitten in eine Gruft marschieren. Die Werkbänke, an denen sonst immer so fleißig gearbeitet wurde, waren verwaist. Die Mitarbeiter des Lindenhofs hatten am Freitag eine Notversammlung abgehalten und beschlossen, vorerst zu Hause zu bleiben, bis klar war, wie es weitergehen sollte. Sie waren alle geschockt, zudem nagte die Sorge, angesichts der unsicheren Zukunft, an ihnen.

Auch Petra fühlte sich unwohl in ihrer Haut. Beim Anblick der leeren Werkstatt wurde ihr mulmig im Magen. An einer Trennwand lehnte ein von einer Plane verpackter flacher Gegenstand – das musste das Sägeblatt sein.

Petra blieb wie angewurzelt stehen. Da war ein dunkler Fleck auf dem Boden, direkt vor der Kreissäge.

Ohne nachzudenken stürzte sie sich auf eine Palette mit Puppenbetten und zerrte sie hastig hinüber zur Säge, bis der Fleck verdeckt war.

Danach stand sie einen Moment lang einfach nur schwer atmend und schweißüberströmt da.

Sie dachte, dass sie weinen sollte, dass es angemessen wäre zu weinen, aber es kamen keine Tränen. Stattdessen konnte sie nur den riesigen Aufbau der jetzt nutzlosen Kreissäge hilflos anstarren. Sie hatte nie verstanden, warum Marianne dieses grässliche Monster aus Vorkriegszeiten überhaupt behalten hatte. Aber Marianne, die wusste schon, was sie tat. Marianne hatte immer eine Lösung für jedes Problem. Sie hatte Petra alles beigebracht, was sie über die Arbeit mit Holz wusste, hatte sie darin unterstützt, eine Ausbildung zur Landschaftsgärtnerin anzufangen, obwohl Ruth darauf beharrt hatte, dass sie Abitur machte. Damals hatte Petra sich dank Marianne durchgesetzt. Sie hatte nicht länger das Vorzeigekind im Kinderdorf sein, sondern das tun wollen, was sie glücklich machte. Die Schule verlassen, mit den Händen arbeiten. Marianne hatte sie darin bestärkt. Am liebsten hätte Petra damals bei ihr gearbeitet, aber der Lindenhof war kein Ausbildungsbetrieb.

Nun stand Petra vor dem Beweis, dass auch Marianne Fehler machte. Die Erkenntnis jagte ihr Angst ein.

»Petra?« Ludwigs Stimme ließ sie zusammenzucken.

»Ich bin hier!«

Im nächsten Moment hörte sie seine Schritte. Sie drehte sich um und sah, wie er hinter der Trennwand hervortrat, die die Säge vom Rest der Schreinerei abschirmte.

Seit sie denken konnte, war Ludwig in der Schreinerei »der Mann für alles«. Schon damals, als sie noch mit Corinna hier gespielt hatte, war er nicht wegzudenken gewesen. Inzwischen war sein Haar grauer geworden und sein Rücken gebeugter, aber noch immer strahlte er Energie und Tatkraft aus.

Doch seit dem Unfall wirkte seine Haut blass und die Ringe unter seinen Augen waren tief.

»Geh nicht so nah ran«, sagte er. »Nicht, dass dir auch noch was passiert.«

Es konnte nichts passieren. Das Sägeblatt war ja nicht mehr in der Aufhängung und der Strom gekappt. Dennoch trat Petra ein Stück von der Maschine weg.

»Ich wollte dem schrecklichen Ding nur einen Fußtritt verpassen«, log sie und ballte die Fäuste.

Den Fleck konnte sie später immer noch erwähnen. Im Moment hatten sie genug andere Probleme, und die Stimmung war schon düster genug.

Ludwig rang sich ein schwaches Lächeln ab. »Das ändert leider auch nichts mehr. Komm, wir müssen dem Holzlaster das Tor öffnen. Und Alexandre hat den Transporter mitten in der Einfahrt stehen lassen. Kannst du den beiseitefahren?«

Nebeneinander gingen sie nach draußen. Petra sah, was Ludwig meinte. Der Transporter war so vor dem Holzlager geparkt, dass der Zulieferer nicht herankam, um abzuladen. Sicher hatte Alexandre vorgehabt, eine Bestellung aufzuladen und auszuliefern.

Aber dann hatte er es nicht mehr gekonnt.

Petra schlang die Arme um ihren Oberkörper, als sie plötzlich fröstelte. Sofort versuchte sie, den Gedanken daran zu verscheuchen.

»Ist die Ware noch im Wagen?«

»Ja, und die sollte eigentlich schnellstmöglich zum Kunden gebracht werden«, sagte Ludwig. »Vielleicht kann mein Schwager als Fahrer einspringen. Meinst du, wir schaffen es bis zum Milchhof? Wenn wir ihm den Transporter vorbeibringen, sagt er bestimmt nicht nein.«

»Das geht nicht«, protestierte sie. »Ich hab doch keinen Führerschein.«

»Bist du nicht trotzdem schon mal Auto gefahren?« Ludwig sah sie hoffnungsvoll an. »Ich dachte, die meisten Jugendlichen im Dorf machen das.«

Petra schüttelte den Kopf. »Ich bin ein Mädchen, ich lasse mich immer fahren.« Sie zwinkerte keck, aber gleichzeitig war ihr bewusst, dass das ihr Problem nicht lösen würde.

Ludwig seufzte. »Das hilft uns jetzt auch nicht weiter. Ich

gehe nicht davon aus, dass wir kurzfristig einen deiner Verehrer hierher beordern können. Und mir fehlt nun einmal leider der Arm zum Schalten.« Er klopfte mit seiner linken Hand dorthin, wo sein rechter Arm hätte sein sollen. Soweit Petra wusste, hatte er ihn im Krieg verloren.

Nachdenklich starrte Petra den Wagen an. Es war der klapprige alte Transporter, mit dem Alexandre auch Farben, Pinsel und sonstige Einkäufe besorgte. Er hatte nicht einmal ein Fenster hinten, durch das man beim Zurücksetzen hätte sehen können, wohin man fuhr. Nie im Leben konnte sie das Ding fahren! Selbst wenn es bis zu Lisbeths Milchhof nicht weit war.

»Drüben ist auch niemand, der uns helfen könnte.« Ludwig blickte hinüber zu dem Waldweg, der zum Wohnhaus der Familie Wagner führte. Durch die dichtstehenden Bäume war der Lindenhof nur zu erahnen, nicht zu sehen.

Petra war vorhin dort gewesen. Sie nickte, »Ja, ich weiß.«

Die gespenstische Stille hatte sie bedrückt. Nicht einmal Barbara hatte sie angetroffen, und die Haustür war verschlossen gewesen. Petra glaubte nicht, dass das schon jemals der Fall gewesen war. Später am Abend würden Lotte und Corinna ankommen, aber bis dahin waren sie und Ludwig auf dem ganzen weiten Gelände allein. Ein seltsames Gefühl. Seit sich Petra erinnern konnte, war hier immer genug los gewesen.

»Ich schätze«, fuhr Ludwig fort, »dann bleibt uns nichts anderes übrig, als auf den Holzlaster zu warten und zu hoffen, dass der Fahrer bereit ist, den Transporter selbst zur Seite zu fahren.«

»Aber wir können ihn schlecht bitten, auch noch die Bestellung mitzunehmen«, wandte sie ein.

Vielleicht sollte sie doch versuchen, zu fahren. Oft genug hatte sie daneben gesessen, wenn jemand gefahren war – so schwierig konnte das doch nicht sein, oder? Und Ludwig brauchte ja eigentlich nur jemanden, der schaltete.

Das brachte sie auf eine andere Idee. »Sag mal, wenn du mir sagst, wann ich schalten soll, dann kann ich das doch vom Beifahrersitz aus machen, oder?«

»Hm.« Ludwig rieb sich das graubärtige Kinn. »Ja, warum nicht? Das könnte funktionieren.«

»Dann machen wir es so.« Sie lachte, um ihre Aufregung zu überspielen. »Los, ich öffne das Tor zur Straße, und du holst den Wagenschlüssel aus der Werkstatt.«

Petras Herz klopfte laut, als sie die Finger um den Schaltknüppel des Transporters schloss. Aber jetzt, wo es beschlossene Sache war, fand sie das Ganze eher spannend als beängstigend.

Ludwig ließ den Motor an. Eine stinkende Rauchwolke kam aus dem Auspuff.

»Igitt!« Petra kurbelte hastig das Fenster hoch. »Welchen Gang?«, fragte sie.

»Zum Anfahren immer der erste.«

Den Schaltknüppel in die richtige Position zu bringen war gar nicht so einfach. Am Ende musste Petra die zweite Hand dazunehmen. Doch schließlich gab Ludwig Gas und fuhr ruckelnd an.

Der Transporter rumpelte über den Vorplatz auf das Tor zu.

»Zweiter Gang«, rief Ludwig. »Jetzt!«

Das Geräusch des Motors änderte sich, dröhnte lauter. Gleich mit zwei Händen zog Petra den Schalthebel nach unten. Doch irgendwo in der Mitte traf sie auf Widerstand. War es normal, dass das Schalten so schwer war oder lag es am Alter des Transporters?

»Petra?«

Der Wagen holperte weiter, und Ludwig schien Schwierigkeiten zu haben, das Lenkrad mit einer Hand gerade zu halten. Endlich sprang der Gang rein. Ludwigs rechter Fuß wechselte das Pedal. Der Motor erstarb. Abgewürgt. Und das direkt vor dem Tor.

»Mist.« Ludwig fluchte. Hier konnten sie auf keinen Fall stehenbleiben. »Versuchen wir es noch mal.«

Aber der Transporter widersetzte sich ihren Bemühungen, sie kamen nicht mehr vorwärts. Sobald Petra den Gang eingelegt und Ludwig die Kupplung kommen ließ, machte der Wagen einen kleinen Satz, und der Motor war wieder aus.

Irgendwann schlug Ludwig frustriert mit der Faust gegen das Armaturenbrett. »Das hat keinen Sinn. Alexandre hätte diese Rostlaube längst verschrotten sollen! Leg den Rückwärtsgang rein, wir versuchen dort hinten neben dem Schuppen zu parken.«

Petra kämpfte mit dem Schalthebel. »So?«

Als Ludwig aufs Gaspedal trat, machte der Transporter einen großen Satz nach hinten. Petra schrie auf.

»Was tust du?«

»Gar nichts«, schimpfte Ludwig.

Der Motor war wieder aus. Sie rollten weiter rückwärts. »Siehst du überhaupt, wohin wir fahren?«

Ludwig gab keine Antwort, sondern riss am Lenkrad. Sein Fuß trat hektisch auf das mittlere Pedal. »Zieh die Handbr…«

»Was?«

Etwas kreischte, vielleicht die Bremse oder sie selbst, dann rammten sie auch schon eine Ecke des Schuppens.

Petra wurde nach vorn geschleudert. Mit Kopf und Schulter knallte sie hart gegen die Scheibe. Durch ihren Schädel fuhr ein stechender Schmerz und kurz hatte sie das Gefühl, taub zu sein.

Dann merkte sie, dass die Stille echt war. Alle Geräusche, die sie zuletzt wahrgenommen hatte, waren verstummt. Das Krachen und Splittern von Holz. Der röhrende Motor. Das Klirren, das sie nicht einordnen konnte, bis sie den Kopf wandte.

»Ludwig?«

Voller Entsetzen erblickte sie ihn, wie er schlaff über dem Lenkrad hing. Blut tropfte von seiner Stirn. Durch die Wucht des Aufpralls war die Seitenscheibe neben ihm geborsten, tausend winzige Scherben lagen um ihn verstreut.

Petra rutschte vorsichtig näher und berührte ihn an der Schulter. »Ludwig?« Als sie ihn leise stöhnen hörte, war sie unendlich erleichtert. »O Gott sei Dank!«

Er lebte. Aber es hatte ihn viel schlimmer erwischt als sie. Was sollte sie tun? Ihn aus dem Auto holen? Auf seiner Seite war die Tür durch den Schuppen eingedrückt, sie würde ihn über die Sitzbank auf ihre Seite ziehen müssen. Was, wenn sie ihn dabei noch stärker verletzte? Vermutlich war er auch zu schwer für sie.

»Ich hole Hilfe«, versicherte sie ihm. Und sollte der Holzlaster nicht bald hier sein? »Keine Sorge, alles wird gut«, sprach sie ihm und damit auch sich selbst Mut zu.

Aber eines war sicher. Alles schien sich im Moment gegen die Schreinerei verschworen zu haben. Der beschädigte Holzschuppen war da noch das kleinste Problem. Den konnte man reparieren. Petra hoffte, alles andere auch.

KAPITEL 4

Corinna lehnte sich im Sitz zurück. Trotz allem fühlte es sich gut an, nach Hause zu kommen. Die schmale Straße in Richtung Lindenhof war nach ihrem Weggang offensichtlich neu asphaltiert worden, aber das machte das letzte Stück am Waldrand entlang kaum weniger holprig. In der Dämmerung neigten sich die schattigen Bäume dem Auto entgegen, als wollten sie es willkommen heißen.

Corinna erinnerte sich, wie sie diesen Weg unzählige Male mit dem Rad von der Schule nach Hause gefahren war. Schon damals hatte sie sich gewünscht, nicht so abgelegen zu wohnen. Abends ins Kino zu gehen oder sich mal eben mit Freundinnen zu treffen, war hier draußen kaum möglich gewesen.

Nun, diesmal würde es auf dem Hof wahrscheinlich noch ruhiger als damals sein. Als sie um die letzte Kurve bogen, blinkten ihnen aus der Zufahrt zur Schreinerei Lichter entgegen.

»Was ist denn da los?«, fragte Lotte.

Auch Corinna beugte sich vor. Der Platz vor der Werkstatt war viel heller erleuchtet, als sie es erwartet hatte. »Ich dachte, vorerst ist geschlossen?«

»Ja, das dachte ich auch.«

Ein großer Lastwagen mit der Aufschrift des Holzzulieferers versperrte ihnen zunächst die Sicht, als Lotte Hennis alten Golf durch das Tor lenkte. Die hinteren Türen standen offen, die Ladefläche schien größtenteils leer zu sein. Doch das Gefährt daneben beunruhigte Corinna viel mehr.

»Ist das die Polizei?«

»O Gott!« Lotte bremste abrupt hinter dem Laster ab. »Bitte lass nicht noch etwas passiert sein!«

Corinna hatte die Hand bereits am Türgriff, noch bevor das Auto komplett zum Stehen gekommen war. Kaum hatte Lotte den Motor abgestellt, löste Corinna den Gurt und sprang aus dem Wagen. Sie eilte auf den Mann in Uniform zu.

»Bitte bleiben Sie weg«, rief er ihr entgegen. »Hier gibt es nichts zu ...«

»Mein Name ist Corinna Wagner«, unterbrach sie ihn. »Das hier ist die Schreinerei meiner Eltern. Was ist passiert?«

»Es gab einen Unfall.« Der Beamte klang, als wäre das nichts weiter als eine alltägliche Lappalie, aber Corinna stockte der Atem.

»Ein Unfall? Schon wieder? Was ist passiert?«

»Corinna?« Eine Gestalt löste sich aus dem Schatten neben dem Polizeiwagen. Im nächsten Moment kam Petra auf sie zu. Mit dem fransigen Stufenschnitt hätte Corinna sie fast nicht erkannt. Eine um ihre Schultern gelegte Decke wehte wie ein Cape hinter ihr her. »Da bist du! Marianne war sich nicht sicher, ob du kommst.«

Corinna runzelte die Stirn. Was machte Petra hier? Das Letzte, was Corinna von ihr gehört hatte, war, dass sie die Ausbildung zur Landschaftsgärtnerin abgeschlossen, aber keine große Lust dazu hatte, in ihrem erlernten Beruf zu arbeiten. Und was war das für eine Unterstellung?

»Mein Vater ist tot, und du denkst, ich komme nicht nach Hause?«

Immerhin hatte Petra den Anstand, betroffen zu schauen. »So war das doch nicht gemeint! Marianne hat sich nur Sorgen gemacht, du könntest vielleicht zu beschäftigt ... Ich meine, dein

Leben in Berlin und all das … Du bist seit Weihnachten nicht mehr hier gewesen.« Sie unterbrach sich, winkte ab. »Tut mir leid, ich kann gerade nicht richtig denken.« Sie zog die Decke enger um sich, wirkte damit klein und verletzlich, auch wenn sie äußerlich wohl unbeschadet aus dem Unfall hervorgegangen war.

Corinna seufzte. Ihre Freundin aus Kindertagen hatte gerade ganz offensichtlich einiges durchgemacht. Es war bestimmt nicht richtig, jetzt Streit mit ihr anzufangen. Allerdings tat es weh, dass ihre Mutter mit Petra augenscheinlich noch immer sehr vertraut war. Vertrauter als mit ihr.

Lottes Hand auf Corinnas Schulter gab ihr Halt. »Geht es dir gut?«, fragte sie an Petra gewandt. »War sonst noch jemand an dem Unfall beteiligt? Du hast doch nicht etwa allein versucht, den Transporter zu fahren?«

Petra machte eine hektische Geste, die aussah, als würde sie gleichzeitig nicken und den Kopf schütteln wollen. »Mir geht's gut. Aber Ludwig, der … Also er saß am Steuer und … Ihr habt den Krankenwagen knapp verpasst.«

»Ludwig saß im Wagen?« Schlagartig wurde Corinna eiskalt.

Ludwig mochte nicht offiziell ihr Onkel sein, aber vom Gefühl her war er es immer gewesen. Seit sie denken konnte, war er Teil ihres Lebens. Oft, wenn ihre Eltern keine Zeit für sie gehabt hatten, weil sie arbeiten oder etwas anderes erledigen mussten, war er eingesprungen und hatte auf sie aufgepasst.

»Ist er verletzt?«, fragte sie. »Was ist passiert? Rede schon!«

»Es war nur wegen der Holzlieferung.« Petra gestikulierte in Richtung des Lasters, wobei ihr die Decke fast von den Schultern rutschte. »Normalerweise nehmen Marianne und ich die in Empfang, damit wir das Material prüfen können. Aber Marianne ist ja gerade verhindert.«

Die saloppe Formulierung empfand Corinna als unpassend, aber sie blieb stumm und versuchte, nur das Gesagte zu erfassen. Seit wann arbeitete Petra in der Schreinerei? Warum hatte ihr das niemand gesagt?

»Atme erst einmal tief durch.« Lottes Stimme hatte einen beruhigenden Klang, und Corinna war ihr dankbar, dass sie in der Situation einen kühlen Kopf behielt. »Und dann erklär uns, was genau Ludwig zugestoßen ist.«

Petra schloss die Augen, führte die Hände vor ihrem Körper nach unten und atmete tief ein. Eine Geste, die Corinna aus ihrer Kindheit unendlich vertraut war. Petra hatte gelernt, ihre Gefühle auf diese Weise innerhalb eines Augenblicks beiseitezuschieben, um alles tun zu können, was getan werden musste. Corinna war schon dabei gewesen, als ihre alte Freundin nach so einem Durchatmen lange Dornen aus ihrer eigenen Wade gezogen und dabei noch Scherze gemacht hatte.

Jetzt stieß Petra die Luft langsam und geräuschvoll wieder aus. »Alexandre hatte den Transporter direkt vor dem Holzlager stehen lassen, und wir wollten ihn wegfahren, damit der Laster genügend Platz zum Abladen hat. Also, Ludwig und ich wollten ihn wegfahren, zu zweit, es war schon fast ein bisschen lustig.« Wieder plapperte Petra dahin, als würde sie eine witzige Anekdote erzählen, und Corinna wünschte, sie würde die Sache ernster nehmen. »Wir sind rückwärts in den Schuppen gekracht, und Ludwig hat sich den Kopf am Lenkrad angeschlagen. Es tut mir echt leid. Also für ihn. Und für den Schuppen natürlich auch. Ich repariere das, versprochen. Und der Notarzt hat gesagt, Ludwig wird schon wieder. Er darf hoffentlich bald wieder heim, er soll sich dann nur ein paar Wochen lang nicht anstrengen und kann vielleicht nicht arbeiten.«

Eine Welle der Erleichterung durchflutete Corinna. Dafür,

dass sie das Schlimmste befürchtet hatte, schien der Unfall mit dem Transporter eher glimpflich ausgegangen zu sein. Warum hatte Petra das nicht gleich gesagt?

Und es störte sie, dass Petra schon wieder schief grinste. »Das ist eine Geschichte, die ich wohl mal meinen Enkelkindern erzählen kann.«

»Du meinst die Geschichte, wie mein Vater gestorben ist und ich direkt bei der Heimkehr Angst hatte, noch einen weiteren Menschen verloren zu haben?«, brauste sie auf.

Petra lief dunkelrot an. Gut so. Corinna starrte sie wütend an.

»So war es nicht gemeint. Ich …«

Lotte trat vor, eine Hand immer noch auf Corinnas Schulter, ein stetiger Halt in dem Sturm aus Gefühlen. »Es ist spät, und wir haben in den letzten Tagen alle viel durchgemacht. Warum geht ihr beiden nicht rüber ins Haus, esst etwas und du legst dich dann schlafen, Corinna? Ich bleibe hier, bis alles geregelt ist und kümmere mich darum, dass der Fahrer des Holzlasters noch sein Geld bekommt. An den armen Kerl hat bisher wahrscheinlich noch keiner gedacht.«

Es war ein vernünftiger Vorschlag. Doch als Corinna ihre schwere Tasche aus dem Kofferraum des Golfs lud und über den dunklen Waldweg zum Haus schleppte, während Petra wie in alten Zeiten mit der Taschenlampe neben ihr herging, fühlte sie sich seltsam fremd.

Stumm beäugte sie Petra von der Seite. Sie hatten sich nicht mehr viel zu sagen gehabt im letzten Jahr, bevor Corinna nach Berlin gegangen war.

Aber warum hatte ihre Mutter ihr verschwiegen, dass ihre ehemals beste Freundin für sie arbeitete?

KAPITEL 5

Normalerweise war es Mariannes Aufgabe, früh am Morgen die Werkstatt aufzuschließen und die anstehenden Arbeiten für den Tag vorzubereiten.

Nun stand Petra mit dem großen Schlüsselbund in der Hand vor der Tür. Sie hatte auf Lottes Vorschlag hin gestern in der zugigen Dachkammer auf dem Lindenhof übernachtet, die gelegentlich als Gästezimmer diente, und war deshalb als Erste hier. Beim Frühstück hatte ihr nur Corinnas Oma Gesellschaft geleistet, Mariannes verwitwete Mutter, die schweigend an ihrem Tee nippte. Von Corinna, die im Anbau in ihrem alten Kinderzimmer schlief, war kein Mucks zu hören gewesen. Petra hatte sie nicht wecken wollen. Ihr Wiedersehen nach dem Unfall gestern war schwierig gewesen, und ein bisschen fühlte sie sich immer noch schuldig.

Sie blickte ein letztes Mal zum grauverhangenen Himmel auf, dann drehte sie den Schlüssel im Schloss und schob die Tür auf. Der vertraute Geruch nach Holzstaub und Farbe empfing sie, dennoch fühlte es sich anders an als sonst.

Leer und kalt.

Marianne oder Ludwig oder irgendjemand anderes sollte hier sein. Sie sollte nicht die Verantwortung tragen müssen. Doch es war nur Stille, die hinter der Tür auf Petra wartete. Die begonnenen Arbeiten der letzten Tage lagen noch abgedeckt auf den Werkbänken, die Werkzeuge waren ordentlich weggeräumt. Darauf hatte Marianne immer Wert gelegt.

Zögerlich setzte Petra einen Fuß in den Raum. Vielleicht sollte sie lieber draußen warten, bis noch jemand kam?

Nein, das war Unsinn. Sie kannte diesen Ort und wusste, was zu tun war. Und die anderen würden sicher bald da sein. Die Arbeitszeiten wurden zwar flexibel danach ausgerichtet, wie viel es zu tun gab, aber die meisten Mitarbeiter erschienen morgens dennoch recht früh.

Ihre eigenen Schritte kamen Petra unnatürlich laut vor. Die große Kreissäge war hinter der Trennwand nicht zu sehen, trotzdem fühlte Petra sich, als würde das Monster sie belauern.

Sie gab sich einen Ruck und beschloss, als Erstes die neue Lieferung im Holzlager zu sichten. Das hatte Lotte gestern bestimmt nicht mehr erledigt, denn damit kannte sie sich im Gegensatz zu Petra ja auch gar nicht aus.

Das Holzlager war ihr Lieblingsraum. Dort verflog endlich auch das Gefühl, die große Kreissäge würde sie nicht aus den Augen lassen. Sie atmete tief ein und sog den Geruch der verschiedenen Holzsorten in ihre Nase. Jedes Holz roch anders, unverkennbar. Suchend ging sie zwischen den aufgeschichteten Blöcken, Brettern und zugeschnittenen Platten hindurch.

Schon vor dem Unfall war Petra eine Idee gekommen. Komplette Puppenstuben und Puppenhäuser aus Holz mochten nicht mehr so gefragt sein, aber was jedes Kind immer noch für seine neuen Plastikpuppen brauchte, waren Bettchen. Sie wollte eine Wiege bauen. Dort ließ sich die Puppe dann hineinlegen und in den Schlaf schaukeln. Sie hatte schon einen Entwurf vor Augen, der das ganze Bettchen wie eine Wolke wirken lassen würde. Und wer wollte denn nicht auf einer Wolke schlafen?

Hier und dort ließ sie die Finger über ein Holzstück gleiten, erspürte die Textur und Qualität. Dabei fiel bald jegliche Anspannung von ihr ab. Für eine Weile konnte sie vergessen, was geschehen war, konnte ganz in ihre Arbeit eintauchen. Sie wollte Buchenholz nehmen. Damit arbeitete sie am liebsten. Doch das Material musste die richtige Beschaffenheit aufweisen, das hatte sie von Marianne gelernt. Gegen die Maserung zu arbeiten, bedeutete unnötige Mühe und ein schlechteres Ergebnis.

Schließlich fuhren Petras Finger über zwei Holzplatten, deren Maserungen genau richtig verliefen für das, was sie vorhatte. Sie strahlte, sah das Ergebnis schon vor sich.

Als sie das Holz vom Lager in die Werkstatt trug, summte sie leise vor sich hin. Letztes Wochenende hatte sie auf der Kirmes mit einem süßen Tischler, der auf der Walz nach Hohenlohe gekommen war, Stehblues getanzt, zu dem Song, mit dem Johnny Logan beim Grand Prix gewonnen hatte. Die Melodie hatte sie immer noch im Ohr.

»What's another year«, trällerte sie und machte ein paar Tanzschritte durch die Schreinerei.

Jäh flog die Werkstatttür auf. Petra stolperte vor Schreck und stieß mit der Hüfte gegen die Werkbank. Der Rest des Refrains blieb ihr in der Kehle stecken.

Im Eingang stand Szymon, der mit geröteten Wangen schnaufte. »Sie haben Elvira am Tor in die Ecke gedrängt!«

»Was?« Petra wünschte sich sehnlichst einen Tag, an dem alles glattlief und keine Katastrophen passierten. »Wer hat Elvira in die Ecke gedrängt?«

»Reporter«, stieß er hervor. Hastig blickte er sich in der Werkstatt um. »Bist du alleine hier?«

Sie nickte. »Welche Reporter?«

»Sie wollen über den Unfall schreiben, glaube ich. Ich wollte sie wegschicken, aber sie haben irgendwas von Behinderung der Pressefreiheit gesagt und dass sie schlecht über uns schreiben, wenn ich wütend werde.«

Herrje, und da mussten sie sich ausgerechnet die verhuschte Elvira herauspicken, die sich nicht zu wehren wusste und die schon beim Anblick eines winzigen Käfers in Schockstarre fiel. Nun, es war sonst niemand da, der Verantwortung übernehmen konnte, also würde Petra das wohl regeln müssen.

»Ich geh hin«, sagte sie. »Mal sehen, ob ich da was machen kann.« Sie stürmte an Szymon vorbei nach draußen.

Wenn sie ehrlich war, hatte sie nicht die geringste Ahnung, was sie unternehmen sollte. Aber sie schob den Gedanken beiseite und eilte die Zufahrt zur Straße hinauf.

Die Gruppe vor dem Tor war nicht zu übersehen. Elvira stand mit dem Rücken fest gegen das Zaun gepresst, als würde sie sich am liebsten durch den Maschendraht drücken. Vor ihr hatten sich zwei Männer mit Notizblöcken und Diktiergeräten aufgebaut.

»Können Sie etwas zu den Arbeitsbedingungen in Ihrem Betrieb sagen?«, rief ein Mann mit einer Pilzkopf-Frisur im Stil der Beatles aus den 60ern. Aus welcher Mottenkiste war der denn gekrochen?

»Ich …« Elviras zartes Stimmchen war kaum mehr als ein Flüstern.

»Fühlen Sie sich als Angestellte hier sicher?« Der Reporter ließ nicht locker.

»Nein. Gerade fühle ich mich überhaupt nicht sicher.« Elvira drückte sich noch enger an den Zaun, und Petra konnte es ihr nicht verdenken. Auch sie hätte sich in dieser Situation unwohl gefühlt, dabei hatte sie normalerweise kein Problem damit, im Mittelpunkt zu stehen.

Endlich hatte sie das Tor erreicht. »Lassen Sie sie in Ruhe!«, rief sie. Das war das Erstbeste, was ihr einfiel.

Es sorgte dafür, dass sich die beiden Männer zu ihr umdrehten.

Petra erhob die Stimme. »Haben Sie nichts Besseres zu tun, als Leute auf dem Weg zur Arbeit zu bedrängen?« Wenn sie lange genug die Aufmerksamkeit der Reporter auf sich zog, konnte Elvira hoffentlich rasch durch das Tor schlüpfen und entkommen, ohne dass es ihnen gelang, ihr zu folgen.

Der Mann mit dem Pilzkopf streckte Petra über den Zaun das Aufnahmegerät entgegen. »Gehören Sie zur Geschäftsführung? Ihre Angestellte hat gerade mitgeteilt, dass sie sich im Betrieb nicht sicher fühlt. Was haben Sie dazu zu sagen?«

»Was? Das hat sie überhaupt nicht gesagt!« Was fiel diesem Kerl ein, Elviras Aussage so aus dem Zusammenhang zu reißen. Die Arme hatte sich mit ihrer Aussage ganz eindeutig auf das Hier und Jetzt bezogen, darauf, dass sie bedrängt wurde – und zwar von ihm.

»Leugnen Sie, dass es in Ihrem Betrieb ein Sicherheitsproblem gibt?«, bohrte der Reporter weiter.

Langsam reichte es Petra. »Und ob ich das leugne!«

Aus dem Augenwinkel sah sie, wie Elvira sich unauffällig zur Toröffnung vorschob. Ihr Gesicht war kalkweiß, die Augen aufgerissen. Die Unterlippe zitterte. Sie sah aus wie ein Gespenst. Hoffentlich kippte sie nicht um.

Petra redete tapfer weiter, um den Kerl von ihr abzulenken. »Aber wissen Sie, wer hier ein ernsthaftes Problem hat? Sie mit Ihrer Frisur! Die war vor zwanzig Jahren in Mode. Dass Sie sich damit überhaupt in die Öffentlichkeit wagen … Sehr mutig, kann ich da nur sagen.«

Für einen Moment tastete der Reporter tatsächlich nach seinem Haar, und Petra triumphierte innerlich. Allerdings nur kurz. Bevor sie noch sein gelbes Polohemd oder den unvorteilhaften Schnitt seiner Hose zum Thema machen konnte, legte sich ihr von hinten eine Hand auf die Schulter. »Ich glaube, das reicht.«

Petra drehte sich um und blickte in Corinnas aufgebrachtes Gesicht. Galt der Zorn etwa ihr? Sie hatte doch nur Elvira helfen wollen.

Als Petra sich nach Elvira umschaute, war die gerade durch das Tor geschlüpft und rannte auf die Schreinerei zu, wo Szymon in der Tür stand und sie herbeiwinkte.

Petra grinste zufrieden. »Du hast recht, es reicht.« Sie wandte sich noch einmal zu den beiden Reportern um. »Es war mir eine Freude, meine Herrschaften.« Sie knickste und gestattete Corinna dann, sie wegzuziehen.

»Findest du das lustig?«, herrschte die sie an, kaum dass sie außer Hörweite waren.

Petra blinzelte verwirrt. »Was meinst du?«

»Was ich meine? Diese Reporter gieren danach, irgendwelche Details über den Unfall meiner Eltern zu erfahren, und du lieferst ihnen auch noch eine Show.«

Hatte es so ausgesehen? Petra ließ die Schultern hängen. Früher hatten sie sich so gut verstanden, hatten so viel Unsinn zusammen machen können, aber irgendwann hatte Petra den Draht zu Corinna verloren. »Ich wollte Elvira doch nur helfen.«

Immerhin, ein Teil des Ärgers verschwand aus Corinnas Gesicht. Sie blickte dorthin, wo Szymon gerade die schluchzende Elvira im Arm hielt. Offenbar gelang es ihm nur schwer, sie zu beruhigen. Tröstend redete er auf sie ein und strich ihr immer wieder übers Haar.

»Danke«, sagte Corinna schließlich. Es klang, als koste es sie Anstrengung, die Zähne weit genug für dieses Wort auseinander zu bekommen. »Aber das nächste Mal überlass das Reden mit der Presse gefälligst mir.«

Petra nickte. Das sollte ihr recht sein. Vielleicht hauten die aufdringlichen Kerle auch bald wieder ab, jetzt, da sie kein Opfer mehr hatten, das sie in die Mangel nehmen konnten. »Lass uns nach Elvira sehen. Nicht, dass sie nach dem Schreck doch noch in Ohnmacht fällt und wir wieder einen Krankenwagen rufen müssen.«

Einen Moment lang sah Corinna sie mit einem Blick an, den Petra nicht zu deuten wusste, dann nickte auch sie.

KAPITEL 6

Corinna hatte den Vormittag eigentlich nur damit verbringen wollen, sich selbst leidzutun und sich in ihren Roman zu verkriechen. Sie wusste nicht, ob sie tatsächlich hätte schreiben können, aber auch wenn sie nur ein paar alte Szenen überarbeitet hätte, wäre sie auf jeden Fall von dem Unglück abgelenkt gewesen, das ihr Leben derzeit überschattete.

Stattdessen setzte sich die Reihe schrecklicher Ereignisse fort. Noch bevor sie gefrühstückt hatte, passierte dieses ganze Drama mit Elvira. Szymon hatte die verstörte Frau in die Werkstatt geführt, wohin Corinna ihnen jetzt gefolgt war. Es gab dort einen Tisch, an dem sie schmal und still gesessen hatte, seit Corinna denken konnte, um gemeinsam mit Alexandre die filigranen Motive und Muster auf die Puppenmöbel zu malen. Als Szymon sie dorthin schob, nahm sie ganz automatisch ihren Platz ein, starrte dann aber nur reglos auf die Farbtöpfchen, Tuben und Pinsel. Sie schien ihre Umgebung gar nicht richtig wahrzunehmen. Ihre Hände zitterten, und eine Träne lief ihr über die Wange.

Corinna zog den Hocker ihres Vaters heran und setzte sich neben sie. Aus der Jackentasche kramte sie ein Päckchen Taschentücher. Dankbar nahm Elvira es entgegen.

»Sie … sie wollten mich nicht durchgehen lassen.«

Petra legte ihr die Hand auf die Schulter. »Es ist okay, hier drin bist du sicher. Die Mistkerle werden nicht über den Zaun klettern.«

»Sieht aber auch nicht so aus, als hätten sie vor, bald zu verschwinden.« Szymon stand an der Tür der Schreinerei und spähte hin und wieder nach draußen.

Er hatte recht. Die Reporter würden auch dem nächsten Mitarbeiter auflauern und ihn bedrängen.

»Was sollen wir tun?« Aus irgendeinem Grund blickten alle Corinna an, als müsste sie die Antwort auf diese Frage geben. Sogar Petra, die vorhin noch so eigenmächtig vorgeprescht war, schien auf eine Anweisung zu warten.

Corinna räusperte sich. Für den Moment musste sie wohl das Zepter in die Hand nehmen. Das hieß aber noch lange nicht, dass sie die Nachfolge ihrer Mutter antrat.

»Szymon«, sagte sie. »Sieh zu, ob du dich rausschleichen und die anderen abfangen kannst, falls sie auf dem Weg hierher sind. Sag ihnen, wir arbeiten ab morgen wieder. Sie sollen dann möglichst von hinten über den Waldweg kommen, nicht vorne durch das Tor an der Straße. Und rede auf keinen Fall mit den Reportern. Kein Wort. Alles, was du sagst, können sie verdrehen und gegen uns verwenden.«

Corinna wagte es noch gar nicht sich auszumalen, was Petras kleiner Auftritt in dieser Hinsicht bewirkt haben mochte. Man würde ihnen zumindest nachsagen, die Unfälle auf dem Hof nicht ernst genug zu nehmen.

Szymon nickte und tippte sich zum Abschied an die Mütze. »Gut, bis morgen dann.« Er schien froh zu sein, gehen zu dürfen, aber er würde seinen Auftrag erfüllen. Er arbeitete seit Jahrzehnten in der Schreinerei, auf ihn war Verlass.

Corinna dachte nach, was sie noch unternehmen konnten.

Lotte! Ihrer Tante musste sie auf jeden Fall Bescheid geben. Eigentlich allen, die es betraf.

»Gibt es hier eine Telefonliste?«, fragte sie. »So können wir die Angestellten am schnellsten informieren, dass sie heute nicht herkommen sollen.«

»In einer der Schubladen von Mariannes Schreibtisch vielleicht«, sagte Petra. »Ich kann danach suchen, wenn du willst.«

Corinna nickte, für den Moment einfach nur froh, dass ihr eine Aufgabe abgenommen wurde.

Doch im nächsten Moment durchfuhr sie ein weiterer Gedanke. Diese Reporter waren doch sicher nicht auf Verdacht hergekommen. Es musste schon irgendeine Meldung in der lokalen Presse gegeben haben, die sie hergelockt hatte.

»Ich brauche eine aktuelle Zeitung. Gibt es hier eine?«

Elvira schnäuzte sich verstohlen. »Vermutlich steckt sie noch im Briefkasten. Normalerweise bringt Marianne die morgens immer zusammen mit der Post mit.«

Seit sie im Krankenhaus lag, hatte wohl niemand mehr den Briefkasten am Tor geleert. Beim Gedanken, nach draußen zu gehen und sich diesen zwei aufdringlichen Männern zu stellen, graute es Corinna, aber wenn sie nicht ging, würde es Petra tun und sich womöglich wieder auf einen Wortwechsel mit ihnen einlassen. Seufzend erhob sie sich. »Gut, ich gehe mal nachsehen.«

Sie mussten ab jetzt auf der Hut sein. Alle. Niemand durfte etwas Falsches sagen. Corinna wollte auf keinen Fall zulassen, dass die Presse sich auf den Tod ihres Vaters stürzte und das Unglück ihrer Familie ausschlachtete. Vielleicht konnte sie eine eigene Pressemitteilung aufsetzen und veröffentlichen lassen und dann bei allen weiteren Fragen darauf verweisen. Aber dazu musste sie erst einmal wissen, welche Gerüchte überhaupt im Umlauf waren.

»Warte«, rief Petra, als sie schon fast an der Tür war. »Du brauchst doch den Schlüssel!«

Wie dumm von ihr, daran nicht zu denken. Corinna eilte zurück, um sich Mariannes Schlüssel geben zu lassen, dann trat sie, mit dem Bund in der Hand, endlich hinaus.

Schon von weitem konnte sie sehen, dass die beiden Männer immer noch vor dem Tor ausharrten. Einer hatte eine Kamera hervorgeholt und machte Fotos vom Hof. Durfte der das? Sie würde sich informieren müssen.

Corinna straffte die Schultern und ging zielstrebig auf den Briefkasten zu. Man konnte ihn von dieser Seite leeren, ohne das Tor öffnen und auf die Straße treten zu müssen. Also sollte es eigentlich keine Probleme geben.

Abgesehen davon, dass sich das Objektiv der Kamera jetzt auf sie richtete.

Am besten tat sie so, als wären die Reporter gar nicht da. Corinna hielt den Briefkasten fest im Blick. Doch sie konnte die ihr geltende Aufmerksamkeit und die Anspannung der Männer förmlich spüren. Nervös wechselte sie den Briefkastenschlüssel von einer Hand in die andere. Noch lieber hätte sie die Arme vor der Brust verschränkt, aber bei ihrer ersten Kurzgeschichtenlesung in der Campusbar hatte sie gelernt, dass eine offene Haltung sie selbstbewusster wirken ließ. Einer ihrer Mitstreiter hatte ihr den Tipp zugeflüstert. Kinn hoch, Brust raus, Schultern zurück. Arme locker an den Seiten oder eben die Hände mit irgendetwas beschäftigen. Bei einer Lesung konnte sie ihr Manuskript festhalten, heute eben den Briefkastenschlüssel.

Ein Blitzlicht flammte auf. »Sie sind Corinna Wagner, oder?«, rief ihr der Kollege des Fotografen zu. »Wie fühlen Sie sich nach dem Unfall Ihrer Eltern?«

Wie sollte sie sich schon fühlen? Was für eine dreiste und dumme Frage. Corinna presste die Lippen aufeinander, um nicht in dieselbe Falle zu tappen wie Petra zuvor. Sie hatte den Briefkasten fast erreicht.

»Können Sie uns etwas zur Unfallursache sagen? Ist es wahr, dass eine uralte Kreissäge ungeschützt in der Werkstatt herumsteht?«

Corinnas Finger hatten Mühe, mit dem Schlüssel das Briefkastenschloss zu treffen. Nach dem dritten Versuch gelang es. Sie musste ein bisschen rütteln, bis die alte Klappe aufging, dann fielen ihr ein Stapel Briefe, Werbezettel und Zeitungen entgegen.

Hektisch griff sie danach, tatsächlich für einen Moment zu abgelenkt, um weiter mitzubekommen, was der Reporter ihr zurief. Erst als sie die gesamte Post sicher in den Händen hielt, atmete sie auf. Das Letzte, was sie noch hätte gebrauchen können, war, verstreutes Papier vom Boden aufsammeln zu müssen. Am Ende wehte der Herbstwind noch etwas Wichtiges nach draußen vors Tor!

Sorgfältig schloss sie den Briefkasten wieder zu. Dann wandte sie sich ab.

»Frau Wagner«, rief der Reporter ihr hinterher. »Bitte eine kurze Stellungnahme zu der Tragödie, die sich hier abgespielt hat. Frau Wagner!«

Sie musste sich zwingen, nicht zu rennen, weil sie es gar nicht erwarten konnte, wieder mehr Abstand zwischen sich und die aufdringlichen Reporter zu bringen. Sie hielt sich kerzengerade und überquerte den Vorplatz zügig, aber nicht zu schnell. Dann bog sie auf den Waldweg zu ihrem Elternhaus ab. Bevor sie zu Petra und Elvira in die Schreinerei zurückkehrte, wollte sie kurz verschnaufen und eine Tasse Tee trinken. Das hatte sie sich nach diesem rabenschwarzen Start in den Tag verdient.

Lotte tauchte in der Küche auf, als Corinna gerade ein Brot mit Brombeermarmelade bestrich, obwohl sie eigentlich gar keinen Hunger hatte. Oma Barbara saß in der Stube und nähte. Auf Lottes Ankunft reagierte sie kaum. Corinnas Oma schien immer mehr in ihrer eigenen Welt zu leben, von ihr war keine Hilfe zu erwarten, jetzt, wo Marianne ausfiel.

Auch Lotte sah übernächtigt aus. »Henni überlässt mir den Golf noch ein paar Tage. Ich soll dich von ihr grüßen.«

»Danke«, murmelte Corinna.

»Oh, du hast schon die Post geholt?« Ihre Tante nickte ihr erfreut zu. »Fleißig.« Doch dann wurde sie stutzig. »Ist alles in Ordnung?«

Um ehrlich zu sein, musste Corinna den Kopf schütteln.

»Möchtest du darüber reden?«, fragte Lotte weiter. »Oder wollen wir zuerst Tee trinken? Ich sehe, du hast schon eine Kanne gekocht.«

Corinna musste lächeln, als ein warmes Gefühl für ihre Tante sie durchströmte. Früher hatte sie oft in dieser Küche gesessen und immer dann, wenn irgendetwas ihre Welt erschütterte, von ihrem Vater oder auch von Lotte Tee und ein offenes Ohr angeboten bekommen. Die Situation hatte etwas so Vertrautes, dass sie direkt ein wenig ruhiger wurde.

»Erst Tee, dann reden«, sagte sie. Mit einem warmen Getränk in der Hand ließ es sich immer besser über Probleme nachdenken.

Schweigend nahm Lotte eine Tasse aus dem Schrank. Aus Erfahrung wusste Corinna, dass ihre Tante nicht weiter nachfragen würde, worum es ging. In dieser Hinsicht war sie die Ruhe selbst. Sie wartete immer, bis Corinna von sich aus anfing zu reden.

Und das tat sie schließlich auch. »Drüben vor dem Tor zur Schreinerei lungern Reporter herum.«

Lotte nickte. »Ja, die sind mir beim Vorbeifahren auch schon aufgefallen.«

»Sie wollen Einzelheiten zum Unfall wissen. Szymon ist losgezogen, um den anderen Bescheid zu sagen, dass sie heute nicht herkommen sollen. Ich versuche später, noch alle anzurufen, um Genaueres vereinbaren zu können. Petra sucht mir gerade die Telefonnummern raus.«

Lottes Miene verdüsterte sich, während sie Tee aus der orangebraunen Kanne in ihre Tasse goss. Der prickelnde Geruch von Minze erfüllte die Küche.

»Das klingt zwar nicht wirklich gut, aber doch so, als hättet ihr die Situation im Griff«, sagte sie schließlich und schenkte Corinna ein aufmunterndes Lächeln. »Ich bin stolz auf euch.«

Euch? Corinna öffnete bereits den Mund, um zu widersprechen, weil Petra ihrer Ansicht nach kein solches Lob verdiente, aber dann klappte sie den Mund wortlos wieder zu.

Die Zeitung, die sie mitgebracht hatte, war wichtiger. »Ich muss nachsehen, was bereits über den Unfall geschrieben wurde.«

Lotte nickte und pustete in ihren Tee. »Magst du es mir vorlesen?«

Corinna schlug die Zeitung von heute auf.

Die vor kurzem glücklich zu Ende gegangene Kronzucker-Entführung beherrschte die Titelseite, aber dafür hatte sie keinen Blick. Und die bevorstehenden amerikanischen Präsidentschaftswahlen und der für die Republikaner kandidierende Westernschauspieler Ronald Reagan interessierten sie auch nicht. Rasch blätterte sie weiter.

Sie musste nicht lange suchen. Im Regionalteil nahm der Bericht über den Lindenhof eine halbe Seite ein.

»Grausiger Unfall auf beliebtem Spielzeughof«, las sie vor.

»Die Gründerin der Wagner-Spielzeugmanufaktur, Marianne Wagner, sowie ihr Mann Alexandre, fielen einem grausigen Arbeitsunfall zum Opfer.« Corinna unterbrach sich. »Wie oft wollen sie denn noch das Wort ›grausig‹ verwenden?«, schnaubte sie.

Lotte streckte die Hand über den Tisch. »Vielleicht war es doch keine so gute Idee, dich das lesen zu lassen. Gib mal her.«

Einen Moment lang zögerte Corinna. Was, wenn sie es aber lesen wollte?

Sie überflog schnell die nächsten Zeilen. Darin wurde die beschauliche Lage des Lindenhofes beschrieben, nur um dann zu erwähnen, welch ein blutiges, albtraumhaftes Unheil über das kleine Puppenmöbel-Werk hereingebrochen war.

Corinna schüttelte sich und schob die Zeitung zu Lotte hinüber. »Seit wann schreibt das hiesige Blättchen so reißerisch?«

Ihre Tante zuckte mit den Schultern. »Es gibt wohl einen neuen, jungen Redakteur. Henni hat sich auch schon darüber aufgeregt. Sie wollte eigentlich für das Amt der Weinkönigin kandidieren, aber wie du dir denken kannst, waren die meisten Konkurrentinnen deutlich jünger als sie. Nach einem Bericht, in dem das besonders hervorgehoben wurde, hat sie ihre Bewerbung zurückgezogen. Der Artikel muss ziemlich respektlos gewesen sein.«

Wenn Tante Henni etwas respektlos nannte und aufgab, dann musste es schlimm gewesen sein und die Kommentare über ihr Äußeres wirklich sehr hässlich. Mit einem Mal wollte Corinna den Artikel noch weniger lesen.

Während Lotte sich in die Zeitung vertiefte, schenkte Corinna sich Tee nach. Das Marmeladenbrot lag noch immer unangetastet auf ihrem Teller. Sie verspürte keine Lust, hineinzubeißen. Ob Alexandre die Brombeeren für die Marmelade gepflückt hatte? Als Kind war sie gern mit ihm draußen im Garten oder im Wald gewesen. Manchmal hatte er gezeichnet, während sie und Petra sich die prallen Beeren in den Mund geschoben hatten, statt die Schüsseln damit zu füllen. Sie legte beide Hände um die heiße Tasse, hielt sich daran fest und spürte, wie ein Gefühl von Geborgenheit in ihr aufkam, das sie an früher erinnerte.

Ihr gegenüber saß Lotte und runzelte die Stirn. »Die Kreissäge wird sehr ausführlich beschrieben, aber ansonsten scheint dieser Artikel auf nur wenigen Fakten zu beruhen. Es werden vor allem Fragen zur Betriebssicherheit aufgeworfen.« Sie hielt kurz inne. »Moment …«

Mit einem Finger fuhr sie einige Zeilen ganz am Ende des Artikels nach. »Hier ist noch ein Satz zu dem Unfall mit dem Transporter gestern. Wahrscheinlich kurz vor Redaktionsschluss noch schnell reingequetscht. Völlig übertrieben, es klingt so, als sei ein langjähriger Mitarbeiter fast zu Tode gekommen und ein Betriebsgebäude eingestürzt.«

Kein Wunder, dass daraufhin diese Reporter vor der Tür standen. Zwei Unfälle in kürzester Zeit waren schon fast eine Serie. Das machte wohl neugierig.

Corinna seufzte. »Wir sollten irgendeine Art von Stellungnahme dazu abgeben.«

»Warum?« Lotte wirkte ehrlich verwirrt.

»Weil wir ansonsten der Presse die Deutungshoheit über das, was passiert ist, überlassen. Und dann wird es nur immer noch ›grausiger‹.« Corinna deutete auf den Artikel. Es war schwer hinzunehmen, dass der tragische Unfalltod ihres Vaters dazu herhalten musste, die Sensationsgier fremder Menschen zu befriedigen. Vielleicht konnte sie wenigstens ihre Mutter und Ludwig schützen.

Und die Beschäftigten wie Elvira – sonst traute sich von denen vielleicht bald keiner mehr zur Arbeit zu kommen, wenn die Geier weiterhin vor dem Tor lauerten.

Lottes Miene wurde weicher. Sie streckte die Hände über den Tisch aus und legte sie auf Corinnas. »Liebes, du kannst nicht beeinflussen, was die Presse über unsere Familie schreibt. Konzentrier dich lieber auf Dinge, die du in der Hand hast.«

Corinna presste die Lippen aufeinander. Sie war Autorin. Was nützte ihr Talent mit Worten, wenn sie damit nicht einmal dafür sorgen konnte, dass ihren Eltern der nötige Respekt entgegengebracht wurde?

»Lass es mich versuchen«, sagte sie. »Einen Versuch ist es doch wert oder nicht?«

Skeptisch wiegte Lotte den Kopf hin und her. Schließlich gab sie nach. »In Ordnung, dann schreib halt eine Stellungnahme, vielleicht hilft es ja. Wir sagen nachher auch den anderen Bescheid, dass du mit der Presse reden wirst. Ich denke nicht, dass jemand Einwände hat.«

»Danke.« Es tat gut, in all dem Chaos eine Aufgabe zu haben, die sie sich zutraute zu erledigen.

»Aber versprich mir«, sagte Lotte, »dass du dir die Berichte nicht zu sehr zu Herzen nimmst. Die Sensationslust wirst du den Leuten nicht austreiben können, egal, was du sagst oder schreibst. Denk nur an die Lügengeschichten, die dauernd über Prominente in den Zeitschriften stehen. Jeder weiß, dass die nicht stimmen, und trotzdem werden immer wieder neue Skandale erfunden und ausgeschlachtet. Sogar bei den Königshäusern!«

Wahrscheinlich hatte ihre Tante recht, aber der Schaden musste sich doch begrenzen lassen. »Ich versuch's trotzdem.« Das wollte Corinna sich nicht nehmen lassen.

Lotte lächelte. »Na, dann lass uns loslegen und in der Schreinerei nach dem Rechten schauen. Es gibt viel zu tun, wenn wir Marianne helfen wollen.« Sie seufzte und rieb sich die Stirn.

»Mit dem Bestatter müssen wir auch noch einen Termin vereinbaren, um Alexandres Beerdigung vorzubereiten.«

»Kannst du das ohne mich machen?« Allein bei dem Gedanken, sich damit zu befassen, krampfte sich ihr der Magen zusammen.

Lotte musterte sie kurz. »Natürlich«, sagte sie dann.

KAPITEL 7

Über dem Neckar lag zarter Morgennebel, als Marc die Brücke überquerte und den Weg zum Heilbronner Sendestudio des SDR einschlug. Sein Kadett war in der Werkstatt, deshalb war er heute ausnahmsweise zu Fuß unterwegs.

Aber er freute sich jetzt schon, dass er ihn nachher wieder abholen konnte – ohne sein Auto fühlte er sich wie ein halber Mensch. Als Regionaljournalist für Hörfunk und Fernsehen war er ohne seinen fahrbaren Untersatz aufgeschmissen. Er musste schließlich schnell vor Ort sein, wenn er über etwas Interessantes berichten sollte. Wobei sein Chef häufig leider eine andere Einschätzung hatte als er, wenn es darum ging, welche Storys interessant und berichtenswert waren.

Mit ausgreifenden Schritten stapfte Marc die Allee hinunter.

Seit über einem Jahr arbeitete er jetzt schon hier, und bisher hatte sich noch keine Routine eingestellt. Das Leben als Journalist wartete jeden Tag mit neuen Überraschungen auf. Und die Hoffnung, irgendwann eine Anstellung beim großen Funkhaus in Stuttgart zu bekommen, trieb ihn zusätzlich an. Wenn er es dorthin schaffte, würde er über die wirklich wichtigen Dinge berichten können.

Tief in Gedanken versunken legte er die letzten Meter zurück, drückte schwungvoll die gläserne Eingangstür zum Sender auf und schüttelte ein paar Tropfen Nieselregen aus dem Jackettkragen. Er hätte sich wärmer anziehen sollen. Das Wetter wurde allmählich unfreundlich, der November nahte unverkennbar.

»Guten Morgen, Herr Helmers«, begrüßte ihn Christiane, die nette Kollegin am Empfang. Sie kümmerte sich als Halbtagskraft um alles, was anfiel und keiner journalistischen Kenntnisse bedurfte. »Möchten Sie einen Kaffee mit ins Büro nehmen? Ich habe die Maschine gerade angestellt, er müsste also gleich fertig sein.«

»Gern, danke.« Er nickte ihr mit einem Lächeln zu. »Ist Post für mich gekommen?«

Hoffentlich hatte er endlich Antworten auf seine Fragen zur Verwendung von Asbest in verschiedenen Babypuder-Marken bekommen. Seit zehn Jahren wurde die Asbestfaser nun schon offiziell als krebserregend bewertet, aber verboten war sie deshalb immer noch nicht. Wenn er nur ein paar Firmen dazu bringen konnte, zuzugeben, dass sie diesen Stoff weiterhin für ihre Produkte verwendeten, wäre das der Schlüssel zu einer großen Skandal-Geschichte. Aber seine Recherchen waren nur extrem schleppend vorangegangen.

»Post für Sie? Natürlich.« Christiane drehte sich auf ihrem Stuhl herum, griff hinter sich und fischte einen Stapel Briefe und Zettel aus einem der Postfächer.

»Es sind größtenteils Einladungen, denke ich.« Sie schob ihm den Packen über den Tresen zu. »Sie haben inzwischen ja den Ruf, sehr kritisch zu sein, also wollen Ihnen alle etwas Positives über ihre Produkte entlocken.«

Marc seufzte. Das wurde langsam anstrengend und ging in die falsche Richtung. »Ich habe nicht vor, für irgendjemanden Werbung zu machen.« Er war Journalist, und das bedeutete, akribisch und somit oft auch kritisch über Themen zu berichten, die manche Leute gerne weniger im Licht der Öffentlichkeit sehen würden. »Ich verstehe nicht, warum das so schwer zu begreifen ist?« Er schüttelte den Kopf.

Christiane lachte. »Die Hoffnung stirbt wohl zuletzt.« Sie zwinkerte ihm zu. »Vielleicht haben Sie auch wieder Fanpost erhalten.«

»Ich hoffe nicht!« Gequält verzog er das Gesicht. »Das wär ja noch schlimmer.«

»Tun Sie doch nicht so! Ich weiß genau, dass Sie nicht schüchtern sind. Sie sollten Ihre Beiträge für den Hörfunk öfter selbst einlesen, die Hörerinnen lieben Ihre Stimme! Bestimmt würden Sie sogar noch viel mehr Liebesbriefe bekommen, wenn Sie im Fernsehen auftreten würden …«

Eindeutig flirtete sie heute mit ihm. Wahrscheinlich hatte ihr Mann den Hochzeitstag vergessen, und sie war auf der Suche nach ein bisschen Bestätigung. Zu mehr als einem Lächeln konnte Marc sich dennoch nicht aufraffen.

Es widerstrebte ihm immer, sich als Person in den Mittelpunkt zu stellen. Er wusste, wie er aussah und welche Wirkung er auf Menschen hatte, aber darum ging es doch nicht. Um die Tatsachen, die er aufdeckte, allein um die ging es – seine Recherchen, seine Geschichten.

Mit dem Kaffeebecher in der Hand, auf dem das Logo des Senders prangte, verabschiedete er sich und balancierte die heiße Flüssigkeit geschickt durch den Flur. Allein der Geruch hätte Tote aufwecken können. Christiane ging mit dem Kaffeepulver immer sehr großzügig um, was ganz nach seinem Geschmack war. Wäre er zehn Jahre älter, hätte er vermutlich Herzrasen bekommen wie sein Chef, der darüber oft fluchte.

Beschwingt betrat Marc sein Büro, das er sich mit einem weiteren Journalisten teilte. Jürgen saß bereits an seiner Schreibmaschine und tippte, wahrscheinlich einen Bericht über eine Theatervorstellung vom vergangenen Abend. Er war generell eher schweigsam und sah nur kurz auf, um Marc zu begrüßen.

Sie kamen sich bei der Arbeit selten in die Quere, nicht nur, was ihre Themen und Inhalte betraf. Jürgen konzentrierte sich aufs Stadtgebiet, Marc war meist im Umland unterwegs. Der größere Radius war ihm wichtig, es zog ihn geradezu hinaus. Auch wenn er noch lieber in der Landeshauptstadt statt in der Provinz gearbeitet hätte. Oder gleich im Ausland. Aber um einen der wirklich spannenden Jobs zu bekommen, musste er sich erst einen Namen machen. Immerhin war er da auf einem guten Weg …

Er sah die Post durch. Das meiste war Werbung und flog direkt in den Papierkorb. Am Ende blieb tatsächlich nur ein Briefumschlag ohne Absender übrig, der mit Schreibmaschine adressiert worden war. Marc riss ihn auf.

Dann zog er zwei gefaltete Zeitungsartikel heraus. Wie er gleich erkannte, stammten sie aus dem Lokalblatt von Schwäbisch Hall.

Mit *Grausiger Unfall auf beliebtem Spielzeughof* war der erste Artikel überschrieben. Er runzelte die Stirn; das klang sehr reißerisch.

Der zweite hatte die Überschrift: *Mitarbeiterin zerstört Schreinereigebäude und lacht über Unfall ihrer Vorgesetzten.*

Hier wollte ihm eindeutig jemand einen Hinweis geben. Aber warum? Während er sich auf seinem Schreibtischstuhl zurücklehnte, spähte er in den Umschlag. Ganz unten steckte noch ein Zettel. Neugierig fischte er ihn heraus.

Auch diese Nachricht war mit Schreibmaschine verfasst. Sie bestand nur aus einem Satz:

Diese Geschichte hätte die Aufmerksamkeit eines besseren Journalisten verdient.

Na, da gab sich aber jemand Mühe, ihn heißzumachen.

Während er seinen Kaffee trank, widmete er sich dem Inhalt der Zeitungsartikel.

Der Lindenhof sagte ihm etwas. Seine Zwillingsschwester hatte gern mit den Puppenhausmöbeln gespielt, die von dort kamen. Die stabilen Holzteile hatten von sämtlichem Spielzeug, das sie besaßen, noch am längsten gehalten. Qualitativ waren die Produkte auf jeden Fall sehr hochwertig.

Doch offensichtlich gab es andere Probleme. Nicht nur ein, sondern gleich zwei Unfälle hatten sich dort ereignet. Wurde im Betrieb also an anderer Stelle gespart? Eventuell war das tatsächlich einen genaueren Blick wert.

Zu seiner Asbest-Geschichte gab es ohnehin nichts Neues. Von Christiane hatte er noch eine kurze Anrufnotiz bekommen. Die Gutachterin, die Marc im Zusammenhang mit einem Babypuder-Hersteller aufgetrieben und zuletzt kontaktiert hatte, hatte das für nächste Woche angesetzte Interview mit ihm abgesagt. Da war seine Charmeoffensive wohl vergeblich gewesen.

Marc seufzte. Er brauchte eine neue Geschichte. Die Asbest-Recherche würde sich noch länger hinziehen, selbst wenn er nicht lockerließ und die notwendigen Insiderinformationen und Beweise irgendwann doch noch zusammenbekam.

Kurzentschlossen schnappte er die Zeitungsartikel und stand wieder auf. An Jürgen vorbei lief er zielstrebig aus dem Büro und durch den Flur.

Walter Herzog, sein Chef, war morgens in der Regel als Erster da, also konnte Marc sich fast sicher sein, ihn anzutreffen. Die Frage war immer nur, wie es um die Laune des Heilbronner Studioleiters bestellt war.

Vorsichtig klopfte Marc an dessen Bürotür.

»Herein!« Die Antwort kam schnell, das ließ darauf schließen, dass er nicht störte. Sein Chef schien nicht zu telefonieren oder in eine Sache vertieft zu sein. Das war schon mal gut.

Marc schob die Tür einen Spaltbreit auf, steckte den Kopf hindurch und trat ein, »Guten Morgen, ich bin's!«

»Ah, Helmers, gut, dass Sie kommen. Mit Ihnen wollte ich eh sprechen.« Herzog war ein hagerer Mann mit Geheimratsecken und dem Gemüt eines beißwütigen Terriers. Wenn er sich ärgerte, war es besser, das Weite zu suchen und erst wieder aus der Deckung zu kommen, wenn er sich abgeregt hatte.

Marc erinnerte sich noch gut an seine Anfangszeit beim Sender, als sein Chef nicht ein gutes Haar an einer seiner Vorlagen gelassen hatte. Sein Urteil war in Teilen sicher berechtigt gewesen, aber Beiträge mit den Worten, »Was haben Sie in der Ausbildung überhaupt gelernt?«, um die Ohren gehauen zu bekommen, war nicht wirklich angenehm. Auch jetzt, da Marc sich allmählich etabliert hatte und sein Bekanntheitsgrad als Spezialist für Verbraucher- und Arbeitssicherheit stieg, betrat er immer noch mit einem mulmigen Gefühl das Büro seines Vorgesetzten.

»Sie wollten mit mir sprechen? Worum geht es denn?«

Hoffentlich gab es nichts zu beanstanden. Marc blieb in der Nähe der Tür stehen, unsicher, ob es sich lohnte, auf einem der beiden unbequemen Besucherstühle vor Herzogs Schreibtisch Platz zu nehmen. Sein Chef tendierte dazu, Gespräche kurz zu halten.

Doch heute deutete er auf einen Stuhl. Marc trat vor und setzte sich.

»Wie steht es denn um diese Babypuder-Sache?«, fragte Herzog. »Wir könnten einen Skandal gebrauchen. Unsere Sendezeit muss gefüllt werden, und die Einschaltquoten, Sie wissen doch …«

Ja, Marc wusste. Er musste es sich ja oft genug anhören. Die Einschaltquoten, das war alles, was für Herzog zählte. Je höher, umso besser, egal mit welchen Mitteln sie erreicht wurden. Dabei war es genau das, was Marc nie gewollt hatte – Munition für billige Revolvergeschichten zu liefern.

»Meine zuverlässigste Quelle hat sich leider heute Morgen verflüchtigt«, gab er zähneknirschend zu.

»Und sonst haben Sie nichts in petto? Wofür, glauben Sie eigentlich, beziehen Sie Ihr Gehalt? Um Kaffee zu trinken und Däumchen zu drehen?« Missbilligend starrte Herzog ihn an.

Plötzlich war Marc sehr froh, dass er vorbereitet gekommen war. Er legte die Zeitungsartikel auf den Schreibtisch. »Ich habe vielleicht etwas Neues gefunden, auf das sich ein Blick lohnen könnte.«

Für einen Moment studierte Herzog die Artikel schweigend. »Eine Kreissäge aus Vorkriegszeiten?«, murmelte er und zog dabei die Augenbrauen in die Höhe. »Und ein einarmiger Mann, der Lieferwagen fährt und Gebäude zum Einsturz bringt …« Er nickte langsam. »Ja, da sollte sich doch was draus machen lassen. Fahren Sie hin, und schauen Sie sich das mal gründlich an.«

So einfach hatte Marc sich das Gespräch nicht vorgestellt. Aber einem geschenkten Gaul schaute man nicht ins Maul. Er nickte und stand auf. »Ich muss nachher mein Auto aus der Werkstatt holen, dann lege ich sofort los.«

Vorher würde er sich ans Telefon hängen und sehen, was er auf diesem Weg bereits an Hintergründen recherchieren konnte. Damit hatte er gute Erfahrungen gemacht, es ersparte ihm manche Wege.

»Kommen Sie diesmal bloß mit Resultaten zurück«, hörte er Herzog noch knurren.

Dann stand Marc schon im Flur, und die Tür fiel hinter ihm zu.

Ja, Resultate hätte er auch gerne. Aber manchmal brauchten Resultate eben Zeit.

KAPITEL 8

Petra fröstelte. Auf dem Friedhof in Waldenburg war es zugig und mit der schwarzen Strickjacke und dem dünnen Rock war sie für das herbstliche Wetter nicht warm genug angezogen. Aber sie hatte sonst nichts Passendes im Schrank gefunden. Zu Alexandres Beerdigung konnte sie ja schlecht in Jeans und Anorak erscheinen.

Sie trat ein paar Schritte zurück, nestelte ein Taschentuch hervor und schnäuzte leise hinein. Niemand schien von ihr Notiz zu nehmen. Vorne am Grab murmelte der Pfarrer weiterhin getragene Worte. Corinna stand aufrecht wie eine Steinsäule neben ihrer Mutter und stützte sie, auf der anderen Seite wachte Lotte. Dahinter stand Henni mit ihrem Mann Herbert und den beiden Mädchen, die sich an sie und Oma Barbara klammerten.

Petra hätte jetzt gerne etwas Tröstendes zu Marianne gesagt, hätte selbst gerne im Kreis der Familie Trost gesucht. Aber Ludwig, noch mit Verband um den Kopf, hatte ihr bedeutet, sich zu den Mitarbeitern zu stellen, nicht zur Familie. Und er hatte ja auch recht. So sehr sie sich auch Marianne verbunden fühlte, so oft sie auf dem Lindenhof zu Mittag gegessen und auch übernachtet hatte, sie war nicht Teil der Familie.

Dennoch fühlte sie eine tiefe Sehnsucht, wenn sie zu der Gruppe um Marianne hinüberschaute. Sehnsucht, die zu schmerzhafter Enttäuschung wurde, wenn sie daran dachte, dass sie dort keinen Platz hatte, obwohl der Lindenhof immer das gewesen war, was für sie einem Zuhause am nächsten kam.

Mit einem Mal hielt Petra es hinter Ludwig und Rudi nicht mehr aus. Unauffällig entfernte sie sich weiter von der versammelten Trauergemeinde, während sie die Tränen von ihren Wangen wischte. Niemand achtete auf sie, nicht einmal Ruth oder Elvira, die die Köpfe gesenkt hielten. Elvira weinte ebenfalls, und für einen Moment spürte Petra den Impuls, die eigene Trauer zurückzudrängen und sie zu trösten. Genauso wie sie es auch immer für die jüngeren Kinder im Kinderdorf getan hatte.

Doch heute brachte sie es nicht fertig. Wenn sich schon niemand um sie scherte, dann wollte sie zumindest für sich sein und sich nicht auch noch um andere kümmern.

Von den Bäumen im hinteren Bereich des Friedhofs tropfte es. Sich dort auf eine Bank zu setzen, war vermutlich keine gute Idee, aber ganz davonlaufen wollte Petra auch nicht. Das hatte Alexandre nicht verdient.

Zu ihrer Überraschung saß dort schon jemand. Ein blonder junger Mann, kaum älter als sie selbst. Er rauchte – und mit der Lederjacke und dem leicht zerzausten Haar sah er aus wie ein Rockstar. Verdutzt starrte sie ihn an.

»Auch eine?« Er hielt ihr die Packung hin.

Dunhill, goldener Schriftzug auf dunklem Weinrot. Solche Zigaretten hatte sie noch nie gesehen. Die Jungs im Ort rauchten Camel oder Marlboro, nicht so etwas Exklusives.

Sie schüttelte den Kopf. »Nein, danke.«

»Willst du dich setzen?« Er rückte ein Stück beiseite. Dort, wo er gesessen hatte, war die Bank trocken.

Petra nahm neben ihm Platz.

Obwohl sie sonst keineswegs auf den Mund gefallen war, schüchterte seine Anwesenheit sie irgendwie ein. Sie wusste nicht, was sie mit ihm reden sollte. Der Wind wehte ihr ein paar feine Tropfen Nieselregen ins Gesicht, und sie zog die Strickjacke noch enger um die Schultern.

»Scheißwetter, was?« Er grinste. »Überhaupt ein Scheißtag.«

Petra nickte. »Das kann man so sagen.«

»Ich weiß gar nicht, was ich hier soll«, fuhr er fort. »Mein Vater hat mich hergeschleppt. Keine Ahnung, warum. Ich kannte den Kerl, der gestorben ist, gar nicht.«

»Ich schon«, sagte sie leise.

»Oh, sorry.« Er musterte sie betroffen. »Vergiss, was ich gesagt habe. Ich rede manchmal dummes Zeug.«

Unwillkürlich musste sie lächeln. »Macht nichts. Konntest du ja nicht wissen.«

Er warf die Zigarette auf den Boden und trat sie aus. Seine Lederschuhe sahen teuer aus. Nicht so, als ob er sie schon oft getragen hätte. Sportschuhe hätten zu seinem lässigen Outfit auch viel besser gepasst.

»Kannte dein Vater denn Alexandre?«

»Glaub schon. Bestimmt.« Er zuckte die Achseln. »Mein Vater kennt eigentlich jeden in der Gegend.« In seine Augen trat ein forschender Ausdruck. »Gehörst du zu den Wagners?«

»Nein.« Das war nicht gelogen, sondern die schmerzhafte Wahrheit. Nie war ihr das bewusster gewesen als an diesem Tag. »Ich gehöre nicht zur Familie.«

»Ah, gut.« Jetzt grinste er wieder. »Mit denen ist mein alter Herr in der Vergangenheit wohl mal aneinandergeraten. Zumindest wirkt er immer noch angefressen, wenn er über die Wagnerfrauen redet. Andererseits … für mich hat er auch kaum ein gutes Wort übrig. Muss also nichts heißen.«

Petra mochte, wie er sie ansah. Das Funkeln in seinen Augen gefiel ihr. Gerade weil sie spürte, dass sich dahinter noch mehr verbarg. »Hast du Ärger mit deinem Vater?«

»Öfter, ja.«

»Tut mir leid für dich.«

»Muss es nicht. Ich komm schon klar.« Er kramte erneut seine Zigarettenschachtel aus der Lederjacke. »Der wird mich nicht los, so sehr er sich das auch wünscht.«

»Wie meinst du das?«

»Dass es ihm lieber wäre, es gäbe mich gar nicht.« Er lachte rau. »Tja, Pech für ihn. Es gibt mich nun mal.«

Er steckte sich die Zigarette hinters Ohr, um in seinen Jackentaschen nach einem Feuerzeug zu suchen. Das ließ ihn noch verwegener aussehen.

»Ich glaube, auf dem Friedhof darf man nicht rauchen«, merkte Petra an.

»Wen interessiert's, was man darf?«

Petra verschlug es die Sprache. Dann spürte sie, wie sich ihre Mundwinkel hoben. Er hatte es tatsächlich geschafft, sie aufzuheitern.

»Du bist niedlich, weißt du das?« Sein Feuerzeug flammte auf, und gleich darauf blies er eine würzig duftende Rauchwolke in die Luft. »Ich bin übrigens Sebastian.«

»Petra«, erwiderte sie.

Fast war sie versucht, ihn nun doch um eine Zigarette zu bitten. Einfach um dieses seltsame, ungewohnte Gefühl der Zusammengehörigkeit auszukosten, das sie an seiner Seite ergriffen hatte. Statt wie eine Ausgestoßene abseits der Trauergesellschaft auf der Bank zu sitzen, hatte sie hier einen Gleichgesinnten gefunden.

Doch plötzlich wurden Stimmen laut. Vor dem offenen Grab weiter vorne auf dem Friedhof entstand ein Tumult.

Sie sprang auf. »Was ist da los?«

Sebastian erhob sich deutlich langsamer. Er kniff die Augen

zusammen und trat die halbgerauchte Zigarette aus. »Scheint, als gäbe es Ärger. Wollen wir nachsehen?«

Während sie ihm auf dem matschigen Pfad durch die Grabreihen folgte, bedauerte Petra, dass ihre Begegnung so kurz gewesen war. Sebastian faszinierte sie.

»Warte!« Sie zupfte an seinem Jackenärmel.

»Keine Zeit, Süße.« Er beschleunigte seine Schritte. »Mein Vater haut gerade ohne mich ab …«

Corinna war sich sicher, dass sie den etwas beleibten Herrn im dunklen Anzug noch nie zuvor gesehen hatte. Sein heller Haarkranz hob sich deutlich von dem schwarzen Stoff ab, und allein durch seine Erscheinung strahlte er Wichtigkeit aus. Ein Unternehmer, mit dem ihre Eltern Geschäfte machten?

Die Art, wie ihre Mutter sich neben ihr anspannte, als er sich einreihte, um der Familie zu kondolieren, sagte ihr, dass er kein Unbekannter war. Sie konnte hören, wie Tante Lotte und Tante Henni tuschelten. »Ist das nicht …«

»Theodor Werwinkel!«

Marianne hatte sich während der Beerdigung auf Corinna gestützt. Ihr rechtes Auge war immer noch dick verbunden, und die unzähligen kleinen Schnittwunden von den herumfliegenden Splittern zeichneten sich rot auf ihren Handrücken ab und wollten nicht richtig verheilen. Sie schien einfach keine Kraft mehr zu haben. An Alexandres Grab zu stehen drückte sie förmlich zu Boden.

Doch nun ging ein Ruck durch ihren Körper und sie funkelte den Mann im teuren Anzug böse an. Sie löste sich aus Corinnas Griff und tat einen Schritt auf ihn zu, ignorierte dabei Tomasz und seine Frau, die ihr gerade die Hand hatten reichen wollen. Auch die beiden drehten sich nun verwirrt um.

Der Mann schien das als Aufforderung zu verstehen. Er trat aus der Reihe heraus, ging an ihnen vorbei und auf Marianne zu. Dabei umspielte ein herablassendes Lächeln seine Lippen.

»Marianne. Du hast dich kaum verändert.« Sein Blick wanderte weiter und blieb an Tante Henni hängen. »Und Henriette, es ist schön, dich wiederzusehen.«

Hennis Miene war düster. »Ich weiß nicht, was du hier suchst, Theodor.«

»Ich bin hier um der Versöhnung willen.«

»Das ist weder der Ort noch die Zeit. Außerdem reichlich spät, findest du nicht? Geh einfach wieder. Bitte!«

»Sofort«, fügte Marianne mit fester Stimme hinzu.

»Aber ich möchte mein Beileid ausdrücken für …«

»Du hast meine Schwester gehört!«

Corinna kannte Lotte vor allem als ruhige und freundliche Person. Nun rückte ihre Tante mit einer Körperhaltung neben Marianne vor, als wollte sie gleich handgreiflich werden und den arroganten Herrn höchstpersönlich vom Friedhof werfen. Getuschel entstand unter den Trauergästen. Ärger lag in der Luft. Was war hier los? Corinna konnte sich keinen Reim darauf machen.

»Niemand will dich hier sehen«, fauchte Lotte. »Verschwinde!«

»Ich sehe, mit der Höflichkeit ist es in der Familie Wagner nach wie vor nicht weit her.«

Erst als auch Tomasz mit drohender Miene auf Theodor zuging, wich dieser ein paar Schritte zurück. »Gut, da ich hier nicht willkommen bin, möchte ich euch meine Anwesenheit nicht länger aufdrängen.«

»Das hättest du dir überlegen können, bevor du überhaupt hergekommen bist«, rief Marianne. »Aber du hattest ja schon immer ein Talent für unpassende Auftritte!«

So viel Lebendigkeit hatte Corinna in der Stimme ihrer Mutter schon eine Weile nicht mehr gehört. Auch wenn sie ihre Kraft aus der Wut nahm.

Während der feiste Herr sich langsam entfernte, legte Oma Barbara einen Arm um Tante Henni. Sie wirkte blass und verstört, ganz offensichtlich gab es da irgendeine Geschichte in der Vergangenheit. Aber warum hatte Corinna dann noch nie von einem Theodor Werwinkel gehört?

Als sie ihm nachschaute, machte sie eine weitere unerfreuliche Entdeckung. Auf dem breiten Weg, der zum Friedhofstor führte, hatten sich zwei Personen eingefunden, eine von ihnen hielt eine Kamera in Händen. Corinna kniff die Augen zusammen. Es waren nicht dieselben, die Elvira vor dem Tor der Schreinerei aufgelauert hatten. Und die Kamera, die sie dabeihatten, sah auch mehr nach einer Filmkamera aus – sie war riesig. Sie richteten sie schamlos auf Theodor und tatsächlich stellte sich ein Reporter ihm sogar in den Weg. Corinna beobachtete, wie Theodor stehen blieb und eine Frage beantwortete.

Vorsichtig schob sie sich neben Henni. Als die Tante ihren Blick auffing, lächelte sie ihr beruhigend zu. »Das ist eine alte Geschichte. Mach dir keine Gedanken.«

Aber das Lächeln wirkte angestrengt, und zu gerne hätte Corinna diese alte Geschichte gehört. Vielleicht war dafür später noch Zeit. »Denkst du, es ist gut, wenn dieser Mann jetzt mit der Presse redet?«

Alarmiert sah Henni in die Richtung, wo Theodor stand und immer noch mit den Reportern sprach. Marianne folgte ihrem Blick mit zorniger Miene. »Er wird dich doch nicht etwa in den Schmutz ziehen?«

»Das wird er nicht wagen.« Henni kniff die Augen zusammen, um das Treiben vor dem Tor besser beobachten zu können. »Er weiß, dass ich viel mehr Schmutz über ihn erzählen kann als er über mich.«

Das schürte Corinnas Neugier nur noch mehr. Und erst recht, als sich aus dem hinteren Bereich des Friedhofs ein junger Mann in einer Lederjacke näherte, der schnurstracks auf Theodor und den Reporter zuhielt. Dicht hinter ihm folgte, irgendwie verloren, Petra. Corinna hatte gar nicht bemerkt, dass sie die Trauergesellschaft verlassen hatte. Aber es sah ihr ähnlich, selbst auf einer Beerdigung eine neue Männerbekanntschaft zu machen.

Petra wurde langsamer, zögerte dann und wechselte die Richtung, um sich zur Gruppe an Alexandres Grab zu gesellen. Dort stand Marianne und war nun wieder dabei, weitere Hände zu schütteln und Beileidsbekundungen entgegenzunehmen. Doch Petra hatte sie noch nicht erreicht, als jemand auf sie zugelaufen kam und sie aufhielt.

Offenbar noch ein Reporter. Wie es aussah, wollte er mit Petra reden.

Für den Moment trat das Rätsel um Theodor in den Hintergrund, und alles, woran Corinna denken konnte, war, einen weiteren Zwischenfall wie den neulich vor der Schreinerei zu vermeiden. Der darauffolgende Artikel hatte die Situation vollständig aus dem Kontext gerissen und Petra jedes Wort böswillig im Mund verdreht.

»Ich bin gleich wieder da.« Sie löste sich von ihrer Familie und lief zu Petra hinüber.

Corinna war sich nicht sicher, was sie tun wollte, sie wurde nur von dem Gefühl getrieben, etwas unternehmen zu müssen. Tatsächlich wirkte Petras Körperhaltung angriffslustig. Der Mann machte jedoch nicht den Fehler, sie weiter zu bedrängen.

Stattdessen trat er einen halben Schritt zurück und hielt ihr eine Visitenkarte hin. »Falls Sie später doch noch Gesprächsbedarf haben.«

Endlich hatte Corinna die beiden erreicht. »Presseanfragen gehen an mich«, fuhr sie den Mann an. »Wenn Sie allerdings so etwas wie Taktgefühl besitzen würden, würden Sie die nicht während der Beerdigung meines Vaters stellen.«

Der Reporter wandte sich zu ihr um, und auf seinem Gesicht zeichnete sich ein sympathisches Lächeln ab. Es wirkte erstaunlich aufrichtig, aber wahrscheinlich war er einfach nur besonders gut in seinem Job.

»Corinna Wagner, nehme ich an«, sagte er.

Offensichtlich hatte er seine Hausaufgaben gemacht, und Corinna ärgerte sich ein wenig, dass sie mit ihrer Bemerkung ihre Identität verraten hatte. »Wenn Sie meinen, es beeindruckt mich, dass Sie mir nachspioniert haben, muss ich Sie enttäuschen«, gab sie zurück.

Sein Lächeln blieb. »In meinem Metier nennt man das üblicherweise recherchieren. Aber ich entschuldige mich, ich wollte Ihnen nicht zu nahe treten.« Für einen Moment hielt er inne, seine Miene wurde ernster. »Mein herzliches Beileid für Ihren Verlust.«

Die Worte trafen etwas in Corinna. Vielleicht war es seine Art, die fast entwaffnend ehrlich wirkte. Vielleicht ließen die Worte aus dem Mund eines Fremden sie aber auch erst richtig begreifen, dass sie ihren Vater nie wiedersehen würde. Einen Augenblick lang kämpfte Corinna mit den Tränen. Aber sie weinen zu sehen, würde sie einem Reporter nicht gönnen. Sie konnte sich schon denken, was ansonsten demnächst in der Zeitung stand. »Bewegende Bilder von der Beisetzung ihres Vaters: Corinna Wagner bricht in Tränen aus.«

Nein, darauf konnte sie verzichten. Mit aller Willenskraft, die sie aufbieten konnte, schluckte sie die Trauer hinunter. »Ihre Abwesenheit würde mir gerade deutlich mehr helfen als Ihr geheucheltes Beileid.«

»Natürlich.« Wieder dieses Lächeln, beinahe verständnisvoll. Dieser Reporter ließ sich wohl durch nichts aus der Ruhe bringen. Zusammen mit dem etwas zu langen, leicht lockigen Haar und seinem wachen Blick ließ sein Verhalten ihn ernsthaft sympathisch wirken.

»Verzeihen Sie die Störung.« Dann wandte er sich wieder an Petra. »Sie haben ja meine Karte. Ich würde mich freuen, von Ihnen zu hören.« Mit diesen Worten drehte er sich um und ging davon.

Corinna sah ihm mit gerunzelter Stirn nach.

»Wer hätte gedacht, dass Reporter auch nett sein können«, sagte Petra und blickte ihm ebenfalls hinterher.

»Er versucht doch auf diese Art nur, Informationen aus uns herauszuholen«, gab Corinna knapp zurück.

Petra zuckte mit den Schultern. »So macht das aber deutlich mehr Spaß.«

»Schön, dass du sogar auf der Beerdigung meines Vaters Spaß hast.« Am liebsten hätte Corinna sie für dieses gedankenlose Geplapper richtig zusammengestaucht. Aber dann schluckte sie ihren Ärger hinunter. Es hatte auf dem Friedhof heute schon genug Streit gegeben, sie wollte keinen weiteren anfangen. Zumal sie Petra mit ihrer bissigen Anmerkung schockiert hatte. Fassungslos starrte ihre alte Freundin sie an.

»Schon gut, ich weiß, dass du es nicht so gemeint hast.« Corinna hatte keine Kraft mehr für weitere Entschuldigungen. Stattdessen blickte sie hinüber zu Theodor. Anscheinend war das Interview beendet, denn er und der junge Mann, dem Petra gefolgt war, verließen gerade durch das schmiedeeiserne Tor den Friedhof. Nur die Reporter blieben zurück und schossen aus sicherer Entfernung Fotos von der Trauergemeinde. Verdammte Aasgeier.

»Er war vom Fernsehen.«

»Was?« Corinna blickte sich wieder zu Petra um.

Diese wedelte mit der Visitenkarte, die der Mann ihr gegeben hatte. »Der nette Reporter. Er heißt Marc Helmers und arbeitet in Heilbronn beim SDR.«

KAPITEL 9

Die Zeit nach der Beerdigung erlebte Corinna wie durch Watte. Sie fühlte sich taub, war völlig erschöpft und ausgebrannt. Sie hatte den Eindruck, nichts mehr zu spüren, aber immer wieder flossen die Tränen, ohne dass sie sie hätte aufhalten können. Ihr Vater war tot. Bis der Sarg in die Erde versenkt worden war, hatte ein Teil von ihr noch daran geglaubt, dass alles ein großer Irrtum war und er irgendwo wieder auftauchen würde – angeschlagen, aber am Leben. Nun wurde sie das dumpfe Geräusch nicht mehr los, mit dem die Erde auf den Sarg geprasselt war, als die Trauergäste jeder ein Schäufelchen davon ins Grab geworfen hatten.

Corinna verbrachte den Morgen damit, auf ein leeres Blatt, eingespannt in ihre Reiseschreibmaschine, zu starren. Es war seltsam, in ihrem alten Kinderzimmer zu sitzen, mit der verblassten Blümchentapete und den dutzendfach gelesenen, eselsohrigen Lieblingsbüchern im Regal. Sie hatte geglaubt, diesen Ort endgültig hinter sich gelassen zu haben, als sie nach Berlin gezogen war, doch nun saß sie wieder hier. Alles fühlte sich fremd und falsch an. Sie wusste genau, was sie schreiben wollte, aber die Worte kamen nicht. Vielleicht brauchte sie ein bisschen Zeit. Nur, dass sie keine Zeit hatte. Sie hatte ein Stipendium, und sie musste dafür etwas liefern, das nicht nur gut, sondern am besten brillant war. Ein Jahr erschien ihr plötzlich viel zu kurz, um einen Roman zu schreiben. Was, wenn sie nicht mehr schreiben konnte? Was, wenn die Worte nun für länger versiegten und sie sich irgendwann eingestehen musste, dass sie nichts vorzuweisen hatte?

Corinna seufzte. So vor dem Papier zu sitzen brachte erst recht nichts. Sie hatte gerade ihren Vater verloren. Es würde einfach etwas dauern, bis die Worte wiederkamen.

Ihre Gedanken wanderten in eine andere Richtung. Sie dachte an den Stapel eingegangener Trauerkarten, den sie in den nächsten Tagen beantworten musste, und den tröstlichen Spruch Albert Schweitzers, den Mariannes Freundin Ruth bei der Beerdigung zitiert hatte: »Das kostbarste Vermächtnis eines Menschen ist die Spur, die seine Liebe in unseren Herzen zurückgelassen hat.«

Corinna bedauerte, dass sie nicht mehr die Gelegenheit gehabt hatte, Alexandre von ihrem Stipendium zu erzählen. Und es gab so viele Fragen, die sie ihm immer hatte stellen wollen, aber für die es nie die richtige Zeit gewesen war. Wohin jetzt mit ihnen?

Wie von selbst begannen Corinnas Finger zu tippen.

Lieber Papa,
ich schätze du weißt, wie es ist, jemanden zu verlieren. Ich erinnere mich noch an all das, was du mir früher erzählt hast. Wo du im Krieg überall gewesen bist, um dann beim Zirkus zu arbeiten und schließlich hierherzukommen. Ich schätze, du hattest in deinem Leben viel mehr mit dem Tod zu tun als ich bisher. Aber davon hast du mir nie erzählt.
Meinen Fragen bist du immer ausgewichen. Ich weiß gar nichts von deinen Eltern oder ob du Geschwister hattest. Ich hatte immer nur eine Oma, und manchmal kam mir das seltsam vor, weil viele Kinder in der Schule zwei hatten. Aber Petra hatte gar keine Familie, und so schien mir das dann fair zu sein.

Doch nun frage ich mich, warum du nie über deine Vergangenheit geredet hast. Ich dachte immer, mit der Zeit würdest du schon noch damit herausrücken. Ich dachte immer, ich kann warten.
Nun stellt sich heraus, dass keine Zeit mehr übrig ist, und ich wünschte, ich hätte mehr gefragt. Ich wünschte, ich wüsste irgendetwas über dich aus der Zeit vor dem Krieg.
Ich vermisse dich jetzt schon so sehr, dass es weh tut. Ich weiß gar nicht, wie ich mit Mama reden soll ohne dich. Du hast immer zwischen ihr und mir vermittelt. Aber jetzt ist da dieses Loch in unserer Familie, um das wir herumreden müssen. Aber eigentlich reden wir gar nicht, zumindest nicht über Gefühle. Mama sagt mir, was sie von mir erwartet, und ich versuche ihr zu sagen, dass ich das nicht erfüllen kann, aber sie hört mir nicht zu.
Ich hoffe, irgendjemand anderes nimmt sich der Schreinerei an, denn sonst werde ich mir wohl für den Rest meines Lebens anhören müssen, dass es meine Schuld ist, dass es das Familienunternehmen nicht mehr gibt.
Aber dann ist es halt so. Ich gehe auf jeden Fall zurück nach Berlin zu meinem Studium und meinem Stipendium, egal wie schlecht das Gewissen ist, das Mama mir einreden will.
Ich hoffe, sie akzeptiert das, aber ich weiß, du hättest es ihr besser erklären können als ich.

Tränen verschleierten Corinnas Sicht. Sie schniefte und zog das Papier aus der Schreibmaschine. Wie kitschig, einen Brief an einen Verstorbenen zu schreiben. Wütend auf sich selbst, zerknüllte sie das Blatt. Doch als sie es in den Papierkorb werfen wollte, stockte sie. Langsam legte sie das Papierknäuel wieder neben der Schreibmaschine ab. So gut es ging, strich sie es glatt. Vielleicht würde sie eine Nacht darüber schlafen und dann überlegen, was sie damit machen wollte.

Im nächsten Moment ließ ein Klopfen an ihrer Zimmertür sie zusammenzucken.

»Corinna!« Lottes Stimme drang durch die Tür. »Das Krankenhaus hat angerufen! Wir müssen sofort hin!«

»Lassen Sie mich nach Hause gehen!« Mariannes Stimme hallte ihnen schon durch den Krankenhausflur entgegen.

Corinna wechselte einen Blick mit ihrer Tante. Ohne ein Wort eilten sie hinter der Schwester her, die sie an der Pforte in Empfang genommen hatte.

Was die Schwester Lotte am Telefon mitgeteilt hatte, war vage gewesen. Bei einer Nachuntersuchung habe es Auffälligkeiten gegeben. Sie sollten so schnell wie möglich kommen.

»Frau Wagner, bitte beruhigen Sie sich.«

Die Stimme eines Arztes drang durch die geschlossene Tür, als Corinna und Lotte dort angelangt waren.

»Beruhigen? Sie haben gesagt, das wäre nur eine Routineuntersuchung, damit Sie mich offiziell entlassen können. Und jetzt wollen Sie mich noch mal zwei Wochen dabehalten?«

Auf das Nicken der Schwester klopfte Corinna und drückte gleichzeitig die Klinke herunter; ihr Magen war ein fester Klumpen. Was war los? Warum sollte ihre Mutter noch länger im Krankenhaus bleiben?

»Frau Wagner, Sie müssen verstehen, wie ernst die Situation ist. Wenn wir jetzt nichts unternehmen, könnten Sie Ihr Augenlicht vollständig …«

Der Arzt sah auf, als Corinna ins Zimmer trat. Er war jung, wirkte wie frisch von der Universität. Und er war sichtlich überfordert mit der zornigen Frau im Morgenmantel, die sich vor ihm drohend aufgebaut hatte, auch wenn sie leicht wankte und sich an einer Stuhllehne festhalten musste.

»Verzeihung«, sagte er an Corinna gewandt. »Sie können hier nicht einfach so …«

»Wir sind die Familie.« Lotte schob sich hinter Corinna in den Raum und an ihr vorbei. »Marianne, was ist denn los? Sie sagen, du brauchst Beistand.«

Marianne schnaubte. »Ich brauche keinen Beistand, ich brauche nur jemanden, der nicht von oben herab mit mir redet.«

»Aber das versuche ich doch, Frau Wagner.« Der Arzt wirkte erschöpft. »Wenn Sie mir nur kurz zuhören wollen. Setzen Sie sich wieder hin, bitte!«

Marianne sank zurück auf den Stuhl, verschränkte aber die Arme vor ihrer Brust. »Gut. Ich höre.«

Nun erst hatte Corinna Zeit, sich umzusehen. Es war nicht das Krankenzimmer, das sie von ihrem letzten Besuch kannte, sondern ein Büro. Vor dem Fenster stand ein Schreibtisch, auf der rechten Seite gab es eine Sitzecke und auf der linken führte eine offene Tür in einen Raum voller kompliziert aussehender Gerätschaften.

Lotte stellte sich nun neben Mariannes Stuhl, und Corinna gesellte sich zu ihr.

Der Arzt holte tief Luft. »Wie ich vorhin schon versucht habe zu sagen …«, er warf Marianne einen düsteren Blick zu, »… hat die Untersuchung ergeben, dass Ihr linkes Auge seine Sehkraft verliert.«

»Ich werde halt auch nicht jünger«, murrte Marianne. Aber sie klang nur halb überzeugt. Hatte sie selbst gemerkt, dass etwas nicht stimmte, und wollte es sich nicht eingestehen?

»Was bedeutet das?«, fragte Corinna. »Ich dachte, das rechte Auge sei dasjenige, das von den Splittern getroffen wurde? Warum stimmt jetzt etwas mit dem linken nicht?«

Der Arzt nickte. »Ja, das rechte Auge konnten wir leider nicht mehr retten, die Verletzungen waren zu gravierend. Aber das linke Auge ist ebenfalls in Mitleidenschaft gezogen worden. Wir hatten bisher den Eindruck, dass alles gut verheilt. Der Verlust der Sehkraft zeigt allerdings deutlich, dass wir uns geirrt haben. Wir gehen davon aus, dass es tiefer im Auge eine Entzündung gibt, die mit Antibiotika behandelt werden muss. Nur so haben wir die Chance, die Sehkraft des Auges hoffentlich zu erhalten.«

»Dann geben Sie mir eben Tabletten«, schaltete Marianne sich wieder ein. »Aber dafür muss ich doch nicht hierbleiben.«

»Wir möchten Sie zur Beobachtung dabehalten. Zumal wir darauf vorbereitet sein müssen, drastischere Maßnahmen zu ergreifen, sollte die Sehkraft weiter nachlassen.«

»Meinen Sie eine Operation?«

»Möglicherweise. Das hängt vom weiteren Verlauf ab.«

»Das klingt sinnvoll«, ließ Lotte sich vernehmen. »Wenn sie ständig deine Sehkraft überprüfen müssen, müsste ich dich immer herfahren.«

Der Gedanke, ihre langsam erblindende Mutter zu Hause zu pflegen, behagte Corinna auch nicht. »Du solltest wirklich hierbleiben«, bekräftigte sie. »Wenn du jetzt die Treppe runterfällst, weil du eine Stufe nicht richtig siehst, ist ja auch niemandem geholfen. Und je schneller du gesund wirst, desto schneller kannst du wieder ganz nach Hause kommen.«

Marianne sackte in ihrem Stuhl förmlich zusammen. So hatte sie sich das Gespräch mit dem Arzt nicht vorgestellt. Doch schließlich nickte sie.

»In Ordnung«, sagte sie. »Ich bleibe erst mal hier.«

Lotte hatte Hennis Auto in der Eile, schnell ins Krankenhaus zu kommen, im Parkverbot in der Nähe des Eingangs abgestellt.

Während sie jetzt schon einmal zum Auto vorging, brachte Corinna ihre Mutter zurück auf ihr Zimmer.

»Ich habe gehört, du hast Verantwortung in der Schreinerei übernommen«, sagte Marianne, während sie langsam durch den Krankenhausflur gingen.

»Ich habe nur den Teil mit der Presse übernommen«, wehrte Corinna ab. Das fehlte noch, dass ihre Mutter sich falsche Hoffnungen machte. »Falls sich das Interesse der Medien an uns noch länger hält, kann ich das im Zweifelsfall auch von Berlin aus machen.«

Das war offensichtlich nicht die Antwort, die Marianne hatte hören wollen. Für eine Weile setzten sie den Weg schweigend fort. Corinna hielt den Blick auf die Zimmernummern gerichtet bis sie das Zimmer fand, in dem sie ihre Mutter schon einmal besucht hatte. Sie drückte die Tür auf, und Marianne trat ein. Sie ging zum linken Bett und setzte sich auf dessen Kante. Corinna zog sich einen Stuhl heran.

»Corinna, hör zu«, begann ihre Mutter nach einem Moment. »Wir müssen jetzt zusammenhalten. Du wolltest gern Literatur studieren, aber damit kannst du auf Dauer nicht deinen Lebensunterhalt bestreiten.«

Corinna seufzte. Kaum hatte sie erwähnt, dass sie nach Berlin zurückkehren wollte, fing die Diskussion wieder an. »Warum nicht?«, fragte sie. »Viele Leute bestreiten mit Literatur ihren Lebensunterhalt.«

»Ja, aber das ist doch ein unsicheres Feld. Vielleicht bist du ein paar Jahre lang angesagt. Aber was, wenn die Literaturkritiker danach jemand anderen besser finden?«

»Du meinst, so wie deine Kunden inzwischen Barbiepuppen und Plastikmöbel besser finden?« Vielleicht war das gemein – aber warum wollte ihre Mutter das einfach nicht verstehen? Sie hatte doch als junge Frau selbst ihren Traum verwirklicht, obwohl ihr alle gesagt hatten, dass es nicht möglich sei.

Marianne presste die Lippen zu einem dünnen Strich zusammen. »Die Leute werden immer Erzeugnisse aus Holz kaufen«, sagte sie schließlich. »Du musst nur immer wieder aufs Neue herausfinden, welche. Aber ich bin sicher, dass du das kannst.«

Langsam wurde es Corinna zu viel. »Ich will aber nicht, Mama! Ich verstehe nichts von Holz und interessiere mich auch nicht dafür. Literatur ist das, was ich machen will! Ich habe einen Studienplatz in Berlin. Außerdem habe ich gerade ein Stipendium für ein Romanprojekt bekommen!«

Marianne blinzelte überrascht. »Von einem Stipendium hast du mir noch gar nichts erzählt.«

»Wann denn auch? Zwischen all den schlechten Nachrichten kommt man ja gerade kaum zum Luftholen.«

Plötzlich wurden die Züge ihrer Mutter weicher. Sie streckte die Hände in Corinnas Richtung aus, und nach kurzem Zögern ergriff Corinna sie.

»Ich bin stolz auf dich«, sagte Marianne, und die Worte hinterließen ein warmes Glühen in Corinna. »Aber von der Kunst leben zu müssen, macht auf Dauer nicht glücklich.« Sie seufzte. »Ich wünschte, dein Vater wäre hier und könnte dir von seiner Erfahrung in Paris erzählen.«

Die Worte machten all die Freude über das Lob zunichte, die Corinna für einen Moment empfunden hatte. »Ich bin nicht Papa, und ich habe nicht vor, mich damit zu begnügen, hin und wieder in meiner Freizeit ein paar Eichhörnchen zu zeichnen.«

»Dein Vater hat mehr gemacht, als ein paar Eichhörnchen zu zeichnen«, gab Marianne wütend zurück. »Seine Kunst hat ihm immer viel bedeutet. Genau deshalb hat er sie nicht verhökern wollen!«

»Aber ich bin nicht er«, begehrte Corinna auf. »Hör auf, mir vorschreiben zu wollen, was mich glücklich macht! Es geht dir doch gar nicht um mein Glück. Du willst einfach nur, dass jemand deinen Traum weiterlebt! Aber was ist mit meinen Träumen?«

Erst als ihre Stimme im Raum nachhallte, merkte Corinna, wie laut sie geworden war. Auf dem Gesicht ihrer Mutter zeichnete sich Schmerz ab.

»Mein Traum war es, eine Zukunft für meine Familie zu schaffen«, sagte Marianne schließlich leise. »Für dich. Ich habe, so lange ich konnte, dir den Rücken freigehalten. Aber wenn ich jetzt blind werde, kann ich das nicht länger. Corinna, dann musst du meinen Platz einnehmen.«

»Mein Platz ist in Berlin und bei meinen Texten!« Wenn ihre Mutter doch bloß akzeptieren könnte, dass sie in der Lage war, eigene Entscheidungen zu treffen. Aber es kam ihr so vor, als würde Marianne in ihr immer noch ein kleines Mädchen sehen, das auf den rechten Pfad gelenkt werden musste.

»Gut«, sagte Marianne nach langem Schweigen. »Wenn du so sehr davon überzeugt bist, dann musst du diese Erfahrung wohl selbst machen. Ich hoffe nur, du überlegst es dir nicht noch mal anders, denn für die Schreinerei wird es dann zu spät sein.«

Sie wandte sich von Corinna ab und wollte nach der Wasserflasche greifen, die neben einer gerahmten Fotografie von Alexandre auf dem Nachttisch stand. Doch sie griff knapp daneben und stieß die Flasche um. Corinna fing sie im letzten Augenblick auf und reichte sie ihrer Mutter.

Für einen Moment sah Corinna zu, wie ihre Mutter mit einer Hand die Wasserflasche festhielt und mit der anderen nun vorsichtiger nach dem leeren Glas auf dem Tisch tastete. Fast wie eine Blinde. Oder wie jemand, der eben nur noch sehr undeutlich sehen konnte. So schlimm war es also schon?

Corinna schluckte. »Für eine Weile kann ich noch hierbleiben«, sagte sie. Wenn sie die Universität informierte, wurde sie hoffentlich freigestellt, ohne dadurch Nachteile zu haben. Sie hatte ein schales Gefühl, als sie sich fragte, ob sie das wirklich wollte oder ob sie es nur aus einem schlechten Gewissen heraus tat. »Wir schauen, wie es für dich gesundheitlich weitergeht und wie sich alles regeln lässt. So lange bin ich noch hier.«

Und wenn ihre Mutter wirklich erblindete? Wenn sie den Betrieb tatsächlich nicht mehr leiten konnte? Was war dann?

Corinna wusste es nicht. Aber eines stand fest: Ein Leben ohne Literatur kam für sie nicht in Frage, egal wie schlecht ihr Gewissen auch war.

KAPITEL 10

Petra keuchte die Anhöhe zum Kinderdorf hinauf.

Sie war oft mit dem Fahrrad unterwegs, aber der steile Anstieg brachte sie doch an ihre Grenzen. Zumal sie in Gedanken immer noch bei Marianne im Krankenhaus war. Wie schrecklich, dass diese zu erblinden drohte! Wie sollte es bloß weitergehen, falls die Befürchtung der Ärzte wirklich Realität wurde? War das Unglück, das sie zuletzt getroffen hatte, nicht schon schlimm genug?

Petra musste mit jemandem reden. Sie brauchte Trost oder wenigstens ein bisschen Ablenkung von dem Schlamassel. Da war ihr Ruth eingefallen, die Person, die für sie einer Mutter noch am nächsten kam. Bei Alexandres Beerdigung hatten sie kaum ein Wort miteinander gewechselt, zu viele Menschen waren um sie herum gewesen. Vielleicht war heute ein guter Tag, das Gespräch nachzuholen.

Außer Atem erreichte Petra ihr Ziel. Der Anblick der umliegenden Streuobstwiesen war regengrau verhangen. Zu der einst von Ruth Hofbauer gegründeten Einrichtung für eltern- und heimatlose Kinder gehörten mehrere kleinere Wohnhäuser, die sich um ein größeres Gebäude im Zentrum gruppierten. Darin befanden sich Ruths Büro, ihre eigene Wohnung und im Erdgeschoss zwei große Aufenthalts- und Spielräume für die Kleinen, die noch nicht zur Schule gingen. Auch Versammlungen und Feste fanden hier statt, wann immer es etwas zu feiern gab. In einem der Räume brannte Licht.

Petra stellte ihr Fahrrad neben dem Eingang ab.

Sie hatte schon eine ganze Weile nicht mehr bei Ruth vorbeigeschaut, obwohl sie hier aufgewachsen war. Mit der Pubertät hatte sich ihr Verhältnis getrübt; Petra hatte zunehmend getrotzt und gegen Ruths Vorstellungen rebelliert, hauptsächlich weil sie sich überfordert fühlte. Dass Ruth ihr damals ständig in den Ohren gelegen hatte, sich an Corinna ein Beispiel zu nehmen, deren Leistungen in der Schule so viel besser waren, hatte die Situation noch verschärft. Erst nachdem Petra sich dank Mariannes Unterstützung hatte durchsetzen können, in eine eigene kleine Wohnung gezogen war und die begonnene Ausbildung tatsächlich abgeschlossen hatte, akzeptierte Ruth, dass sie ihren Weg gefunden hatte, der anders verlief, als sie ihn sich vorgestellt hatte. Seitdem verstanden sie sich wieder besser – so vertraut wie früher war ihr Umgang dennoch nicht mehr.

Sorgfältig streifte Petra ihre Schuhe auf dem Fußabtreter ab und schob die Tür auf.

Rhythmisches Klatschen und ein Kinderlied schallten ihr im Flur entgegen. Dutzende Male hatte sie es selbst im Kreis gesungen, jede Zeile des Textes war ihr vertraut. Kurz blieb sie lauschend stehen, wartete ab, bis das Lied zu Ende war und spähte dann ins Zimmer.

»Hallo …«

Sämtliche Köpfe wandten sich zu ihr um. »Pedda«, krähte das kleine Mädchen auf Ruths Schoß erfreut.

»Ja, das ist Petra«, bestätigte Ruth. »Schön, dass sie uns mal wieder besucht, nicht wahr?«

Alle nickten eifrig, sogar der höchstens dreijährige Knirps mit dem Pflaster am Kinn, den sie noch nie gesehen hatte. Ruth stellte ihn ihr kurz vor. »Das ist Timo, er ist gestern vom Dreirad gefallen.« Trotz ihres Lächelns wirkte sie erschöpft, und sofort verspürte Petra den Drang, ihr helfen zu wollen.

So war es immer gewesen. Schon damals, als sie selbst noch im Kinderdorf wohnte, hatte sie Ruth bei jeder Gelegenheit unterstützt. Sie hatte sich um die Kleineren gekümmert, wenn diese Nähe, Aufmunterung oder Hilfe brauchten.

Manche Dinge änderten sich wohl nie.

Während sie mithalf, Papierlaternen für den Martinsumzug zu basteln und Streichholzbeine an Kastanientieren zu befestigen, flog der Nachmittag nur so vorüber. Dabei war sie doch eigentlich hergekommen, um Ruth ihr Herz auszuschütten, weil sie sonst niemanden zum Reden hatte. Immerhin fiel es ihrer früheren Ziehmutter auf, dass ihre Fröhlichkeit nur aufgesetzt war.

»Dir geht es nicht so gut, hm?«, sagte Ruth, als sie endlich ein paar Minuten Zeit für Petra fand. »Du wirkst bedrückt. Belastet dich die Situation in der Schreinerei?«

»Schon.« Es laut auszusprechen war schwerer, als sie erwartet hatte. Sie war es gewohnt, ihre Gefühle hinter einem Lächeln und ein paar Witzen zu verstecken. »Niemand weiß, wie es mit dem Betrieb weitergehen soll. Und wenn Marianne wirklich erblindet, kann sie nicht mehr arbeiten und …« Petra konnte sich kaum vorstellen, was das bedeuten mochte. »Das ist nicht fair!«, brach es aus ihr heraus. »Marianne hat das nicht verdient!«

»Natürlich nicht. Niemand hat das.« Ruths Blick verlor sich in der Ferne, als gingen ihr dunkle Erinnerungen durch den Kopf. »Aber es hilft nichts, mit dem Schicksal zu hadern oder Fragen nach dem Warum zu stellen. Nach vorne schauen, darum geht es. Sonst kommt man im Leben nicht weiter.«

Petra fiel keine Erwiderung ein. Wenn Ruth das sagte, klang

es ganz leicht. Aber das war es nicht. Weder für sie selbst noch für Marianne – erst recht nicht für Marianne!

»Ich verstehe, dass du dir Sorgen machst«, sagte Ruth und schenkte ihr ein liebevolles Lächeln. »Aber glaub mir, du hilfst Marianne am meisten, wenn du einfach weiter arbeitest und ihr ein paar der Aufgaben abnimmst, die sie nicht mehr schafft.«

Petra zögerte. »Corinna wird es nicht passen, wenn ich mich zu sehr einmische«, meinte sie. »Seit sie aus Berlin wieder da ist, hab ich den Eindruck, dass sie schlecht auf mich zu sprechen ist.«

Ruth sah das anders. »Corinna wird froh sein, wenn du sie unterstützt. Gerade weil du dich mit der Arbeit und den Abläufen in der Schreinerei viel besser auskennst als sie. Redet miteinander, bestimmt findet ihr einen Weg. Ihr wart doch früher so eng befreundet, fast wie Schwestern. Wo die eine von euch beiden war, war die andere auch.«

Petra seufzte tief. Ja, das war früher so gewesen.

Aber früher war schon lange vorbei. Schade, dass Ruth das nicht verstehen wollte. Obwohl – eigentlich verstand sie es ja selbst nicht so genau …

Kurz vor der Abendbrotzeit hatte sich der Arzt zur Kontrolle angekündigt. Die vierjährige Susi fieberte seit zwei Tagen und schlief mit hochroten Wangen in ihrem Bettchen. Ruth hatte im Laufe des Nachmittags immer wieder nach ihr gesehen und die Zimmertür offen gelassen, so dass sie hören konnte, wenn die Kleine wach wurde und nach ihr rief. Petra half gerade, Susi frische Wadenwickel anzulegen, als sich Schritte im Flur näherten.

Sie hatte mit Doktor Fritsch gerechnet, dem Kinderarzt mit dem Walrossschnauzbart, der das Kinderdorf seit dem ersten

Tag betreute und sie schon bei Scharlach und Windpocken behandelt hatte. Doch der Mann, der nun ins Zimmer trat, war höchstens halb so alt wie Doktor Fritsch. Hätte er nicht den typischen weißen Kittel getragen, wäre Petra nie auf die Idee gekommen, er könnte Arzt sein.

Ruth ging ihm entgegen und begrüßte ihn herzlich. »Vielen Dank, dass Sie kommen konnten, Doktor Behrendt.«

Er schüttelte ihr die Hand. »Wie geht es meiner kleinen Patientin?«

»Sie hat immer noch Fieber, aber zum Glück ist es dank der Wadenwickel und einem Zäpfchen gesunken.«

Der junge Arzt stockte kurz, als er Petra neben dem Bett bemerkte. Sie registrierte sofort das aufkeimende Interesse in seinem Blick und streckte ihm ebenfalls die Hand hin.

»Ich bin Petra«, sagte sie und fügte als Erklärung hinzu: »Zu Besuch.«

»Thomas Behrendt«, erwiderte er.

Sein Händedruck war warm und fest, und dauerte eine Sekunde zu lang, um bedeutungslos zu sein. Petra spürte ein Kribbeln im Magen und wandte sich rasch ab, um die trockenen Wickel von der Bettdecke zu nehmen. Sie glaubte, seine Finger noch zu spüren, als er sich längst Susi zugewandt hatte und ihr prüfend die Hand auf die Stirn legte.

Matt schlug die Kleine die Augen auf und blinzelte ihn an.

»Hallo«, sagte er. »Lässt du mich in deinen Hals schauen, Susi? Du weißt schon, so wie beim letzten Mal. Den Mund weit aufmachen und Aaah sagen …«

Susi nickte, während er seine Arzttasche öffnete und einen hölzernen Spatel sowie ein Stethoskop herausholte.

»Sie kommen doch kurz ohne mich klar, ich bin gleich wieder zurück.« Ruth lief rasch los, um Susi aus der Küche eine

Tasse Kräutertee zu holen und die Vorbereitungen fürs Abendbrot zu beaufsichtigen.

»Keine Eile«, rief Petra ihr nach. »Ich bin ja da.« Wenn es nach ihr ging, konnte Ruth gern länger fortbleiben.

Sie schlug die gebrauchten Wickel in ein Handtuch ein, damit sie nachher alles zusammen in den Wäschesack werfen konnte, und wischte ein paar unsichtbare Staubflusen von der Kommode am Fenster. Dort hing ein Bild aus bunten Herbstblättern, und während sie so tat, als würde sie es betrachten, beobachtete sie unauffällig den jungen Arzt.

Dass er ihr seinen Vornamen genannt hatte, war gewiss kein Zufall gewesen. Auch das Aufblitzen in seinen Augen hatte sie sofort bemerkt – Flirten war etwas, mit dem Petra sich auskannte. Vielleicht lag es ihr im Blut.

Sie musterte Thomas, der ruhig mit Susi sprach. Er hatte schöne Hände, und es imponierte Petra, wie geschickt er die Kleine untersuchte. Plötzlich wünschte sie sich, auch von ihm berührt zu werden. Allerdings auf andere Weise und an einem anderen, viel romantischeren Ort …

»Träumst du?«

»Ähm, was?« Petra riss die Augen wieder auf.

»Ich hatte dich etwas gefragt.«

»Tut mir leid, ich …« Sie hatte weder die Frage gehört noch wahrgenommen, dass er sich von Susis Bettrand erhoben hatte. Jetzt stand er vor ihr und schmunzelte amüsiert.

»Woran hast du gerade gedacht?«, fragte er.

Die Wahrheit konnte sie ihm unmöglich sagen. Aber sie konnte den Kopf in den Nacken legen, ihn keck anlächeln und hoffen, dass er die Botschaft verstand. »Was hattest du mich denn gefragt?«, wollte sie wissen.

Ruth hätte ihr vermutlich die Leviten gelesen, wenn sie gehört hätte, dass sie den Arzt einfach duzte, aber Petra ging gern aufs Ganze. Und er hatte schließlich damit angefangen.

Thomas lachte. »Ob Timo wohlauf ist.«

»Du meinst den Jungen, der vom Dreirad gestürzt ist?«

»Ja, den meine ich.«

»Dem geht's prima«, sagte sie. »Er hat vorhin mit den anderen Kindern und mir gebastelt. Das Pflaster an seinem Kinn sah sauber aus, die Wunde scheint gut zu verheilen.«

»Du scheinst hier ja alles im Griff zu haben«, sagte er. Dass er sie ebenfalls duzte, ließ ihr Herz höherschlagen.

Wenn sie geahnt hätte, dass sie bei Ruth heute einen Mann wie ihn treffen würde, hätte sie sich hübscher angezogen, die Wimpern getuscht und einen Hauch Parfüm aufgetragen. Trotzdem reichte ein Augenaufschlag, um ihn zu becircen – das bewies seine Reaktion. Petra konnte es immer spüren, wenn sie bei einem Mann Interesse weckte.

Thomas' Blick huschte zur Tür. Noch war von Ruth nichts zu hören oder zu sehen. »Wenn ich hier fertig bin, habe ich Feierabend. Was ist mit dir?« Er senkte die Stimme, der Klang wurde weicher, verführerischer. »Mein Wagen steht draußen, kann ich dich irgendwohin mitnehmen?«

Petra zögerte keine Sekunde. »Das wär super«, erwiderte sie und hoffte, dass Ruth sich später nicht allzu sehr darüber wundern würde, wenn sie verschwunden war, aber ihr Fahrrad noch vor der Tür stand.

Eine Stunde später saß sie ihm in einer Gaststätte gegenüber. Petra hatte Thomas' Einladung zum Essen sofort angenommen, allzu oft ergab sich nicht die Gelegenheit, von einem Arzt ausgeführt zu werden.

Zu ihrer Enttäuschung hatte er ein kleines Lokal außerhalb

der Stadt ausgewählt, in dem nur wenige Gäste saßen. Ohne seinen weißen Kittel sah man ihm den Mediziner auch nicht mehr an, das schmälerte ihre Euphorie ein wenig. Am Stammtisch spielten nur ein paar Einheimische Karten und schenkten ihnen keinerlei Beachtung.

Das kräftige Ragout aus frischen Pilzen und Kraut schmeckte jedoch gut und die Weinschorle, die Petra bestellt hatte, prickelte in der Kehle. Thomas trank Bier zum Essen und lachte, als sie ihm den zarten Schaumbart von der Oberlippe wischte. Schon nahm er den nächsten Schluck. War es Absicht? Forderte er sie heraus, ihn zu berühren?

Das konnte er haben.

»Nicht zu fassen, wie du dich anstellst«, neckte sie ihn und tupfte ihm erneut die Lippe ab. »Lernt man als Arzt nicht, wie man anständig ein Bier trinkt?«

»Nein, das gehört nicht zum Medizinstudium.«

Immer wieder wanderte seine linke Hand wie zufällig in ihre Richtung und streifte beim Reden leicht ihren Arm. Worüber sie sich unterhielten, nahm Petra kaum wahr. Es war das übliche Geplänkel. Der Versuch, sich kennenzulernen, ohne zu wissen, ob es am Ende auf mehr als einen Flirt hinauslief.

»Du gefällst mir«, raunte er.

»Du mir auch«, erwiderte sie prompt.

Er lachte, als hätte sie etwas Lustiges gesagt. »Weißt du, ich mag deine direkte Art.«

Dieses Mal verkniff Petra sich die Antwort. Ihrer Erfahrung nach hörten Männer es nämlich nicht gern, wie ähnlich sie anderen Männern waren. Allerdings war es eine Tatsache, dass ihre direkte Art fast immer gut ankam – sogar bei denjenigen, die das erst zugaben, wenn sich keine Zeugen mehr in der Nähe befanden.

Sie flirteten noch eine Weile weiter, trotz gesättigter Mägen mit hungrigen Augen, bis Thomas die Bedienung rief und zahlte, um Petra anschließend nach Hause zu fahren. Da wusste sie längst, welchen Verlauf dieser gemeinsame Abend nehmen würde.

»Du bist echt niedlich.« Ein erster flüchtiger Kuss, als er ihr die Wagentür öffnete und sie einsteigen ließ.

Ein intensiverer Kuss vor der Haustür.

Ihre gehauchte Frage: »Willst du mit raufkommen?«

Thomas nickte mit leuchtenden Augen.

Klar wollte er. Sie hatte bisher noch keinen Mann kennengelernt, der in diesem Moment abgelehnt hätte.

Petra schloss die Haustür auf und zog Thomas im Dunkeln die Stiege hoch. Das Mietshaus war alt, das Licht im Treppenhaus funktionierte selten.

»Pst, da wohnt meine Vermieterin!« Was Herrenbesuch betraf, war die alte Schachtel eine fürchterliche Tratschtante, und Petra legte keinen großen Wert darauf, von ihr ertappt zu werden. Zum Glück passierte das fast nie, weil die neugierige alte Frau Schlaftabletten nahm und dann früh zu Bett ging.

Sie schlichen an der Tür vorbei und erreichten gleich darauf Petras winzige Wohnung im Dachgeschoss.

»Vorsicht«, warnte sie, doch da rumste es schon.

Thomas stöhnte auf. »Ich nehme an, du wolltest mich darauf hinweisen, dass die Decke sehr niedrig ist …«

Sie kicherte. »Nur die Schrägbalken.«

»Danke, das hilft mir jetzt auch nicht mehr.« Er rieb sich die Stirn.

Sie schälte ihn aus der Jacke und vertrieb seinen Schmerz mit Küssen und noch mehr Küssen. Darin war sie besser als jeder Arzt, und es war die wirksamste Medizin, die Petra kannte.

Licht brauchten sie nicht, den Weg zum Bett fanden sie auch so. Thomas folgte ihr, ohne zu zögern. Bei allem, was sie tat.

Es machte Spaß, aber wie so oft, war der Moment der Nähe schnell vorbei. Und sobald Leidenschaft und Zärtlichkeit verflogen, wurde es unangenehm.

»Ich muss dir etwas sagen.«

Petra erstarrte. Sie hatte es geahnt. Warum lief es bloß immer auf dasselbe hinaus, wenn sie sich mit einem Mann einließ?

»Du bist verheiratet?«, fragte sie.

Falls er sich über den sachlichen Ton wunderte, den sie angeschlagen hatte, so zeigte er es nicht.

»Verlobt«, gestand er zerknirscht.

Petra hörte nur mit halbem Ohr zu, was Thomas erzählte. Im Grunde kannte sie das alles schon – die Ausflüchte, die Erklärungsversuche, die Entschuldigungen. Warum passierte ihr das jedes Mal aufs Neue? Ständig fischte sie sich die Männer heraus, die bereits vergeben waren.

»Schon okay«, schnitt sie ihm das Wort ab. »Wir hatten Spaß, um mehr ging es doch nicht.«

Er war froh, dass sie kein Drama aus der Sache machte. Petra ließ ihn im Dunkeln seine Sachen zusammensuchen, damit sie ihm nicht ins Gesicht sehen musste. Immerhin küsste er sie noch einmal, bevor er ging.

»Danke«, flüsterte er. »Du warst toll! Ich werde den Abend mit dir nicht vergessen.«

Sie schwieg. Was hätte sie auch sagen sollen? Ihn anlügen, dass es ihr genauso ging?

Nein, da war ein stummer Abschied besser.

Doch kaum war Thomas gegangen, fühlte Petra sich in ihrem Bett unwohl. Sie wollte nicht allein in der Wohnung bleiben, obwohl es schon spät war. Zu einsam fühlte sich das plötzlich an, innen wie außen. Sie musste irgendetwas tun, um die Leere zu füllen. Das Gefühl zu vertreiben.

Also zog sie sich an und schlich nach draußen.

Schon der nächtliche Spaziergang zum Kinderdorf, um ihr Fahrrad zu holen, tat Petra gut. Die kalte Luft wirkte erfrischend und weckte ihre Lebensgeister. Es war ja nicht so, dass sie wegen Thomas traurig war. Sie war ganz sicher nicht in ihn verliebt, sie kannte ihn ja kaum. Es wäre nur schön gewesen, wenn es einmal anders gelaufen wäre. Wenn es irgendeine Bedeutung gehabt hätte, dass sie sich begegnet waren.

Aber anscheinend taugte sie nur als flüchtige Bekanntschaft. Gut genug für ein kurzes Vergnügen, aber nicht für eine dauerhafte, ernst gemeinte Beziehung. Sogar ihre Freundschaft mit Corinna war zerbrochen, nicht einmal dieses Band hatte gehalten. Es musste also an ihr liegen …

Und wenn schon, dachte Petra trotzig.

»Mir doch egal!«

Sie trat heftiger als nötig gegen den Seitenständer ihres Fahrrads, ließ ihn hochschnappen und schwang sich auf den Sattel. Das Leder war eiskalt unter ihrem Hintern, als sie den Hang hinabrollte. Der Weg zur Schreinerei war im Dunkeln eine echte Herausforderung, das Rad holperte über Steine und Wurzeln und mehrmals kam Petra beinahe zu Fall.

Aber sie stürzte nicht. Eisern umklammerte sie den Lenker, die Lippen fest zusammengepresst.

Tiefe Stille lag über dem Lindenhof. Irgendwo im Unterholz raschelte es – vermutlich ein Tier, das sie aufgescheucht hatte. Petra stellte das Rad vor der Tür zur Schreinerei ab und kramte den Schlüssel hervor. Gut, dass Marianne ihn ihr gegeben hatte, damit sie jederzeit reinkonnte.

Sie knipste nicht die helle Leuchtröhre an der Decke an, sondern holte die kleine Lampe von Mariannes Schreibtisch und stellte sie auf ihren Platz an der Werkbank. Der vertraute Duft des Holzes stieg ihr in die Nase und verscheuchte die Erinnerungen an den Geruch von fremder, warmer Haut.

Vielleicht sollte sie einfach etwas schnitzen. So wie sie es damals bei Mariannes Großvater gesehen hatte. Der alte Karl-Otto war schon vor Jahren gestorben, aber Petra hütete die Figürchen, die er ihr als Kind geschenkt hatte, wie einen Schatz. Auch weil die Tiergesichter so lebensecht aussahen; wie gewachsen aus dem Holz, aus dem sie geschnitzt waren.

Sie nahm sich ein Stück Lindenholz aus dem Korb, in dem die Reste gesammelt wurden, und betrachtete es nachdenklich. Bald darauf fingen ihre Finger, wie von selbst an zu arbeiten. Mit gleichmäßigen Bewegungen schnitzte sie die Späne ab, und alles in ihr wurde ruhiger. Ihr Atem, ihre Gedanken. Alles glich sich an, erfüllte sie mit Zufriedenheit.

Petra lächelte. Es war eine gute Entscheidung gewesen, in die Schreinerei zu fahren. Hier war ihr Platz, sogar mitten in der Nacht. Hier gehörte sie hin.

KAPITEL 11

Corinna war sich nicht sicher, wieso sie sich dazu hatte breitschlagen lassen, Lotte zu helfen, aber die ganze Zeit tatenlos in ihrem alten Kinderzimmer zu sitzen, brachte sie auch nicht weiter. Also hatte sie sich nun einen zweiten Stuhl an Mariannes Schreibtisch in der Werkstatt herangezogen und wälzte Ordner mit Kundenbriefen. Lotte, neben ihr, war derweil darin vertieft, sich einen Überblick über die Finanzen des Betriebs zu verschaffen.

Die Briefe waren vor allem Bestellungen. Einige davon standen noch aus. Corinna würde herauskriegen müssen, wer daran gerade arbeitete oder ob sie eventuell schon lieferfertig waren. Je weiter sie zurückblätterte, umso deutlicher war zu erkennen, wie der Umsatz des Betriebs immer mehr zurückgegangen war. Hatte der Spielzeughändler Wirth letztes Jahr noch um die tausend Möbelsets für Puppenhäuser bestellt, waren es inzwischen gerade mal noch halb so viele.

»Oh, Marianne«, stieß Lotte plötzlich aus.

Corinna sah von ihrem Ordner mit Schriftstücken auf. »Was ist?«

Lächelnd schüttelte Lotte den Kopf. »Sie haben vor Jahren beschlossen, allen Waisen und Witwen von ehemaligen Mitarbeitern eine Rente auszuzahlen, und sie haben nie damit aufgehört, selbst nicht als das Geschäft schlecht lief.«

Auch Corinna musste lächeln. Das sah ihrer Mutter ähnlich, dass sie stur an solchen Prinzipien festhielt. »Ich schätze, das reißt jeden Monat ein zusätzliches Loch in die Kasse?«, sagte sie fragend.

»Kein allzu großes, aber ja. Allerdings führt es dazu, dass wir hier kaum Fluktuation haben. Die meisten Leute arbeiten ihr Leben lang hier. Und die Bereitschaft, bei Bedarf Überstunden zu machen, ist auch groß.«

»Das ist gut, oder nicht?«, fragte Corinna. »Das gleicht doch sicher vieles wieder aus?« Lotte hatte allerdings nur halb begeistert geklungen.

»Ja schon …« Lotte blätterte in den Unterlagen. »Wir haben sehr zufriedene Mitarbeiter, die Produkte von hoher Qualität fertigen. Aber die Konkurrenz stellt billige Plastikprodukte her und verkauft die zu einem Spottpreis. Vieles davon wird im Ausland produziert, da können wir nicht mithalten. Ich zerbreche mir den Kopf, wo wir Geld einsparen könnten, aber alles läuft darauf hinaus, dass wir minderwertigeres Holz einkaufen müssten oder die Extra-Zahlungen einstellen. Also keine Rente mehr für die Witwen und Waisen.«

Nachdenklich biss Corinna auf ihre Unterlippe. »Das finde ich nicht gut.«

Lotte seufzte. »Denkst du etwa, ich?«

Das Schrillen des Telefons ließ sie beide zusammenzucken. Einen Moment lang starrten sie beide den schwarzen Apparat an, der auf dem Schreibtisch zwischen ihnen stand. Als er zum dritten Mal klingelte, hob Lotte den Hörer von der Gabel. »Schreinerei Lindenhof, was kann ich für Sie tun?«

Während sie der Person am anderen Ende der Leitung zuhörte, runzelte sie die Stirn. »Wie bitte? Wir haben doch eine Stellungnahme abgegeben.«

Corinna hatte bis gestern Mittag noch über einer offiziellen Erklärung zu den Unfällen gebrütet und diese dann nach einem

Besuch im Krankenhaus direkt in den Briefkasten des Haller Tagblatts gesteckt. Vorne am Tor hing der Text ebenfalls in einer verschlossenen Klarsichthülle, damit er auch bei Regen lesbar blieb.

»Ich weiß nicht, was Sie noch von uns wollen«, sagte Lotte jetzt. »Da steht doch alles drin.«

Corinna verzog das Gesicht. Wenn das jemand von der Presse war, würde sich derjenige mit einer solchen Antwort sicher nicht zufriedengeben.

»Hören Sie auf, die Nase in die Angelegenheiten meiner Familie zu stecken!« Lottes Stimme wurde lauter, und Corinna seufzte. Wenn sie sich provozieren ließe, würde das nur wieder zu schlechten Schlagzeilen führen.

Ihre Tante sah auf. »Einen Moment.« Sie legte eine Hand auf die Sprechmuschel des Hörers. »Irgendeine Morgenpost. Willst du mit denen sprechen?«

Corinna nickte, aber gleichzeitig klopfte ihr Herz schneller, als sie den Hörer entgegennahm.

»Ja, bitte?«

»Berger, von der Morgenpost. Uns ist zu Ohren gekommen, dass es während der Beerdigung des Mannes der Firmengründerin zu einem Eklat gekommen ist. Möchten Sie dazu Stellung nehmen?«

Nun verstand Corinna, warum Lotte lauter geworden war. Was für eine Unterstellung! »Ich weiß nicht, wovon Sie sprechen«, sagte sie, obwohl sie sich vorstellen konnte, worauf der Anrufer anspielte.

»Tatsächlich nicht?«, fragte Berger überrascht. »Waren Sie denn nicht persönlich bei der Beisetzung anwesend?«

»Doch, schon.« Corinna holte Luft, um noch etwas hinzuzufügen, aber dann hielt sie inne. Manchmal war weniger mehr.

Auch beim Schreiben war das eine grundlegende Regel. Und sie wollte diesem Reporter keinesfalls Informationen liefern, ehe er nicht preisgegeben hatte, was er wusste.

Für einen Moment schien Berger darauf zu warten, dass sie fortfuhr, doch dann ergriff er selbst das Wort. »Nun, dann haben Sie sicher den Auftritt von Theodor Werwinkel mitbekommen.«

Und ob Corinna das hatte. Allerdings wusste sie noch immer viel zu wenig, was diese Sache betraf. Sie würde dazu also keine Stellung nehmen können, selbst wenn sie es gewollt hätte. Ihre Gedanken rasten. Vielleicht war es klug, den Zwischenfall auf dem Friedhof möglichst bedeutungslos erscheinen zu lassen und dem Reporter so sein Interesse zu nehmen. »Ach, Sie meinen den unhöflichen Herrn.«

Sofort biss Berger an. »Unhöflich? Inwiefern? Können Sie mir mehr erzählen?«

Corinna widerte diese Sensationsgier an. Wie konnte man sich noch selbst in die Augen sehen, wenn man seine Zeit damit verbrachte, reißerische Artikel über andere Leute zu schreiben? Doch sie zwang sich, ruhig zu bleiben.

»Ich weiß nicht«, sagte sie, »da gibt es eigentlich gar nicht viel zu erzählen. Er hat sich aufgedrängt, obwohl er nicht eingeladen war, deshalb wurde er gebeten, die Beerdigung zu verlassen.«

»Haben Sie gehört, was er gesagt hat?«, hakte Berger nach. Corinna konnte förmlich sehen, wie er sich eifrig Notizen machte.

»Oh, daran erinnere ich mich nicht mehr so genau.« Corinna genoss es, den Reporter zu enttäuschen. »Aber ich kann Ihnen gerne eine Stellungnahme im Namen der Firma zu den Ereignissen geben.«

Inzwischen hatte sie genug Zeit gehabt, ihre Gedanken zu

ordnen. Was sie sich zurechtgelegt hatte, würde die Situation hoffentlich weiter deeskalieren.

»Unsere Leser wären Ihnen sehr dankbar«, beeilte Berger sich, ihr zu versichern.

Corinna holte tief Luft. Nun, hoffentlich lag sie mit ihrer Einschätzung richtig. »Wir bedauern sehr, dass die Trauerfeier gestört wurde, nicht nur von dem unhöflichen Herrn, sondern vor allem auch von einigen Vertretern der Presse, die sich äußerst pietätlos verhalten haben.«

Berger setzte zu einer Erwiderung an, doch Corinna kam ihm zuvor.

»Über eine Entschuldigung würde sich die Familie sehr freuen, und hofft, zukünftig in Ruhe trauern zu können.«

»Nun ja, das tut mir sehr leid«, sagte Berger, »aber Sie müssen verstehen, es besteht ein öffentliches Interesse an Ihrem Unternehmen. Ihre Kunden haben ein Recht darauf, zu erfahren …«

»Was?«, fuhr Corinna ihm dazwischen. »Die Farbe des Sargs? Die neueste Beerdigungsmode? Was genau denken Sie, erfahren unsere Kunden, wenn die Presse eine Beisetzung stört?«

Verdammt, jetzt wurde sie doch wütend.

Corinna zwang sich, noch einmal tief durchzuatmen. Sie musste ruhig bleiben. Jede Gefühlsregung war ein gefundenes Fressen für den Reporter.

Gerade allerdings stammelte er vor allem herum. »Nun, natürlich nicht, aber …«

Es wurde Zeit, dieses Gespräch zu beenden. »Ich hoffe, ich konnte Ihre Fragen zufriedenstellend beantworten«, unterbrach Corinna ihn. »Haben Sie einen guten Tag.«

Sie wartete keine Antwort ab, sondern legte den Hörer einfach auf die Gabel zurück.

Für einen Moment herrschte Schweigen. Lotte blickte sie

mit hochgezogenen Augenbrauen an. »Brauchst du eine Umarmung?«

Erst in diesem Moment bemerkte Corinna, dass ihre Hände zitterten. Sie fuhr sich fahrig über die Augen. Schließlich nickte sie.

Sofort beugte sich ihre Tante vor und nahm sie in die Arme. Corinna vergrub das Gesicht an ihrer Schulter und merkte, wie ein Teil der Anspannung von ihr abfiel.

Sacht streichelte Lotte ihren Rücken. »Möchtest du doch lieber nicht mehr mit den Presseleuten reden?«

Aber wer sollte es denn sonst machen? Alle anderen waren doch auch damit überfordert.

»Ich mach das schon«, murmelte sie. »Ich kann es nur kaum ertragen, dass sie sich überhaupt erdreisten, ständig die Nase in unsere Privatangelegenheiten zu stecken.«

Sie spürte, wie Lotte nickte. »Man sollte meinen, dass es Wichtigeres gibt, worüber sie berichten können.«

Corinna löste sich von ihrer Tante und lehnte sich wieder auf ihrem Stuhl zurück. »Danke.«

Lotte legte ihr eine Hand auf die Schulter. »Du hast das sehr gut gemacht. Du kannst stolz auf dich sein.«

Corinna lächelte schwach. Hoffentlich verloren die Reporter bald das Interesse an ihrer Familie.

Es dauerte nicht einmal eine Stunde, bis das Telefon wieder klingelte. Diesmal hob Corinna sofort ab, bereit für die Auseinandersetzung.

»Gerster hier, vom Abendjournal.«

Corinnas Mund wurde trocken. Das Abendjournal!

Die Sendung hatte ihre Kindheit begleitet. Immer, wenn ihre Eltern um 18 Uhr noch in der Werkstatt gewesen waren, hatte sie zu Hause im Wohnzimmer gesessen und mit ihrer Oma, die nebenbei nähte, diese 25-minütigen Regionalnachrichten geschaut. Das hatte sie oft spannender gefunden als das Sandmännchen, das anschließend kam.

»Wir wollen in unserer Sendung heute Abend einen kurzen Beitrag bezüglich Ihrer Pressemeldung bringen. Dafür wollten wir Sie gerne noch einmal zu dem Konflikt Ihrer Firma mit Theodor Werwinkel befragen.«

Theodor Werwinkel. Warum waren plötzlich alle so hinter diesem Mann her? Corinna hatte den Namen vielleicht schon mal irgendwo gehört, aber wenn er eine lokale Berühmtheit wäre, hätte sie das doch gewusst! Oder?

»Es gibt keinen Konflikt mit Herrn Werwinkel«, sagte sie. Zumindest nicht, soweit sie wusste. Und wenn Tante Henni nicht einmal mit ihr über diesen Kerl sprechen wollte, dann sicher nicht mit der Presse.

»Nun, uns liegt Filmmaterial von der Beisetzung vor, bei dem sehr deutlich ein Streit zu erkennen ist.«

Die Reporter mit der Kamera waren also vom Abendjournal gewesen. Die Sendung würde sie wohl so schnell nicht noch einmal gucken.

»Er hat sich lediglich unangemessen verhalten«, wiegelte Corinna ab. »Aber dann hat er ja den Friedhof verlassen. Und damit war die Sache für uns erledigt. Also alles gut.«

Das war eine glatte Lüge, aber es war die beste Art, die Geschichte möglichst langweilig klingen zu lassen.

Der Reporter bohrte noch eine Weile weiter, und Corinna wich all seinen Fragen aus. Schließlich legte er spürbar enttäuscht auf. Ein Sieg für sie. Dennoch spürte Corinna, wie ihr Herz raste. Es dauerte etwas, bis die Anspannung von ihr abfiel und sie durchatmen konnte.

Als sie sich der Post zuwenden wollte, schrillte erneut das Telefon.

Lotte neben ihr fluchte leise. »Kann man hier denn nicht mal in Ruhe rechnen?« Sie strich auf einem Schmierpapier ein paar Zahlen durch, um noch einmal von vorne anzufangen.

Seufzend griff Corinna nach dem Hörer. »Ja, bitte?«

»Marc Helmers vom SDR. Ich hätte ein paar Fragen.«

Nicht schon wieder. »Lassen Sie mich raten«, sagte Corinna. »Sie wollen etwas über die Beisetzung meines Vaters wissen.«

Im nächsten Moment verfluchte sie sich für diese unüberlegte Aussage. In den vorherigen Gesprächen hatte sie es immer geschafft, nicht zu verraten, wer sie war.

»Ah, Sie sind Corinna Wagner, nicht wahr?«, fragte Helmers. »Dann haben wir uns kurz auf dem Friedhof gesehen.«

Corinna erinnerte sich an die Visitenkarte, die Petra in der Hand gehalten hatte. Daher kam ihr der Name bekannt vor. »Stimmt, Sie haben eine Mitarbeiterin der Firma belästigt.« Fast hätte sie ›meine Mitarbeiterin‹ gesagt, aber es war ja nicht ihre Firma. Sie hatte ein eigenes Leben, in das sie bald zurückkehren würde.

»Es tut mir aufrichtig leid, dass Sie sich durch meine Anwesenheit gestört gefühlt haben.« Es klang erstaunlicherweise ehrlich. Corinna wusste nicht, was sie davon halten sollte.

Sie schnaubte. »Nun stellen Sie schon Ihre Fragen zu Theodor Werwinkel.«

Ein leises Lachen erklang auf der anderen Seite der Leitung – durchaus nicht unangenehm. »Ist es das, für was sich meine Kollegen interessieren?«

»Ist es etwa nicht das, für was Sie sich interessieren?« Verdammt, er brachte sie aus dem Konzept. Sie musste bei ihm mehr auf der Hut sein.

»Nein, ich habe weiterführende Fragen bezüglich der Sicherheit in Ihrer Firma.«

Oh, das war neues Terrain. Corinna straffte die Schultern und setzte sich aufrecht hin. Jetzt nur nichts Falsches sagen. »Was möchten Sie denn wissen?«

»Zuerst einmal würde es mich interessieren, wie es dazu kam, dass eine alte Kreissäge all die Jahre ungesichert in Ihrer Werkstatt herumgestanden hat.«

Corinna wünschte, behaupten zu können, dass die Säge stehen zu lassen eine gute Idee gewesen war, aber seit dem Unfall grämte sie mehr als alles andere, dass sie vor Jahren nicht abgebaut worden war.

Um Zeit zu gewinnen, holte sie weit aus. »Na ja, wie Sie vielleicht wissen, gibt es den Betrieb schon seit Anfang des Jahrhunderts. Bis zum Krieg wurde die Schreinerei von meinem Großvater geführt. Damals hat man die Säge regelmäßig genutzt, mein Großvater hatte sie speziell nach seinen Bedürfnissen entworfen und einbauen lassen.«

Damit hatte Corinna im Prinzip Helmers' Frage nicht beantwortet, aber genau darum ging es ja.

»Aber seit dem Krieg wurde sie dann nicht mehr genutzt, oder?«, hakte er nach. »Zur Herstellung von Puppenmöbeln war sie doch bestimmt nicht geeignet. Das wäre ja so, als würde man mit Kanonen auf Spatzen schießen.«

Er hatte eine gute Beobachtungsgabe. Langsam beschlich Corinna das Gefühl, dass sie sich vor Marc Helmers mehr in Acht nehmen musste als vor den anderen Reportern, mit denen sie bisher gesprochen hatte.

»Das ist richtig, aber da die alte Kreissäge für die Geschichte der Schreinerei von Bedeutung war, beschloss meine Mutter, sie zu behalten. Sie stand jedoch hinter einer Trennwand, abgeschirmt von den übrigen Arbeitsbereichen, und war also durchaus gesichert.« Um ihn vollends zu überzeugen, ließ Corinna sich zu einer Lüge hinreißen. »Niemand hatte Zutritt zu diesem Bereich«, behauptete sie.

»Abgesehen von der Geschäftsführerin und ihrem Mann«, stellte er fest.

Das so ausgesprochen zu hören, versetzte Corinna einen Stich. »Meiner Mutter gehört der Betrieb, also kann sie selbstverständlich jederzeit überall hingehen!« Die Antwort kam etwas zu heftig.

»Natürlich«, beeilte er sich, sie zu beschwichtigen. »Aber die Absicht Ihrer Eltern am Tag des Unfalls war es doch, die alte Kreissäge wieder in Betrieb zu nehmen, nicht wahr? Das heißt, danach wäre der gefährliche Bereich auch für Mitarbeiter zugänglich gewesen, obwohl die Kreissäge weder von einem Fachmann geprüft noch ordnungsgemäß gewartet oder offiziell zugelassen worden war.«

Dieser Mann ließ wohl nie locker. »Möchten Sie uns jetzt eine Sicherheitsgefährdung unterschieben, die es theoretisch irgendwann in der Zukunft mal hätte geben können, unter der Voraussetzung, dass meine Mutter tatsächlich so gehandelt hätte, wie Sie es annehmen?«

Zu Corinnas Überraschung lachte Marc Helmers. »Sie sind schlagfertig. Und Sie haben recht, ich kann nicht wissen, wie weiter mit der Kreissäge umgegangen worden wäre.«

»Gut.« Für einen Moment wusste Corinna nicht, was sie noch sagen sollte. Hatte er sich tatsächlich gerade von ihr belehren lassen? Sie hatte mit einer ungehaltenen Reaktion gerechnet, nicht mit einem Einlenken.

»Wie steht es mit dem Autounfall?«, fuhr er fort. »In Ihrer Stellungnahme schreiben Sie, dass die beiden Mitarbeiter eigenmächtig gehandelt haben und den Wagen nicht hätten fahren dürfen. Wie ist es dann dazu gekommen, dass sie es trotzdem getan haben? Ist das etwas, was üblicherweise in Ihrem Betrieb stillschweigend geduldet wird?«

Konnte er nicht doch lieber nach Theodor Werwinkel fragen? Dafür hatte sie zumindest inzwischen eine Strategie parat. Corinnas Gedanken rasten. Sie musste sich eingestehen, dass sie auf Helmers' Frage keine Antwort hatte, die wirklich gut klang.

»Das Ganze ist unmittelbar nach dem Unfall meiner Eltern passiert«, sagte sie schließlich. »Die beiden Mitarbeiter haben ohne Anweisung oder Erlaubnis versucht, Aufgaben zu übernehmen, die sonst mein Vater und meine Mutter erfüllt haben. Sie wollten helfen. Es war gut gemeint. Aber selbstverständlich hätte es nicht dazu kommen dürfen.«

Nun herrschte auf der anderen Seite der Leitung für einen Moment Schweigen. Als Marc Helmers wieder sprach, konnte sie ein Lächeln in seiner Stimme hören. »Vielen Dank für Ihre Offenheit. Und ebenso für die Freundlichkeit, mit mir zu reden, obwohl ich offensichtlich einen schlechten ersten Eindruck hinterlassen habe.«

Unwillkürlich musste auch Corinna lächeln. »Sie können sich bei Ihren Kollegen bedanken, mit denen ich bereits vorher zu tun hatte. Im Vergleich schneiden Sie gar nicht mehr so schlecht ab.«

Nun lachte er, und Corinna dachte unwillkürlich, dass sie den warmen Klang sehr mochte.

»Dann bin ich ja froh, dass meine Kollegen die Standards so tief setzen. Ich wünsche Ihnen, dass Ihr Tag ab jetzt angenehmer verläuft. Und darf ich Sie wieder anrufen, wenn ich noch weitere Fragen habe?«

»Dürfen Sie«, hörte Corinna sich selbst sagen, und zu ihrem eigenen Erstaunen meinte sie das sogar ernst.

KAPITEL 12

Das Klicken in der Leitung zeigte an, dass Corinna Wagner aufgelegt hatte. Einen Moment lang hielt Marc den Hörer noch in der Hand. Die Tochter der Firmengründerin war alles andere als freigiebig mit Informationen gewesen, dennoch war er mit dem Ergebnis des Gesprächs zufrieden. Sie hatte ihn dabei erwischt, wie er eine voreilige Schlussfolgerung gezogen hatte; und ja, im ersten Moment hatte das weh getan, aber langfristig hatte sie ihn wahrscheinlich davor bewahrt, sich in etwas zu verrennen. Und die Entschlossenheit, mit der sie ihre Familie verteidigte, war bewundernswert. Vielleicht etwas fehlgeleitet – Marc war sich noch nicht sicher, was er von der Ausrede halten sollte, dass die beiden Mitarbeiter eigenmächtig gehandelt hatten –, aber ihrer Vehemenz gebührte durchaus sein Respekt.

Allerdings beschäftigte ihn auch der Gedanke, inwiefern Corinna Wagner davon profitierte, dass ihre Eltern außer Gefecht gesetzt waren. Als Tochter hatte sie offensichtlich keine Zeit verloren, voll in die Firmengeschäfte einzusteigen. Er wollte ihr keine bösen Absichten oder gar einen Mord unterstellen, aber hatte sie vielleicht nur auf eine solche Gelegenheit gewartet? Jeder Spur musste nachgegangen werden.

»Ich höre das Freizeichen bis hierher.«

Marc tauchte aus seinen Gedanken auf und bemerkte, dass sein Kollege ihn über seine Schreibmaschine hinweg genervt anstarrte. »Könntest du bitte endlich auflegen?«

»Verzeihung.« Marc beugte sich vor, um die Gabel des Telefons auf seinem Schreibtisch nach unten zu drücken. Doch anstatt den Hörer zurückzulegen, wählte er neu. Es wurde Zeit, mehr über Corinna Wagner herauszufinden.

Bald wusste er, dass sie eigentlich nicht mehr bei ihren Eltern in der Nähe von Waldenburg wohnte, sondern in Berlin, wo sie Literatur studierte.

Marc überlegte. Wen kannte er in Berlin, der ihm aushelfen konnte? Es ging darum, besser einschätzen zu können, wie zufrieden sie mit ihrem Studium war und ob sie sich damit nur die Zeit vertrieben hatte, bis ihre Gelegenheit gekommen war, den Familienbetrieb zu übernehmen. Vielleicht hatte es in Bezug auf die Schreinerei Meinungsverschiedenheiten zwischen ihr und ihren Eltern gegeben, bei denen er ansetzen konnte, um mehr über die Hintergründe des Unfallgeschehens zu erfahren.

Bisher war die Loyalität der Mitarbeiter auf jeden Fall erstaunlich. Diese Petra hatte sich nie bei ihm gemeldet, genauso wenig wie einige andere, die er versucht hatte zu kontaktieren. Wie war es möglich, dass die Mitarbeiter eines Betriebs eine so verschworene Gemeinschaft bildeten? Normalerweise gab es immer irgendjemanden, der nur darauf wartete, den ganzen Klatsch loszuwerden. Noch hatte Marc nicht entschieden, ob diese Verschlossenheit ein gutes oder ein schlechtes Zeichen war.

Plötzlich kam ihm ein Gedanke. »Jürgen?«, sprach er seinen Kollegen an.

Der Kultur-Journalist blickte jedoch nicht von seiner Schreibmaschine auf, hörte nicht einmal auf zu tippen. »Gleich. Noch der eine Satz«, murmelte er.

Geduldig wartete Marc, bis sein Kollege seine Gedanken zu

Papier gebracht hatte. Er wusste selbst, wie frustrierend es war, mitten im Schreibprozess unterbrochen zu werden.

Schließlich sah Jürgen auf. »Ja?«

»Du bist doch mit der Redakteurin dieser Literaturzeitschrift befreundet, oder? Wie hieß sie noch gleich? Die kürzlich nach Berlin gezogen ist, um ihren Doktor zu machen.«

»Sarah?«, fragte Jürgen. »Die von ›Gedankenspiele‹?«

»Ja, genau!« Marc war froh, dass sein Kollege auf Anhieb wusste, wen er meinte. »Meinst du, du könntest sie fragen, ob sie etwas über eine Corinna Wagner weiß, die in Berlin Literatur studiert? Wenn sie im selben Fachbereich unterwegs sind, sind sie sich vielleicht schon über den Weg gelaufen.«

Jürgen wiegte den Kopf, als wäre er nicht ganz sicher, ob er seine Freundin damit behelligen wollte. Private Kontakte für Berufliches zu nutzen war immer eine Gratwanderung. »Ziehst du sie damit in irgendwas rein?«

»Nein, es geht nur um ein paar Informationen.« Marc beschloss, noch etwas mehr Druck aufzubauen. »Ich fürchte, wenn ich mit dieser Story nicht weiterkomme, zieht Herzog mich ab und steckt mich in ein anderes Ressort. Wenn du mich also loswerden willst, lass mich ruhig hängen. Dann sitzt wahrscheinlich bald wieder Hartmut mit dir im Büro.«

Das hatte den gewünschten Effekt, Jürgen verzog das Gesicht. Hartmut hatte derzeit ein Büro für sich, weil niemand eines mit ihm teilen wollte. Er hatte nämlich die Angewohnheit, sich ständig Kautabak in den Mund zu schieben, ihn dann sehr laut und schmatzend zu kauen und immer wieder in eine Tasse auszuspucken, die neben seiner Schreibmaschine stand. Bevor Marc zum SDR gekommen war, hatte Hartmut an seinem Platz gesessen.

»Gut, überredet«, sagte Jürgen. »Ich schreibe noch den Artikel fertig, dann rufe ich Sarah an. Ob ich sie um diese Uhrzeit erreiche, kann ich dir aber nicht versprechen. Dann müsste ich es heute Abend noch einmal von zu Hause aus probieren.«

Marc lächelte. »Danke. Ich schulde dir was.«

Während er auf eine Rückmeldung von Jürgen wartete, beschäftigte Marc sich damit, anderen Ansätzen für seine Story nachzugehen. Wie gut war die Schreinerei in letzter Zeit eigentlich gelaufen? Lohnte sich das Puppenmöbelgeschäft?

Er rief verschiedene Spielzeugläden in Heilbronn und Umgebung an und fragte, ob und wenn ja, wie viele Puppenmöbel des Wagner'schen Familienbetriebs sie im Schnitt verkauften. Wie er erfuhr, waren die Zahlen stark rückläufig.

»Haben Sie damit einhergehend eine Minderung der Qualität bemerkt?«

»Nein, überhaupt nicht«, versicherte ihm eine auskunftsfreudige Angestellte des Spielzeuggroßhändlers Wirth. Sie genoss offensichtlich, dass ihre Meinung gefragt war. »Um ehrlich zu sein, ist das vermutlich die Ursache für die zurückgegangenen Verkäufe, denke ich. Diese Möbel sind stabil und sauber gefertigt, die können von Generation zu Generation weitergegeben werden, wenn man ein wenig auf sie achtgibt. Die gehen nicht so leicht kaputt.«

»Das heißt, es gibt keinen Grund, neue zu kaufen?«, hakte Marc nach.

»Genau. Und inzwischen sind sie natürlich auch etwas aus der Mode gekommen«, fuhr die Frau fort. »Der Lindenhof hat einige Trends verpasst, was Design und Ausrichtung betrifft, das Angebot ist leider nicht ganz zeitgemäß. Wir verkaufen kaum noch Schränke und Kommoden für Puppenstuben, auch wenn die Wagner'schen Stücke sehr hübsch sind. Aber die Mädchen wollen heutzutage etwas mehr Abenteuer beim Spielen. Verstehen Sie, was ich meine?«

»Ich verstehe. Und bedanke mich bei Ihnen, Sie haben mir sehr weitergeholfen.«

Das hatte die Frau tatsächlich. Als Marc auflegte, wanderten seine Gedanken bereits in neue Richtungen. Die Verkäufe waren also rückläufig gewesen, aber am Material hatte der Betrieb nicht gespart. Das konnte nur bedeuten, dass sie woanders Einsparungen machen mussten, wenn sie konkurrenzfähig bleiben wollten. Zum Beispiel bei der Sicherheit der Mitarbeiter. Es erklärte auch, wieso Marianne Wagner und ihr Mann versucht hatten, die Säge selbst instand zu setzen. Möglicherweise hatten sie vorgehabt, die Produktion umzustellen, mit möglichst geringen Kosten.

Apropos Alexandre Wagner. Der Mann war ein Mysterium. Marc hatte bisher nicht das Geringste über seine Vergangenheit herausfinden können, es war, als sei er eines Tages plötzlich aus dem Nichts aufgetaucht. Vor allem, wie er es geschafft hatte, bei der Hochzeit Ende der 1950er Jahre Mariannes Nachnamen anzunehmen, war Marc ein Rätsel. Eigentlich war das damals gar nicht möglich gewesen. Und dazu gab es nirgends einen Hinweis darauf, wie Alexandre früher mit Nachnamen geheißen hatte. Das war mehr als ungewöhnlich.

Da würde er noch tiefer graben müssen. Für eine gute Story drehte Marc notfalls jeden Stein um, und hier lag definitiv etwas verborgen – das verriet ihm sein Instinkt.

Für eine Weile war er damit beschäftigt, weitere Anrufe zu tätigen, und schließlich ging er zum Empfang, um nachzusehen, ob neue Post für ihn eingetroffen war.

Als er von einer kurzen Unterhaltung mit Christiane und mit einem frischen Becher Kaffee ins Büro zurückkehrte, blickte Jürgen ihm schon entgegen.

»Du hast Glück«, sagte er nur.

»Schieß los.« Eilig schloss Marc die Bürotür hinter sich.

Sein Kollege schob ihm ein Blatt mit Notizen über den Schreibtisch zu. »Corinna Wagner studiert nicht einfach nur Literatur, sie schreibt auch. Sie hat einige Kurzgeschichten in verschiedenen Literaturzeitschriften veröffentlicht und ist Teil eines recht anspruchsvollen Lesezirkels, der hin und wieder Lesungen an der Uni und in Studentenbars veranstaltet. Und sie hat vor kurzem ein Stipendium des Berliner Senats gewonnen. Sie scheint also ziemlich gut zu sein in dem, was sie da tut.«

Neugierig nahm Marc den Zettel entgegen. Sogar die Titel der Kurzgeschichten hatte Jürgen notiert und netterweise auch Sarahs Telefonnummer für Rückfragen. »Vielen Dank.«

»Du schuldest mir was«, erinnerte sein Kollege ihn. »Wie wär's, wenn du mir auch gleich mal einen Kaffee holst?«

»Nimm meinen.« Marc schob ihm den Becher hin.

Als er sich auf den Stuhl an seinem eigenen Schreibtisch setzte, drehte er den Zettel nachdenklich in der Hand. Das zerschlug auf jeden Fall seine Theorie, dass Corinna Wagner vielleicht nur darauf gewartet hatte, das elterliche Geschäft zu übernehmen. Ihr vornehmliches Interesse galt ganz eindeutig anderen Dingen.

Und es sorgte dafür, dass er sie umso mehr bewunderte. Sich neben Studium und Stipendium noch um den elterlichen Betrieb zu kümmern, die Folgen des Unfalls zu verarbeiten und sich dazu der neugierigen Öffentlichkeit und den Fragen der Presse zu stellen, war sicher nicht einfach.

Er wollte auf jeden Fall noch einmal mit ihr reden.

KAPITEL 13

Corinna stützte den Kopf in die Hände.

Hinter ihren Schläfen pochte es, und es fiel ihr zunehmend schwer, sich zu konzentrieren. Ein klares Zeichen, dass sie Schluss machen sollte. Außer ihr war sowieso niemand mehr da.

Der Papierberg auf Mariannes Schreibtisch wirkte nicht mehr ganz so unübersichtlich, aber fertig mit der Durchsicht der Unterlagen war sie noch immer nicht. Der Tag hatte einfach zu wenig Stunden für die vielen Aufgaben, die zu erledigen waren. Dass sie ständig durch Presseanfragen gestört wurde, machte die ungewohnte Arbeit nicht einfacher.

Immerhin hatte Lotte mittlerweile sämtliche Rechnungen sortiert und eine konkrete Aufstellung zur Finanzlage der Schreinerei erstellt. Gut sah es nicht aus, aber auch nicht völlig hoffnungslos. Bevor sie nach Hause gefahren war, hatte Lotte noch zuversichtlich gesagt: »Wenn wir uns da richtig reinhängen, kriegen wir das hin.«

Corinna war dankbar, dass die Tante ihr die Buchführung abnahm. Das ständige »Wir« in fast jedem Satz störte sie trotzdem. Vielleicht, weil es so verbindlich klang. Gar nicht so, als wäre sie nur vorübergehend hier, um für ihre Mutter einzuspringen.

Ihre Gedanken wanderten nach Berlin. Ob sie Ulrike noch kurz anrufen sollte? Dann könnte sie sich erkundigen, ob Post für sie in der WG eingetroffen war.

Corinna hatte der Universität schriftlich mitgeteilt, dass sie vorerst wegen eines Trauerfalls in Hohenlohe bleiben musste, aber von offizieller Seite bisher keine Rückmeldung erhalten. Ob man ihr die beantragte Semesterbefreiung gewähren würde? Hoffentlich. Vielleicht war der Antwortbrief ja aus Versehen an ihre Berliner Adresse geschickt worden. Ulrike wollte sie außerdem erklären, warum es noch eine Weile dauerte, bis sie zurückkam. Solange sie die Miete für ihr Zimmer pünktlich bezahlte, sollte das kein Problem sein. Angie war zuletzt auch nur selten da gewesen und Juan war manchmal so verpeilt, dass er gar nicht mitbekam, wer neben ihm wohnte oder wer nur zu Besuch in der WG war.

Corinna schob ein paar Unterlagen zu einem Stapel zusammen.

Es gab etliche Spielzeughändler, von denen zuletzt nur noch unregelmäßig Bestellungen eingegangen waren, und sie hatte sich vorgenommen, sie alle anzurufen. Wenn es ihr gelang, mit diesen Kunden neue, feste Konditionen auszuhandeln, war die Zukunft der Firma besser planbar. Sich dafür eine überzeugende Gesprächsstrategie auszudenken, war eine Herausforderung, die Corinna sogar Spaß machte. Denn einen Bonus aus Mitgefühl konnte sie nicht erwarten. Wenn es ums Geschäft ging, interessierte es keinen, ob ihr Vater gestorben war, da zählten die Rendite und der Profit. Aber es war definitiv von Vorteil, dass sie sich gut ausdrücken konnte.

Corinna stand auf. Für heute hatte sie genug telefoniert, vom vielen Reden war ihre Kehle kratzig und rau. Der Anruf bei Ulrike konnte gut noch einen Tag warten.

Sie knipste die kleine Lampe auf Mariannes Schreibtisch aus und erhob sich. In der Schreinerei war es still.

Petra hatte als letzte Mitarbeiterin vor einer halben Stunde Feierabend gemacht. Zuvor hatte sie vergeblich versucht, Corinna zum Mitkommen zu überreden. »Lass uns doch zusammen etwas unternehmen. So wie früher …«

Corinna hatte abgelehnt. Früher war lange vorbei.

Jetzt fuhr sie sich über die Stirn. Irgendwann mussten sie sich aussprechen. Petra bemühte sich sehr, den Betrieb am Laufen zu halten und den gesamten praktischen Teil von Mariannes Aufgaben zu übernehmen – das musste man ihr lassen. Aber Corinna verstand auch immer besser, warum ihre Mutter Petra nicht die Leitung des Betriebs in die Hand geben wollte. Sie war nicht gut darin, den Überblick zu wahren und vergaß ständig, schriftlich zu dokumentieren, was sie gemacht hatte. Sie nahm sich beispielsweise einfach Holz aus dem Lager, ohne aufzuschreiben, was dann fehlte und nachbestellt werden musste. Auf ihrer Werkbank stapelten sich Objekte, die nicht wie die Puppenmöbel aussahen, die sich derzeit im Angebot der Firma befanden. Und fertig bearbeitete Bestellungen standen teilweise in unbeschrifteten Kisten herum.

Als Corinna am Nachmittag herumgefragt hatte, wer die noch offenen Bestellungen bearbeiten würde, hatte Petra mit fester Überzeugung behauptet, einige davon seien schon ausgeliefert. Rechnungen dafür hatte Corinna eine Stunde lang suchen müssen. Bei anderen Bestellungen hatte Petra auf irgendwelche Kisten in den Ecken gedeutet. Offensichtlich gelang es ihr, den Überblick zu behalten, aber nachvollziehen konnte das außer ihr niemand.

Dabei stand außer Frage, dass Petra viel mehr Ahnung von der Holzverarbeitung und den Abläufen in der Firma hatte als Corinna. Sie würde die Leitung durchaus übernehmen können, wenn sie nur ein wenig organisierter wäre.

Gleichzeitig war Corinna im Verlauf des Nachmittags immer klarer geworden, wie eng Petra und ihre Mutter als Team zusammengearbeitet hatten. Es war nicht nötig gewesen, die Dinge aufzuschreiben, weil die eine wahrscheinlich immer genau wusste, was die andere tat.

Corinna seufzte. Wie schön wäre es, wenn eine solche Beziehung zu ihrer Mutter auch für jemanden möglich wäre, der sich nicht für Holzarbeiten interessierte – so wie sie. Aber Marianne hatte nie viel vom Schreiben oder von Corinnas Begeisterung für Literatur wissen wollen. Sie hatte immer nur über Puppenmöbel geredet, und für die hatte Corinna sich nicht interessiert. Einen gemeinsamen Nenner hatten sie in der Vergangenheit nie gefunden. Trotz Alexandres Versuchen, zwischen ihnen zu vermitteln, waren sie sich seltsam fremd geblieben.

Es brachte jedoch nichts, sich jetzt darüber den Kopf zu zerbrechen.

Zügig durchquerte Corinna die Werkstatt und schloss die Tür von außen ab, um nach Hause zu gehen. Der Vorplatz war in Dunkelheit getaucht. Schwarz ragte der halbzerstörte Schuppen auf. Den Lieferwagen ihres Vaters hatte Corinna am Morgen abschleppen lassen, vielleicht konnte er repariert werden. Ein neues Fahrzeug anzuschaffen, gab die finanzielle Situation laut Lotte vorerst nicht her.

Corinna war bereits auf den schmalen Waldweg zum Lindenhof eingebogen, als sie ein Geräusch hörte. Schritte?

Abrupt blieb sie stehen. Für einige Sekunden lauschte sie, hörte nichts mehr und glaubte, sie hätte sich getäuscht. Aber das ungute Gefühl, dass da jemand war, blieb.

Sie wandte den Kopf und suchte mit den Augen die Umgebung ab. Aber es war so dunkel, dass sie fast nichts erkennen konnte.

Hatte sich dort neben der Schreinerei ein Schatten bewegt? Folgte ihr jemand?

»Hallo?«, rief sie.

Es kam keine Antwort. Falls jemand auf dem Gelände herumschlich, würde der sich wohl kaum zu erkennen geben. Es war doch nicht etwa einer dieser Reporter? Sie musste Tomasz morgen bitten, ein Schild mit der Aufschrift »Privatbesitz« anzubringen. Vielleicht half das.

Sie wollte gerade weitergehen, als der Abendwind das Geräusch einer sich schließenden Tür herüberwehte. Es war nicht laut, wahrscheinlich hätte sie es nicht gehört, wäre sie nicht bereits so aufmerksam gewesen. Aber jetzt war sie sicher, dass sie sich nicht getäuscht hatte! Irgendjemand war hier.

Kurz dachte sie darüber nach, Beistand zu holen. Aber auf dem Hof war um diese Zeit nur noch Oma Barbara. Was würde die schon ausrichten können? Nein, mit einem neugierigen Reporter wurde Corinna auch allein fertig. Entschlossen stapfte sie zur Schreinerei zurück.

Die Tür war offen, als sie die Klinke herunterdrückte, obwohl sie sich genau daran erinnerte, sie vor ein paar Minuten abgeschlossen zu haben. Hatte jemand das Schloss geknackt? Nun wurde Corinna doch ein wenig mulmig. Dennoch zog sie die Tür auf. Es war zu spät, umzukehren.

Das Licht einer Taschenlampe erleuchtete die Trennwand, hinter der die Säge stand. Die Gestalt davor konnte Corinna nur schemenhaft erkennen. Für einen Moment war sie einfach nur baff. Es hatte sich tatsächlich jemand hereingeschlichen!

Im nächsten Moment kochte aber die Wut in Corinna hoch. Sie knipste den Lichtschalter neben der Tür an. »He!«

Der Mann ließ die Taschenlampe fallen und fuhr herum. Er starrte sie einen Moment lang an, eine klobige Kamera um den Hals. Dann, anstatt auch nur irgendetwas zu sagen, rannte er hinter die Trennwand.

»Was fällt Ihnen ein?« Corinnas Stimme überschlug sich vor Empörung. Mit so viel Dreistigkeit hatte sie nicht gerechnet. Das ließ sie den letzten Rest Sorge um ihre eigene Sicherheit vergessen.

Grelles Blitzlicht flammte auf, als der Mann hektisch Fotos von der Säge schoss. Dann hatte Corinna ihn erreicht und versuchte, nach der Kamera in seiner Hand zu greifen.

»Hören Sie sofort auf, Fotos zu machen!«

»Die Öffentlichkeit hat ein Recht darauf zu erfahren …«

»Raus hier!«, brüllte Corinna – so laut, dass er hastig einen Schritt zurückwich. »Verschwinden Sie!« Sie griff nach dem Besen, mit dem sonst die Späne vom Boden gefegt wurden, und fuchtelte drohend damit durch die Luft.

»Wollen Sie mich etwa angreifen?« Unglaublich, wie frech der Kerl war. Jetzt hob er seine Kamera und richtete sie direkt auf ihr Gesicht.

»Wagen Sie es ja nicht, mich zu fotografieren«, fuhr sie ihn an. »Sie haben absolut kein Recht, hier einzudringen. Machen Sie, dass Sie rauskommen und wehe, Sie veröffentlichen diese Bilder!«

Er hob die Hände, als wolle er sie davon abhalten, ihm den Besen über den Schädel zu ziehen. Langsam ging er rückwärts in Richtung Tür.

»Sie könnten etwas kooperativer sein, dann wäre uns doch beiden geholfen«, sagte er, und mit jedem Meter Abstand wurde das Grinsen auf seinem Gesicht unverschämter. »So jung und hübsch wie Sie sind, wird man mir die exklusive Fotostory über Ihr Schicksal aus den Händen reißen. Und Sie könnten ein nettes Sümmchen daran mitverdienen. Wär das nichts?«

Corinna verschlug es die Sprache. Glaubte er ernsthaft, sie würde auf ein solches Angebot eingehen?

Offenbar schon. Denn jetzt schlug er einen vertraulicheren Ton an. »Sie sind Corinna Wagner, nicht wahr? Und Sie sind doch nicht dumm, oder? Ich weiß zumindest, dass Sie jede Mark brauchen können, weil das Unternehmen Ihrer Familie kurz vor der Pleite steht. Warum arbeiten wir also nicht zusammen?«

Mit seinen eng stehenden Augen sah er aus wie ein Wiesel, vor allem, wenn er sie so zusammenkniff wie jetzt. Der Kerl war unfassbar widerlich.

»Na, was sagen Sie?«, raunte er.

»Hauen Sie ab!« Sie hob den Besen. »Auf der Stelle!«

Endlich zog er ab, nicht ohne hämisch zu bemerken, dass sie einen großen Fehler machen würde, weil sie ihn abwies.

Corinna stand noch eine ganze Weile auf den Besen gestützt da und starrte vor sich hin. Diese verdammten Reporter und ihre Methoden machten sie fassungslos. Konnten die sich nicht auf wichtigere Dinge konzentrieren? Gab es denn sonst nichts zu berichten von der Welt?

Schließlich vergewisserte sie sich, dass der schmierige Kerl auch wirklich verschwunden war und nicht draußen noch herumstreunte. Sie wollte schon das Licht in der Werkstatt ausknipsen, da zog es sie noch einmal hinter die Trennwand. Was hatte der Reporter gesehen, was genau würde das Foto zeigen?

Das Ungetüm sah an sich schon bedrohlich genug aus. Wenn Fotos davon publik wurden, würde das sicher die Sensationsgier der Presse noch zusätzlich anfachen. Doch dann erspähte Corinna etwas, das ihr Herz schwer werden ließ. Petra hatte erwähnt, dass auf dem Boden ein Blutfleck war, über den sie eine Palette gezogen hatte. Doch diese Palette musste irgendjemand bewegt haben. Der Fleck war jedenfalls nicht zu übersehen.

Corinna presste die Hand vor den Mund. Bei dem Gedanken, dass sie den morgen in der Zeitung sehen würde, wurde ihr übel.

In dieser Nacht schlief Corinna schlecht, und am nächsten Morgen fühlte sie sich wie gerädert. Als Erste war sie zurück in der Werkstatt. Über Nacht hatte es keine weiteren Zwischenfälle oder Einbruchsversuche gegeben, wie sie nach kurzer Überprüfung erleichtert feststellte. Die Taschenlampe des Reporters lag mit zersplittertem Glas auf dem Boden, dort, wo er sie fallen gelassen hatte.

Als Petra wenig später auftauchte, fröhlich und gutgelaunt wie stets, kämpfte Corinna gerade noch gegen den Drang an, vor Wut auf die Lampe einzutreten. Aber natürlich war es vernünftiger, sie einzupacken, um sie als Beweisstück der Polizei zu übergeben.

»Guten Morgen«, wiederholte Petra, nachdem Corinna auf ihren ersten Gruß nicht reagiert hatte.

»Das ist kein guter Morgen«, murmelte sie.

»Wieso?« Petra hob fragend die Brauen.

»Weil … ach, vergiss es.« Corinna sah sich nach einer Tüte um. Sie musste vorsichtig sein, um eventuelle Fingerabdrücke nicht zu zerstören.

»Wie soll ich denn etwas vergessen, von dem ich gar nichts weiß?«, fragte Petra und lachte schelmisch. »Das musst du mir erst noch verraten.«

Dass Petra sich mit solch einer Antwort nicht zufriedengab, hätte sie sich eigentlich denken können. Corinna schilderte also in knappen Worten, was passiert war. Das Verhalten des Reporters schockierte sogar Petra.

»Hat er den Blutfleck auf dem Boden fotografiert?«, fragte sie entsetzt.

Corinna nickte düster. »Ich denke schon. Irgendjemand hat die Palette verschoben.«

Wieder wurde ihr übel. Sie hatte es heute Morgen nicht gewagt, in die Zeitung zu gucken. Aber höchstwahrscheinlich war der Redaktionsschluss für die Morgenausgabe schon verstrichen gewesen. Das verschaffte ihnen eine Galgenfrist von vielleicht einem Tag.

»Höchste Zeit, dass das aufhört«, sagte Corinna.

»Ja, wirklich«, pflichtete Petra ihr bei.

Gemeinsam schoben sie die Taschenlampe in eine Tüte. Vielleicht konnte Lotte damit später beim Polizeirevier vorbeifahren.

Als Szymon zur Arbeit erschien, berichtete er, dass vor dem Tor ein Übertragungswagen stand. Aber das war nicht alles – vor dem Tor befand sich bereits eine ganze Meute von Reportern. Hatte der Fotograf den Redaktionsschluss doch noch geschafft?

Corinna beschloss, noch heute im Namen der Firma eine Stellungnahme herauszugeben, in der sie das schamlose Vorgehen der Presse anprangerte. Es war verachtenswert und höchst unmoralisch, wie man mit ihr und ihrer Familie umging. Hier wurden eindeutig Grenzen überschritten, und sie wollte sich das nicht länger gefallen lassen. Sie würde sich wehren! Und zwar mit allen Mitteln, die ihr zur Verfügung standen.

Nach dem Erlebnis am vergangenen Abend fielen ihr die scharfen Worte nicht schwer. Sobald Lotte eintraf, zeigte sie ihr, was sie auf dem Notizblock verfasst hatte. »Findest du das gut so? Dann tippe ich es gleich noch ins Reine und gebe es ab.«

»Meinst du, die drucken das überhaupt?«, fragte ihre Tante mit skeptisch gerunzelter Stirn.

»Im Moment drucken sie doch auch sonst alles, worin unser Name auftaucht oder womit sie uns irgendwie in Verbindung bringen können. Da können sie meine Stellungnahme schlecht ablehnen.«

»Stimmt. Aber willst du nicht erst Marianne fragen, ob sie damit einverstanden ist?«

Corinna verschränkte die Arme vor der Brust. »Mama hat mir die Verantwortung übertragen, und ich bin diejenige, die sich mit der Presse auseinandersetzt. Also kann ich auch entscheiden, was ich rausgebe, oder?«

Lotte legte ihr sanft den Arm um die Schultern. »Liebes, ich mache mir bloß Sorgen. Es sollte kein Vorwurf sein, dass die Stellungnahme zu hart klingt. Auch wenn deine Worte ganz schön drastisch sind …«

»Nicht meine Worte sind drastisch, sondern das Verhalten der Reporter«, korrigierte Corinna.

»Touché.« Lotte lächelte traurig. »Ich schätze, das hätte dein Vater jetzt gesagt, wenn er noch bei uns wäre.«

Später musste Corinna mehrmals in Berlin anrufen, ehe es ihr gelang, Ulrike endlich ans Telefon zu bekommen.

»Oh, hallo. Du bist es.« Ihre Mitbewohnerin wirkte nicht sonderlich erfreut, als sie Corinnas Stimme hörte. Das änderte sich schlagartig, als sie erfuhr, dass Corinna noch eine Weile wegbleiben würde. »Aber dann kannst du dein Stipendium ja gar nicht antreten …«

»Doch, ich hoffe, dass ich es um ein paar Monate verschieben darf. Ich habe bereits einen Brief an den Senat geschrieben und meine besondere Lage erklärt.«

»Und du denkst, darauf lassen die sich ein?«, fragte Ulrike. »Du meinst wirklich, das ist möglich?«

Corinna wunderte sich, warum Ulrikes Stimme plötzlich so anders klang. Irgendwie aufgeregt.

»Warum sollte es nicht möglich sein?«, fragte sie.

»Weil so ein Stipendium an Bedingungen geknüpft ist. Wenn du die nicht erfüllst, rückt der nächste Bewerber nach, so sind die Regeln.«

»Aber mein Vater ist gerade gestorben, das müssen die doch verstehen! Ich will das Stipendium ja antreten und meinen Roman unbedingt schreiben, nur eben ein bisschen später …«

Der erste Dezember war nicht zu schaffen – unter keinen Umständen. Ihre Mutter war immer noch im Krankenhaus und die ganze Situation viel zu unübersichtlich. Aber Corinna ging davon aus, dass sie im neuen Jahr nach Berlin zurückkehren konnte. Spätestens zum Beginn des nächsten Sommersemesters sollte doch alles so weit geregelt sein, dass sie ihr eigenes Leben wieder aufnehmen konnte.

Das Leben, das ihr wichtig war.

KAPITEL 14

Petra klopfte an die Tür des Krankenhauszimmers. Sie wartete auf eine Reaktion, aber es kam nichts. Ob Marianne schlief?

Sie klopfte ein zweites Mal, lauter jetzt, dann öffnete sie die Tür und steckte vorsichtig den Kopf durch den Spalt. Zu ihrer Verwunderung saß Marianne wach und aufrecht im Bett.

»Hallo«, sagte Petra. »Ich …«

»Ach, du bist es. Komm herein!« Marianne hob die vernarbte Hand und winkte sie zu sich.

Petra trat ein und schloss die Tür. Die Blumen auf Mariannes Nachttisch sahen zwar hübsch aus, überdeckten mit ihrem zarten Duft aber nicht den typischen Geruch nach Krankenhaus und Desinfektionsmittel. Petra fragte sich, wie Marianne den Geruch und die Umgebung bloß den ganzen Tag aushielt. Sie schlüpfte aus dem Anorak und versuchte unauffällig, durch den Mund zu atmen.

»Hast du mein Klopfen nicht gehört?«, fragte sie.

»Doch, aber ich dachte, es wäre wieder diese schreckliche Schwester.« Marianne seufzte. »Sie platzt ständig herein, um irgendetwas zu kontrollieren – meinen Blutdruck, meine Temperatur oder ob ich genügend trinke. Außerdem möchte sie mir unbedingt eine weitere Patientin ins Zimmer legen, damit ich nicht so allein bin. Dass es mir gerade recht ist, meine Ruhe zu haben, will sie einfach nicht begreifen.«

Petra zog einen Stuhl näher ans Bett und setzte sich. »Ich hoffe, sie lassen dich bald wieder nach Hause.«

Die Bemerkung war eigentlich nur freundlich gemeint, doch Marianne reagierte sofort alarmiert. »Warum?«, fragte sie. »Kommt ihr nicht zurecht? Was ist los?«

»Gar nichts«, sagte Petra hastig.

Die Art, wie Marianne zu ihr herübersah, dabei aber dennoch knapp an ihr vorbei, erschreckte sie. Konnte ihre Chefin überhaupt etwas erkennen? Inzwischen trug sie keinen Verband mehr, doch beide Augen wirkten gleichermaßen trüb. Petra konzentrierte sich auf eine Falte in der Bettdecke – zupfte daran, versuchte, sie zu glätten.

»Wie geht es Ludwig?«

»Er kann noch nicht wieder arbeiten.« Petra senkte den Kopf. Das schlechte Gewissen plagte sie jedes Mal, wenn sie an Ludwigs Verletzung dachte. »Er hat oft Kopfschmerzen, und ihm wird leicht schwindelig. Deshalb hat der Arzt ihm verboten, die Schreinerei zu betreten. Nicht, dass dort noch ein Unfall passiert. Er soll sich schonen.« Sie stockte. »Das hört er bloß nicht gern.«

Ein schwaches Lächeln spielte um Mariannes Lippen. »Ja, das kann ich mir vorstellen«, murmelte sie.

Ein kurzes Schweigen entstand. Je mehr es sich ausdehnte, umso unwohler fühlte sich Petra.

Am liebsten hätte sie eine Entschuldigung vorgeschoben, um rasch wieder gehen zu können. Dabei hatte sie sich doch eigentlich darauf gefreut, Marianne zu besuchen. Und schließlich wollte sie ihr ja auch ein bisschen Trost spenden und ihr versichern, dass sie die Schreinerei in ihrer Abwesenheit schon am Laufen hielten.

»Wie geht es dir denn?«, wagte sie schließlich zu fragen, obwohl sie ahnte, dass sie darauf keine positive Antwort erhalten würde.

»Wie soll es mir schon gehen?« Mariannes Stimme klang

hart, fast verbittert. »Ich sitze nutzlos hier herum, während mein Leben in Stücke zerbricht. Erst habe ich Alexandre verloren, und nun scheint es, als würde ich auch alles andere verlieren, was mir je etwas bedeutet hat …«

»Sag doch so was nicht!« Petra berührte ihren Arm. »Wir geben alles, um den Betrieb am Laufen zu halten.«

»Ist das so?«

»Ja, alle halten zusammen. Ich und die anderen arbeiten, Lotte kümmert sich um den Papierkram und Corinna versucht, überall zu helfen. Oft ist sie morgens schon vor mir da.« Petra bemühte sich, überzeugend zu wirken. »Corinna wimmelt die Pressefritzen ab, telefoniert mit den Kunden und sorgt dafür, dass deine Rechnungen pünktlich bezahlt werden. Sie macht das gut, wirklich.«

»Ich bin froh, das zu hören.« Mariannes Stirn glättete sich ein wenig. »Corinna ist ein kluges Mädchen. Was ihr fehlt, ist aber leider nicht nur die Erfahrung mit Holz, sondern auch dein Talent. Du weißt, was ich meine.«

»Na ja, ich …« Petra rutschte verlegen auf ihrem Stuhl herum. Dass jemand sie lobte, war in letzter Zeit selten vorgekommen. Überhaupt passierte das nicht oft.

»Du hattest schon immer ein gutes Gespür dafür«, fuhr Marianne fort. »Holz ist etwas Lebendiges. Wenn man damit arbeiten will, muss man das Wesentliche mit den Händen erfühlen. Es begreifen, im wahrsten Sinne des Wortes. Du hast das auf Anhieb gekonnt, schon als kleines Mädchen.«

Für einen Moment richtete sich Petras Blick nach innen, zurück in die Vergangenheit. Sie sah sich selbst neben Marianne an der Werkbank stehen, auf einem Schemel, damit sie überhaupt an das Werkzeug auf der Arbeitsplatte herankam. Spürte das Glücksgefühl wieder, das sich in ihr ausgebreitet hatte, als sie zum ersten Mal bewusst ein Holzstück in die Hände genommen und über die Oberfläche gestrichen hatte. Das Holz war rau und fest gewesen, zugleich aber auch weich und anschmiegsam. So, als ob es geatmet hätte. Und es war bereit gewesen, sich ihren Händen zu fügen und die geheime Form, die in seinem Innern verborgen lag, Stück für Stück preiszugeben. Seit damals hatte sie sich nie etwas Schöneres vorstellen können, als mit Holz zu arbeiten.

»So viel Talent habe ich gar nicht«, sagte sie. »Alles, was ich kann, hast du mir beigebracht.«

Manches hatte sie sich auch von Mariannes altem Großvater abgeschaut, der an den Sommerabenden oft unter der Linde im Hof gesessen und geschnitzt hatte.

»Oh nein, da täuschst du dich!« Jetzt lächelte Marianne wirklich. »Wer keine besondere Gabe mitbringt, kommt über das bloße Handwerk nicht hinaus.« Sie bemühte sich, ihre Sitzposition zu ändern, offenbar schmerzte ihr Rücken. Kein Wunder, wenn sie den ganzen Tag im Bett saß. »Ich will das Handwerk nicht schlechtreden, in der Schreinerei braucht es fleißige Handwerker. Aber ohne jemanden, der auch neue, kreative Einfälle hat, der Intuition und Leidenschaft für die Arbeit mit Holz besitzt, ohne so eine Person wird der Erfolg begrenzt bleiben.« Sie tastete nach Petras Hand und schloss ihre Finger darum. »Das bringt Corinna nicht mit, dafür braucht sie dich. Versprich mir, dass du sie mit deinen Fähigkeiten unterstützt!«

»Natürlich mache ich das.« Petra glühte innerlich. Es war nicht allein der Stolz über das Lob, sondern mehr noch das wunderbare Gefühl, gebraucht zu werden. Endlich einmal wurde sie nicht kritisiert, sondern erhielt Bestätigung.

»Danke«, sagte Marianne. »Wenn ich dir diesen Teil meiner Arbeit übertragen kann, bin ich beruhigt.«

Gleich darauf lehnte sie sich zurück und ließ den Kopf auf das weiße Krankenhauskissen sinken. Ihre Wangen waren leicht gerötet, als ob sie Fieber hätte. Plötzlich wirkte sie sehr matt und erschöpft.

Petra ließ ihre Hand nicht los. Sie verstand gut, dass der Aufenthalt im Krankenhaus Marianne viel Kraft kostete – sie selbst hätte hier freiwillig keinen Tag verbringen wollen. Bestärkt durch Mariannes Anerkennung, sah sie sich jedoch nun in der Lage, Hoffnung und Zuversicht zu zeigen.

»Wir schaffen das schon«, sprach sie Marianne Mut zu und damit auch sich selbst. Es war schön, Teil eines Ganzen zu sein, dazuzugehören. »Verlass dich drauf!«

Wenig später klopfte es wieder an der Krankenzimmertür.

»Hallo, Tante Marianne!« Hennis Mädels stürmten herein und Petra lachte über Mariannes erleichtertes Gesicht – die Stationsschwester, von der sie vorhin erzählt hatte, musste ja wirklich zum Fürchten sein.

»Seid ihr ohne eure Mutter gekommen?«

Die zehnjährige Sabine nickte eifrig. »Ja, Mama hat doch im Laden so viel zu tun, darum hat sie uns erlaubt, dass wir dich nach der Schule allein besuchen dürfen.« Sie zog die Mütze mit den roten Bommeln vom Kopf und strahlte. »Wir haben sogar ein Geschenk für dich mitgebracht.«

»Ein Geschenk?«

»Ja, damit du bald wieder gesund wirst.« Sabines zwei Jahre ältere Schwester Helena holte eine Flasche Rotbäckchen aus dem Schulranzen. »Mama meinte, Schokolade hilft nicht. Aber Saft mit Vitaminen drin schon.« Sie blinzelte listig. »Mama hat auch gesagt, du hast hier eine ganze Schublade voller Schokolade, die du nicht essen willst. Stimmt das?«

Marianne war eine Sekunde lang verblüfft. Dann deutete sie auf ihren Nachttisch. »Ja, das ist wahr. Bedient euch.«

Sabine war schneller als ihre Schwester. Sie flitzte um das Bett ihrer Tante herum und spähte in die Schublade. »Oh, da sind ja sogar Marzipanherzen drin!«

»Ehrlich?« Helenas Augen funkelten begehrlich.

Petra schlug sich die Hand vor den Mund, um nicht laut loszuprusten. Was für freche kleine Biester! Es war doch kein Zufall, dass sie die Chance genutzt hatten, ohne ihre Mutter herzukommen. So konnten sie ungehindert Mariannes Süßigkeiten abstauben. Vermutlich achtete Henriette daheim mit Argusaugen darauf, dass sie nicht zu viel Zuckerzeug verputzten.

Das Folienpapier knisterte, als Sabine sich ein Marzipanherz aus der Schachtel nahm. Treuherzig blickte sie Petra an, ehe sie die Schachtel an ihre Schwester weiterreichte. »Möchtest du auch eines?«

Petra zögerte. Sie aß zwar gern Schokolade, aber es kam ihr falsch vor, es den beiden Mädchen gleichzutun.

»Nimm nur«, forderte Marianne sie auf. »Nicht, dass das Zeug in meinem Nachttisch noch verdirbt, bis ich endlich aus dem Krankenhaus entlassen werde.«

»Lange wird es bestimmt nicht mehr dauern«, sagte Petra und hoffte, dass das stimmte. Marianne zu trösten, war schwer, solange sie hierbleiben musste. Immerhin sorgten ihre beiden Nichten für Aufmunterung, indem sie fröhlich auf Marianne einplapperten.

Petra schob sich gerade ein Marzipanherz in den Mund, als es erneut an der Zimmertür klopfte. Wieder war es nicht die gefürchtete Stationsschwester, sondern Corinna. Die Mädchen rannten ihr entgegen, um sie zu begrüßen. »Hallo!« Corinna drückte die beiden an sich.

»Na, hier ist ja was los …« Corinna verstummte. Ihre Augen verengten sich, als sie Petra neben dem Bett ihrer Mutter erkannte. »Ach, du bist auch hier?«

»Wie schön, dass du kommst, Corinna!« Marianne freute sich aufrichtig, das hörte Petra an ihrer Stimme.

Doch Corinna zog ein eher verdrießliches Gesicht. Mit einem Mal schien sie von einer Wolke schlechter Laune umgeben zu sein. Störte es sie, dass ihre Mutter bereits Besuch hatte?

»Bleib sitzen«, sagte sie, als Petra aufstand, um ihr den Stuhl anzubieten, auf dem sie saß.

»Okay, dann …« Achselzuckend gehorchte Petra.

Corinna legte ihre Jacke über die Anoraks der Mädchen am Bettende und nahm dann auf der Bettkante Platz. Dass ihre Mutter sie gleich mit Fragen zur Schreinerei überhäufte, schien ihr auch nicht zu passen. Dabei war es doch verständlich, dass Marianne sich vor allem dafür interessierte, es ging schließlich um ihr Lebenswerk.

»Ich bin so glücklich, dass du dich entschieden hast, dein Stipendium zu verschieben und vorerst nicht wieder nach Berlin zurückzukehren«, sagte Marianne.

Wenn Petra ihren Gesichtsausdruck richtig deutete, war Corinna hingegen darüber alles andere als glücklich. Sie guckte eher so, als hätte man sie gezwungen, einen Käfer zu essen.

»Ja, ich hoffe, es klappt, dass ich mein Stipendium später antreten kann«, sagte sie und lachte nervös. »Bisher habe ich noch keine Zusage vom Senat bekommen und weiß nicht, ob ich es im nächsten Jahr nachholen kann.«

»Warum sollte das denn nicht klappen?« Marianne machte eine wegwerfende Handbewegung. »Sie haben es dir doch gegeben, oder etwa nicht? Und deinen Roman mit dem seltsamen Titel kannst du später noch genauso schreiben.«

Corinna kniff die Lippen zusammen.

Petra merkte ihr an, dass sie widersprechen wollte, aber da redete Marianne bereits weiter. Natürlich nicht über Berlin oder Corinnas Literaturkram, sondern über die Schreinerei, die ihr am Herzen lag. Fast war Petra froh, dass Marianne nicht sehen konnte, wie Corinna darüber unwillig die Stirn runzelte. Es ärgerte sie zutiefst, wie ihre ehemals beste Freundin sich verhielt. Warum war Corinna nur so undankbar? Warum wusste sie nicht zu schätzen, was sie hatte – eine Familie, zu der sie gehörte und eine Mutter, die mit eigenen Händen etwas so Schönes und Wertvolles aufgebaut hatte und nun nicht zögerte, es ihr anzuvertrauen. Wie konnte Corinna da so ablehnend und undankbar sein?

Petra, an ihrer Stelle, hätte ein solches Geschenk jedenfalls zu schätzen gewusst.

KAPITEL 15

»Können wir anfangen?«, fragte Corinna.

Lotte nickte und räusperte sich. Sie saß am Kopfende des langen Tisches, den Corinna noch aus ihrer Kindheit kannte. Oft genug hatte sie in diesem Raum gespielt, wenn hier keine Versammlungen abgehalten wurden, und manchmal hatten sie und Petra heimlich an der Tür gelauscht.

Hier kamen alle Mitarbeiter der Schreinerei zusammen, um über neue Projekte und wichtige Entscheidungen zu sprechen. Normalerweise saß Corinnas Mutter auf dem Platz, den jetzt Lotte einnahm. Und normalerweise gab es in den Reihen rechts und links davon keine Lücken. Doch heute waren die Stühle, auf denen Ludwig und Corinnas Vater immer gesessen hatten, leer.

Die übrige Belegschaft war allerdings da. Corinna blickte in die sorgenvollen Mienen von Elvira, Tomasz, Szymon, Rudi und einigen anderen, die ihr seit ihrer Kindheit vertraut waren. Aber es gab auch ein paar neue Gesichter. Neben Petra saß ein Mann ungefähr in ihrem Alter, den sie bereits öfter an der Drechselmaschine gesehen hatte. Er sprach nicht viel, und seine Augen wirkten durch die starke Brille riesig.

Lotte schob die Papiere zusammen, die vor ihr lagen, und räusperte sich noch einmal. »Zehntausenddreihundert Mark. Ich habe alles durchgerechnet, und das ist die Summe, die wir bis Ende des Jahres mindestens erwirtschaften müssen, um auf null herauszukommen.«

»Das müsste doch gehen!« Tomasz wirkte erleichtert. »Einige

der Puppenhäuser verkaufen wir für knapp hundert Mark. Und dazu kommen noch die Einrichtung und die einzelnen Möbel, die wir produzieren.«

Sein Bruder stieß ihn mit dem Ellenbogen an. »Sie meint nach Abzug der Kosten. Also, nachdem das Holz bezahlt ist und unsere Gehälter und …« Er schien nach mehr Beispielen zu suchen. »Die Stromrechnung …«

»Das Weihnachtsgeld«, ergänzte Rudi.

»Also«, meldete sich Elvira zu Wort, hielt dann aber inne, als sich plötzlich alle Aufmerksamkeit auf sie richtete.

»Ja?«, fragte Lotte. Corinna musste lächeln. Sie liebte es, wie aufmerksam ihre Tante mit allen umging.

»Also«, begann Elvira noch einmal, »ich will nur sagen, vielleicht könnten wir auf das Weihnachtsgeld verzichten.«

Zu Corinnas Erstaunen gab es rings um den Tisch mehrere Leute, die nickten. Da war nicht einmal ein Zögern zu merken, sie schienen direkt bereit, auf einen Teil ihres Einkommens zu verzichten. Und mit jeder Sekunde wurde das zustimmende Gemurmel lauter.

Warum war ihnen diese Firma so wichtig? Sie waren alle talentierte Menschen mit Erfahrung. Sie würden doch sicher auch anderswo eine Anstellung finden.

Elvira fing ihren fragenden Blick auf und lächelte beinahe entschuldigend. Dann zuckte sie mit den Schultern. »Das hat schon damals funktioniert, als das Lager mit den Ausstellungsstücken für die Messe abgebrannt ist.«

Corinna wusste davon nur aus den Erzählungen ihrer Mutter. Sie selbst war damals noch gar nicht geboren, ihre Eltern nicht verheiratet gewesen. Eine halbe Ewigkeit war das her!

»Da haben wir eine Weile ganz auf unseren Lohn verzichtet«, brummte Rudi.

»Und – bumm – ist der Absatz der Puppenmöbel durch die Decke gegangen«, rief Szymon, »und wir hatten alle einen sicheren Job für die nächsten zwanzig Jahre.«

»Und Firmenanteile«, ergänzte sein Bruder.

»Und Mitbestimmungsrecht.« Georg, auch einer von den Mitarbeitern, die schon lange dabei waren, nickte.

Der jüngere Mann mit der starken Brille meldete sich wie in der Schule. Als niemand ihn aufrief, ließ er die Hand wieder sinken und begann zögernd: »Ähm, versteht mich nicht falsch, ich bin hier wirklich sehr glücklich. Aber was, wenn wir ... na ja ... das Weihnachtsgeld schon verplant haben?«

»Nur die Leute, die es sich auch leisten können, sollten auf das Weihnachtsgeld verzichten«, schlug Rudi vor.

Wieder nickten die meisten. Corinna schaute ungläubig in die Runde. Worauf basierte dieses Vertrauen, das hier so deutlich wurde? Wieso erwarteten die Mitarbeiter, auf Dauer das Ruder bei den sinkenden Verkaufszahlen wieder herumreißen zu können?

Schließlich hielt sie es nicht mehr aus.

»Moment! Moment!« Sie erhob sich von ihrem Platz.

Sofort waren alle Augen auf sie gerichtet. Corinna fühlte dieselbe Art von Nervosität in sich aufsteigen, die sie sonst vor Lesungen ergriff. Wie zuvor Lotte, musste auch sie sich jetzt räuspern.

»Ihr vergesst da etwas Wesentliches«, sagte sie. »Das hier ist keine vorübergehende Krise, kein Notfall wie ein abgebranntes Lagerhaus.« Sie blickte von einem Gesicht zum anderen, in der Hoffnung, Verständnis darin zu erkennen, aber alle sahen sie nur fragend an.

»Die Tatsache, dass immer weniger Leute, die Lindenhof-Puppenhäuser und Puppenmöbel kaufen, ändert sich nicht dadurch, dass ihr auf euer Weihnachtsgeld verzichtet. Die Nachfrage sinkt seit Jahren und es gibt keine Anzeichen, dass sie zukünftig wieder steigen wird.«

Endlich schien die Realität in die Gedankenwelt der hier Versammelten einzusickern. Gemurmel brandete auf.

Dann jedoch beugte Petra sich auf ihrem Sitz vor. »Das ist uns doch allen klar. Wir sind ja nicht blöd, auch wenn du uns vielleicht dafür hältst.« Sie klang fast feindselig, ihre Augen funkelten Corinna trotzig an. »Aber was willst du deswegen unternehmen? Aufgeben und alles wegwerfen, was deine Mutter aufgebaut hat?« Ihre Stimme wurde noch einen Ton schärfer. »Was sie unter anderem auch deshalb aufgebaut hat, damit du es irgendwann erbst.«

Wut stieg in Corinna hoch. Was sollte das denn jetzt? Warf Petra ihr etwa Undankbarkeit vor?

»Ich will es ja gar nicht erben!« Der Satz war heraus, bevor Corinna ihn zurückhalten konnte.

Entsetztes Schweigen schlug ihr entgegen. Lotte biss sich auf die Lippe und schüttelte leicht den Kopf.

Aber da der Schaden nun schon angerichtet war, konnte Corinna genauso gut fortfahren. »Meinetwegen kann jeder die Schreinerei haben, dem sie mehr bedeutet als mir. Es gibt trotzdem nichts daran zu rütteln, dass ihr nicht weit kommen werdet, wenn ihr nur bis zum Ende des Jahres denkt und nicht darüber hinaus.«

»Pah, was weißt du schon?«, fauchte Petra. »Du bist gerade erst aus Berlin gekommen und hast keine Ahnung von dem, was wir hier machen!«

»Mädels!« Lotte hob beschwichtigend die Hände. »Bitte, das hilft gerade niemandem. Etwas weniger aggressiv, wenn's geht!«

Betreten blickte Corinna sich in der Runde um. Einige wichen ihrem Blick aus, andere blickten ihr düster entgegen. Die meisten der Mienen wirkten jetzt deutlich besorgter als zuvor. Corinna hatte ihnen gerade allen Mut genommen, dabei hatte sie das doch gar nicht gewollt, sie war doch nur wütend auf Petra. Petra, die ihr zum Vorwurf machte, dass in ihrem Leben andere Dinge wichtiger waren als die Schreinerei. Warum hängte Petra sich dann nicht rein und rettete die Firma, wenn ihr so viel daran lag?

»Ich meine ja nur.« Petra sprach nun zwar leiser, aber ihre Stimme klang immer noch aufgebracht. »Wenn Corinna nicht hier sein will, soll sie doch gehen. Wir brauchen niemanden, der klugscheißt, aber eigentlich bloß aufgeben will.«

Das traf. Auch weil Corinna nicht leugnen konnte, dass sie tatsächlich nicht verstand, warum alle so sehr an dieser Firma festhielten. Dieses Beharren war unlogisch und dumm. Es hatte ihren Vater das Leben gekostet und dazu geführt, dass ihre Mutter im Krankenhaus gelandet war. So sah sie das.

»Ich klugscheiße nicht, wie du es nennst«, protestierte sie über das aufkommende Getuschel hinweg. »Ich …«

Ja, was? Es stimmte, dass ihr die Schreinerei nicht so wichtig war wie anscheinend allen anderen hier. Sie würde früher oder später in ihr eigentliches Leben zurückkehren.

Aber sie hatte gerade erst ihr Stipendium verschoben, und sie würde sich nicht vorwerfen lassen, dass ihr das Schicksal der Mitarbeiter egal war.

»Ich bin hier, um mitzuhelfen, bis meine Mutter wieder fit genug ist. Ich will die Schreinerei selbstverständlich erhalten und dafür sorgen, dass ihr alle eure Jobs behalten könnt. Es ist wahr«, fuhr sie fort, »dass ich gerade gerne woanders wäre, aber Familie ist Familie, und ich gehe nicht nach Berlin zurück, solange es meiner Mutter so schlecht geht wie jetzt.«

Es tat gut, das auszusprechen. Denn es war die Wahrheit. Durch die Worte hatte sie ihre Prioritäten endlich richtig gesetzt und laut ausgesprochen. Schriftstellerin zu werden war Corinnas großer Traum. Aber sie würde diesem Traum keinen der Menschen opfern, die ihr wichtig waren, selbst wenn sie manchmal so anstrengend waren wie ihre Mutter.

Das Geraune, das diesmal aufkam, klang freundlicher. Lotte lächelte ihr zu, und ein Teil von Corinnas Wut verrauchte. Langsam setzte sie sich wieder hin. Sollte Petra ihr doch vorwerfen, was sie wollte.

Dann wandte ihre Tante sich an Petra.

»Es ehrt dich, dass du die Schreinerei nicht aufgeben willst. Ich denke aber auch, dass wir dafür über das Ende des Jahres hinausdenken müssen.«

Für einen Moment sah Petra so aus, als wollte sie eine zornige Antwort geben. Sie hatte den Mund bereits geöffnet, klappte ihn dann jedoch wieder wortlos zu. Mit vor der Brust verschränkten Armen lehnte sie sich in ihrem Stuhl zurück und blickte Corinna herausfordernd an.

»In Ordnung. Was schlägst du dann vor?«

Die plötzliche Stille im Raum war erdrückend. Nur hier und dort hörte man Kleidung rascheln, als die Menschen sich Corinna zuwandten. Sie schluckte.

Wie sollte sie reagieren?

Petras Frage hatte sie in eine schwierige Lage gebracht. Nur weil sie Kritik an dem planlosen Vorgehen geäußert hatte, hieß das doch noch lange nicht, dass sie eine gute Lösung parat hatte. Jetzt allerdings nichts zu sagen, würde sie schlecht dastehen lassen.

»Na ja«, begann sie deshalb zögernd. »Was sich vielleicht besser verkauft, wäre Holzspielzeug, das auch in moderne Kinderzimmer passt, die ansonsten voll mit buntem Plastik sind. So eine biedere Puppenstube ist da bestimmt komplett fehl am Platz. Schaut euch doch mal an, womit sich die Kinder heutzutage so beschäftigen.«

Um ehrlich zu sein, hatte Corinna selbst wenig Ahnung davon, womit sich Kinder heutzutage beschäftigten. Spontan fiel ihr nur der klackernde Zauberwürfel ein, den sie neulich bei ihren Cousinen gesehen hatte. Mit einer Engelsgeduld hatte Helena daran gedreht, um gleichfarbige Würfelseiten zu bekommen. Aber das war kein passendes Beispiel. Verzweifelt suchte Corinna nach einem anderen. Im Grunde gab es nur eine Sache, mit der sie sich wirklich gut auskannte, und das war die Literatur. Liebend gerne stöberte sie stundenlang in Buchhandlungen. Die Tische mit den Bestsellern ganz vorne ließen sich meist nur schwer übersehen, und manchmal lagen dort auch erfolgreiche Kinderbücher aus. Hatte sie nicht vor kurzem ein neues Buch von Michael Ende erspäht? Wie lautete der Titel noch mal?

»Nehmt mal die …« Ah, nun fiel es ihr wieder ein. »›Die unendliche Geschichte‹. Das Buch ist voll mit Fabelwesen.«

Mit seinem Einband hatte es sie spontan an die phantasievollen Lieblingsbücher ihrer Kindheit erinnert. Wie gern hatte sie Astrid Lindgren, Otfried Preußler oder Erich Kästner gelesen!

Jetzt kam Corinna in Fahrt. »Oder denkt an die ›Katze mit Hut‹.« Davon hatte Martin ihr erzählt. Er war der Meinung, dass dieses Buch einen ganz neuen Gesellschaftsentwurf propagierte. »Dort wird ein Familienbild dargestellt, das deutlich weniger traditionell ist als alles, was unsere Puppenhäuser transportieren. Der Lindenhof muss mit der Zeit gehen, wenn wir wieder mehr Erfolg haben wollen.«

Zustimmendes Gemurmel erhob sich. Es fühlte sich gut an, dass mehrere Leute rings um den Tisch ihr nun zulächelten.

»Heißt das, wir sollten in Zukunft besser gar keine Puppenmöbel mehr herstellen?«, fragte Szymon.

Corinna hob die Schultern. »Vielleicht könnten wir über eine andere Art von Möbeln nachdenken. Etwas, das aufregender ist als eine Einrichtung, die in Omas Stube stehen könnte.«

»Hör mal, so schlimm steht es um unsere Möbel auch wieder nicht«, protestierte Rudi.

»Also«, sagte Elvira leise. »Ich würde schon gerne mal etwas Moderneres ausprobieren, was das Design der Möbel betrifft. Auch wenn es mir natürlich lieber wäre, Alexandre wäre noch hier, um meine Entwürfe zu begutachten …« Sie verstummte.

Petras Miene war die ganze Zeit über skeptisch geblieben, nun lächelte sie Elvira an. »Alexandre fand deine Ideen doch immer gut! Ich habe jedenfalls angefangen, ein neues Bett zu bauen, in dem auch Barbiepuppen schlafen können. Willst du es dir mal anschauen, ob dir dazu noch etwas Gutes einfällt?«

»Sehr gerne.« Elvira strahlte.

Und plötzlich explodierte der Raum vor Ideen.

Tomasz wollte Mondraketen aus Holz bauen, Szymon Burgen für Ritter. Dem Mitarbeiter mit der Brille schwebte ein Labor vor. »Ich kenne einen Glasbläser, mit dem wir vielleicht zusammenarbeiten können – für kleine Reagenzgläser und so.«

Er wirkte stolz, als diese Idee auf allgemeine Zustimmung traf. Die Begeisterung riss auch Corinna mit. Sie stürzte sich in die Diskussion, brachte eigene Vorschläge ein und ließ sich von der Kreativität der anderen anstecken. Der Raum brummte vor Energie – zumindest kam es Corinna so vor. Fast fühlte es sich an wie das aufregende Kribbeln, das sie jedes Mal befiel, wenn sie Ideen für ihre Geschichten sammelte. Nur dass sie dieses Gefühl hier mit vielen Menschen teilte.

Am Ende einigten sie sich darauf, dass jeder von ihnen Entwürfe machen und zu einem weiteren Treffen mitbringen sollte. Wenn sie sich beeilten, konnten sie im Weihnachtsgeschäft vielleicht schon ein paar erste Modelle anbieten.

»Eine Sache hätte ich noch«, meldete sich Lotte zu Wort, als die allgemeine Aufregung etwas abgeklungen war. »Es geht um die alte Kreissäge. Ich wäre dafür, sie entfernen zu lassen. Von Fachleuten.«

Allen in der Runde musste klar sein, dass das natürlich auch wieder Geld kosten würde, das sie gerade nicht übrighatten, aber es überraschte Corinna kaum, dass der Vorschlag auf allgemeine Zustimmung traf. Das verfluchte Teil musste weg. Das Unheil, das die Säge bereits angerichtet hatte, war ohnehin nicht wiedergutzumachen. Alle würden froh sein, wenn sie die Säge nicht mehr sehen mussten. Lotte versprach, sich darum zu kümmern.

Schließlich verließen die Mitarbeiter den Raum, etliche diskutierten auf dem Weg nach draußen weiter. Petra und Elvira steckten dabei besonders innig die Köpfe zusammen.

Lotte kam zu Corinna hinüber und schloss sie spontan in die Arme. »Du hast deine Mutter gerade sehr stolz gemacht.«

»Sie war doch gar nicht dabei«, wehrte Corinna ab.

Lotte lachte. »Aber Marianne wird erfahren, was du heute in Bewegung gesetzt hast.«

Das Lob und die Bestätigung fühlten sich gut an, aber gleichzeitig hatte Corinna das Gefühl, in eine Falle getappt zu sein. Nun tat sie irgendwie doch das, was ihre Mutter die ganze Zeit von ihr verlangt hatte.

Es war draußen schon wieder dunkel, als Corinna endlich die letzte sauber getippte Rechnung beiseitelegte. Wer hätte gedacht, dass so ein bisschen Verwaltungsarbeit derart viel Zeit fraß? Nun war noch ein weiterer Tag vergangen, an dem sie keine Zeile an ihrem Roman geschrieben hatte.

Und trotzdem war sie mit diesem Tag zufrieden. Sie musste daran denken, wie bei der Versammlung die Ideen gesprudelt waren, und lächelte unwillkürlich. Noch nie hatte sie an einem Ort so viel geballte Kreativität und Begeisterung gespürt. Klar, es ging um Spielzeug, also um nichts intellektuell Anspruchsvolles. Aber seitdem drehten auch ihre Gedanken sich unablässig um die neuen Projektideen.

Am liebsten mochte sie den Vorschlag mit der Mondrakete. Als Jugendliche hatte sie den einen oder anderen Science-Fiction-Roman gelesen. Die Vorstellung, fremde Welten zu erforschen und den Horizont zu erweitern, hatte etwas unglaublich Faszinierendes. Mit passendem Spielzeug hätte sie früher als Kind sicher sehr gerne gespielt.

Vielleicht konnte sie eine entsprechende Episode in ihren Roman aufnehmen. Oder besser noch, was wäre, wenn sie der Geschichte eine positive Wendung gab? Patroklos war gestorben, als er versucht hatte, an Achilles' Stelle in die Schlacht zu ziehen. Bisher hatte sie vorgehabt, auch die Charaktere in ihrem Roman fallen und scheitern zu lassen. Aber was wäre, wenn sie den Tod vielmehr im übertragenen Sinne verstehen würde, als einen Übergang von einem Zustand in den anderen? Und die zuvor nicht zu bewältigende Aufgabe könnte zu etwas Neuem werden, etwas, das die Charaktere erforschten und kennenlernten …

Ehe Corinna sich versah, hatte sie sich ein leeres Blatt Papier von Mariannes Schreibtisch geschnappt und machte sich eifrig Notizen. In der Schreinerei herrschte mittlerweile Stille, vor einer Weile war als Letzte auch Petra nach Hause gegangen.

Das Klingeln des Telefons riss Corinna aus ihren Gedanken.

Eilig kritzelte sie noch einen Stichpunkt auf das Papier und hob dann ab. Hoffentlich war es nicht wieder jemand von der Presse. Allmählich hatte sie die Nase voll von den immer gleichen Nachfragen.

»Schreinerei Lindenhof«, meldete sie sich.

»Ah, schön, dass ich noch jemanden erreiche.« Die Stimme am anderen Ende der Leitung war tief und glatt. »Jessen hier, von Jessen und Müller Immobilien. Spreche ich mit der Geschäftsleitung?«

»Sozusagen.« Corinna stockte. Das hörte sich ein bisschen anmaßend an, aber worum auch immer es ging, sie würde die Angelegenheit im Zweifelsfall an ihre Mutter weitertragen können.

»Nun, in dem Fall … Ich nehme an, Ihnen ist bekannt, wie stark die Immobilienpreise in Hohenlohe und besonders in Ihrer Umgebung in letzter Zeit gestiegen sind.«

Corinna runzelte die Stirn. »Nein.« Warum sollte das für sie relevant sein?

»Erfahrungsgemäß werden die Preise irgendwann auch wieder fallen. Aber wenn Sie jetzt verkaufen, können Sie das Meiste aus Ihrem Besitz herausholen.«

Hatte ihre Mutter eine Immobilienfirma damit beauftragt, etwas Derartiges herauszufinden? Nein, das konnte Corinna sich nicht vorstellen. Marianne würde die Schreinerei niemals verkaufen wollen. Oder etwa doch?

»Wieso erzählen Sie mir das?«, fragte Corinna.

»Ja, eine gute Frage. Wissen Sie, Jessen und Müller Immobilien ist eine der größten Immobilienfirmen in der Region. Wir würden natürlich gern Ihre Interessen in dieser Angelegenheit vertreten.«

»In welcher Angelegenheit?« Corinna hatte das Gefühl, dass

dieses Gespräch immer verwirrender wurde. »Gehen Sie davon aus, dass wir die Schreinerei verkaufen wollen?«

»Sie müssen wissen, dass es sich hier um eine einmalige Gelegenheit handelt. Wir hätten bereits einen Interessenten, der mit einer Investition liebäugelt und …«

Aha, darum ging es also. »Sie wollen erfahren, ob wir verkaufen wollen, weil Sie dann eine Vermittlungsprovision bekommen.« War sie zu direkt gewesen? Wahrscheinlich schon. Aber dieser Immobilienmensch hatte sie aus einem großartigen Ideenfluss gerissen. Sie konnte gerade keine Geduld für ihn aufbringen.

Er hüstelte leicht. »Nun, für Sie bedeutet ein Verkauf zum jetzigen Zeitpunkt doch ebenfalls nur Vorteile. Sehen Sie das nicht auch so?«

Eigentlich hatte der Mann nicht ganz Unrecht. Das Angebot eines Investors, der die Schreinerei einmal gründlich modernisieren wollte, war angesichts ihrer finanziellen Situation vielleicht das Beste, was passieren konnte. Deshalb erkundigte Corinna sich nach den Einzelheiten: »Und mit welchem Konzept würde Ihr Interessent dann die Schreinerei weiterführen?«

»Was?« Nun klang der Immobilienmakler zur Abwechslung verwirrt. Er fing sich allerdings schnell wieder. »Es geht hier natürlich nur um das Grundstück!« Er lachte, als sei an dem Missverständnis irgendetwas komisch. »Naherholungsgebiete sind derzeit äußerst gefragt, vornehmlich solche, in denen eine gewisse Infrastruktur, so wie bei Ihnen, bereits vorhanden ist. Die Lage des Lindenhofs in der Nähe des Neumühlsees ist nach Ansicht unseres Investors geradezu prädestiniert für ein Gästehaus oder eine Kurklinik …«

»Nein.« Corinna überraschte sich selbst damit, wie schnell diese Antwort herauskam. Der Gedanke, ihr Elternhaus an irgendeinen Immobilien-Hai abzutreten, der es dann vermutlich abriss und dem Erdboden gleichmachte, schüttelte sie. Unwillkürlich dachte sie daran, wie viel Kraft und Zeit alle Mitarbeiter bereit waren, in den Erhalt der Schreinerei zu stecken. Selbst wenn sie das alleinige Entscheidungsrecht darüber gehabt hätte – das würde sie ihnen nicht antun. Im Sinne ihrer Eltern war sie es ihnen schuldig, den Fortbestand des Unternehmens zu sichern, falls das irgendwie möglich war.

»Ihre Entscheidung ist sehr bedauerlich. Aber falls Sie es sich anders überlegen, erreichen Sie mich unter …«

Corinna legte auf, bevor er seinen Satz beenden konnte.

Nun kreisten also neben den Reportern auch noch die Immobiliengeier um den Lindenhof. Nicht zu fassen!

KAPITEL 16

Das war also der Lindenhof. Marc bog langsam in den schmalen Zufahrtsweg ein und spähte aus dem Seitenfenster. Ein altes Gebäude mit mehreren Anbauten, wie es typisch für die Gegend war. Im Hintergrund erkannte er einen Gemüsegarten. Aber der Hof lag verlassen da, nur ein Auto mit Haller Kennzeichen stand vor dem Haus. Besaß nicht eine von Marianne Wagners Schwestern einen kleinen Laden in Hall?

Hier konnte er jedenfalls nicht unauffällig parken. Marc wendete rasch vor der Linde und fuhr zur Straße zurück.

Gleich darauf tauchte das Firmengelände vor ihm auf. Auch die Schreinerei lag malerisch am Waldrand, eingebettet zwischen Bäumen in der Nähe eines Weihers. Auf der anderen Seite der Straße erstreckten sich Felder entlang des Bachlaufs. Und der Neumühlsee war auch nicht weit entfernt.

Inmitten dieser idyllischen Umgebung entdeckte Marc nun einige Personen. Er hatte es absichtlich so abgepasst, dass er zu Arbeitsbeginn hier sein würde. Nach allem, was er wusste, bestand durchaus die Möglichkeit, dass er den einarmigen Mitarbeiter, der den Autounfall verursacht hatte, hier antraf. Der Mann hatte eine Gehirnerschütterung erlitten und war recht schnell wieder aus dem Krankenhaus entlassen worden. Wahrscheinlich musste er sich noch schonen, aber vielleicht kam er ja trotzdem her. Falls nicht, hatte Marc vor, sich ein wenig im Dorf umzuhören und seine Adresse in Erfahrung zu bringen. Es gab keine bessere Quelle zu den Arbeitsbedingungen in einem

Betrieb als ein Mitarbeiter, der sich von einem Arbeitsunfall auskurierte.

Eine Frau, die gerade am Tor von ihrem Fahrrad stieg, blickte sich besorgt nach Marc um, als er mit dem Auto stoppte. Hastig zog sie die Kapuze über den Kopf und wandte ihm den Rücken zu. Nach allem, was Corinna Wagner über die Belästigung durch Journalisten gesagt hatte, konnte er das niemandem verdenken. Besser, er verunsicherte die Mitarbeiterin nicht weiter.

Marc gab Gas und fuhr am Lindenhof vorbei.

Bald darauf entdeckte er einen Forstweg, der von der Straße abging. Eilig schlug er das Lenkrad ein.

Er bemühte sich, das Auto so abzustellen, dass trotz allem noch ein Forstfahrzeug daran vorbeikam, falls um diese Jahreszeit überhaupt noch jemand in den Wald wollte. Gab es Forstarbeiten, die im November erledigt werden mussten? Während Marc den Wagen rückwärts halb in ein Brombeergestrüpp hineinsetzte, ärgerte er sich darüber, in der Stadt geboren und aufgewachsen zu sein. Manchmal machten sich die damit einhergehenden Wissenslücken schmerzlich bemerkbar.

Endlich stellte er den Motor ab.

Direkt als er aus dem Wagen ausstieg und den ersten Schritt machte, versank er mit den Füßen mehrere Zentimeter im Matsch. Marc fluchte. Vielleicht hätte er doch nicht so weit abseits parken sollen. Andererseits waren matschige Schuhe immer noch besser als eine Truppe von Forstarbeitern, die wütend auf ihn war, weil er den Waldweg blockierte.

Weiterhin leise fluchend betrat er die asphaltierte Straße. Dort verbrachte er einen Moment damit, die Erde von den Schuhen zu stampfen und die Spritzer an seinen Hosenbeinen so gut es ging abzustreifen.

Schließlich machte er sich zu Fuß auf den Weg zur Schreinerei. So würde er deutlich weniger bedrohlich wirken, als wenn er mit dem Auto neben den Leuten hielt und sie durch das Autofenster ansprach. Hoffentlich hatte er die Person, mit der er sprechen wollte, nicht schon verpasst.

Das Wetter war alles andere als optimal für einen Spaziergang. Ein kalter Wind blies ihm ins Gesicht, und jetzt fing es auch noch an zu nieseln. War das ein schlechtes Omen?

Marc schlug den Kragen hoch. Endlich näherte er sich der Schreinerei. Dort schien einiges los zu sein. Er hörte aufgeregte Stimmen, mehrere Menschen redeten durcheinander.

»Lassen Sie mich in Ruhe!« Der Ausruf übertönte alles andere. Und Marc erkannte die Stimme wieder. Sie gehörte Corinna Wagner.

Unwillkürlich beschleunigte er seine Schritte.

»Nein, ich weiß nichts darüber. He, gehen Sie runter von unserem Grundstück!«

Jetzt rannte Marc. Das Tor stand halb offen, davor scharte sich ein Pulk aus Reportern. Inmitten der Menge versuchte gerade eine junge Frau mit einem Pferdeschwanz das Tor wieder zuzuschieben. Allerdings stand ihr ein Kameramann im Weg.

Marc schnaubte. Er kannte diese Tricks von einigen Kollegen. Ein alter Lokalreporter, mit dem er während eines Praktikums hatte zusammenarbeiten müssen, hatte immer gesagt: »Wenn du einmal in der offenen Tür stehst, dann mach auf keinen Fall mehr einen Schritt zurück.«

Er selbst hatte dagegen die Erfahrung gemacht, dass die Leute viel bereitwilliger mit Informationen herausrückten, wenn man freundlich zu ihnen war, Verständnis für ihre Situation zeigte und sie mit Charme überzeugte.

»Wie fühlen Sie sich denn damit, dass Sie Ihr Stipendium

nicht mehr antreten können?«, rief einer der Reporter der jungen Frau entgegen, bei der es sich ganz eindeutig um Corinna Wagner handelte.

Ihr war anzusehen, wie sie sich damit fühlte. Nicht vor den versammelten Journalisten in Tränen auszubrechen, schien sie einige Anstrengung zu kosten. Sie presste die Lippen fest aufeinander und drückte mit beiden Armen gegen das Tor, um es endlich zu schließen. Doch gegen den Pulk hatte sie allein keine Chance.

Nun war Marc allerdings heran. »Lassen Sie mich durch!«

Wie man sich durch Mengen drängelte, das hatte er von dem alten Lokalreporter immerhin auch gelernt. Er schob zwei Kollegen auseinander, quetschte sich dazwischen, rammte einem dritten den Ellenbogen in die Rippen.

»Verzeihung«, heuchelte er. Dann lauter: »Frau Wagner, wir haben doch jetzt einen Termin!«

Skeptisch blickte sie in seine Richtung. Wenn er Glück hatte, spielte sie mit.

»Marc Helmers vom SDR«, stellte er sich vor. »Erinnern Sie sich, wir wollten uns um …« Er warf einen hastigen Blick auf seine Uhr. »Oh, schon um acht hier treffen. Verzeihen Sie die Verspätung.«

Bevor sie antworten konnte, wandte er sich an seine Kollegen. »Würden Sie bitte Platz machen? Reichen Sie Ihre Fragen doch schriftlich ein, ich bin sicher, Frau Wagner beantwortet sie dann später gerne. Ansonsten sollten Sie vielleicht auch einmal ausprobieren, wie es ist, höflich wegen eines Termins anzufragen. Damit dürfte Ihnen auf Dauer mehr Erfolg beschieden sein, meine Herren.«

Murrend zogen sich die anderen Journalisten ein wenig zurück. Den SDR zu erwähnen zog meistens. Viele Kollegen träumten von einer Karriere dort und wollten sich deshalb keinen Ärger mit dem Sender einhandeln. Nur der Kameramann blieb stur im halb offenen Tor stehen und richtete das Objektiv direkt auf Marc. Doch davon ließ er sich bestimmt nicht einschüchtern. Er schenkte der Linse sein professionellstes Lächeln.

»Hören Sie, Sie stehen auf einem Privatgrundstück. Und Sie wissen es genauso gut wie ich – wenn Sie wegen Hausfriedensbruch angezeigt werden, ist Ihr Presseausweis weg.«

Endlich machte der Kameramann einen Schritt zurück. Sofort schob Corinna Wagner das Tor weiter zu. Leider stand auch Marc auf der falschen Seite und wurde mit dem Pulk aus Journalisten ebenfalls hinausgedrängt. Schweren Herzens wich auch er zurück. Er konnte ja schlecht etwas tun, was er selbst eben noch kritisiert hatte.

»Frau Wagner«, versuchte er es dennoch. »Unser Termin …«

Klackend fiel das Tor vor ihm ins Schloss. Corinna Wagner sah ihn durch die Stäbe direkt an.

»Danke«, sagte sie. Sie wirkte immer noch aufgewühlt, hatte sich nun aber sichtlich besser im Griff. In ihren Augen blitzte ein Funke auf, den Marc zuvor nicht wahrgenommen hatte und der ihm ausnehmend gut gefiel. »Für Ihre Hilfe. Aber ich will nicht mit der Presse reden, also auch nicht mit Ihnen.«

»Verständlich.« Es wäre schön gewesen, aber man konnte wohl nicht alles haben. Dennoch gab Marc nicht ganz auf und zog eine Visitenkarte aus der Innentasche seiner Jacke. Hoffnungsvoll hielt er sie ihr hin. »Falls Sie noch mal Ärger mit meinen Kollegen haben – solche Vorfälle sind auch immer eine Story wert.« Er zwinkerte ihr zu.

Für einen Moment zögerte sie. Abschätzend musterte sie Marc. Dann lächelte sie leicht und nahm die Visitenkarte entgegen. »Sie haben gute Argumente. Ich werde darüber nachdenken.« Sie nickte ihm noch mal zu, bevor sie sich abwandte. »Bis dann.«

Während sie über den regenfeuchten Vorplatz hinüber zur Schreinerei ging, blickte Marc ihr nach. Irgendetwas strahlte diese Corinna Wagner aus, das ihn faszinierte. Zu gerne hätte er sich ausführlicher mit ihr unterhalten, jetzt, wo er schon einmal hier war.

Aber vielleicht ergab sich dazu später noch die Gelegenheit.

»Die hat dich ja eiskalt abblitzen lassen.« Der Kameramann hatte seine Kamera inzwischen ausgeschaltet. Er grinste Marc an. »So viel zu deinem Termin.«

Marc hob die Schultern. »Berufsrisiko.«

Er war vielleicht nicht hergekommen, um Corinna Wagners Vertrauen zu gewinnen, aber ihre Reaktion war auf jeden Fall ein kleiner Erfolg gewesen. Man musste einfach nur flexibel sein, dann würden sich die Dinge schon ergeben. Er wandte sich ab und schob sich aus der Menge, die sich zu zerstreuen begann. Offenbar erwarteten die Kollegen nicht, dass sich hier noch etwas Aufregendes tat.

»Tja, wir waren wohl leider zu spät«, bedauerte einer, den Marc kurz ansprach, weil er ihm vage bekannt vorkam. »Die haben anscheinend die Arbeitszeiten geändert.«

Marc begriff. »Die haben früher angefangen?«

Der andere nickte. »Vermutlich, um uns auszutricksen. Hat ja auch geklappt. Fast alle Mitarbeiter waren schon im Gebäude, als ich eingetroffen bin.«

»Ist der Mann, der den Unfall mit dem Transporter verursacht hat, auch aufgetaucht?«

»Keine Ahnung.« Der andere zuckte mit den Achseln.

Marc ließ ihn stehen und stapfte am Straßenrand zu seinem

Wagen zurück. Der Nieselregen verwandelte sich in Graupel. Wenn es noch ein paar Grad kälter wurde, schneite es bald.

Marc beschloss, sich im nahegelegenen Dorf umzuhören. Vielleicht fand er dort etwas heraus, das ihm weiterhalf.

Marcs ursprünglicher Impuls war es gewesen, sich irgendeine Dorfkneipe zu suchen und sich dort umzuhören. Aber um diese frühe Uhrzeit war das wenig erfolgversprechend, und mindestens die Hälfte seiner Kollegen hatte das sicher schon probiert. Die Wahrscheinlichkeit, dass die Stammgäste inzwischen von Journalisten die Nase voll hatten, war recht hoch.

Während Marc zu seinem Auto zurückwanderte, legte er sich einen anderen Plan zurecht. Auf den Höfen rings um das nahegelegene Dorf hatte man sicher noch nicht so viele Reporter gesehen. Vielleicht konnte er so tun, als hätte er sich verfahren, und beim Fragen nach dem Weg jemanden ausfindig machen, der gesprächiger war.

Trotz des Nieselregens summte er leise vor sich hin, während er ins Auto stieg. Das Funkeln in den Augen von Corinna Wagner ließ ihn nicht los. Dass sie sich nicht verpflichtet gefühlt hatte, ihn aus Dankbarkeit hereinzulassen, imponierte ihm immer mehr, je länger er darüber nachdachte. Sie wusste, was sie wollte, und sie scheute sich nicht davor, es einzufordern. Selbst die Tatsache, dass er Matschspuren auf der Fußmatte des Wagens hinterließ, konnte ihm den Erfolg dieses Morgens nicht mehr verderben.

Er fuhr den Weg zurück, bog dann jedoch nicht in Richtung Dorf ab, sondern schlug die erste, weniger gut befestigte Zufahrt zwischen Feldern und Weiden ein.

»Milchhof«, verkündete ein Schild. Der Bauernhof, den Marc gleich darauf erreichte, wirkte ähnlich urig wie die Schreinerei. Das große Gebäude rechts, in dem Licht brannte, musste ein Stall sein. Ein Stück dahinter erhob sich das Wohnhaus mit Fachwerkgiebel.

Marc bremste und stellte den Motor ab. Hier konnte er sein Glück versuchen.

»Hallo?« Die Stalltür stand einen Spalt weit offen, und Marc klopfte gegen das Holz.

Aus dem Inneren strömte ihm Wärme entgegen sowie ein Geruch nach Dung und Tier, der ihm beinahe den Atem nahm. Im Halbdunkel konnte er die Kühe erkennen, die in einer langen Reihe standen. Eine hob den Kopf und blinzelte kurz in seine Richtung. Die anderen beachteten ihn nicht. Sie hatten die Mäuler tief in die Tröge gesenkt.

»Hallo?« Marc schob sich durch den Spalt in den Stall. Am Ende der Gasse, die vor den Kühen entlangführte, entdeckte er einen Mann. Mit einer Forke beförderte der gerade Heu aus einer Schubkarre in einen Trog.

Beim dritten Rufen blickte er sich endlich um und hielt in der Bewegung inne. Der Mann war höchstens ein paar Jahre älter als Marc. »Kann ich Ihnen helfen?«, fragte er.

»Ja, gerne sogar.« Marc setzte ein verlegenes Lächeln auf. »Wissen Sie, ich habe mich verfahren …«

»Ah.« Der Mann nickte. »Wo wollen Sie denn hin?«

»Ich bin auf dem Weg zu einem gewissen Ludwig. Vielleicht sagt Ihnen der Name was? Sie dürften ihn kennen, er stammt aus der Gegend und hat nur einen Arm. Ich hatte irgendwo einen Zettel mit seiner Adresse, aber …« Demonstrativ suchte Marc seine Taschen ab.

»Onkel Ludwig?« Die Miene des Mannes hellte sich auf. »Was wollen Sie denn von Onkel Ludwig?«

Das war ja ein richtiger Glückstreffer. Marc lachte.

»Was für ein Zufall. Sie sind verwandt?« Bewusst ging er nicht auf die Frage ein. Jetzt musste er vorsichtig sein. Er konnte nicht so tun, als würden er und Ludwig sich schon kennen, die Lüge wäre viel zu leicht zu entlarven gewesen.

»Ja. Er wohnt vorübergehend bei uns. Meine Mutter ist seine Schwester, wir kümmern uns um ihn, seit er aus dem Krankenhaus entlassen wurde.« Der Mann freute sich sichtlich, behilflich sein zu können. »Worum geht es denn? Onkel Ludwig ist sicher schon wach.«

Einen Vorteil hatte das Land; in der Stadt waren die Menschen meist deutlich misstrauischer. Marc lächelte den Mann an.

»Ach, es ist nichts Weltbewegendes«, begann er, um Zeit zu gewinnen. Jetzt musste er sich schnell eine Geschichte überlegen. Am besten, er blieb so nah wie möglich an der Wahrheit. »Es geht um den Unfall, den ihr Onkel letztens hatte. Ich wollte mich erkundigen, wie es ihm inzwischen geht. Ich arbeite zum Thema Betriebssicherheit, wissen Sie.«

Das war nicht vollständig gelogen. Es verschwieg nur die Tatsache, dass er Journalist war.

Der Mann runzelte die Stirn, aber ehe er etwas sagen konnte, rutschte die Schubkarre über den Boden und machte dabei ein scharrendes Geräusch. Eine der Kühe war offensichtlich der Meinung, noch nicht genug Futter bekommen zu haben. Durch die Öffnung im Verschlag über dem Trog hatte sie den Kopf weit vorgeschoben. Mit dem Maul stieß sie gegen die Karre.

Der Bauer fuhr herum. »Feli, ganz ruhig. Du kriegst ja noch was.«

Eilig machte er sich daran, weiter Futter in den Trog zu füllen. »Ich bin hier gleich fertig, dann sag ich meinem Onkel Bescheid. Warten Sie draußen im Hof.«

»Vielen Dank!« Langsam schlenderte Marc an den fressenden Kühen vorbei zum Ausgang zurück. Nach den letzten, wenig erfolgreichen Tagen lief es heute bisher erstaunlich gut. Wenn er es richtig anstellte, konnte er womöglich ein Interview ergattern.

Im Hof liefen einige Hühner umher, ansonsten war hier niemand. Es hatte aufgehört zu regnen, aber es hing immer noch eine feuchte Kälte in der Luft. Marc schlug den Jackenkragen hoch und schob die Hände in die Taschen. Was für ein ungemütliches Wetter, da wäre ihm selbst der stinkende Kuhstall zum Warten lieber gewesen. Glücklicherweise dauerte es nicht lange, bis der nette Jungbauer hinüber zum Wohnhaus ging.

Wenig später öffnete sich die Tür erneut.

Der Mann, der Marc über den Hof entgegenkam, war deutlich älter als der, mit dem er zuvor geredet hatte, und beim näheren Hinsehen ragte aus dem rechten Ärmel keine echte Hand, sondern eine Prothese. Das war der Unfallfahrer! Marc hatte ihn tatsächlich gefunden.

Allerdings wirkte Ludwig im Gegensatz zu seinem Neffen eher argwöhnisch. Er musterte Marc lange. »Hannes hat gesagt, Sie wollen mich sprechen.«

»Ja.« Marc begegnete dem Misstrauen mit einer freundlichen Miene. »Danke, dass Sie so kurzfristig Zeit haben.«

Der Gesichtsausdruck seines Gegenübers blieb verschlossen. »Sind Sie von der Versicherung? Machen Sie irgendeine Art von Unternehmensprüfung?«

Nun wurde es wohl Zeit, mit der Wahrheit herauszurücken. »Nein, ich bin Marc Helmers vom SDR.«

Abrupt verdüsterte sich Ludwigs Blick.

Marc hob eilig die Hände. »Bitte beurteilen Sie mich nicht nach meinen Kollegen. Ich arbeite anders! Mein Thema ist die Betriebssicherheit. Ich recherchiere immer gründlich und bemühe mich, die Arbeitsbedingungen in den Firmen zu verbessern, indem ich öffentlich auf schlechte Zustände hinweise. Das hat sich schon in einigen Fällen als erfolgreiche Strategie erwiesen.«

Ganz hatte er sein Gegenüber nicht überzeugt. Ludwig schürzte skeptisch die Lippen. »Und jetzt wollen Sie, dass ich Ihnen irgendeine haarsträubende Geschichte über die Zustände in der Schreinerei erzähle?«

Tatsächlich traf es das ziemlich genau.

»Na ja«, versuchte Marc sich zu erklären, »Fakt ist – es gab auf dem Lindenhof zwei Unfälle, sehr knapp nacheinander. Das ist auffällig und verdient, genauer betrachtet zu werden. Finden Sie nicht?«

Der einarmige Mann hustete. Er schob den Daumen seiner gesunden Hand in eine Gürtelschlaufe seiner Hose. »Hören Sie, ich verstehe, was Sie da erreichen wollen, und finde das auch gar nicht so schlecht. Aber was meinen Unfall betrifft … Ich allein hab die Entscheidung getroffen, den Transporter zu fahren. Es war eine dumme Entscheidung, aber die habe ich zu verantworten. Niemand sonst hat Schuld daran.«

Er klang aufrichtig, nicht so, als fühlte er sich gezwungen, etwas Derartiges zu sagen.

»Ich achte sehr auf die Anonymität meiner Quellen«, versuchte Marc es trotzdem weiter.

Er erntete nur ein Schulterzucken. »Schön für Sie, aber ich kann Ihnen nichts anderes erzählen. Es waren die ersten schlimmen Unfälle seit vielen Jahren. Und bestimmt wird so schnell nicht wieder etwas passieren. Suchen Sie sich eine neue Geschichte, bei mir finden Sie keine.«

Bevor Marc noch irgendetwas sagen konnte, drehte Ludwig sich um und stapfte ins Haus zurück.

Marc hob die Hand und holte Luft, um ihm etwas hinterherzurufen, doch dann ließ er die Hand wieder sinken. Er musste an die Zeitungsartikel denken, die ihm anonym zugeschickt worden waren.

Hatte der mysteriöse Absender es vielleicht gar nicht gut mit ihm gemeint? Hatte er Marc auf eine fruchtlose Suche schicken wollen? Aus zwei Unfällen und einem Mitarbeiter, der seinen Arbeitgebern deswegen offensichtlich überhaupt nicht böse war, ließ sich auf jeden Fall keine große Sache machen.

Marc seufzte. Dann wandte er sich ab und ging zu seinem Wagen zurück. Entweder er musste noch deutlich tiefer graben, oder aber diese Geschichte stellte sich wieder als Sackgasse heraus.

Sein Chef würde jedenfalls nicht begeistert sein.

KAPITEL 17

Corinna hielt ihre ruhige Fassade so lange aufrecht, bis sie es durch die Werkstatt an Mariannes Schreibtisch geschafft hatte. Dort ließ sie sich erschöpft auf den Stuhl fallen. Sie atmete durch, während die Schleif- und Drechselgeräusche sie beruhigten.

Marc Helmers verwirrte sie. Hatte er ihr nur geholfen, weil er sich selbst ein Interview von ihr erhofft hatte? Aber er schien nicht verärgert gewesen zu sein, als sie ihn hatte stehen lassen, eher verdutzt und ein wenig amüsiert.

Und dann waren da diese Fragen mit denen sie die Reporter bedrängt hatten. Hatte man ihr wirklich das Stipendium entzogen? Bei dem Gedanken stockte ihr der Atem und Panik kam in ihr auf. Doch erst gegen halb zehn, als die Mitarbeiter eine Vesperpause einlegten, konnte sie ungestört telefonieren. Zum Glück war Lotte bis dahin noch nicht aufgetaucht.

Corinna wählte die Nummer der Auskunft und ließ sich von dort die Nummer des Amts für Kulturförderung des Berliner Senats geben. Ihre Tante würde später wahrscheinlich die Hände über dem Kopf zusammenschlagen wegen der Rechnung für das Ferngespräch. Aber vielleicht würde es ja nicht lange dauern, vielleicht war alles nur ein Irrtum. Oder eine simple Verwechslung – es gab schließlich nicht nur dieses eine Literaturstipendium in Berlin. Womöglich hatten die Reporter sie auch nur provozieren wollen.

»Guten Tag, mein Name ist Corinna Wagner. Ich habe eine Frage zu meinem Stipendium …«

»Moment.« Die Frau am anderen Ende der Leitung klang gelangweilt. »Hier ist nur die Zentrale. Sie müssen mit Frau Kern sprechen. Ich verbinde Sie.«

Bevor Corinna irgendetwas erwidern konnte, drang eine freundliche Automatenstimme aus dem Hörer, die sie aufforderte zu warten.

Sie seufzte. Gleichzeitig sank ihr Mut. Corinna schluckte, als sie an die Fragen der Reporter denken musste. »Haben Sie auf Ihr Stipendium verzichtet, um Ihre Mutter zu unterstützen?«, hatte einer ihr zugerufen.

Das hatte sie doch gar nicht! Sie hatte lediglich um eine Verschiebung gebeten! Sicher hätte man sie als Erste benachrichtigt, wenn das nicht möglich wäre, und ihr nicht einfach das Stipendium aberkannt, oder? Dann hätte sie sich überlegen können, noch schnell nach Berlin zurückzukehren. Irgendeine Chance musste man ihr doch lassen.

»Amt für Kulturförderung, Kern am Apparat. Wie kann ich Ihnen helfen?«

Corinna stieß den Atem aus. Sie hatte nicht einmal bemerkt, dass sie ihn angehalten hatte. Nun würde sich alles klären. »Hier ist Corinna Wagner. Es geht um das Literaturstipendium, das ich bekommen habe. Ich hatte an den Senat geschrieben und gefragt, ob ich es zu einem späteren Zeitpunkt antreten kann. In ein paar Monaten.«

»Ja, ich erinnere mich.« Frau Kern klang kaum weniger gelangweilt als die Rezeptionistin. »Ein entsprechendes Antwortschreiben ist Ihnen zugegangen.«

»Was? Nein!«

»Doch, aber darauf haben Sie leider nicht reagiert.«

Corinna runzelte die Stirn. »Ich habe wirklich kein Schreiben von Ihnen erhalten. Sind Sie sicher, dass die Adresse richtig war?«

»Ich kann gerne nachsehen.«

»Ja, bitte, tun Sie das.« Corinnas Herz klopfte laut. Wenn sie den Brief nicht bekommen hatte, dann war ja klar, dass sie darauf nicht reagieren konnte. Dann würde sich vielleicht eine Lösung finden und eine neue Vereinbarung treffen lassen.

Kurz raschelte Papier auf der anderen Seite der Leitung. »Der Brief ging an die Lepsiusstraße Nummer …«

Ah, das erklärte das Problem. »Das ist meine Berliner Adresse! Ich bin aber gerade nicht in Berlin.« Komisch allerdings, dass niemand aus ihrer WG sich bei ihr gemeldet hatte, um ihr zu sagen, dass Post für sie gekommen war. Ulrike kannte Corinnas Anschrift in Hohenlohe, warum hatte sie ihr den wichtigen Brief nicht einfach nachgeschickt?

»Eine der Voraussetzungen für das Stipendium ist, dass Sie jederzeit unter einer Berliner Adresse erreichbar sind.« Frau Kern klang belehrend, als hätte Corinna aus purer Uneinsichtigkeit Berlin verlassen.

Hatte sie den Brief etwa gar nicht gelesen?

Corinna setzte erneut an. »Aber genau deshalb hatte ich Ihnen doch geschrieben. Meine Eltern hatten einen schweren Unfall. Mein Vater ist tot, und ich kann meine Mutter derzeit nicht allein lassen.«

»Das bedaure ich sehr«, sagte Frau Kern ohne jegliches Mitgefühl in der Stimme. »Aber so sind nun einmal die Bedingungen. Wir sind Ihnen bereits entgegengekommen und haben Ihnen eine vierwöchige Fristverlängerung für den Antritt des Stipendiums eingeräumt, aber da Sie darauf nicht eingegangen sind, war das hinfällig. Deshalb ist jemand nachgerückt und derjenige wurde auch bereits informiert und bekannt gegeben.«

Das konnte doch nicht wahr sein! »Aber ich wusste doch gar nichts von dieser Frist!«

»Das bedaure ich«, wiederholte Frau Kern noch einmal. »Die Entscheidung lässt sich nun aber nicht rückgängig machen. Die Ersatzkandidatin erfüllt alle Bedingungen und wird das Stipendium pünktlich zum ersten Dezember antreten. Sie müssen verstehen, dass das auch in unserem Sinn ist.«

Mit einem Mal hatte Corinna einen furchtbar bitteren Geschmack auf der Zunge. Am liebsten hätte sie laut losgeheult. »Aber …«

»Sie können sich natürlich gerne nächstes Jahr wieder für das Stipendium bewerben.«

Sollte das ein Trost sein? Das hieß doch noch lange nicht, dass sie das Stipendium ein zweites Mal bekommen würde. Corinna schluckte, räusperte sich. »Wer ist denn diese Nachrückerin?«, fragte sie schließlich schwach.

»Ulrike Doberg.«

»Ach …« Natürlich. Das erklärte eine Menge. Seit dem Tag, an dem Corinna die Zusage für das Stipendium bekommen hatte, benahm Ulrike sich seltsam. Ohne Zweifel war sie neidisch auf ihren Erfolg gewesen. Wenn sie das Antwortschreiben des Senats im Briefkasten gefunden hatte, erklärte das, warum niemand anderes aus der WG Corinna darüber benachrichtigt hatte. Dann war dieser wichtige Brief vermutlich in Ulrikes Zimmer verschwunden.

»Ich hoffe, Ihre Fragen sind damit beantwortet«, sagte Frau Kern.

Oh ja, das waren sie. Was für eine fiese Aktion! Und Corinna hatte Ulrike für eine Freundin gehalten.

»Ich wünsche Ihnen viel Glück fürs nächste Mal.« Bevor Corinna noch irgendetwas sagen konnte, hatte Frau Kern aufgelegt.

Einen Moment lang starrte Corinna wie betäubt den Hörer

an. Das Freizeichen tutete ihr entgegen. Es stimmte also. Sie hatte ihr Stipendium an Ulrike verloren, und das ausgerechnet von den Reportern erfahren, die sie wegen des Todes ihres Vaters so schamlos belästigten.

Wie beschissen konnte das Leben eigentlich sein?

Sie wollte weinen, aber ihre Augen blieben trocken. Vielleicht hatte sie inzwischen keine Tränen mehr übrig.

Corinna konnte nicht sagen, wie lange sie mit angezogenen Knien auf dem Schreibtischstuhl hockte und einfach nur vor sich hinstarrte. Um sie herum setzten die Geräusche wieder ein, die Pause war vorbei. Sie dachte an ihren Roman und wie sehr sie sich darauf gefreut hatte, ihn zu schreiben. Gerade gestern noch hatte sie eine neue Idee dazu entwickelt. Nun erschien ihr das sinnlos. Offensichtlich war ihr Roman so beliebig, dass man ihn einfach durch einen anderen ersetzen konnte. Niemand hatte ihr Werk wegen seines Inhalts oder Stils fördern wollen, sondern man hatte ihr das Stipendium nur gegeben, weil irgendjemand es eben bekommen musste. Niemand war bereit, auf ihr Werk zu warten, wenn sie es nicht innerhalb der gesetzten Frist schuf.

War es dann die Mühe überhaupt wert?

Nein, das waren zu düstere Gedanken. Sie hatte den Roman um seinetwillen zu schreiben begonnen. Sie würde ihn auch um seinetwillen beenden, egal ob ihn sonst jemand lesen wollte oder nicht. Aber für den Moment schien jeder Schwung verloren. All die neuen Ideen wirkten mit einem Mal abgegriffen und schal.

»Ach je, ist irgendwas passiert?«

Lottes Stimme ließ Corinna zusammenzucken. Langsam drehte sie sich mit dem Schreibtischstuhl zu ihr um. Als ihre

Tante Corinnas Gesicht sah, eilte sie auf sie zu, und im nächsten Moment vergrub Corinna das Gesicht an Lottes Schulter.

»Sie haben mir das Stipendium weggenommen«, brach es aus ihr heraus. Dann endlich flossen die Tränen.

Die Umarmung ihrer Tante spendete Trost und Geborgenheit. Auf deren Fragen antwortete sie fast mechanisch. Woher sie davon erfahren habe. Ob sich das nicht vielleicht noch irgendwie klären ließe. Ob es denn wirklich so wichtig wäre, den Roman mit Stipendium zu schreiben, wollte Lotte wissen.

Corinna schniefte. »Ich hätte mir offiziell ein Semester dafür frei nehmen können, hätte finanzielle Unterstützung bekommen und es hätte mir eine Veröffentlichung garantiert. Auch Literaturzeitschriften und Zeitungen berichten darüber.«

»Sicher kannst du trotzdem etwas schreiben, über das Literaturzeitschriften und Zeitungen berichten. Dein Talent kann dir ja niemand wegnehmen.«

»Du verstehst das nicht …« Aber wie sollte sie ihrer Tante den Literaturbetrieb erklären? Wie sehr es darauf ankam, die Beachtung der richtigen Leute zu finden, die es in der Hand hatten, ein Werk publik zu machen. Und wie einfach das über dieses Stipendium funktioniert hätte.

Als Corinna wieder schniefte, kramte Lotte ein Taschentuch hervor und hielt es ihr hin. »Das ist nicht fair«, sagte sie. »Du hast ihnen doch geschrieben, was passiert ist. Sie hätten dir ruhig ein bisschen mehr entgegenkommen können.«

Corinna hob die Schultern. »Vielleicht hätte ich mehr tun müssen, um zu zeigen, wie wichtig mir das Stipendium ist.«

»Vielleicht liegt die Schuld aber auch einfach nicht bei dir.« Liebevoll strich Lotte ihr ein paar verirrte Strähnen aus dem Gesicht. Sie lächelte. »Das soll vorkommen, habe ich gehört.«

Corinna schnaubte wenig überzeugt.

»Weißt du was? Nimm dir heute mal frei von dem Ganzen hier«, schlug Lotte vor. »Genieß ein entspannendes Schaumbad oder mach einen Spaziergang und lass dir vom Wind den Kopf freipusten. Ich kriege das hier schon hin.«

Auch das bezweifelte Corinna, aber sie nickte. Heute war sie ohnehin zu nichts mehr zu gebrauchen. Und ob sie nun hier saß und Trübsal blies oder draußen bibbernd den See umrundete, machte keinen großen Unterschied.

»Danke«, murmelte sie.

Lotte drückte sie noch einmal fest an sich. »Du wirst sehen, morgen sieht die Welt schon wieder freundlicher aus.«

Am nächsten Tag wachte Corinna mit leichten Kopfschmerzen auf. Einen Moment lang lag sie einfach nur auf dem Bett und starrte an die Decke, an die sie als Kind mit ihrem Vater einen Sternenhimmel gemalt hatte. Auf dem Schreibtisch warteten die Reiseschreibmaschine und ihr Manuskript. Wenn sie heute nicht in die Schreinerei ging, sondern schrieb, würde sich hoffentlich niemand beschweren.

Langsam setzte Corinna sich auf. Vielleicht nur ein paar Worte. Ein paar Sätze, um sich zu beweisen, dass sie kein Stipendium brauchte, um ihrer Kunst nachzugehen.

Corinna schlüpfte in die dicken Wollsocken, von denen Oma Barbara Unmengen strickte, zog die Bettdecke fest um sich und setzte sich so an den Schreibtisch. Wo war sie mit ihrem Text eigentlich stehengeblieben?

Die Seiten, die sie zuletzt geschrieben hatte, lasen sich schrecklich holprig. Was hatte sie sich dabei überhaupt gedacht? Die Geschichte floss nicht, die Sprache hatte keinerlei Melodie. Und das sollten Gefühle sein? Stirnrunzelnd starrte Corinna auf das

Papier. Waren ihre Charaktere schon immer so flach gewesen, so nichtssagend? Vielleicht war es richtig, dass man ihr das Stipendium verwehrte. Vielleicht schrieb sie gar nicht so gut, wie sie sich das nach den Erfolgen mit ihren Kurzgeschichten bisher eingebildet hatte.

Verbissen nahm Corinna einen Bleistift, strich Sätze durch und schrieb neue Formulierungen zwischen die Zeilen. Doch was auch immer sie tat, es wollte kein Leben in den Text kommen. Er blieb langweilig, nichtssagend, tot.

Mit einem frustrierten Seufzer schob Corinna das Manuskript schließlich von sich. Da konnte sie genauso gut drüben in der Werkstatt helfen.

Die kommenden Tage gingen dahin. Corinna arbeitete sich durch einen Papierberg alter Bestellungen, versuchte die Kontakte wiederzubeleben, indem sie die Kunden anrief. Sie plauderte mit den Spielzeughändlern, aber blieb einsilbig, wenn Lotte sie fragte, wie es ihr ging.

Auch die anderen in der Schreinerei merkten, dass etwas nicht in Ordnung war. Elvira brachte erste Weihnachtsplätzchen mit und stellte sicher, dass Corinna welche davon abbekam. Petra ging ihr aus dem Weg und machte ausnahmsweise keinen Ärger. Lotte kochte literweise Tee, aber Corinna fühlte sich einfach nicht danach, mit ihrer Tante zu reden.

Der Rest der Belegschaft schien das zu spüren, alle ließen sie soweit es ging in Ruhe.

Deshalb war es ungewöhnlich, als eines Morgens Szymon breit lächelnd auf Corinna zukam. »Korinka, habe ich dir eigentlich schon mal erzählt, dass mein Bruder ein richtiger Literaturliebhaber ist?«

Der Kosename war neu, aber fühlte sich gut an. Corinna erwiderte das Lächeln, neugierig, worauf das Ganze hinauslaufen würde. »Bisher nicht.«

Szymon nickte bekräftigend. »Tomasz hat mit dem Lesen von Gedichten angefangen, als er seine Frau kennengelernt hat. Um sie zu beeindrucken, weißt du. Und dann hat er festgestellt, dass es ihm tatsächlich gefällt. Jetzt lesen sie nicht nur ihrem kleinen Sascha abends Märchen vor, sondern sich auch immer gegenseitig Bücher, wenn der Junge schläft.«

»Das ist wirklich schön.« Jemanden zu haben, der ihr vorlas, das würde Corinna auch gefallen. Sie blieb stehen und wartete das Ende von Szymons Geschichte ab. Sicher wollte er doch auf irgendetwas hinaus.

»Sie haben angefangen, deine Kurzgeschichten zu lesen«, fuhr Szymon fort. Mit verschwörerischer Miene beugte er sich ein wenig vor. »Tomasz ist sich nicht sicher, was du davon hältst, deshalb wollte er es dir eigentlich nicht sagen. Aber langsam gehen ihm die Geschichten aus, weißt du.«

Corinna wusste tatsächlich nicht, wie sie das finden sollte. Es war schwer vorstellbar, dass Tomasz und seine Frau Geschichten wie »Ende und Anfang« lasen, einen Monolog über die Vergänglichkeit. Eher konnte Corinna sich die beiden bei der Lektüre von Abenteuer- und lustigen Unterhaltungsromanen vorstellen. Oder eben Liebesgedichten.

Szymon ließ sich von ihrem nachdenklichen Schweigen nicht beirren. »Wir haben gehört, dass du einen Roman schreibst. Weißt du, du könntest Tomasz und seiner Frau eine große Freude machen, wenn sie ein paar Kapitel davon lesen dürften.«

In Corinna keimte ein Verdacht auf. Hatte Lotte Szymon hierzu vielleicht angestiftet? Hoffte sie, Corinna so aufzuheitern und zum Weiterschreiben zu motivieren? Es war ein rührender Gedanke, dennoch zögerte Corinna.

»Ich weiß nicht, ob ich meinen unfertigen Roman jetzt schon jemandem zeigen will.«

Szymon wirkte ein bisschen gekränkt von ihrer Antwort, also fügte sie hinzu: »Ich denke darüber nach, in Ordnung?«

Daraufhin lächelte er breit. »Mach das, Korinka. Lass dir ruhig Zeit.«

Als er hinüber zu seiner Werkbank ging, blickte Corinna ihm nach. Es tat gut zu wissen, dass andere sich um sie sorgten. Aber das verlorene Stipendium brachte ihr das leider nicht zurück.

Später am Tag nahm sie eine große Ladung Bestellungen von Petra entgegen. Die einzelnen Stücke waren bereits in Holzwolle eingepackt, und Corinna machte sich daran, sie mit den Auftragslisten abzugleichen. Sie klebte den ersten Karton sorgfältig zu und setzte an, ihn mit der Adresse des Empfängers zu beschriften. Ihr fiel erst auf, dass sie eine Weile regungslos vor sich hingestarrt hatte, als Petra sie ansprach.

»Erde an Corinna!«

Sie schreckte hoch, und Petra lachte. »Wo warst du denn mit deinen Gedanken?«

Mehr als einen nichtssagenden Laut konnte Corinna sich nicht abringen. Sie wollte nicht mit ihrer alten Kindheitsfreundin darüber sprechen, wie sie wieder und wieder in Gedanken durchging, was sie hätte anders machen können, um das Stipendium zu behalten. Warum hatte sie nicht einfach gleich beim Amt für Kulturförderung angerufen? Aber sie hatte gedacht, ein Brief an den Senat wäre offizieller und besser.

»Kann ich dich was fragen?« Petra beugte sich vor, um ihr in die Augen zu sehen.

»Hm?« Corinna vervollständigte die Adresse auf dem Paket.

»Wir wissen ja inzwischen alle, dass du deinem tollen Stipendium hinterhertrauerst, weil du irgendeine Frist verpasst hast, oder so.«

Ganz so herzlos hätte Petra es nicht ausdrücken müssen, aber im Grunde stimmte es. Corinna nickte.

»Okay, aber mal ehrlich, angenommen du hättest die Wahl und könntest das Stipendium im Dezember noch antreten, würdest du nach deiner großen Rede von neulich denn wirklich deine Mutter und uns alle im Stich lassen und wieder nach Berlin abhauen? Ernsthaft – würdest du das tun?«

Corinna hielt mitten im Schreiben inne. Für einen Moment starrte sie auf den Zettel mit der Adresse, ohne ihn wirklich wahrzunehmen. Dann schaute sie Petra an. Ihre ehemals beste Freundin blickte ihr nicht unfreundlich, eher neugierig entgegen.

»Ich …« Corinna seufzte. »Nein.« Das Stipendium mochte wichtig sein, aber tatsächlich gab es Dinge, die wichtiger waren.

Petra lächelte. »Siehst du. Also ist es doch egal, dass sie es dir weggenommen haben. Weil du eh nicht hingegangen wärst.«

Auch das war nicht gerade freundlich formuliert, aber je länger Corinna darüber nachdachte, desto befreiender wirkte das, was Petra gesagt hatte, auf sie. In dem Moment, in dem ihre Eltern den Unfall erlitten hatten, hatte sie das Stipendium verloren – nicht durch irgendein blödes Versäumnis oder Ulrikes Boshaftigkeit. Selbst wenn sie die Zeit zurückdrehen könnte und eine zweite Chance bekäme, würde sie nicht nach Berlin zurückkehren, sondern trotzdem auf dem Lindenhof bleiben. Weil sie hier gebraucht wurde. Keine verpasste Frist änderte daran etwas.

»Weißt du«, sagte sie langsam. »Vielleicht hast du recht.«

Petra nickte, sichtlich zufrieden. »Weiß ich.«

KAPITEL 18

Petra blieb vor Staunen der Mund offen stehen, als der rote Sportwagen auf den Hof der Schreinerei einbog und neben dem Bulli hielt, den Rudi von einem Verwandten ausgeborgt hatte. Sie waren gerade dabei, die Kartons für den Weihnachtsmarkt zu verstauen, der am ersten Adventswochenende stattfand.

Rudi fuhr herum. »Verflixt, Corinna reißt mir den Kopf ab! Sie hat gesagt, das Tor muss immer geschlossen bleiben. Aber ich dachte, wir sind die Presseheinis endlich los …«

»Das ist kein Reporter«, sagte Petra und starrte den blonden Mann in Lederjacke an, der soeben aus dem Audi Quattro stieg und sich lässig durchs Haar fuhr.

»Sag bloß, du kennst den?«, fragte Rudi überrascht.

»Na ja …« Petra wusste nicht, was sie antworten sollte. »Er heißt Sebastian.«

»Und was will der hier?«

»Keine Ahnung.« Dass Sebastian wegen ihr hier auftauchte, schien Petra kaum vorstellbar. Dummerweise konnte er sie hinter dem großen Puppenmöbelkarton, den sie in den Armen hielt, wohl nicht sehen, denn er grüßte sie nicht einmal, nachdem er den Wagen abgeschlossen hatte. Er bedachte lediglich Rudi mit einem knappen »Hallo« und ging dann auf die Tür der Werkstatt zu, als würde er dort erwartet.

Rudi blickte ihm stirnrunzelnd nach. »An irgendjemanden erinnert der mich.«

»Er war auf dem Friedhof«, sagte Petra. »Bei Alexandres

Beerdigung.« Sie ächzte. »Nimmst du mir jetzt den Karton ab, oder wartest du lieber, bis mir die Arme abfallen?«

»Du bist doch sonst nicht so schwach?« Rudi grinste, aber er tat ihr dann doch den Gefallen und hievte den Karton in den Bulli. Viel passte nun nicht mehr hinein.

»Was fehlt noch?«, fragte er.

»Nur die Kiste mit den kleinen Schnitzfiguren«, erklärte sie und fügte rasch hinzu: »Bleib hier, ich hol sie!«

Während Rudi ihr verdutzt nachsah, eilte sie Sebastian nach, hinter dem soeben die Werkstatttür zufiel. Was wollte er bloß hier? Bestimmt kein Puppenhaus kaufen. Und weil Petra sich keinen Grund für seine Anwesenheit denken konnte, war sie umso neugieriger.

Sie schob die Tür auf und schlüpfte in die Schreinerei.

Da sie heute Morgen früher zu arbeiten begonnen hatten, waren die meisten Mitarbeiter bereits wieder nach Hause gegangen. Elvira saß noch an ihrem Platz und zeichnete selbstvergessen Farbmuster auf ein Puppenschränkchen. Sie wandte ebenso wenig den Kopf wie Matthias, der an der Drechselmaschine stand und zu der Brille einen Gehörschutz trug.

Petra sah, dass Sebastian vor Corinna getreten war, die an Mariannes Schreibtisch lehnte und jetzt mit schräggelegtem Kopf lauschte, was er ihr zu sagen hatte. Lotte saß auf dem Drehstuhl und musterte ihn missbilligend. Worum mochte es gehen?

Petra näherte sich vorsichtig, um das Gespräch nicht zu unterbrechen und keine Aufmerksamkeit zu erregen.

»… einmaliges Angebot«, sagte Sebastian gerade.

»Vergessen Sie's.« Lotte machte eine Handbewegung, als wollte sie ihn davonscheuchen. »Wir sind nicht interessiert.«

»Gut, wenn Sie in der Lage sind, eine solch hohe Summe ohne weitere Prüfung auszuschlagen …«

»Sind wir nicht«, platzte Corinna dazwischen.

Um Sebastians Mundwinkel zuckte es, ansonsten zeigte seine Miene keine Reaktion. Nichts verriet, was er dachte, oder ob ihn Lottes Zurückweisung getroffen hatte.

»Können wir dieses Angebot schriftlich bekommen?«, fragte Corinna. »Ich würde es gern in Ruhe mit den Mitarbeitern besprechen. Die haben nämlich ein Wörtchen mitzureden, wenn es um die Firma geht.«

»Selbstverständlich.« Aus einer schmalen Aktenmappe, die er in der Hand hielt und die Petra bisher gar nicht aufgefallen war, zog Sebastian einen Umschlag hervor. »Hier finden Sie die Details und die konkrete Investitionssumme aufgelistet. Das Angebot gilt befristet bis zum Jahresende. Ich hoffe, bis dahin können wir uns auf eine Übernahme einigen.«

»Und habe ich richtig verstanden, dass Ihre Investoren die Schreinerei weiterführenund nicht abreißen wollen?«

»Soweit ich weiß, ist nichts Derartiges geplant«, sagte Sebastian ausweichend. »Abschließend lässt sich das aber erst nach einer Betriebsprüfung beurteilen.«

Corinna runzelte die Stirn. Seine Antwort hatte anscheinend ihr Misstrauen geweckt. »Ohne eine verbindliche Zusage, dass der Betrieb erhalten bleibt, kann ich das Angebot nicht in Betracht ziehen.«

»Bitte ziehen Sie es in Betracht.« Er lächelte. »Ich gebe Ihnen mein Wort, dass es bislang keine Überlegungen gibt, hier irgendetwas abzureißen.«

Corinna blickte auf die Unterlagen, die er ihr überreicht hatte. »Okay, dann bespreche ich das mit …«

»Nein!« Lotte stand auf und nahm ihr den Umschlag aus der Hand. »Kommt nicht in Frage! Die Idee schlägst du dir am besten gleich wieder aus dem Kopf.«

Überrascht nahm Petra den harten Unterton in ihrer Stimme wahr. So unnachgiebig klang Lotte sonst nie – als gäbe es an dem, was sie sagte, tatsächlich nichts zu rütteln.

»Aber warum?«, begehrte Corinna auf. »Was spricht dagegen, sein Angebot mit allen zu besprechen? Dass er so jung ist? Falls du es vergessen hast, jung bin ich auch!«

»Es geht nicht um sein Alter«, sagte Lotte. »Sondern darum, wer er ist. Er mag Schaller heißen, aber er ist nun mal der Sohn von Theodor Werwinkel.«

»Und das bedeutet …?«

»Das bedeutet, dass wir mit ihm keine Geschäfte machen.«

Petra kannte Corinna gut genug, um zu wissen, dass sie nicht klein beigeben würde, ehe sie nicht den Grund für Lottes strikte Ablehnung erfuhr. Sie selbst brannte inzwischen auch darauf, zu wissen, worum es hier ging.

»Würden Sie uns bitte einen Moment entschuldigen?«, wandte Corinna sich an Sebastian. »Ich möchte gern ein paar Worte mit meiner Tante allein reden.«

»Selbstverständlich.« Er grinste, so als würde das bisherige Gespräch kein bisschen an seinem Ego kratzen. »Ich warte draußen, bis Sie alles geklärt haben.«

»Da gibt es nichts zu klären«, brauste Lotte auf, noch ehe er die Schreinerei verlassen hatte.

Petra nahm Corinnas gezischte Erwiderung kaum wahr, denn beim Hinausgehen entdeckte Sebastian sie prompt. »Hi«, sagte er und blieb stehen. »Was machst du denn hier?«

Sie wedelte hastig in Richtung Tür. »Geh«, wisperte sie. »Ich komm' gleich nach.«

In seinen Augen blitzte ein freches Funkeln auf. Vermutlich dachte er, dass sie für ihn spionieren wollte.

Kaum war die Werkstatttür hinter ihm zugefallen, schimpfte

Lotte los. »Was auch immer hinter seinem Angebot steckt, wir sollten sofort ablehnen. Der Junge ist ein Taugenichts!«

Corinna seufzte. »Er ist erwachsen, Tante Lotte. Und wenn er Geld hat, das er bei uns investieren will, was spricht dagegen? Nur weil die Schreinerei bisher ein Familienbetrieb ist, muss das doch nicht in alle Ewigkeit so bleiben, oder? Das ist doch nicht in Stein gemeißelt.« Ihr Blick fiel auf Petra. »Warum zeigen wir uns nicht offen für neue Ideen? Jemand wie Petra könnte den handwerklichen Teil übernehmen und jemand wie dieser Herr Schaller, der etwas von Finanzen versteht, die geschäftlichen Belange.«

»Vergiss es!« Lotte warf den Umschlag mit den Unterlagen auf den Schreibtisch. »Der Bengel versteht sich höchstens darauf, das Geld seines Vaters zu verprassen und hat in seinem Leben noch keinen Tag gearbeitet. Ein Aufschneider ist das, mehr nicht.«

»Aber das Geld seines Vaters ist echt«, sagte Corinna.

»Theodor Werwinkel ist ein widerlicher Mistkerl, der glaubt, er kann sich alles erlauben, nur, weil er reich ist.« Lottes Gesicht glühte vor Ärger. »Damals, als ich ein Kind war, hat er Henni eine Weile Avancen gemacht. Sie war mit ihm verlobt und wollte ihn sogar heiraten!«

»Tante Henni?« Corinna riss die Augen ebenso auf wie Petra, die von dieser Geschichte das erste Mal hörte.

»Ja.« Lotte nickte schnaubend. »Zum Glück hat sie es nicht getan, denn wie sich herausstellte, hat er sie belogen und betrogen und gewalttätig war er auch. Deine Eltern redeten nur mit Abscheu von ihm. Zwischen ihnen und ihm muss auch noch etwas vorgefallen sein, sie haben ihn jedenfalls wie die Pest gemieden.«

Unschlüssig musterte Corinna den Umschlag. Petra verstand

ihr Zögern. Was Lotte über die Vergangenheit und die Meinung ihrer Eltern gesagt hatte, änderte einiges. Gerade Alexandre war ein feiner, warmherziger Mensch gewesen, der immer mit allen gut auskam. Wenn er jemanden ablehnte, musste es wirklich einen drastischen Grund dafür geben.

»Okay«, sagte Corinna und streckte die Hand aus. »Wenn du nichts dagegen hast, sehe ich mir das Angebot trotzdem an. Vielleicht hat es mit Herrn Werwinkel ja nichts zu tun.«

»Lass dich nicht täuschen«, warnte Lotte. »Und was deine Mutter betrifft, mit Marianne brauchst du darüber gar nicht zu reden. Sie wird alles ablehnen, was aus dieser Richtung kommt. Theodor ist für sie wie ein rotes Tuch.«

»Schon verstanden.«

Hinter Petra waren Männerschritte zu hören, dann tippte Rudi ihr auf die Schulter. »Was treibst du so lange? Ich dachte, du bringst mir die Kiste mit den Schnitzfiguren …«

Vor Verlegenheit lief Petra dunkelrot an. Dass Rudi auf sie wartete, hatte sie komplett vergessen.

»Entschuldige«, murmelte sie und sah sich hastig nach der Kiste um. Doch da hatte Rudi sie bereits entdeckt und sich auf die Schulter gehievt.

»Halt mir wenigstens die Tür auf«, knurrte er.

Petra beeilte sich, der Aufforderung nachzukommen und nutzte die Gelegenheit, um nach draußen zu spähen. Sebastian stand vor seinem Auto und rauchte.

»Soll ich ihn wegschicken?«, fragte sie Corinna. »Ich meine, du wirst heute ja noch keine Entscheidung fällen, oder? Dann muss er nicht länger warten.«

Corinna stutzte einen Moment, dann nickte sie. Was sie noch sagte, ging im Lärm der Drechselmaschine unter, an der Matthias einem Werkstück den letzten Schliff gab.

Petra winkte Corinna, Lotte und Elvira zum Abschied kurz zu und huschte dann nach draußen, wo Rudi gerade die Seitentür des Bullis zuschlug und die Mütze in die Stirn schob.

»Fährst du mit?«, fragte er.

»Nein, ich … hab noch was zu erledigen«, behauptete Petra.

»So? Na, das musst du selbst wissen.« Er zuckte mit den Achseln und kletterte hinters Steuer.

Während Rudi den beladenen Bulli vorsichtig zum Tor steuerte, ging Petra auf Sebastian zu. Mit dem typischen Grinsen, das ihr so gut gefiel, sah er ihr entgegen.

»Schlechte Neuigkeiten? Bin ich durchgefallen?«

»Du?« Sie lachte. Was Lotte über ihn geäußert hatte, zählte für sie nicht. Petra mochte ihn. Und für seinen Vater konnte er ja nichts.

»Ich meine, ob sie mein Angebot ausschlagen.«

»Es dauert noch, bis Corinna deine Unterlagen durchgesehen hat. Du brauchst also nicht länger zu warten.«

Sebastian reagierte unbeeindruckt. Weder wirkte er ärgerlich, dass man ihn umsonst warten ließ, noch beleidigt wegen des Umgangs mit seiner Person. Er warf die Zigarette auf den Boden und trat sie mit dem Absatz aus. »Tja, dann … «

»Seit wann interessierst du dich für Holzarbeiten?«, fragte Petra. Sie wollte nicht, dass das begonnene Gespräch abriss und er einfach wieder ging.

»Ich tue was?« Sebastian lachte. »Ich fürchte, das ist ein Missverständnis. Holz interessiert mich nicht die Bohne.«

»Aber ich dachte, deswegen bist du hier?«

»Ich bin hier, weil mein Vater das so wollte. Wenn der Alte ruft und zahlt, springe ich. So läuft das bei uns.« Er fuhr sich durchs Haar. »Hast du am Wochenende schon was vor?«

Der Themenwechsel hellte Petras Stimmung sofort auf.

Sie wollte nicht darüber nachdenken, dass Lottes Warnung wohl berechtigt und Sebastian tatsächlich in Theodors Auftrag hergekommen war. Ebenso wenig wollte sie sich damit beschäftigen, dass Sebastian mit der Arbeit, die sie liebte, nichts anfangen konnte. Bestimmt hatten sie andere Gemeinsamkeiten.

»Hm, ich hatte überlegt, tanzen zu gehen«, sagte sie.

»Super, bin dabei.« Mit ein paar schnellen Schritten war er um den roten Sportwagen herum und öffnete mit einladendem Zwinkern die Beifahrertür. »Wollen wir vorher noch was essen gehen? Magst du Pizza?«

Petra brauchte keine Sekunde, um ja zu sagen. Sie hätte auch zugestimmt, wenn er Kohlsuppe vorgeschlagen hätte. Ihr Herz klopfte, als sie auf den Sitz rutschte und sich anschnallte. Heute noch neben Sebastian im Auto zu sitzen, das hätte sie sich am Morgen, als sie zur Arbeit gekommen war, nicht im Traum ausgemalt.

»Können wir kurz bei mir zu Hause vorbeifahren?«, fragte sie. Sie wollte sich gern umziehen, Jeans und Sweatshirt eigneten sich nicht für einen Abend in der Disco.

»Klar, Süße«, meinte er.

Es wurde ein unglaubliches Wochenende. Von dem Moment an, als Petra in Sebastians Wagen gestiegen war, hatten sie Spaß zusammen. Der Audi Quattro jagte über die schmalen Straßen, und Petra erinnerte sich an den Werbespot, bei dem das gleiche Auto eine Skisprungschanze hinauffuhr. »Genau deshalb wollte ich den Wagen haben«, erklärte Sebastian.

»Der hat doch bestimmt ein Vermögen gekostet«, rief sie und quietschte, als er rasant eine Kurve nahm.

Aber Petra begriff bald, dass Sebastian sich keinen Deut um Geld scherte. Sein Vater schien es ihm unbegrenzt zur Verfügung zu stellen, und er gab es großzügig aus. Mit Komplimenten sparte er ebenfalls nicht – er fand den knappen Rock und das schwarze Paillettentop sexy, ihr auftoupiertes Haar und den mit Kajal betonten Lidstrich.

»Du siehst toll aus«, raunte er ihr zu, als sie an der Bar standen.

»Findest du?«, fragte sie und legte den Kopf schräg.

Statt einer Antwort küsste er sie auf den Hals.

Die Berührung seiner Lippen war kaum spürbar, es war nur der Hauch eines Kusses, und trotzdem hatte Petra das Gefühl, als würde sie von da an zwei Zentimeter über dem Boden schweben.

»Komm tanzen, Süße!« Er zog sie mit sich.

In der Disco lief wie jeden Freitagabend Rockmusik, daher war das Publikum recht gemischt. Sebastian schien etliche der Anwesenden zu kennen, aber er grüßte meist nur kurz und widmete sich zu Petras Freude ansonsten ganz ihr. Auf der Tanzfläche wiegte sie sich in den Hüften und genoss die Blicke, mit denen er sie musterte. Wobei sie zugeben musste, dass er sich auch sehr verführerisch bewegte.

»Für einen Mann tanzt du echt nicht schlecht«, hauchte sie ihm zwischen zwei Hits ins Ohr.

Er lachte. »Was soll das denn bitte heißen?«

»Eigentlich gibt es nur zwei Sorten Männer«, erwiderte sie. »Solche, die beim Tanzen kaum die Füße heben, und solche, die ohne jedes Taktgefühl herumhampeln.«

»Und ich gehöre zu keiner davon?«

Ein Gitarrenriff dröhnte aus den Boxen. »Nein«, rief sie und drängte sich gegen ihn. Gemeinsam bewegten sie ihre Hüften im peitschenden Rhythmus, und Petra warf triumphierend ihr Haar in den Nacken, als sie Sebastians Hände fest um die Taille spürte. Bei der anschließenden Rockballade küssten sie sich zum ersten Mal richtig.

»Kommst du später mit zu mir?«, raunte er.

Petras Herz schlug einen Trommelwirbel. Sie wischte sich eine verschwitzte Haarsträhne aus der Stirn und fächelte sich Luft zu. Dann suchte sie erneut nach seinen Lippen. »Ja, gern«, flüsterte sie nach einem intensiven Kuss.

Sebastian spendierte ihr zwei weitere Gläser Cola mit Schuss, und allmählich spürte Petra, wie die Welt um sie herum aus den Fugen geriet. Die Umrisse der Discobesucher wirkten verschwommener, die Geräusche leiser. Sie tanzte trotzdem immer weiter, eng an Sebastians Brust geschmiegt, bis sie irgendwann über ihre eigenen Füße stolperte.

»Ups«, kicherte sie.

»Bist du betrunken?«

»Nein! Mir ist nur ein bisschen schummrig …«

»Das nennt man betrunken, soweit ich weiß.« Sebastian schien der Alkohol im Gegensatz zu ihr nichts auszumachen.

Fürsorglich legte er den Arm um Petra, während sie aus der Disco hinaus an die frostig-klare Nachtluft traten. Sterne funkelten am Himmel über dem vollen Parkplatz.

»Wie spät ist es?«

»Erst halb zwei«, sagte er.

Sebastian wohnte in einem schicken, aber unaufgeräumten Apartment in Hall. Auf dem Couchtisch standen Kaffeebecher und ein überquellender Aschenbecher, vor dem Regal lag ein Stapel Platten. An der Wand über der Stereoanlage hing ein Plakat von AC/DC.

»Ist das deine Lieblingsband?«, fragte Petra.

»Ja.« Er nahm ihr die Jacke ab und warf sie achtlos auf die

Couch. »Leider ist der Sänger im Frühjahr gestorben. ›Highway to hell‹ war das letzte Album mit Bon Scott.«

Er legte die Platte auf und fand in seinem Kühlschrank eine Flasche Sekt, die er mit einem Knall öffnete. Sie tranken das prickelnde Getränk direkt aus der Flasche, denn saubere Gläser waren keine mehr im Schrank. Petra fragte nicht, ob Sebastian immer Sekt vorrätig hatte, falls er jemanden wie sie mit nach Hause brachte. Heute Nacht wollte sie nichts fragen, nichts wissen, nichts denken, sondern einfach nur Spaß haben, und dafür war Sebastian genau der Richtige. Sie hörten Musik und küssten sich. Das reichte.

»Möchtest du auf der Couch schlafen?«, murmelte Sebastian, als sie die Flasche geleert hatten. »Oder …?«

»Ich möchte oder«, verkündete Petra und befreite ihn auf dem Weg durch den Flur ins Schlafzimmer bereits von seinem T-Shirt.

»Ich liebe Frauen, die wissen, was sie wollen«, sagte er – und dann sagte lange Zeit keiner von ihnen mehr etwas, weil sie zu beschäftigt waren.

Petras Befürchtung, Sebastian könnte am nächsten Morgen bereuen, dass sie noch da war, bestätigte sich nicht.

Im Gegenteil. Er behandelte sie, als sei ihre Anwesenheit in seiner Wohnung vollkommen normal.

Gemeinsam räumten sie die Küche auf, um dann ein Frühstück aus Cornflakes – ohne Milch – und Spiegeleiern – ohne Speck – zu sich zu nehmen, gingen anschließend wieder ins Bett und schliefen bis zum späten Nachmittag.

Sie entschieden sich dafür, nicht das Haus zu verlassen, um ins Kino oder essen zu gehen, sondern Sebastian fuhr spontan mit dem Auto los und besorgte die gleiche Pizza vom Italiener, die sie am Abend zuvor gegessen hatten, nur dass sie die knusprigen Teigstücke heute mit den Fingern aus der Pappschachtel aßen und dabei einen Film im Fernsehen anschauten.

Von der Handlung bekam Petra wenig mit. Sie hatte geduscht, während Sebastian unterwegs gewesen war, und trug jetzt eins seiner T-Shirts. Der Stoff duftete nach Weichspüler und auch ein bisschen nach ihm – zumindest bildete sie sich das ein.

»Willst du noch Wein?« Sebastian nahm die Flasche, die er aus der Pizzeria mitgebracht hatte, um nachzuschenken.

Der Rotwein war herb und schmeckte Petra nicht sonderlich, aber sie hielt tapfer ihr Glas hin.

Sebastian grinste. »Mir schmeckt er auch nicht.«

»Warum trinken wir ihn dann?«

Sie sahen sich an und lachten, bis Petra fast keine Luft mehr bekam. Sebastian versprach, beim nächsten Mal Martini statt Rotwein mitzubringen. Er erzählte ihr auch, dass er sonst seine Wochenenden nie zu Hause verbrachte. »Aber mit dir, das ist irgendwie anders …«

Petra verstand, was er meinte. Ihr ging es ähnlich.

Da war etwas zwischen ihnen – ein unsichtbares Band, das sie schon bei ihrer ersten Begegnung auf dem Friedhof wahrgenommen hatte. Und dieses Band wurde stärker, je länger sie miteinander redeten und Zeit zusammen verbrachten.

Sebastian hatte Petra gegenüber keine Vorbehalte, weil sie als Waise im Kinderdorf aufgewachsen war oder kaum Geld hatte.

»Glaub mir, Eltern wie meine willst du nicht geschenkt haben«, sagte er stattdessen. »Meine Mutter wollte mich immer nur loswerden, seit es mich gibt. Sie hat damals den erstbesten ahnungslosen Trottel geheiratet, als ich unterwegs war. Leider sehe ich meinem wahren Erzeuger so ähnlich, dass es nicht lange gedauert hat, bis der ganze Schwindel aufgeflogen ist. Sie zog weg und mein Stiefvater hat ihr verziehen, aber ich war natürlich trotzdem bloß im Weg. Ständig unerwünscht.«

Sein Blick wurde hart und verschlossen.

Petra legte ihm sanft die Hand auf den Arm. Sie strich über die hellblonden Härchen auf seiner Haut, ließ ihre Finger beruhigend kreisen und dann weiter nach oben wandern – über die angespannten Muskeln bis zu der Kuhle an Sebastians Hals, wo sein Puls pochte. Langsam beugte sie sich vor und küsste ihn an dieser empfindlichen Stelle.

Ihre zärtliche Geste entfachte bei Sebastian rasch wieder die wilde und hemmungslose Leidenschaft, die sie gestern schon miteinander geteilt hatten. Aber genau das fühlte sich für Petra richtig an. So waren sie beide. Wolfskinder.

KAPITEL 19

Langsam wurde der morgendliche Weg zur Werkstatt Routine. Corinna stapfte den Weg zur Schreinerei entlang, ohne ihre Umgebung wirklich wahrzunehmen. In Gedanken war sie bei ihrem Roman. Es gab keinen Grund mehr, sich damit zu beeilen. Sollte sie dennoch versuchen, weiter daran zu schreiben, sobald sich ihr die Gelegenheit bot? Oder tat ihr eine Pause vielleicht gut? Sollte sie ein wenig Abstand zu ihrem Werk gewinnen, damit sie später mit frischem Blick die Arbeit daran fortsetzen konnte? Oder erhöhte das bloß die Gefahr, dass ihr Roman dann für immer unvollendet blieb? Was, wenn sie den Bezug zu ihrer ursprünglichen Idee und den Figuren vollständig verlor?

Corinna schreckte aus ihren Gedanken hoch, als es unter ihren Schuhen knirschte. Sie blieb stehen, blickte auf die Pfütze hinab, in die sie aus Versehen getreten war. Sie war nicht groß, ihr Schuh passte nicht einmal ganz hinein. Aber eine dünne Schicht Eis hatte sich auf dem Wasser gebildet. Der erste Frost für dieses Jahr. Kaum zu glauben, dass 1980 schon bald vorüber war. Und was für heftige Wendungen das Jahr in der letzten Zeit genommen hatte …

Vorsichtiger setzte sie ihren Weg fort, um auf der gefrorenen Blätterdecke nicht noch auszurutschen. Als Corinna das Gelände der Schreinerei betrat, ging ihr Blick automatisch zum Tor. Alle Mitarbeiter hatten Anweisung, es nie offen stehen zu lassen. Seit dem Tag, an dem Marc Helmers sie vor dem Mob gerettet hatte, hatte es zwar keine Zwischenfälle mehr gegeben, dennoch verspürte Corinna eine gewisse Anspannung, die erst von ihr abfiel, wenn sie das Tor verschlossen und ohne Reporter davor vorfand. So wie heute. Sie atmete tief aus und ging nun leichteren Schrittes auf die Werkstatt zu.

In Berlin hatte sic manchmal von so einem Ansturm der Presse geträumt, aber da war es immer um ihre erhoffte literarische Karriere gegangen. Sie seufzte. Die würde es so schnell sicher nicht geben.

Als Corinna die Schreinerei betrat, saß Petra schon an ihrem Platz und hobelte ein Stück Holz zurecht. Sie blickte auf und winkte Corinna zu. Lächelnd winkte diese zurück. Irgendetwas hatte sich gelöst zwischen ihnen, als wäre bei ihrer letzten Konfrontation ein Knoten geplatzt. Das Verhältnis zwischen ihnen war weit entfernt von der engen Freundschaft, die sie einmal verbunden hatte, aber sie hatten ein gemeinsames Ziel, und Corinna schien es endlich möglich zu sein, dass sie dafür am selben Strang zogen.

Sie blieb kurz bei Petras Werkbank stehen. »Was wird das?« Sie nickte in Richtung des Teils, das an einer Seite leicht gewölbt war.

Petra strahlte. »Ein Modell für die Mondrakete. Jetzt wo das Puppenbett in die Produktion gehen kann, dachte ich, ich mach das als Nächstes.« Sie drehte das Stück Holz in den Händen. »Ich glaube, die größte Herausforderung wird sein, es nicht wie ein …«, sie lachte, »… na ja, wie ein männliches Geschlechtsteil aussehen zu lassen.«

Corinnas Gesicht wurde heiß, und sie ärgerte sich darüber. Im Gegensatz zu ihr war Petra im Umgang mit Jungs schon immer sehr locker und souverän gewesen. Corinna selbst wusste bisher eher theoretisch über die männliche Anatomie Bescheid.

Außer ein paar harmlosen Knutschereien konnte sie kaum Erfahrungen vorweisen.

Um von ihrer Ahnungslosigkeit abzulenken, konzentrierte sie sich auf den Teil der Aussage, der nichts mit der Mondrakete zu tun hatte. »Dein Wolkenbett ist schon so weit, dass wir es produzieren können?«

Unerwartete Aufregung packte Corinna. Sie hatten gemeinsam etwas geschaffen. Etwas, das der Öffentlichkeit präsentiert werden konnte. Das fühlte sich gut an.

Petra nickte. »Ich habe alle Maße aufgeschrieben und eine Fertigungsskizze gezeichnet. Rudi und Matthias habe ich angewiesen, ein paar Stücke zum Verkauf in Hennis Laden oder auf dem Weihnachtsmarkt auszustellen. Zum Testen, wie es ankommt.«

Wenn sie ehrlich war, hatte Corinna es Petra nicht zugetraut, so viel Verantwortung zu übernehmen. Doch den gesamten Teil der Produktion, der mit Holz zu tun hatte, schien sie sehr gut im Griff zu haben.

»Das heißt, wir könnten es ab sofort auch noch anderen Kunden im Spielzeughandel anbieten?«

Petra nickte. »Aber frag mich nicht, wie das funktioniert. Marianne hat manchmal so kleine Werbezettel geschrieben, wenn wir außerhalb der Druckzeiten vom Messeprospekt ein neues Produkt im Angebot hatten.«

Corinna erinnerte sich dunkel, Entwürfe für solche Zettel in einer Schublade von Mariannes Schreibtisch gesehen zu haben. Dort, wo auch Restexemplare der letzten Messeprospekte lagerten. Eigentlich hatte sie die schon wegwerfen wollen.

»Ich schau mir das mal an.« Ihre Muße fürs Schreiben mochte derzeit nicht vorhanden sein, aber eine Produktbeschreibung für ein Puppenbett würde sie schon noch hinbekommen. Mit neuem Elan verabschiedete sie sich von Petra und ging an ihren eigenen Arbeitsplatz.

»Hör dir das an.« Corinna hatte einige der alten Werbezettel und Prospekte auf dem Schreibtisch ihrer Mutter ausgebreitet. Von dem, was sie dort sah, war sie allerdings überhaupt nicht begeistert. Darum hatte sie lieber bis zum Feierabend gewartet, als Petra und die anderen gegangen waren, um mit ihrer Tante allein zu reden.

Neben ihr blickte Lotte von den Zahlen auf. »Hm?«

»Kommode aus Buche mit ausziehbaren Schubladen. Handbemalt.«

Lotte runzelte die Stirn. »Das klingt nach einer akkuraten Beschreibung des Produkts.«

»Ja, schon, aber …« Corinna gestikulierte in Richtung der Broschüre. »Das soll ein Werbetext sein. So schreibt man doch keinen Werbetext! Hast du dir Werbung schon mal angesehen?«

Lotte zuckte mit den Schultern. »Normalerweise versuche ich, das zu vermeiden.«

»Das ist der Punkt! Niemand nimmt sich bewusst vor, Werbetexte zu lesen. Deshalb müssen sie so interessant wie möglich gestaltet sein, um die Aufmerksamkeit der Leute trotzdem einzufangen.« Schmerzlich erinnerte sich Corinna daran, wie bei der ersten Lesung ihrer Schreibgruppe in einem Berliner Szenecafé nur eine Handvoll Freunde aufgetaucht waren. Sie hatte nicht verstanden warum, bis ausgerechnet Ulrike ihr hämisch gesagt hatte, wie langweilig das Plakat und die Flyer wirkten, die sie dafür entworfen hatte.

»Hm …« Nachdenklich starrte Lotte die Prospekte an. »Du meinst also, du könntest das besser machen?«

Was für eine Frage! Ihre Mutter hatte sich nie fürs Schreiben interessiert. »Natürlich könnte ich das besser machen! Ich bin Schriftstellerin!«

Erst als Lotte grinste, ging Corinna auf, wie arrogant das geklungen haben musste. Doch ihre Tante klopfte ihr nur auf die Schulter. »Das ist die Art von Selbstbewusstsein, die ich sehen will.«

Verlegen fuhr sich Corinna durch das Haar. »Na ja, also ich denke zumindest, dass ich das kann …«

»Stopp!« Lachend schüttelte ihre Tante den Kopf. »Jetzt mach es nicht wieder kaputt.«

Bevor Corinna noch etwas dazu sagen konnte, klingelte das Telefon.

Mit einem Seufzen hob sie ab. Hoffentlich war es ein Kunde, der eine Bestellung aufgeben wollte, und nicht wieder jemand von einer Immobilienfirma oder von der Presse.

»Hallo, Marc Helmers hier. Ich hätte da noch einige Fragen zum Verhalten meiner Kollegen letztens.«

Nun, von allen Pressefritzen, die sich hätten melden können, war ihr Marc Helmers sicher der liebste. Und wenn er hören wollte, wie unmöglich sich seine Kollegen verhalten hatten, warum sollte sie dazu nichts sagen?

»In Ordnung«, sagte sie. »Schießen Sie los.«

»Nicht am Telefon«, sagte er, »Genau genommen wollte ich Sie fragen, ob Sie mir ein persönliches Interview dazu geben könnten. Ich würde Ihre Aussagen gern aufzeichnen.«

Corinna zögerte. Marc Helmers schien nett, aber sie durfte nicht vergessen, dass auch er ein Reporter war. »Es geht wirklich nur um das Verhalten Ihrer Kollegen? Um nichts anderes?«

»Nichts anderes.« Sie glaubte sein Lächeln durch das Telefon hindurch wahrzunehmen. »Mein Ehrenwort. Ich kann Ihnen die Fragen auch vor dem Interview zeigen, wenn Sie das möchten.«

Sein Ehrenwort. Und eine Gelegenheit, das unsägliche Verhalten der Reporter anzuprangern. Das klang sehr verlockend. Nachdenklich biss Corinna auf ihre Unterlippe. Konnte es dabei einen Haken geben?

»Was halten Sie davon, wenn wir uns zur Vorbesprechung in einem Café treffen? Ich gebe Ihnen ein Getränk aus, wir unterhalten uns, und erst, wenn alles geklärt ist und Sie einverstanden sind, schalte ich das Aufnahmegerät für das Interview ein.«

Unwillkürlich musste Corinna lachen. »Sie wissen, wie Sie jemanden überreden können, was? Ich nehme an, es gehört nicht zu Ihrem Job, Getränke zu spendieren.«

»Nein, mein Chef zahlt keine Spesen. Ich hoffe also, Sie werden als Treffpunkt kein Nobelrestaurant vorschlagen und dann dort den teuersten Wein bestellen.«

»Ha! Sie bringen mich da auf eine Idee.«

Sein Lachen war warm und herzlich. »Ich stehe zu meinem Wort, aber ich wäre Ihnen dankbar, wenn Sie darauf verzichten könnten, mich finanziell zu ruinieren. Mein Wagen war nämlich gerade erst in der Werkstatt, und mein Budget für Sonderausgaben ist ziemlich aufgebraucht.«

»Ich werde sehen, was ich tun kann.« Mit ihm zu scherzen fühlte sich ganz selbstverständlich an. Eventuell konnte es sogar nett werden, irgendwo einen Kaffee mit ihm zu trinken.

»Kennen Sie das Café Wunderbar in Hall?«, fragte sie deshalb. »Da könnten wir uns morgen treffen.« Corinna hatte ohnehin vorgehabt, vormittags ihre Mutter im Krankenhaus zu besuchen. Das würde sich gut verbinden lassen. »Passt es Ihnen gegen zehn Uhr?«

»Perfekt.« Wieder hörte sie das Lächeln in seiner Stimme. »Dann haben wir ein Date.«

Ein Date, das war sicher übertrieben. Aber als Corinna auflegte, klopfte ihr Herz tatsächlich schneller. Es würde auf jeden Fall aufregend werden.

Das Café Wunderbar am Rand der Altstadt in Hall existierte schon, seit Corinna denken konnte. Laut Tante Henni, deren Laden nicht weit entfernt lag, war es in den 1950er Jahren eine trendige Milchbar gewesen. Heute besaß es einen eher altmodischen Charme, aber Corinna mochte die Nischen mit den runden Tischen und den plüschigen Bänken. Raumteiler mit wuchernden Efeupflanzen sorgten dafür, dass jeder an seinem Tisch ungestört war, und ließen die Atmosphäre lebendig und frisch wirken.

Als sie eintrat, winkte Marc Helmers ihr aus einer der Nischen zu. Neben ihm auf der Bank lag eine schwarze Tasche. Darin musste sich das Aufnahmegerät befinden. Sofort bildete sich ein nervöser Klumpen in Corinnas Magen. Doch sie winkte tapfer zurück und ging auf ihn zu.

Sein Lächeln wirkte erleichtert. »Schön, dass Sie da sind, Frau Wagner. Ich muss zugeben, ich hatte ein bisschen Angst, dass Sie mich versetzen.«

»Können Sie mich einfach Corinna nennen?«, platzte es aus Corinna heraus, während sie sich setzte. »Wenn Sie mich so siezen, dann fühle ich mich, als wäre ich meine eigene Mutter.« Nachdem Marianne im Krankenhaus soeben wieder ein fürchterliches Theater veranstaltet hatte, sträubte sich alles in ihr dagegen.

Er stutzte. »Gut, dann … nenn mich bitte Marc.«

Für einen Moment saßen sie da, lächelten einander an. Corinnas Herz klopfte noch schneller, aber nun war sie nicht mehr sicher, ob es nur die Nervosität war. Marc sah unverschämt gut aus, stellte sie fest. Vor allem in dem warmen Licht des Cafés, das seiner Miene ein paar von ihren Kanten nahm und seine Augen leuchten ließ.

»Was möchtest du trinken, Corinna?«

Die Frage riss Corinna aus ihren Gedanken. Sie räusperte sich, senkte den Blick verlegen auf die folierte Speisekarte. Hoffentlich hatte sie ihn nicht unhöflich lange angestarrt.

»Ein Milchkaffee wäre gut«, sagte sie schließlich.

Sofort winkte Marc die Bedienung herbei. Er bestellte bei der älteren Frau mit der weißen Schürze einen Milchkaffee und einen Espresso.

Als er sich wieder Corinna zuwandte, wurde seine Miene ernster. »Du wirkst sehr gestresst. Ich hoffe, es ist nicht wegen mir und dem Interview?«

Fahrig strich sie sich durchs Haar. »Nein, ich war gerade bei meiner Mutter im Krankenhaus. Sie will unbedingt nach Hause und besteht darauf, entlassen zu werden.« Corinna verzog das Gesicht, als sie an den Aufstand dachte, den Marianne heute veranstaltet hatte. »Dabei geht es ihr nicht besonders gut. Aber sie ist der Meinung, die Ärzte dort könnten ihr eh nicht helfen, die Medikamente bewirkten keine Verbesserung und vollends erblinden könnte sie genauso gut zu Hause …«

»Das tut mir leid«, sagte er.

Irgendetwas an seiner Art sorgte dafür, dass es Corinna leichtfiel, ihm ihr Herz auszuschütten. »Und dass ich eigentlich in Berlin sein sollte, weil es gestern mit meinem Stipendium losgegangen wäre, macht die Situation für mich natürlich nicht leichter«, fuhr sie deshalb fort. »Meine Mutter dagegen ist froh, dass ich hierbleibe und verlangt jetzt sogar, dass ich mein Studium und das Zimmer in Berlin ganz aufgebe. Als sei es noch nicht schlimm genug, dass ich mein Stipendium verloren habe.«

»Davon habe ich gehört. Es muss schwer für dich sein im Moment.«

Er klang ehrlich teilnahmsvoll, aber die Tatsache, dass er von dem Stipendium schon wusste, brachte Corinna in die Realität zurück. Siedend heiß erinnerte sie sich daran, dass sie einem Reporter gegenübersaß. »Na ja, darüber wollten wir nicht reden.«

»Keine Sorge, gerade sprechen wir privat. Das nehme ich selbstverständlich auch nicht auf.« Marc deutete auf die Tasche neben sich. »Nichts davon wird an die Öffentlichkeit gelangen, das verspreche ich. Mir ging es nur darum, dir zu sagen, dass ich dich verstehen kann.«

Corinna seufzte und entspannte sich wieder. Vielleicht war sie gerade ein wenig paranoid. Bisher hatte Marc sich immer anständig verhalten. Es war unfair, ihn nach den Taten anderer Menschen zu beurteilen. Sie winkte ab. »Schon in Ordnung. Wahrscheinlich war mein Romananfang ohnehin nicht gut genug.«

»Ich weiß nicht, ob es bei Literatur einen Maßstab gibt, den man anlegen kann.« Marc hob die Schultern. »Ich kann mir vorstellen, dass Texte wie ›Ende und Anfang‹ nicht jedermanns Geschmack sind, aber die Frage ist doch, ob man damit eine Jury beeindrucken kann, die Preise oder Stipendien vergibt.«

Moment, hatte er sich mit ihren Kurzgeschichten beschäftigt? »Du hast ›Ende und Anfang‹ gelesen?« Es gelang ihr nicht mal ansatzweise, die Nervosität aus ihrer Stimme zu verbannen.

Marc lächelte. »Mein Kollege hat Kontakte zur Literaturszene in Berlin. Seine Freundin Sarah war so nett, mir ein paar Textkopien von deinen Veröffentlichungen zu faxen.«

Corinna hielt den Atem an, wartete auf das Urteil, das nun unvermeidlich folgen musste.

»Ich gestehe, ich mag diese hohe Literatur normalerweise nicht sonderlich. Die Sprache empfinde ich oft als zu künstlich und gestelzt.« Marc lächelte verlegen. »Ich bin eher für direkte Formulierungen zu haben, bei denen ich nicht lange rätseln muss, was der Autor mir damit sagen will. Hemingway schätze ich zum Beispiel sehr. Aber dein Text hat eine Art …« Er suchte nach Worten. »Er packt einen beim Kragen und stößt einen mit der Nase auf grundlegende menschliche Wahrheiten. Man kann sich ihm wirklich schwer entziehen.«

Der angehaltene Atem entwich mit einem Lachen. »Mein Text packt einen beim Kragen?«, fragte Corinna. »Also, das hat noch nie jemand gesagt.« Aber es fühlte sich gut an. Sie war sich nicht sicher, ob Marcs Worte bedeuteten, dass er ihren Text wirklich mochte, aber eine starke Reaktion auszulösen, das war es doch, was sie mit ihrem Schreiben erreichen wollte. Das Schlimmste, was jemand einem ihrer Texte entgegenbringen konnte, war Gleichgültigkeit.

Marc hob die Schultern. »Ich schätze, es gibt Gründe, warum ich keine Literaturkritiken verfasse.«

»Nein, nein. Ich glaube, ich mag dein Urteil. Leute mit der Nase auf grundlegende menschliche Wahrheiten zu stoßen – ich kann mir deutlich Schlimmeres vorstellen.«

Nun lachte er. »Oh, ich wollte auch auf keinen Fall etwas Negatives über den Text sagen. Vielleicht gefällt deine Intention oder dein Stil nicht jedem. Aber nur weil ein Text nicht jedem gefällt, macht es ihn nicht schlecht. Schlecht ist ein Text nur, wenn du mit ihm nicht das erreichst, was du erreichen wolltest.«

So hatte Corinna es noch nie gesehen. Sie merkte kaum, wie die Bedienung ihre Bestellung brachte, dachte stattdessen nach. War ihr Romananfang wirklich gut? Sie wusste es nicht.

Sie hatte die bereits geschriebenen Kapitel noch niemandem gezeigt, um herauszufinden, welche Wirkung die Geschichte auf Leser hatte. Vielleicht sollte sie Tomasz und seiner Frau doch mal ein Stück davon zum Lesen geben.

Nachdenklich kippte sie ein Tütchen Zucker in die Schaumhaube ihres Milchkaffees und rührte.

»… wirklich gut.«

»Hm?« Sie hatte den Anfang von Marcs Satz nicht mitbekommen.

Er lächelte sie über seine Kaffeetasse an. »Der Espresso hier ist wirklich gut.«

Corinna nickte, fand langsam in die Gegenwart zurück. »Natürlich. Ich trinke doch keinen minderwertigen Kaffee, wenn jemand anderes dafür bezahlt.«

Seine Augen blitzten, während er grinste. »Ich sollte wohl immer noch dankbar sein, dass es kein teurer Wein oder gar Champagner geworden ist.«

»Die Idee hebe ich mir auf, falls ich mal in die Situation komme, mit einem deiner Kollegen reden zu müssen.«

»Apropos.« Marc legte die Hand auf die Tasche. »Wollen wir die Interviewfragen durchgehen?«

Corinna nickte. Ihre Nervosität war verflogen. Inzwischen war sie sich ziemlich sicher, dass Marc ihr keine Falle stellen würde. »Bereit, wenn du es bist.«

»Corinna!« Der Ruf ließ Corinna aufschrecken. Es war kurz vor sieben Uhr abends und sie saß im Schneidersitz auf ihrem Bett, das Notizbuch auf dem Schoß.

Der Roman würde noch Zeit brauchen, bis sie sich wieder an ihn heranwagte, aber eine neue Kurzgeschichte nahm Gestalt an. Die Idee dazu war ihr spontan nach dem Gespräch mit Marc gekommen. Seit ihrer Begegnung im Café fühlte sie sich wieder zuversichtlicher, was ihr Talent zum Schreiben anging.

»Was denn?«, rief sie zurück. Wenn Oma Barbara nichts Dringendes von ihr wollte, würde sie nicht aufstehen. Abendessen konnte sie auch später noch.

»Komm schnell, du bist im Fernsehen!«

»Was?« Sofort sprang Corinna auf. Das Notizbuch klappte auf der Bettdecke zusammen. Sie riss die angelehnte Tür auf und stürmte hinüber ins Wohnzimmer, wo ihre Oma vor dem Abendjournal saß. Sie kam gerade rechtzeitig, um ein eingeblendetes Foto von sich zu sehen und ihre Stimme aus dem Café Wunderbar zu hören.

»Das ist kein respektabler Journalismus«, hörte sie sich sagen. Sie hatte gar nicht bemerkt, wie wütend die Worte aus ihr herausgekommen waren. »Sondern nur pure Sensationsgier.«

»In der Tat«, murmelte Corinna fassungslos.

»Gibt es etwas, das Sie diesen Reportern mitteilen wollen?« Das war Marcs Stimme aus dem Off.

»Ja.« Das Foto wurde nun näher herangezoomt. Sie erkannte es. Es stammte aus einem Veranstaltungskalender der Universität, mehrere Lesungsteilnehmer hatten sich damals fotografieren lassen. Corinna trug einen schwarzen Rollkragenpullover und blickte skeptisch in die Kamera. »Hören Sie auf, meine Mitarbeiter zu belästigen. Wir verbieten niemandem von der Belegschaft, Interviews zu geben, falls jemand das möchte. Aber Menschen, die trauern oder die morgens nur zur Arbeit gehen wollen, mit einer Kamera in der Hand in die Ecke zu drängen, ist unverschämt und dreist. Lernt ein wenig grundlegenden Anstand.«

Oh Gott. Corinna konnte es nicht glauben. »Das ist so peinlich, ich weiß gar nicht, wie …«

Ihr Foto verschwand von der Bildfläche und der Moderator des Abendjournals leitete zum Wetterbericht über. Schon erschien ein Mann im Anzug vor der regionalen Wetterkarte und verkündete fröhlich, dass vielleicht bald mit Schnee zu rechnen war. Gleich darauf erklang die Melodie des Sandmännchens.

Sie hörte das Rascheln von Stoff, als ihre Oma das Nähzeug weglegte und vom Sofa aufstand. »Ich finde, das war überhaupt nicht peinlich, Corinna. Du hast genau das Richtige gesagt.«

Die Worte ihrer Oma waren für Corinna nur ein schwacher Trost. Alles wurde überlagert von einem dumpfen Gefühl der Wut und des Verrats. Wie hatte Marc sie nur so hintergehen können?

Erst später fiel Corinna auf, dass sie in dem Sendebeitrag tatsächlich »meine Mitarbeiter« gesagt hatte.

KAPITEL 20

Marc fühlte sich leicht verkatert, aber durchaus beschwingt, als er am Mittwochmorgen das Heilbronner Sendestudio betrat. Der Tag gestern war ereignisreich gewesen.

Erst das gelungene Interview mit Corinna, das er für eine Reportage im Hörfunk verwenden wollte, und dann ein Treffen mit seiner Zwillingsschwester, die er seit Monaten nicht gesehen hatte. Steffi arbeitete als Stewardess, sie flog ständig durch die Welt und kam nicht mehr allzu häufig nach Stuttgart. Oder wenn, dann schaute sie oft nur auf einen Sprung bei den Eltern vorbei, traf sich mit Freundinnen und hatte nicht unbedingt Zeit für ihn. Es war ein lustiger Abend gewesen, an dem sie spät noch über die Königstraße getorkelt waren. Zum Glück war er auf der Heimfahrt in keine Polizeikontrolle geraten – sonst hätte er jetzt um seinen Führerschein bangen müssen. Schlaf hatte er allerdings in der letzten Nacht nicht ausreichend bekommen.

»Guten Morgen«, begrüßte er Christiane hinter dem Empfangstresen.

»Herr Helmers, endlich!« Sie ließ fast eine der schimmernden roten Weihnachtskugeln fallen, mit denen sie gerade einen Krug voll Tannenreisig schmückte. »Heute sind Sie aber spät dran! Herr Herzog hat schon dreimal nach Ihnen gefragt.«

Marc erstarrte. Verdammt. Das klang nicht gut.

»Hat er gesagt, worum es geht?«, fragte er.

»Nein, nicht genau.«

»Tja, dann … muss ich mich wohl überraschen lassen.«

Nervös lächelte Christiane ihn an. Auf seinen beiläufigen Tonfall fiel sie nicht herein. Sie kannte Marc lange genug, um zu wissen, dass seine Ruhe nur vorgetäuscht war. Herzogs Wutanfälle waren im Haus allgemein gefürchtet. Niemand legte Wert darauf, zur Zielscheibe des cholerischen Senderchefs zu werden, auch Marc nicht, der sonst über ein recht robustes Nervenkostüm verfügte.

»Warten Sie, nehmen Sie einen Kaffee mit.« Sie drehte sich zur Kaffeemaschine um und drückte ihm gleich darauf einen heißen Becher in die Hand.

»Danke.« Der aromatische Duft belebte Marcs müden Geist.

»Machen Sie sich auf was gefasst«, warnte Christiane. »Die Laune von Herrn Herzog ist miserabel. Es geht wohl um einen Bericht gestern im Abendjournal.«

»Ach, dann kann es nichts mit mir zu tun haben.« Marc spürte, wie Erleichterung in ihm aufkam. »Dafür habe ich gar keinen Bericht geliefert.«

Sie zuckte mit den Schultern. »Dann tut's mir leid, was anderes weiß ich nicht.«

Marcs Kollege Jürgen, der bereits am Schreibtisch saß und verbissen in die Tastatur hackte, wusste auch nicht mehr als Christiane. Nur, dass Marc sich sofort nach seiner Ankunft beim Chef melden sollte. »Sofort. In Großbuchstaben und hundert Dezibel. Ein Wunder, dass die Fensterscheiben noch heil sind.«

Außerdem berichtete Jürgen, dass Kollege Hartmut gestern Nachmittag hier gewesen war und nach Marcs Tonaufnahmen gefragt hatte. »Er wollte wissen, wo du bist. Als ich gesagt habe, du bist schon weg, hat er dein Aufnahmegerät mitgenommen.«

Alarmiert hechtete Marc zu seinem Schreibtisch. Der Kaffee schwappte über, tropfte auf seinen Ärmel und einige Notizen.

Braune Flecken durchweichten das Papier, verwischten die Schrift.

»Zur Hölle, heute geht aber auch alles schief«, fluchte er. »Was wollte Hartmut denn mit meinem Interview?«

Das Band war tatsächlich nicht mehr da.

»Keine Ahnung. Hat er nicht erwähnt.« Jürgen zuckte die Achseln. »Aber falls Hartmut es war, der was verbockt hat, dann sag es Herzog. Vorausgesetzt natürlich, er lässt dich zu Wort kommen.«

»Sehr witzig«, knurrte Marc und trocknete sich den Ärmel mit einem Taschentuch ab, das Jürgen ihm zuwarf.

Dann nahm er einen letzten Schluck aus seinem Becher, ehe er mit gesenktem Kopf den Raum verließ, um Herzog aufzusuchen. Statt heute pflichtschuldigst im Sender zu erscheinen, hätte er sich besser krankgemeldet und seinen Kater auskuriert, dann wäre ihm dieser Anpfiff erspart geblieben. Aber so war er eben nicht. Sein Beruf war ihm wichtig.

»Herein«, bellte Herzog, als Marc klopfte.

»Sie hatten nach mir gefr-«

»Helmers!« Wie ein wütender Terrier schoss Herzog ihm entgegen. »Was haben Sie sich bloß dabei gedacht?«

»Äh«, antwortete Marc, der nicht unhöflich sein wollte, aber noch immer nicht wusste, worum es ging. »Darf ich zuerst erfahren, was genau Sie mir vorwerfen?«

»Was ich Ihnen vorwerfe? Dass Sie sich als Nestbeschmutzer aufspielen und versuchen, öffentlich Ihre Kollegen in die Pfanne zu hauen! Sind Sie eigentlich verrückt geworden, mit so einem Beitrag auf Sendung zu gehen?«

»Ich habe doch gar ni-«

»Lügen Sie mir nicht ins Gesicht, Helmers, sonst vergesse ich mich!« Herzog nahm ein Tonband vom Tisch und schleuderte es mit Wucht gegen die Wand. Beim Aufprall zerbrach das Plastikgehäuse und Splitter regneten zu Boden.

»Das ist Ihr Interview, das da gestern im Abendjournal lief«, brüllte er. »Eine Anklage gegen die üblen Machenschaften der lokalen Presse und ein Affront gegen die Medien schlechthin. Was glauben Sie, wer Sie sind, Günter Wallraff? Oder wem Sie mit dieser Posse einen Gefallen tun? Dem Sender jedenfalls nicht!«

»Aber ich«, begann Marc erneut, ehe er schleunigst den Kopf einzog, weil ein Briefbeschwerer auf ihn zuflog.

»Sie sollten über die blutige Unfallserie in der Schreinerei berichten! Stattdessen gestatten Sie dieser verhinderten Jungliteratin, über die Arbeit von Kollegen herzuziehen. Niemals hätte ich Ihnen dafür Sendezeit genehmigt, das wissen Sie!«

Endlich hatte Herzog sich ausgetobt. Schwer atmend warf er sich auf seinen Stuhl und richtete den Zeigefinger auf Marcs Brust. »Ich sollte Ihnen auf der Stelle kündigen.«

»Für einen Beitrag, den ich nicht zu verantworten habe?« Allmählich kochte auch in Marc Ärger hoch. »Das Interview ist hinter meinem Rücken veröffentlicht worden. Ich habe den Bericht, um den es geht, weder autorisiert noch gesehen.«

»Autorisiert habe ich ihn«, schimpfte sein Chef. »Allerdings habe ich mich darauf verlassen, dass Sie Ihre Arbeit so erledigen, wie ich es Ihnen aufgetragen habe. Als Gerster kurzfristig fürs Abendjournal noch Material brauchte, weil ein Beitrag geplatzt war, habe ich ihm aufgetragen, Ihre Recherche zu verwenden, um den Sendeplatz zu füllen.«

So langsam wurde Marc klar, was passiert war. Hartmut hatte sich geschnappt, was er finden konnte, und aus dem Interview einen billigen Lückenfüller gebastelt. Vermutlich unterlegt mit

Film- und Bildmaterial aus dem Archiv oder einer anderen Quelle. War er nicht sogar bei der Beerdigung von Corinnas Vater mit einem Kameramann auf dem Friedhof gewesen? Marc glaubte, sich an ihn erinnern zu können.

»Sie geben also mir die Schuld für etwas, das ich gar nicht getan habe?«

»Und ob das Ihre Schuld ist«, fuhr Herzog auf. »Was hätte Gerster aus Ihrem Material sonst machen können? Ihre Fragen zielten doch auf nichts anderes ab! Kein Wort zu dem Unfall mit der Kreissäge, kein Wort zu dem einarmigen Trottel, der den Transporter gelenkt hat. Nicht einen Hintergrund haben Sie dazu aufgedeckt! Komplettversagen nenne ich das!«

Den letzten Satz brüllte er in einer Lautstärke, dass Marc die Ohren dröhnten. Vermutlich bekam jemand, der zufällig gerade draußen über den Gang ging, jedes Wort mit.

»Hören Sie mir jetzt gut zu«, sagte Herzog und wischte sich über die dunkelrot angelaufene Stirn. »Ich habe Sie damals eingestellt, weil ich mir viel von Ihnen erhofft habe. Ihre Bewerbung klang vielversprechend. Es sah aus, als hätten Sie den richtigen Riecher für aufsehenerregende Geschichten. Für Themen, die sonst niemand bringt. Echte Skandale!«

Marc wappnete sich, dass sein Chef gleich wieder mit den Einschaltquoten anfing.

Aber darauf wollte der gar nicht hinaus – sondern auf Marcs mangelnde Eignung für das Tagesgeschäft. »Sie brauchen viel zu lange für Ihre angeblichen Recherchen, bei denen am Ende dann doch nichts Spektakuläres rauskommt. Das können wir uns nicht leisten! Ich erwarte, dass Sie sich ab sofort mehr an dem beteiligen, was wir tagtäglich brauchen.« Er fixierte Marc drohend. »Sendefähiges Material, verstehen Sie?«

»Sicher.« Marc beherrschte sich mühsam. Als sei sein Interview mit Corinna nicht sendefähig gewesen! Er hätte auf jeden Fall etwas Eindrucksvolleres daraus gemacht als Hartmut, dieser Idiot – aber möglicherweise hätte das Ergebnis seinem Chef noch weniger gefallen.

»War's das dann, was Sie mir sagen wollten?«, quetschte er zwischen den Zähnen hervor.

»Werden Sie nicht frech, Helmers! Unterschätzen Sie mich bloß nicht.« Herzog funkelte ihn böse an. »Ich bin schon länger im Geschäft als Sie, wesentlich länger. Und ich lasse mir von einem Bürschchen wie Ihnen nicht auf der Nase rumtanzen. Wenn ich einen Bericht von Ihnen will, liefern Sie mir den ruckzuck, und zwar inhaltlich genau so wie abgesprochen, klar?«

Marc nickte. Was hätte er sonst tun sollen – vor seinem Chef auf die Knie fallen?

»Gut. Dann fahren Sie noch mal hin und haken nach! Zum Thema mangelnde Sicherheit wird sich dort wohl was finden lassen, das ist ja kein moderner Betrieb. Nehmen Sie die Kamera mit, damit wir zeigen können, unter welchen Bedingungen die Leute dort arbeiten.«

»Ich soll filmen?«, fragte Marc überrascht.

»Unbedingt! Wir brauchen was Neues, die Sache interessiert doch sonst bald keinen mehr. Gerster hat zwar neulich eine Abfuhr kassiert, aber Sie haben ja anscheinend ein besseres Händchen für die Tochter der Betriebsgründerin. Also los, legen Sie sich ins Zeug und überreden Sie sie!«

Marc zögerte. Corinna weiter zu bedrängen, war das Letzte, was er wollte. Andererseits war Arbeitssicherheit nun mal genau sein Thema. Wie konnte er da ablehnen? Zumal Herzog ohnehin nicht gewillt schien, Widerspruch zu dulden.

»In Ordnung.« Er bückte sich und hob den Briefbeschwerer vom Teppichboden auf, um ihn zurück auf Herzogs Schreibtisch zu stellen. Die abgeplatzten Kanten verrieten, dass das Ding häufiger als Wurfgeschoss herhalten musste. Vielleicht sollte er darüber mal einen Artikel schreiben – wie cholerische Chefs ihre Angestellten in Gefahr brachten.

»Helmers?« Herzog sah ihn lauernd an. »Nehmen Sie sich in Acht! Ich weiß, was Sie denken.«

Marc verzog keine Miene. Es zahlte sich nie aus, auf solche Provokationen zu reagieren. Jede Antwort wäre falsch gewesen.

»Es passt Ihnen nicht, dass ich in diesem Laden das Sagen habe, stimmt's? Aber genau so läuft das hier: Ich bestimme, Sie liefern. Punkt.«

Marc schwieg stoisch weiter. Irgendwann musste Herzog mit seiner Tirade ja zum Ende kommen.

»Wissen Sie, was der Unterschied zwischen uns ist? Ich bin Realist und Sie sind ein Träumer!« Herzog bleckte die Zähne zu einem verächtlichen Grinsen. »Oder glauben Sie ernsthaft, dass so ein lächerlicher kleiner Wichtigtuer wie Sie eines Tages den Pulitzer-Preis gewinnt?« Er klopfte sich auf die Schenkel vor Lachen. »Sie sind ein Provinzjournalist, nichts weiter. Schlagen Sie sich Ihre albernen Ambitionen aus dem Kopf, und erledigen Sie Ihren Job. Mehr verlange ich gar nicht. Und jetzt machen Sie sich an die Arbeit!«

Mit vor unterdrücktem Zorn brennendem Gesicht und geballten Fäusten verließ Marc das Zimmer.

Erst nach ein paar Minuten auf dem Raucherbalkon, wo sich zum Glück gerade niemand aufhielt, sah er sich in der Lage, in sein Büro zurückzukehren.

Jürgen hob den Kopf. »War's so schlimm wie erwartet?«, erkundigte er sich mitfühlend.

»Schlimmer.« Marc knirschte mit den Zähnen. »Er hat mir ein paar dicke persönliche Beleidigungen an den Kopf geworfen. Andere Dinge sind auch durchs Zimmer geflogen. Aber wie du siehst, lebe ich noch.«

Sein Kollege lächelte. Etwas, das er selten tat. »Hätte mich auch echt gewundert, wenn der Alte dich kleinkriegt.«

Das hörte sich fast wie ein Lob an.

KAPITEL 21

Selbst die Tatsache, dass immer noch ein dumpfer Schmerz in ihrem Kopf pochte, konnte Petras gute Laune an diesem Morgen nicht dämpfen. Sie hatte sich auf dem Weg mit dem Fahrrad zur Schreinerei den Großteil des Katers vom Fahrtwind aus dem Schädel blasen lassen, und das Kopfweh würde sicher auch noch vergehen. Die letzte Nacht mit Sebastian war wundervoll gewesen, und zur Abwechslung fühlte sie sich danach einmal nicht wie ein weggeworfenes Spielzeug. Mit ihm war alles anders. Er hatte durchklingen lassen, dass er einen solchen Abend gerne wiederholen würde. Sie konnte ihn wiedersehen! Und es gab keine Frau oder Freundin, vor der er irgendetwas geheim halten musste.

Außerdem hatte er ihr sogar seinen Walkman geliehen! Leider waren die Batterien leer, so dass sie die Kollegen heute damit noch nicht beeindrucken konnte. Aber morgen früh würde sie eine Kassette in das blaue Gehäuse stecken und die Kopfhörer aufsetzen, wenn sie zur Arbeit kam. Die anderen würden staunen! Falls jemand fragte, woher sie die fast 500 Mark genommen hatte, die ein Sony Walkman kostete, konnte sie ganz beiläufig ihren neuen Freund erwähnen.

Fröhlich summend marschierte Petra über den Hof und schob die Tür zur Schreinerei auf. Die anderen waren sicher schon da. Sie war heute ziemlich spät aufgestanden.

Die Menge der Leute in der Nähe der Ecke mit der Kreissäge ließ sie stutzen. Einige Männer in Blaumännern standen dort herum und schienen über irgendetwas zu beraten. Neugierig ging Petra näher.

Weitere Handwerker kamen hinter der Trennwand in Sicht. Inmitten von ihnen stand Lotte und sprach mit einer zierlichen Frau, deren langes, rotes Haar zu einem Pferdeschwanz gebunden war. Wie ihre Begleiter trug auch sie einen Blaumann, nur dass die meisten ihrer Kollegen gut das doppelte Gewicht auf die Waage brachten.

»Also«, sagte sie gerade mit hörbarem Dialekt. »Wir entfernen nicht bloß dieses rostige Ungetüm samt seinem kompletten Aufbau, sondern sichern auch alle elektrischen Leitungen. Sind Sie damit einverstanden?«

Lotte nickte. »Wenn Sie sagen, dass es wichtig ist, auch die Leitungen rückzubauen.«

Die Frau hob mit einem Lächeln die Schultern. »Kommt drauf an, wie lange Sie noch Freude mit dem Gebäude hier haben wollen, ne? Wenn Sie Kurzschlüsse und Brände vermeiden wollen, dann auf jeden Fall.«

»Ähm ja, das wollen wir natürlich.« Lotte fuhr sich durch das kurze Haar, schien über etwas nachzudenken. »Wollen Sie … ähm … vielleicht einen Kaffee, während Ihre Leute arbeiten?« Unsicher wanderte ihr Blick kurz zu Boden. So schüchtern hatte Petra sie noch nie erlebt.

Irrte Petra sich oder blinzelte die rothaarige Frau überrascht? Einen Moment lang musterte sie Lotte so, als sähe sie sie zum ersten Mal. Petra kannte diesen Blick. Viele Männer hatten ihn ihr schon zugeworfen. Interessant.

Neugierig schlich sie sich näher heran, um das Geschehen besser beobachten zu können. Der Eindruck, dass die rothaarige Frau aus der Einladung zum Kaffee mehr als eine Einladung zum Kaffee herausgelesen haben könnte, verstärkte sich noch, als ihr Blick unverhältnismäßig lang auf Lottes Gesicht ruhte. Nachdenklich biss sie sich auf die Unterlippe. Schließlich räusperte sie sich und riss sich sichtlich zusammen. Petra grinste in sich hinein.

»Vielleicht später. Ich arbeite normalerweise mit.«

Lotte wirkte mehr als nur ein bisschen enttäuscht, aber nickte noch einmal. »Dann störe ich besser erst mal nicht weiter bei der Arbeit.«

Als sie wegging, blickte die rothaarige Frau ihr nach, und Petra konnte sich nicht helfen, sie musste breit grinsen. Sie erkannte die Anziehung zwischen zwei Menschen, wenn sie sie sah. Sie hatte sich selbst oft genug ins Nachtleben gestürzt, um auch Frauen mit Frauen und Männer mit Männern flirten zu sehen. Bisher hatte sie nicht gewusst, dass Lottes Interesse in diese Richtung ging, aber die meisten Frauen in Lottes Alter waren längst verheiratet. Es wäre eine logische Erklärung.

Als Lotte Petra sah, winkte sie ihr zu und kam in ihre Richtung. »Wir werden die Kreissäge endlich los.«

»Das wurde ja auch Zeit.« Das Monstrum nicht mehr sehen zu müssen, würde eine Erleichterung sein. Vielleicht konnten sie die Zwischenwand einreißen und den Platz für weitere Werkbänke nutzen. Oder die Wand als Lärmschutz für die Drechselmaschine stehen lassen. Das wäre sicher auch in Alexandres Sinne, wenn Elvira beim Malen mehr Ruhe hatte.

Petra spähte einen Moment lang zu der Stelle, an der der rote Fleck gewesen war. Das gründlichste Putzen hatte nichts genutzt, aber dann hatte Rudi zum Glück die Idee gehabt, den Boden abzuschleifen. Jetzt erinnerte nichts mehr an das Blut.

»... werden uns alle besser fühlen.«

Petra hatte den Anfang von Lottes Satz verpasst, aber schwer zu erraten war er nicht. Lotte selbst schien nicht bemerkt zu haben, dass Petra abgelenkt gewesen war. Ihr Blick ruhte schon wieder auf der rothaarigen Handwerkerin, die sich gerade über einen Werkzeugkasten beugte.

»Ich glaube«, sagte Petra, um sich von dem Gedanken an Blutflecken abzulenken, »du solltest ihnen in der Mittagspause allen eine Tasse Kaffee bringen. Und die nette Frau nach ihrem Namen fragen.«

Überrascht blickte Lotte sie an. War da ein wenig Röte auf ihren Wangen? Die etliche Jahre ältere Frau in Verlegenheit zu bringen, machte Spaß!

»Sie heißt Ella«, murmelte Lotte schließlich.

Petra grinste schon wieder. Endlich kam ein bisschen Leben in den Alltag der Schreinerei.

Die Arbeit ging Petra heute leicht von der Hand. Der Prototyp für eine Mondrakete, die man aufklappen und innen einrichten konnte, nahm unter ihren Händen in Windeseile Gestalt an. Die Idee war, futuristische Möbel zu bauen, so dass die Rakete im Prinzip wie ein Puppenhaus funktionierte, aber ohne dass sie als solches benannt und zu erkennen war. Auf diese Art würden sie hoffentlich auch kleine Jungs animieren, damit zu spielen.

Das Entwerfen der neuen Spielzeugmöbel machte Petra viel Spaß. Sie hatte sich mit Corinnas Bibliotheksausweis ein detailreich bebildertes Sachbuch über Raumfahrt ausgeliehen und genoss die Formen, mit denen sie sich austoben konnte. Vielleicht sprühte ihre Kreativität auch so, weil sie vor kurzem eine Folge von ›Captain Future‹ gesehen hatte. Ruths Grundschulkinder im Kinderdorf fanden die Zeichentrickserie, die samstags im ZDF lief, superspannend.

Zwischendurch spähte Petra immer wieder zu Lotte hinüber. Die Idee mit dem Kaffee hatte Lotte nicht aufgegriffen, aber sie ging auffällig oft zur Trennwand hinüber, um sich den Stand der Arbeit anzusehen. Schade, dass die so flott voranging. Die meisten Teile der Kreissäge hatten die Männer bereits hinausgetragen.

Petra hatte keine Ahnung, wie viel es in Bezug auf die Elektroleitungen zu tun gab, aber die Arbeiten würden wahrscheinlich kaum mehr als einen weiteren Tag dauern. Ob in dieser Zeit eine der beiden Frauen sich wohl trauen würde, die andere um ein privates Treffen zu bitten? Sie vielleicht zum Tanzen einzuladen?

Doch am Ende des Tages stand Lotte in der Tür zur Werkstatt und blickte den Handwerkern traurig hinterher.

Unauffällig schlenderte Petra zu ihr hinüber. »Kommen sie morgen noch mal wieder?«

Lotte schreckte zusammen, als hätte Petra sie gerade aus tiefsten Gedanken gerissen. »Ähm … ja. Aber sie sind fast fertig.«

»Das ging ja schnell.«

»Ja.« Lotte stieß einen Seufzer aus, lehnte sich schwer gegen den Türrahmen. Über Lottes Schulter hinweg, konnte Petra sehen, wie Ella um den Lieferwagen ihrer Firma herumlief, dabei geschickt den Schlüssel hochwarf und wieder auffing.

Petra konnte nicht anders, sie musste lachen. »Pass auf, wenn du noch angestrengter starrst, fallen dir die Augen aus dem Kopf.«

»Was redest du denn da?« Wie ertappt wandte Lotte den Blick ab. »Ich weiß gar nicht, was du meinst.«

»Keine Sorge, dein Geheimnis ist bei mir sicher.« Fröhlich pfeifend kehrte Petra an ihre Werkbank zurück.

Am nächsten Morgen, als Petra bereits bei ihrer Arbeit saß, tauchte Ella mit deutlich weniger Männern in der Schreinerei auf. Sie lächelte Lotte zur Begrüßung zu, nickte in Corinnas

Richtung, die an Mariannes Schreibtisch saß, und machte sich direkt an die Arbeit.

Je mehr sich die ihrem Ende näherte, desto mehr drückte Lotte sich in der Nähe der Trennwand herum. Aber so wirklich dazu überwinden, mit der Elektrikerin eine Verabredung zu treffen, konnte sie sich wohl nicht. Die beiden redeten kaum miteinander, warfen sich immer nur dann Blicke zu, wenn sie glaubten, dass die jeweils andere es nicht bemerkte.

Hoffnungslos!

Schließlich hielt Petra das Trauerspiel nicht mehr länger aus. Als Lotte mal wieder geschäftig durch die Werkstatt lief, dabei unentschlossen bei der Trennwand stehen blieb, stand Petra auf und ging zu ihr hinüber.

»He Lotte!«

Schon wieder zuckte die ertappt zusammen. Dann räusperte sie sich. »Ja, was gibt's?«

»Ich habe nachgedacht«, fuhr Petra fort. »Ich glaube, unser Weltraumspielzeug wäre noch viel spannender mit ein bisschen Elektronik. Blinkende Lichter und so. Was meinst du?«

Normalerweise war das etwas, das Petra mit Corinna besprochen hätte. Oder mit jemandem, der sich mit mehr als nur Zahlen auskannte. Deshalb war es nicht verwunderlich, dass Lotte verwirrt und überrascht wirkte.

»Wenn du mich fragst, ob wir das bezahlen können …? Das kommt ganz darauf an, wie aufwendig das wird und ob wir jemanden finden, der das machen kann. Aber die Idee ist nicht schlecht.«

Petra lächelte. Tatsächlich gefiel ihr die Idee immer mehr, je länger sie darüber nachdachte. Auch wenn es nur ein spontaner Einfall gewesen war, um Lotte und Ella dazu zu bringen, miteinander zu sprechen.

»Wir könnten die Elektriker fragen, die gerade hier sind«, schlug sie unschuldig vor.

Lottes Augen wurden groß. Sie nickte eifrig. »Vielleicht möchtest du?«

»Sorry, keine Zeit.« Petra zeigte zu ihrer Werkbank, wo sie gerade die Baupläne für das kuppelförmige Raketenhaus zeichnete. »Ich habe noch so viel zu tun. Aber vielleicht möchtest du mal anfragen?«

»Oh.« Lotte blickte in Richtung der Trennwand. »Ja, gerne.«

Das Gespräch zwischen Lotte und Ella wurde lang. Selbst als die Elektrikerin schon alle ihre Mitarbeiter nach Hause geschickt hatte, redeten die beiden noch. Es wurde viel gelacht und gelächelt, und schließlich begleitete Lotte die Elektrikerin noch nach draußen. Zufrieden lehnte Petra sich in ihrem Stuhl zurück.

Manche Leute brauchten einfach einen Schubs in die richtige Richtung.

KAPITEL 22

»Bitte, können wir reden?«, fragte Marc hastig, sobald Corinna ans Telefon gegangen war.

Eigentlich hatte er befürchtet, dass sie sofort wieder auflegte, wenn sie seine Stimme erkannte. Stattdessen antwortete sie in äußerst kühlem Ton: »Ich wüsste nicht, worüber ich mit dir jemals wieder reden sollte.«

»Über diesen verdammten Fernsehbeitrag, mit dem ich nichts zu tun habe, zum Beispiel.«

Schweigen am anderen Ende. Kurz zweifelte Marc, ob Corinna noch am Apparat war, dann hörte er sie energisch Luft holen. »Was soll das heißen?«

»Dass ich den Mist nicht verbrochen habe. Das Tonband lag auf meinem Tisch, und ein Kollege aus der Fernsehredaktion hat es ohne mein Wissen mitgenommen, ein paar Aussagen zusammengeschnitten und im Abendjournal verwendet. Ich wusste davon nichts – wirklich!«

Wieder Schweigen.

»Das ist die Wahrheit, Corinna. Bitte glaub mir!«

»Ich weiß nicht, ob ich das kann.«

»Warum sollte ich dich sonst anrufen?« Er sprach jetzt leiser, in einem vertraulicheren Ton, so, als wäre er nicht länger der Journalist, der etwas von ihr wollte, sondern als würde er privat mit ihr telefonieren. »Was passiert ist, kann ich nicht mehr rückgängig machen. Aber ich möchte mich dafür entschuldigen. Hätte ich geahnt, dass die Aufnahmen hinter meinem Rücken verwendet werden, hätte ich sie niemals offen herumliegen lassen. Mein Fehler. Es tut mir leid.«

Er spürte, dass es ihr schwerfiel, ihm zu verzeihen. Kein Wunder nach den schlechten Erfahrungen, die sie in letzter Zeit mit sensationsgierigen Reportern gemacht hatte.

»Da wurde ein Foto von mir in der Sendung gezeigt, lag das etwa auch auf deinem Tisch herum?«

»Nein, das stammte nicht von mir.«

»Ich dachte, du wärst anders«, sagte sie.

»Das bin ich auch!«

Ein halb spöttisches, halb verzweifeltes Auflachen drang an sein Ohr. »Ach ja?«

Er hatte sie verletzt. Unabsichtlich zwar, aber das machte es nicht besser. Viel Zeit blieb ihm sicher nicht mehr, sie würde vermutlich gleich auflegen. Marc musste alles auf eine Karte setzen.

»Gib mir eine Chance, es wiedergutzumachen«, sagte er. »Lass mich in der Schreinerei filmen.«

»Was?«

»Ich bitte dich um eine Drehgenehmigung.«

»Niemals«, rief sie aufgebracht.

»Ich könnte dir helfen, die Unterstellungen aus der Welt zu schaffen. Wenn ich mit der Reportage vor Ort zeige, dass es in eurem Betrieb keine mangelnden Sicherheitsvorkehrungen oder schlechten Arbeitsbedingungen gibt, entlarvt das den Skandal als reine Erfindung der Medien.« Er zögerte. »Aber das setzt voraus, dass das zutrifft.«

»Natürlich trifft das zu!«

»Gut, dann lass mich vorbeikommen, damit ich mir selbst ein Bild davon machen kann.«

»Wann? Heute?«

»Ja«, erwiderte er. »Es wäre unglaubwürdig, wenn ich dir so

viel Zeit lasse, dass du für den Dreh irgendwas vorbereiten oder eine Maschine präparieren kannst. Verstehst du?«

»Nein, das verstehe ich nicht.«

»Du könntest Beweise verschwinden lassen, wenn du weißt, dass ich komme. Du hättest die Gelegenheit, um …«

»Hör auf!« Sie klang immer wütender. »Das ist doch verrückt! Weißt du, wie groß und schwer beispielsweise die alte Säge ist oder was es kostet, das Ungetüm loszuwerden? Zufällig bemühen wir uns nämlich gerade darum. Aber nicht, um etwas zu vertuschen! Du spinnst doch, mich zu verdächtigen, ich würde …«

»Corinna, ich will dir nichts Böses«, unterbrach er sie. »Ich versuche dir zu helfen, aber das geht nur, wenn ich meine Arbeit absolut korrekt mache.«

»Auf dem Lindenhof machen wir unsere Arbeit auch korrekt! Das heißt, dass wir unsere Lieferpflichten erfüllen. Heute sind wir damit beschäftigt, alles für die Weihnachtsmärkte am nächsten Wochenende zusammenzupacken. Ich habe keine Zeit für dich und werde es den Mitarbeitern auch nicht zumuten, dass du ihnen mit der Kamera im Weg herumstehst.«

Marc seufzte. Er war auf ihre Zustimmung angewiesen. Wenn Corinna ihn gar nicht vor Ort filmen ließ, sah es am Ende noch schlechter für ihn aus.

»Okay«, gab er nach. »Wann passt es dir denn?«

Sie zögerte. Vermutlich fiel ihr auf, dass er sie nun doch von ihrem ursprünglichen »Niemals!« abgebracht hatte. Bevor sie darauf zurückkam und das Gespräch beendete, wiederholte er rasch seine Frage. »Also wann?«

»Samstagvormittag«, sagte sie und er hörte an ihrem Tonfall, dass ihr die Vorstellung immer noch widerstrebte. »Pech für dich, falls du am Wochenende nicht arbeitest.«

Hatte sie darauf gehofft?

»Wenn mein Job es erfordert, arbeite ich zu jeder Zeit, rund um die Uhr«, sagte er.

Und in diesem speziellen Fall störte es ihn sowieso nicht, dass er am Wochenende ranmusste.

Pünktlich um neun Uhr, wie verabredet, fand Marc sich am Samstag auf dem Lindenhof ein.

Netterweise erwartete Corinna ihn bereits und öffnete ihm sogar das Tor, so dass er seinen Kadett vor der Schreinerei parken konnte und die schwere Kameraausrüstung nicht quer durch den Wald schleppen musste.

Er bedankte sich mit einem Lächeln, das sie nur halbherzig erwiderte. Ihre ganze Haltung drückte Misstrauen aus.

Auch die Mitarbeiter in der Werkstatt erwiderten sein freundliches »Guten Morgen« eher zurückhaltend. Niemand schien seine Anwesenheit gutzuheißen.

Marc bemühte sich nach Kräften, das Eis zu brechen und zu erklären, was er hier wollte, während er sich von Corinna herumführen ließ. Dass er interessierte und sachliche Fragen zu ihrer täglichen Arbeit stellte, ließ einige Mitarbeiter dann doch auftauen, und sie antworteten ausführlicher. Bei keinem seiner Gesprächspartner hatte Marc den Eindruck, dass Corinna in irgendeiner Weise vorgegeben hatte, was gesagt werden durfte und was nicht.

Er wunderte sich allerdings, dass nicht mehr Leute da waren. Einige Plätze an den Werkbänken waren leer. Gab es also doch etwas zu verbergen? Beschäftigte, die schwarz arbeiteten und heute zu Hause geblieben waren?

»Hat sich aktuell jemand krankgemeldet?«, fragte er Petra, in deren Nähe er gerade stand. »Ich meine, das sind doch nicht alle, die hier arbeiten, oder?«

»Nein!« Sie lachte. »Rudi fährt Lieferungen aus, und der Rest betreut unseren Weihnachtsmarktstand. Ach, und Tomasz spielt heute Nikolaus in der Grundschule und im Kinderdorf. Das hat Tradition bei uns.«

Marc nickte. Das schien plausibel.

»Nur Ludwig ist derzeit noch krankgeschrieben«, plauderte Petra fröhlich weiter.

Corinna trat neben sie und verschränkte die Arme vor der Brust. »Da erzählst du ihm nichts Neues. Ludwig kennt er schon, wie ich gehört habe.«

Mist! Marc verfluchte sich für seine Nachlässigkeit. Das hätte sie von ihm erfahren müssen, nicht von anderer Seite. Aber da Ludwig keinen Hinweis auf betriebliches Fehlverhalten gegeben hatte, hatte er einfach nicht mehr daran gedacht.

»Stimmt«, bestätigte er daher nur knapp.

Nach einer halben Stunde hatte er alles gesehen, was es zu sehen gab. Zu beanstanden war dabei nicht wirklich etwas. Der Betrieb wirkte ein bisschen unübersichtlich, was die Ordnung betraf, aber die Arbeitsplätze und einzelnen Abläufe waren strukturiert und die Menschen, die hier arbeiteten, hinterließen bei ihm den Eindruck eines gut eingespielten Teams, in dem alle einander schätzten. Die Anspannung, die Marc in manchen Gesprächen wahrnahm, galt allein ihm. Mit Corinna ging die Belegschaft locker, fast herzlich um.

Es herrschte eine angenehme Atmosphäre – und wie groß die Hilfsbereitschaft und Unterstützung der Menschen hier war, erfuhr Marc, als er die Arriflex auf die Schulter hob, um zu filmen. Da räumte einer schnell ein störendes Brett aus dem Weg und sorgte so für besseres Licht, ein anderer trug ihm den Kamerakoffer und das Stativ hinterher, und später in der Vesperpause bot man ihm selbstgebackene Plätzchen an.

»Danke«, sagte Marc.

Die junge Frau namens Elvira errötete. »Sie dürfen gern auch zwei nehmen«, sagte sie schüchtern.

»Sonst kriegen Sie keins mehr ab, weil sie gleich alle weg sind.« Der Drechsler mit der starken Brille griff lachend in die Dose. »Das geht meistens blitzschnell bei Elviras Keksen.«

Marc ergänzte während der Pause seine Notizen, stellte noch ein paar Detailfragen, die nun, da man sich an ihn gewöhnt hatte, bereitwillig beantwortet wurden. Zuletzt filmte er noch das Holzlager und schoss ein paar Außenaufnahmen.

Anschließend packte er das Kameraequipment wieder ein. Corinna näherte sich, um eine Palette wegzuräumen.

»Bist du dann fertig?«, fragte sie halblaut.

Marc war aufgefallen, dass sie es bisher vermieden hatte, ihn offen vor den Mitarbeitern zu duzen. Allenfalls Petra mochte bemerkt haben, dass sie sich besser kannten, denn diese hatte ihn vorhin ziemlich neugierig gemustert.

»Ja, ich denke, ich hab alles im Kasten, was ich brauche.«

»Und?«

Ihr distanzierter Blick, der betont kühle Ton – es schmerzte Marc mehr, als er zugeben mochte. Ein Teil von ihm wünschte sich, es wäre anders.

So wie an jenem Tag im Café.

Er bedankte sich nochmals, dass Corinna ihm die Gelegenheit zum Drehen gegeben hatte. »Sobald ich weiß, wann der Beitrag gesendet wird, gebe ich dir Bescheid. Ich denke, danach ist Ruhe. Damit sind sämtliche Vorwürfe gegen den Betrieb oder deine Familie entkräftet.«

»Redest du von deinen frei erfundenen Vorwürfen?«

»Corinna, ich …«

Warum verabschiedete er sich nicht einfach? Sie war sauer

auf ihn, und es gab nichts mehr zu recherchieren. Marc war klar, dass sein Verhalten höchst unprofessionell war. Aber er konnte nicht anders. Er wollte die Sache zwischen ihnen klären, ihm lag etwas an Corinna.

»Hast du bald Schluss?«, fragte er. »Ich würde gern unter vier Augen mit dir reden.«

»Worüber?«

»Über …« Marc verstummte. Über uns? Nein, das konnte er unmöglich sagen. Auch wenn es die Wahrheit war.

Zum Glück verstand Corinna ihn trotzdem. »In zwanzig Minuten sind alle weg«, erklärte sie. »Samstag arbeiten wir nur bis mittags. Wenn du also bis dahin warten willst …?«

Und ob er das wollte.

Ohne das geschäftige Treiben und all die Geräusche an den Werkbänken wirkte die Schreinerei anders. Sogar den Geruch nach Holz nahm Marc intensiver wahr. Jetzt, da er nicht mehr von der Aufgabe abgelenkt war, die ihn hergeführt hatte, fühlte er sich Corinna wieder näher.

Vielleicht lag es auch daran, dass sie lächelte.

Leider galt das Lächeln nicht ihm, sondern dem winzigen Holzfigürchen, das sie soeben vom Boden aufhob. Sie hatte es mit dem Besen versehentlich unter den Tisch gekehrt, auf dem sich Lieferscheine stapelten.

»Sieh nur, das muss Petra verloren haben.«

»Was ist das?«

»Ein Astronaut. Erkennst du das nicht?«

Doch – mit dem geschnitzten Helm und den Sauerstofftanks auf dem Rücken war das Männchen perfekt ausgestattet. Marc fand es erstaunlich, was man aus Holz alles machen konnte.

»So was fertigt ihr aber nicht in Serie an, oder?«

»Nein, das ist nur eine Spielerei. Petra war schon immer total kreativ mit Holz. Meine Mutter hält große Stücke auf sie.«

Schwang da ein bitterer Unterton mit? Marc beobachtete, wie Corinna den Astronauten zurück auf den Tisch legte. Ihre Mimik war unergründlich.

»Warte mal.« Marc griff nach der kleinen Figur und stellte sie neben eine fast fertige Mondrakete, der noch der letzte Schliff und die Farbe fehlte. »Gibt es zu euren Puppenhäusern und den anderen Möbeln auch jeweils passende Figuren?«

Corinna stützte die Hände auf den Besen. »Frag mich was Leichteres«, meinte sie. »Holztiere hat Petra schon früher geschnitzt, daran erinnere ich mich. Aber Püppchen? Ich weiß es nicht. Warum fragst du?«

»Es wäre eine tolle Kombination mit …«

»Nein, nein, das lohnt sich nicht.« Sie unterbrach ihn mit einem Kopfschütteln. »Die Herstellung von Schnitzfiguren ist aufwendig und damit zu teuer.«

»Davon habe ich keine Ahnung«, sagte Marc. »Ich musste nur daran denken, wie ich früher immer zu meinem Spielzeug Geschichten erfunden habe. Aber jede Geschichte braucht einen Protagonisten.«

»Stimmt, Petra und ich haben uns auch immer Abenteuer für unsere Puppen ausgedacht.«

Sie starrte das Figürchen an. »Vielleicht könnten wir den Figuren Namen und eine kleine Geschichte geben. Als eine Art Spielanstoß.«

Marc lächelte. »Dafür wärst du perfekt geeignet.«

»Moment. Ich soll …?« Corinna runzelte die Stirn. Vermutlich, weil sein Vorschlag eher wenig mit der anspruchsvollen Literatur zu tun hatte, die sie bisher verfasste.

Doch je länger Marc nachdachte, umso mehr faszinierte ihn

die Idee, die Corinna soeben selbst aufgeworfen hatte. »Kinder lieben Geschichten! Du könntest damit sozusagen ein Produkt zum Leben erwecken. Stell dir den Astronauten vor, wie er mit eurer Mondrakete ins Weltall fliegt und Abenteuer auf fernen Planeten erlebt. Oder eine Familie, die in eurem Puppenhaus wohnt.« Er deutete auf die verschiedenen Puppenmöbel im Regal. »Das könnte man filmisch umsetzen! Im Fernsehen lief vor kurzem eine Kinderserie mit zwei lustigen Knetmännchen. Friedrich und Friedrich hießen die beiden. Die Hauptfigur war allerdings ein Mädchen namens Luzie – der Schrecken der Straße.« Er lachte. »Eine Kollegin hat mir davon erzählt. Ich habe sie zuerst so angeguckt wie du mich, aber die Serie war wirklich gut gemacht. Die Kinder haben sie geliebt!«

Marc legte den Astronauten auf eine Hollywoodschaukel, die neben dem Puppenhaus stand und schubste sie mit dem Finger an. Sacht schwang der Schaukelsitz hin und her.

»Originelle Geschichten sind immer gefragt, in Büchern und in Filmen. Ich bin sicher, Kindern ist es völlig egal, ob es dabei um Knetmännchen oder Holzfiguren geht.«

»Beim Sandmännchen gibt es auch solche Geschichten«, sagte Corinna nachdenklich, die endlich begriff, worauf er hinauswollte.

»Genau!« Er nickte. »Nur müssten deine Geschichten eben produktbezogen sein. So dass dabei die Dinge, die ihr hier herstellt, im Mittelpunkt stehen. Eure Puppenmöbel, die Mondrakete, egal was. Alles ist möglich, solange dir nur eine gute Geschichte dazu einfällt.«

»Hm.« Corinna schwieg, doch er sah, dass es hinter ihrer Stirn arbeitete. Zumindest schien sie von seinem Vorschlag nicht länger gekränkt zu sein.

Marc hatte ihre literarische Arbeit nicht abwerten wollen. Ihm war nur mittlerweile bewusst, dass der Familienbetrieb finanziell zu kämpfen hatte und es Corinna viel bedeutete, das Unternehmen ihrer Eltern zu erhalten.

»Danke für die Idee«, sagte sie und kehrte die Reste von Spänen und Holzstaub zu einem Häufchen zusammen. »Ich lass mir das mal durch den Kopf gehen.«

Er kam sich blöd vor, nutzlos herumzustehen und ihr beim Fegen zuzusehen. »Kann ich dir irgendwie helfen?«

Sie schüttelte den Kopf. »Ich bin gleich fertig.«

Dann fiel ihr doch noch etwas ein. »Dort auf dem Schreibtisch liegen ein paar Entwürfe für Werbezettel. Würdest du dir die mal anschauen?«

»Klar, gern.«

Marc blätterte die Entwürfe durch. Die Texte waren pfiffig und phantasievoll, sie machten neugierig auf die Produkte. Im Vergleich zu den alten Prospekten, die daneben lagen und größtenteils nur langweilige Maßangaben enthielten, war das eine eindeutige Verbesserung.

Corinna stellte den Besen weg. »Verrat mir, was du davon hältst.«

»Sie gefallen mir gut«, sagte er.

»Wirklich?« In ihren Augen flackerte es, als sie auf ihn zukam.

»Ich lüge nicht.« Marc legte die Entwürfe zurück.

Vielleicht war es genau diese Mischung aus Angst und Stärke, die ihn zu Corinna hinzog. Sie wirkte häufig so tough – und gleich darauf wieder so angreifbar und verletzlich, dass er sie am liebsten in die Arme geschlossen hätte, um sie vor der Welt zu beschützen.

Und plötzlich tat er genau das. Er schloss sie in die Arme.

Für einen Moment versteifte sie sich unter seiner Berührung. Marc wollte sie gerade schon wieder loslassen und sich entschuldigen, da wich die Anspannung aus ihrem Körper, und ihr Kopf sank auf seine Schulter.

»Was muss ich tun, um wiedergutzumachen, was passiert ist?«, fragte er.

Ihre Arme legten sich um seine Hüften, und sie richtete sich auf, gerade so weit, dass sie ihm in die Augen sehen konnte. Von Unsicherheit war keine Spur mehr zu entdecken.

Stattdessen lächelte sie ihn an.

Dann küsste sie ihn.

Zart und weich, wie die Berührung einer Feder.

Es war, als ginge ein Stromstoß durch seinen Körper.

»Corinna …«

Bevor er ihr begegnet war, hätte Marc jeden Eid geschworen, dass ihm so etwas nie passieren würde. Dass er in der Lage war, Privates und Berufliches strikt zu trennen. Tatsächlich hatte er damit bisher auch nie ein Problem gehabt.

Corinna hielt die Augen geschlossen. Schien ganz in sich und den Moment versunken.

»Das war nicht geplant, oder?«, flüsterte sie.

»Nein.«

Sie küssten sich erneut. Corinnas Lippen waren warm, und sie im Arm zu halten, fühlte sich so unglaublich an, dass es Marc schwerfiel, sich wieder von ihr zu lösen.

Aber er … brauchte Zeit. Sie beide brauchten Zeit.

Um herauszufinden, was ihre Gefühle füreinander bedeuteten. Ob sie ernsthaft und mit allen Konsequenzen zusammen sein wollten. Marc musste es Corinna nicht erklären. Als sie die Augen öffnete und ihn sanft lächelnd, jedoch nachdenklich ansah, erkannte er, dass es ihr genauso ging.

»Überlegst du dir gerade, ob du mir deine Nummer geben willst?«, fragte sie. »Die habe ich schon.«

Verschmitzt wies sie auf die Pinnwand über dem Schreibtisch, wo seine Visitenkarte vom SDR hing.

Marc zögerte nur für den Bruchteil einer Sekunde.

Sollte er? Sollte er nicht?

Dann nahm er das Kärtchen ab, drehte es um und schrieb seine Privatnummer auf die Rückseite. Anschließend heftete er die Karte wieder an die Wand.

»Jetzt hast du sie«, sagte er ruhig. »Wenn es dir wichtig ist, kannst du mich jederzeit erreichen.«

»Wenn deine Kollegen wieder mal Ärger machen?«

»Wenn du mich brauchst.«

KAPITEL 23

Ein warmer Körper neben Petra war das Erste, was sie wahrnahm, als sie aus dem Schlaf dämmerte. Mit einem wohligen Seufzen kuschelte sie sich an Sebastian. Ihr schoss der Gedanke durch den Kopf, wie schön es wäre, jeden Morgen so aufzuwachen. Eilig schob sie ihn fort. Sebastian war nicht der Typ für ein langweiliges Durchschnittsleben. Abenteuer, das war, was sie zusammen erleben konnten. Und das war gut so. Wer brauchte schon Langeweile, wenn man Aufregung haben konnte?

Das Schrillen des Weckers unterbrach ihre Gedanken. Neben ihr stöhnte Sebastian und zog sich die Decke über den Kopf.

Petra musste unwillkürlich lachen. Morgens war er manchmal erstaunlich süß. Sie richtete sich halb auf, lehnte sich über ihn. »Der Wecker ist auf deiner Seite.«

Ein weiteres Stöhnen drang unter der Decke hervor. »Mach, dass es aufhört!«

»Ich versuche es ja.« Wenn sie auf Sebastian lag und sich streckte, berührten ihre Fingerspitzen fast den Wecker auf dem Nachttisch. Sie fluchte leise. Langsam ging ihr das Klingeln auch auf die Nerven.

Endlich regte sich Sebastian. Ein Arm kam unter seiner Decke hervor und packte das nervige Teil. Noch immer klingelnd hielt er es ihr hin.

Erleichtert drückte Petra auf den Ausknopf. Sebastians Arm schwenkte zurück und versuchte, den Wecker wieder auf dem

Nachttisch zu platzieren. Er erwischte nur die Kante und das billige Plastikteil fiel zu Boden.

Egal, sie konnte es später aufheben.

Viel spannender war, dass Sebastians Gesicht wieder unter der Decke auftauchte. Sein Haar war verstrubbelt, zum einen vom Schlafen, aber auch weil sie gestern Nacht voller Wollust daran gezogen hatte. Petra mochte diesen Look an ihm. Und als er bemerkte, dass sie ihn ansah, lächelte er. »Hallo, schöne Frau.«

Seine Hände wanderten zwischen Decken und Kissen zu ihrer Hüfte. Petra quietschte überrascht, als sie auf den Rücken geworfen wurde. Nun erstaunlich wach, erschien er grinsend über ihr. Beugte sich herunter und küsste sie.

Petra schlang die Arme um seinen Hals und erwiderte den Kuss leidenschaftlich.

Als seine Hände jedoch über ihren Bauch zu ihren Brüsten wanderten, schob sie ihn fort. »Ich muss aufstehen.«

»Jetzt? Es ist doch noch mitten in der Nacht.«

Petra lachte. »Es ist sieben Uhr morgens, und ich muss zur Arbeit.«

»Sage ich doch, mitten in der Nacht.« Er beugte sich wieder vor, küsste sie zärtlich. »Bist du sicher, dass du gehen musst?«

Die Versuchung, nein zu sagen, war groß. Petra schmiegte sich an den starken Männerkörper über ihr. Aber dann machte sie sich sanft von ihm los, und er gab nach. »Ich möchte zur Arbeit gehen. Ich mag meinen Job, weißt du?«

Sebastian gab einen zweifelnden Laut von sich.

»Sehen wir uns heute Abend?«, fragte sie.

Er schüttelte den Kopf. »Eher nicht. Morgen ist Weihnachten, schon vergessen? Ich muss bei meiner Familie antanzen, und wenn ich vermeiden will, dass meine Mutter mir den Kopf abreißt, brauche ich noch irgendein Geschenk für sie.«

Ach ja, Weihnachten. Auch für Petra war das ein zweischneidiges Schwert.

Dann jedoch hellte sich Sebastians Miene auf. »Aber ich melde mich, sobald die bucklige Verwandtschaft mich wieder aus ihren Fängen lässt, okay?«

Petra lächelte. »Das wär schön.«

Die Zeit zwischen den Jahren war für sie eigentlich immer von Einsamkeit geprägt, weil die meisten Leute mit ihren Familien beschäftigt waren. Etwas zu haben, worauf sie sich zwischen Weihnachten und Silvester freuen konnte, klang wunderbar.

»Dann ist das abgemacht.« Er strahlte sie wie ein kleiner Junge an, und das war etwas, was Petra besonders an ihm mochte. Er freute sich so sehr, Zeit mit ihr zu verbringen.

Im nächsten Moment gähnte er. »Was dagegen, wenn ich noch bis zu einer vernünftigen Uhrzeit weiterschlafe?«

»Fühl dich wie zu Hause. Zieh einfach beim Rausgehen später die Tür hinter dir zu.«

Als Petra das Haus verließ, Sebastian noch in ihrem Bett, klopfte ihr Herz vor Glück. Endlich hatte sie jemanden gefunden, der zu ihr stand.

Die düstere Stimmung bei der Mitarbeiterversammlung an diesem Morgen passte nicht zu Petras Laune. Überall an dem langen Tisch sah sie nervöse Gesichter. Heute würde Lotte die vorläufigen Zahlen vorstellen. Heute würde sich entscheiden, ob sie im Weihnachtsgeschäft genug hereingeholt hatten oder nicht.

Die Anspannung sprang auch auf Petra über. Ganz sicher hatten sie es geschafft, oder etwa nicht? Die Mondrakete schien gut angekommen zu sein. Sie hatten etliche Exemplare davon produziert und verschickt. Petra selbst war gar nicht mehr dazu gekommen, an neuen Ideen zu arbeiten, weil es so viel von dem herzustellen gab, was sie im Katalog anboten.

Allerdings – die Weihnachtszeit war immer sehr geschäftig. Es hieß also nicht, dass sie besser abgeschnitten hatten als in den letzten Jahren.

Lotte betrat den Raum als Letzte, einen Stapel Papier unter dem Arm. Sie setzte sich auf den freien Stuhl neben Corinna. Sofort senkte sich Stille über den Raum.

Petra hakte ihre Finger fest ineinander. Auf der anderen Seite des Tisches kaute selbst Corinna nervös auf ihrer Unterlippe. Lotte räusperte sich und rückte ihre Papiere zurecht.

»Ich nehme an, ihr wartet alle auf die Zahlen«, sagte sie. »Deshalb will ich euch nicht weiter auf die Folter spannen.« Sie holte tief Luft. Die Spannung im Raum war fühlbar. »Wir haben es geschafft.«

Jubel brach aus. Petra merkte, wie sie einen Seufzer der Erleichterung ausstieß. Ringsum klopften sich die Mitarbeiter gegenseitig auf die Schultern. Rudi rieb sich lachend den Bart, Elvira strahlte.

Allerdings war Lottes Miene noch immer ernst. Nach einem vollen Erfolg sah es nicht aus. Petra beobachtete, wie Corinnas Tante die Hand hob. Langsam wurde es wieder ruhig.

»Was ich damit meine«, fuhr Lotte fort, »ist, dass wir gerade so alle Kosten hereingeholt haben. Und das auch nur, weil Ella …« Sie unterbrach sich, ihre Wangen färbten sich leicht rot, und Petra musste grinsen. »Ich meine Frau Neubauer … dafür gesorgt hat, dass wir die Rechnung von ihrer Firma für die Entfernung der Kreissäge erst nächstes Jahr bezahlen müssen.«

Das klang verdammt knapp. Petra lehnte sich vor. »Das heißt, wir schaffen die nächsten Monate vielleicht nicht?«

»Das kommt darauf an.« Lotte blätterte durch ihre Papiere.

»Wir haben einige vielversprechende Produkte im Programm, darauf sollten wir uns verstärkt konzentrieren. Die Mondrakete zum Beispiel läuft nicht schlecht.«

»Könnte man sagen«, fragte Petra, um die Stimmung etwas aufzulockern, »dass sie durch die Decke gegangen ist?«

Gelächter rings um den Tisch. Selbst Lotte schmunzelte. »Noch nicht ganz, aber ich denke, da ist Potenzial.«

Gemurmel setzte ein. Szymon und Tomasz steckten die Köpfe zusammen. Heckten sie eine neue Idee aus? Petra nahm sich vor, nachher mit ihnen zu sprechen. Bei neuen Ideen wollte sie von Anfang an dabei sein.

»Wir bräuchten mehr Produkte dieser Art«, sagte Lotte. »Besonderes Holzspielzeug. Dann könnten wir es auch langfristig schaffen.«

Das klang nicht ganz hoffnungslos. Jetzt wurde ringsum noch lauter geredet.

Corinna klopfte auf den Tisch, und alle verstummten. »Wir hatten noch einige gute Ideen, aber keine Zeit mehr, sie umzusetzen«, sagte sie. »Ich würde euch bitten, euch noch mal Gedanken zu machen. Wir brauchen etwas wirklich Innovatives. Etwas, das die Leute sehen und sofort haben wollen. Versteht ihr, was ich meine? Irgendwas, das nur der Lindenhof bieten kann.«

Nachdenklich starrte Petra vor sich hin. Das war leichter gesagt als getan. Sicher, Ideen hatte sie genug. Aber solche Ideen, die wirklich genial waren, die entstanden nicht auf Befehl.

Matthias meldete sich zu Wort. »Wie ist das denn dann mit den geplanten Betriebsferien? Können wir es uns leisten, die Werkstatt von Heiligabend bis zum Dreikönigstag zu schließen?«

Für eine Weile wurde diskutiert. Einige am Tisch sprachen

sich dafür aus, die Betriebsferien zu kürzen. Die Älteren unter ihnen allerdings argumentierten dagegen.

»Es bringt niemandem was, wenn wir uns totarbeiten«, sagte Rudi. »Geht alle heim und feiert Weihnachten. Erholt euch. Danach kommen die Ideen wieder viel leichter.«

Petra schwieg. Sie hätte nichts dagegen gehabt, auch über die Feiertage einfach durchzuarbeiten. Dann wäre sie nicht so lange allein.

Aber die Betriebsferien bis zum sechsten Januar wurden beschlossen. Direkt danach am Mittwoch, dem siebten, würden sie sich alle wieder zusammensetzen, um neue Ideen zu sammeln.

Immerhin etwas, was Petra bis dahin tun konnte – ihrer Kreativität freien Lauf lassen.

Als die Versammlung zu Ende war, ging Petra zu Tomasz und Szymon hinüber. Auch Elvira gesellte sich zu ihnen.

»Denkt ihr, wir schaffen das?«, fragte sie.

»Natürlich!« So ganz sicher war sich Petra zwar nicht, aber irgendjemand musste ja Zuversicht verbreiten.

»Ich meine, ob wir es wirklich schaffen«, sagte Elvira. »Ich glaube, wenn wir uns bis zur Spielwarenmesse wieder nur gerade so über Wasser halten, sterbe ich irgendwann vor Nervosität.«

»Mach dir keine Gedanken, Elvchen«, tröstete Tomasz. »Uns fällt schon etwas ein. Petra ganz bestimmt!«

Petra hoffte das sehr.

KAPITEL 24

Marianne tastete sich vorsichtig über die Schwelle des Lindenhofs. Als Corinna versuchte, ihren Arm zu nehmen, schob ihre Mutter ihre Hand fort. Stumm und verbissen suchte sie sich einen Weg durch den Flur. Ihr Stock stieß gegen den Schirmständer, dann fand ihre ausgestreckte Hand die Wand.

»Wo möchtest du hin, Mama?«, fragte Corinna. »Ich kann …«

»Lass mich!«

Corinna tauschte einen Blick mit Lotte, die hinter ihr hereingekommen war. Diese zuckte nur mit den Schultern.

Gemeinsam sahen sie zu, wie Marianne sich einen Weg zur Wohnzimmertür suchte. Es ging quälend langsam voran, immer wieder eckte sie an.

»Sie wird sich daran gewöhnen«, flüsterte Lotte.

Corinna presste die Lippen aufeinander.

Mit beiden Händen ausgestreckt durchquerte ihre Mutter die Stube, näherte sich dem Kamin, fand schließlich den Sessel, der dort stand. Sie ließ den Stock fallen und sank in das weiche Polster des Möbelstücks.

Fast erinnerte sie Corinna an ihren Urgroßvater Karl-Otto. Auch er hatte dort hin und wieder zusammengesunken gesessen. Vor allem nachdem die Arthritis seinen Händen so zugesetzt hatte, dass er nicht mehr hatte schnitzen können.

Ähnlich wie er damals starrte Marianne jetzt einfach blicklos vor sich hin.

»Kann ich dir irgendwas bringen?«, fragte Corinna.

Ihre Mutter schüttelte den Kopf.

»Möchtest du nachher mal in die Schreinerei? Vielleicht muntert dich das auf.«

Wieder ein Kopfschütteln. »Lass mich«, sagte Marianne. Alle Kraft war aus ihrer Stimme gewichen.

Corinna schluckte. Mit einem Mal wünschte sie sich die Frau zurück, die ständig darauf beharrt hatte, dass sie den Familienbetrieb übernahm.

Die Weihnachtsfeiertage wurden für Corinna zur Zerreißprobe. Seit Marianne wieder zu Hause war, saß sie meist still und in sich gekehrt in ihrem Sessel, als hätte sie ihre ganze Kraft im Krankenhaus aufgebraucht.

Corinna erkannte ihre Mutter kaum wieder. Keine Spur mehr von dem energischen Aufbegehren gegen die Anweisungen der Ärzte, kein Widerspruch, kein Lebensmut. Stattdessen versank sie in dumpfer Traurigkeit.

Sogar Oma Barbara machte sich Sorgen wegen der düsteren Stimmung im Haus. Sie bestand darauf, dass auf dem Lindenhof auch in diesem Jahr ein Weihnachtsbaum aufgestellt wurde, obwohl Marianne nur müde abwinkte.

Lotte kramte auf dem Dachboden die Schachteln mit den Kugeln und Strohsternen hervor und schickte Tomasz in den Wald, um eine passende Tanne zu schlagen. Mittags kam Elvira vorbei, brachte Marianne eine Dose mit ihren Lieblingsplätzchen und setzte sich eine Weile zu ihr.

»Frohe Weihnachten«, wünschte sie, ehe sie ging.

Auch Petra schneite mit einem hübsch verpackten Geschenk herein und versuchte, Marianne ein bisschen aufzumuntern, doch diese schaffte es kaum, sich zu bedanken. Nicht einmal für die geplanten Veränderungen im Haus interessierte sie sich, die aufgrund ihrer Erblindung notwendig schienen, und über die Corinna während des Baumschmückens eifrig mit Lotte diskutierte.

»Wir können doch nicht über ihren Kopf hinweg entscheiden«, sagte Corinna ratlos. Sie hatte ihrer Mutter vorgeschlagen, zu Beginn des neuen Jahres einige Zimmer umzuräumen, damit sie es bequemer hatte und sich leichter zurechtfand. »Ein Handlauf an den Wänden wäre zum Beispiel auch nützlich.«

»Lass sie trauern«, sagte Lotte. »Sie braucht Zeit, um über Alexandres Verlust hinwegzukommen. Vielleicht wird ihr erst jetzt, wo sie wieder daheim ist, bewusst, wie sehr er ihr fehlt.«

Corinna vermisste ihren Vater ebenfalls. Alexandre hätte sicher gewusst, wie man Marianne helfen konnte. Ihm hatte sie am meisten vertraut. Weihnachten ohne ihn zu feiern, fühlte sich schrecklich falsch an.

An Heiligabend blieb sein Stuhl am festlich gedeckten Tisch zunächst leer, bis Lotte, die zuvor einen Überraschungsgast angekündigt hatte, Ella die Tür öffnete.

»Herzlichen Dank für die Einladung«, sagte Ella und reichte allen die Hand. Ihre Ohren unter dem Pferdeschwanz waren vor Kälte fast so rot wie ihr Haar, aber sie sah dennoch wunderhübsch aus.

»Von Ihnen habe ich schon viel gehört.« Marianne legte den Kopf leicht schräg.

»Hoffentlich nur Gutes«, scherzte Ella.

»Natürlich nur Gutes! Wie sollte ich denn anders über dich reden?« Lotte knuffte sie mit einem so liebevollen Lächeln in die Seite, dass Corinna stutzte – zumal Ella das Lächeln augenzwinkernd erwiderte.

Da war ihr wohl etwas entgangen … Jedenfalls hatte Corinna in der letzten Zeit gar nicht mitbekommen, dass die beiden

Frauen sich angefreundet hatten. War sie wirklich so sehr mit sich selbst und ihren eigenen Problemen beschäftigt gewesen? Anscheinend schon. Denn aus der netten Unterhaltung während des Abendessens ging hervor, dass Lotte und Ella sich im Dezember bereits öfter getroffen hatten.

»Ich habe Henriette jetzt übrigens angeboten, ihr den Golf abzukaufen«, erzählte Lotte und schob sich Rotkraut auf die Gabel. »Weil ich mir ja eh ständig ihr Auto ausleihe.«

»Was hat Tante Henni dazu gesagt?«, fragte Corinna.

»Dass Lotte sich gefälligst ein eigenes Auto kaufen soll, es gäbe schließlich genügend zur Auswahl.« Ella lachte und ließ sich von Oma Barbara die Spätzle reichen.

Lotte seufzte. »Jedes andere wäre sicher teurer als Hennis Klapperkiste. Ich habe die Entscheidung daher vertagt.«

»Richtig so.« Wie immer, wenn es um das Thema Finanzen ging, reagierte Marianne angespannt. »In der derzeitigen Situation sollten wir jeden Pfennig sparen.«

»Das tun wir doch, Mama«, sagte Corinna.

»Mehr oder weniger«, lautete die prompte Antwort. »Du zahlst jeden Monat Miete für ein Zimmer in Berlin, das du gar nicht benötigst. Rausgeschmissenes Geld nenne ich das!«

Diesen Vorwurf hörte Corinna nicht zum ersten Mal, aber jedes Mal war einmal zu viel. »Ich habe meine Vermieter angeschrieben und gefragt, ob ich mein WG-Zimmer bis zum Sommersemester untervermieten darf. Heimlich kann ich das nicht tun, da die Wohnung Ulrikes Eltern gehört.« Ulrike würde sie bestimmt verpetzen, wenn sie einfach eine fremde Studentin in ihr Zimmer einziehen ließe. Dann würde es bloß Ärger geben. »Sobald ich die Erlaubnis habe, finde ich sicher schnell jemanden, der vorübergehend einzieht und mir die Miete erstattet.«

»Hoffen wir's«, entgegnete ihre Mutter spitz.

Zu Corinnas Ärger hackte sie weiter auf dem Thema Berlin herum. Seit sie von den gewaltsamen Straßenprotesten und Hausbesetzungen in den Nachrichten gehört hatte, vertrat Marianne den Standpunkt, dass Berlin eine furchtbare Stadt wäre.

Ella unterband den aufkeimenden Streit schließlich, indem sie freundlich darauf hinwies, dass es auch im Südwesten ähnliche Proteste gab. »Denkt nur an das Dreisameck in Freiburg, das geräumt wurde! Die Situation ist doch völlig vergleichbar. Mangel an bezahlbaren Wohnungen einerseits und Leerstand andererseits gibt es nicht nur in Berlin, sondern auch in Stuttgart oder Heidelberg. Die Studenten haben völlig recht, wenn sie dagegen vorgehen.«

Corinna lächelte Ella dankbar an.

Auch Lotte sprang ihr bei, indem sie vorschlug, das Thema zu wechseln. »Heute ist Weihnachten. Warum unterhalten wir uns da nicht über erfreulichere Dinge als über Geld und Politik?«

Marianne runzelte die Stirn, sagte aber nichts mehr. Gleich darauf legte sie ihre Serviette neben den Teller. Sie hatte kaum etwas gegessen.

»Soll ich dir noch eine Scheibe Braten kleinschneiden?«, bot Corinna an. »Oder willst du lieber Gemüse?«

»Nein, danke. Ich habe keinen Appetit.«

Immerhin behauptete sie nicht, dass die Diskussion ihr den Appetit verdorben hätte. Corinna spürte die Trauer, die ihre Mutter wie ein bleierner Umhang umhüllte. Sicher dachte sie schon wieder an Alexandre.

Die anderen schienen es auch zu spüren, denn kurz breitete sich bedrücktes Schweigen am Tisch aus. Dann erhob sich Oma Barbara und stellte das Radio an.

»Wenn wir schon nicht mehr wie früher zur Christmette in

die Dorfkirche gehen, um Weihnachtslieder zu singen, dann können wir uns wenigstens welche anhören, oder?«

Zuerst fand Corinna die Idee kitschig und albern.

Seltsamerweise funktionierte es aber. Schon bei den ersten Takten aus dem Radio veränderte sich die Stimmung im Raum. Plötzlich nahm Corinna stärker wahr, welch behagliche Wärme der Kamin in ihrem Rücken ausstrahlte, wie hell die Kerzen am Baum leuchteten und wie intensiv die farbigen Glaskugeln glänzten. Es war Weihnachten, trotz allem. Die Musik half, Schmerz und Trauer verblassen zu lassen und die Angst vor der Zukunft für einen Abend zurückzudrängen.

Plötzlich unterhielten sich alle über vergangene Zeiten und tauschten schöne Erinnerungen aus.

»Leise rieselt der Schnee«, summte Ella mit. »Das war mein Lieblingslied, als ich ein Kind war.«

»Und deines, Tante Lotte?«, fragte Corinna.

»Jingle Bells«, platzte Lotte heraus. Sie war fertig mit Essen, tupfte sich den Mund ab und sah lachend zu Marianne hinüber. »Allerdings konnte ich damals kein Englisch und habe ein fürchterliches Kauderwelsch gesungen. Erinnerst du dich daran?«

»Ja. Wir haben drüben in der Schreinerei gefeiert.« Endlich zuckte auch über Mariannes Gesicht ein Lächeln. »Es war ein wundervolles Fest.«

Corinna atmete auf.

Am ersten Feiertag kam Tante Henni mit ihrer Familie zum Weihnachtsbesuch. Helena und Sabine sausten beladen und bepackt zur Tür herein und sorgten sofort für Trubel. Sie hatten sämtliche Weihnachtsgeschenke mitgebracht, die sie gestern bekommen hatten, um sie vorzuführen.

Corinna bedauerte, dass Marianne nicht sehen konnte, wie Helena mit ihren neuen pinkfarbenen Rollerskates durch den Flur raste und beinahe ihrem Vater in die Hacken fuhr. Der arme Onkel Herbert, der gerade mithalf, den Kaffeetisch zu decken, balancierte slapstickreif ein paar Tassen durch die Luft. Eine fiel dann doch herunter und zerbrach.

»Helena«, schimpfte Tante Henni. »Pass doch auf!«

»Ich war das gar nicht, Papa war's!«

Corinna presste sich die Hand vor den Mund, um nicht laut loszuprusten. Ihr Gelächter hätte Onkel Herbert bestimmt auf sich bezogen, und ihm war sein Missgeschick schon peinlich genug, wie sein gerötetes Gesicht verriet.

»Kein Problem, wir haben noch ausreichend Tassen im Schrank«, versicherte Corinna.

Der Spruch entlockte ihm ein dankbares Schmunzeln.

»Dann ist ja gut.« Er wischte sich über die Stirn und half ihr dann, die Scherben zu beseitigen, bevor sich noch jemand daran verletzte.

Weil die Kinder keine Ruhe gaben, wurden zuerst reihum die Geschenke verteilt und ausgepackt. Onkel Herbert machte Corinna mit zwei aktuellen Romanen eine große Freude. Gestern hatten Lotte und Ella ihr auch schon ein Buch überreicht – der Lesestoff würde ihr so schnell nicht ausgehen. Für die Mädchen hatte sie jeweils ein Puzzle ausgesucht, die Pferdemotive sorgten für Begeisterung. Dagegen fanden die gestrickten Mützen von Oma Barbara nur mäßigen Anklang. »Hm, äh … danke, Oma.«

Corinna grinste in sich hinein. Ähnlich hatte sie früher auch reagiert, wenn sie solche ›nützlichen‹ Dinge bekommen hatte.

Sie schnitt den Früchtekuchen auf, den Henriette aus Hall mitgebracht hatte. Sabine hopste währenddessen um Mariannes

Sessel herum. Vorne auf ihrem flauschigen Sweatshirt prangte eine weiße Katze mit rosa Schleife.

»Das ist Marie«, verkündete sie. »Aus Aristocats! Den Film habe ich im Kino gesehen. Fühl mal, wie weich ihr Fell ist!« Sie griff nach Mariannes rechter Hand und presste sie fest auf ihren Bauch. »Fühlst du's?«

»Ja«, behauptete Marianne.

Es schien ihr nicht leichtzufallen, sich auf das Spiel ihrer Nichte einzulassen, aber sie gab sich Mühe. Sie trug heute auch keine strenge schwarze Witwenkleidung, sondern hatte eine beige Hose und ein grünes Oberteil ausgewählt, das ihr gut stand. Corinna fand, das war ein Fortschritt.

Sie konnte verstehen, dass es für ihre Mutter schwer war, mit der Diagnose zurechtzukommen und die Blindheit zu akzeptieren, doch irgendwie musste das Leben weitergehen. Marianne konnte nicht für die nächsten zwanzig Jahre im Sessel sitzen bleiben und hadern oder trauern. Sie musste lernen, auch mit diesem Handicap ihr Leben zu meistern. Es in die Hand zu nehmen und selbst zu gestalten! Aber Corinna hatte das Gefühl, dass ihre Mutter das gar nicht versuchte, sondern erwartete, dass sie an ihre Stelle trat, um ihre Träume und Ziele weiterzuverfolgen.

War es wirklich so egoistisch von ihr, wenn sie dagegen aufbegehrte? Es war doch ihr gutes Recht, andere, eigene Pläne zu haben!

Leider kam das Thema beim Kaffeetrinken prompt wieder zur Sprache. Diesmal war es Henriette, die damit anfing.

»Hast du schon darüber nachgedacht, wie es weitergehen soll, Marianne? Ich meine, wenn feststeht, dass du nicht mehr arbeiten kannst, dann kannst du ja erst recht keine Schreinerei führen …«

Corinna zuckte zusammen. Konnte ihre Tante sich nicht etwas diplomatischer ausdrücken? Aber Diplomatie war laut Lotte noch nie ihre Stärke gewesen.

»Liebe Henni, stell dir vor, ich denke Tag und Nacht über nichts anderes nach«, erwiderte ihre Mutter scharf.

»Ach so? Ist es also schon entschieden?«

Marianne nickte. »Es gibt im Grunde nur eine Lösung, die in Frage kommt.«

Sie wandte ihre blicklosen Augen Corinna zu, der vor Schreck ein Stück Früchtekuchen im Hals stecken blieb. Hustend rang sie nach Luft – und nach Fassung.

Tante Henni musterte sie pikiert, während Corinnas kleine Cousinen von den Stühlen sprangen und ihr hilfsbereit auf den Rücken schlugen.

»Geht es wieder?«, krähte Sabine.

»Aua, ja. Danke.«

Zu ihrem Entsetzen mischte sich nun Onkel Herbert auch noch ein und schlug in die gleiche Kerbe. »Du hast wirklich vor, dein Literaturstudium aufzugeben, Corinna? Wie schade. Daran lag dir doch so viel.« Er musterte sie bekümmert. »Aber die Familie geht natürlich vor.«

Nein, dachte Corinna. Nein und nochmals nein!

Während sie angestrengt hustend versuchte, die verflixten Krümel aus ihrer Kehle zu befördern, lief das Gespräch bereits über ihren Kopf hinweg weiter. Für ihre Mutter war sowieso schon alles gesagt. Als käme es auf Corinnas Meinung oder ihre Wünsche gar nicht an.

Helena und Sabine zerrten sie zum Glück wenig später nach draußen, um eine Runde um den See zu laufen. Der Himmel über dem Wald leuchtete in einem matten Winterblau. Leider war die Sonne schon hinter den Wipfeln verschwunden, aber die kalte, klare Luft genügte, um Corinnas trübe Gedanken zu verscheuchen. Schade nur, dass es nicht schneite. Eine Schneeballschlacht mit den beiden lebhaften Mädchen hätte sicher Spaß gemacht und sie abgelenkt.

Plötzlich hörte Corinna ein beunruhigendes Knirschen. Sie fuhr herum. »He, fall nicht ins Wasser!«

Sie packte Sabines Arm und riss sie von der hauchdünnen Eisfläche am Ufer zurück, ehe sie einbrechen konnte.

»Oh.« Sabine starrte verdutzt auf ihre nassen Stiefelspitzen.

»Du bist so ein Baby«, schimpfte Helena. »Das Eis ist doch noch nicht dick genug, um drüber zu schlittern.«

»Kann ich doch nicht wissen«, sagte Sabine beleidigt.

Wenig später entdeckte sie eine gefrorene Pfütze auf dem Weg und rutschte juchzend darauf herum. Ihrer Schwester streckte sie frech die Zunge heraus. »Na, traust du dich nicht?«

»Klar traue ich mich!«

Corinna ließ sich von der fröhlichen Ausgelassenheit ihrer Cousinen anstecken. Erst als es dämmerte, kehrten sie alle drei bibbernd und durchgefroren zum Haus zurück.

Marcs Anruf war ein besonderer Lichtblick an diesen sonst oft von Kummer überschatteten Feiertagen. Corinna wäre am liebsten durch den Hörer gekrochen, um ihm näher zu sein. Wie gut es tat, seine Stimme zu hören!

»Guten Abend«, sagte er. »Wie geht es dir?«

»Na ja …« Sie seufzte. »Ich hoffe, dein Weihnachtsfest ist weniger anstrengend als meins.«

»Ja, abgesehen davon, dass ich mich frage, ob Eltern jemals aufhören, von ihren Kindern zu erwarten, an Weihnachten anwesend zu sein. Scheint, als wäre man nie alt oder erwachsen genug, um aus dieser Pflicht entlassen zu werden.« Er lachte leise. »Allerdings habe ich eine Zwillingsschwester, und wenn man es zu zweit erträgt, ist es leichter, schätze ich.«

»Einen Zwillingsbruder hätte ich auch gern«, sagte Corinna sehnsüchtig. »Am besten einen, der sich für Holzarbeiten interessiert und sich nichts Schöneres vorstellen kann, als die Schreinerei zu übernehmen.«

»Tja, da hättest du mit mir eher Pech.«

»Dich will ich auch bestimmt nicht zum Bruder!«

»Nein?« Wieder dieses leise, warme Lachen. Es verursachte ein Kribbeln in Corinnas Nacken, als hätte Marc sie dort sanft berührt. »Was soll ich denn davon halten, dass du meine brüderlichen Eigenschaften nicht schätzt? Ist das gut oder schlecht für mich?«

»Kommt drauf an«, erwiderte sie.

»Worauf?«

»Ob du …« Sie verstummte. Mich nochmals küssen willst, lautete der Rest des Satzes, den sie eigentlich hatte sagen wollen. Warum war sie beim Flirten bloß so feige?

Zum Glück schien das Marc nicht aufzufallen. Oder es störte ihn nicht, dass sie ihren Satz nicht vollendete.

»Ich muss oft an dich denken«, sagte er.

»Geht mir auch so«, erwiderte sie.

»Dass du an dich denken musst?«

Corinna gluckste. »Du weißt genau, was ich meine.«

Trotz des Geplänkels spürte sie, dass er ernsthaft wissen wollte, wie es ihr ging. Im Gespräch mit Marc verpuffte allmählich das Gefühl, eingesperrt zu sein, das sie seit Tagen empfand. Er hörte ihr zu, als sie von den ständigen, ergebnislosen Diskussionen mit Marianne berichtete und ihm erklärte, wie sehr sie sich auch vom Rest der Familie unter Druck gesetzt fühlte. »Sogar beim Weihnachtessen ging es darum, wer die Schreinerei weiterführt. Als gäbe es außer mir niemanden auf der Welt, der das könnte! Dabei bin ich diejenige, die am wenigsten Ahnung davon hat.«

»Das bezweifle ich«, sagte Marc. »Du hast dich doch unglaublich schnell eingearbeitet. Trotzdem ist es wichtig, dass du an deinen eigenen Träumen festhältst und dir nichts aufzwingen lässt, was dir nicht entspricht. Damit würdest du wohl nicht glücklich werden.«

»Meine Mutter beharrt darauf, dass das Glück allein auf dem Lindenhof zu finden ist.«

»Dein Glück oder ihr Glück?«

»Ah, du erkennst den Unterschied.«

»Natürlich. Du bist nicht deine Mutter.«

Sie lächelte. »Ich weiß.« Endlich gab es jemanden, der sie verstand. Sie lehnte die Stirn gegen die Wand und schloss die Augen. So konnte sie sich besser auf Marcs Stimme konzentrieren. Ihn atmen hören.

Sich vorstellen, er wäre hier. Bei ihr.

Kurz herrschte Schweigen zwischen ihnen.

Dann fragte Marc: »Hast du Silvester schon was vor?«

Corinnas Herz machte einen jähen Hüpfer. »Nein.«

»Wollen wir gemeinsam ins Neue Jahr starten? Keine Ahnung, ob irgendwo in Heilbronn eine große Party steigt, aber ein tolles Feuerwerk kann ich dir auf jeden Fall bieten. Eine Gästecouch übrigens auch.«

Ihre Gedanken rasten. Sollte sie sich darauf einlassen? Den Silvesterabend mit ihm verbringen? Es war eine verlockende Aussicht. Definitiv besser, als mit ihrer Mutter und ihrer Oma daheim zu sitzen – vermutlich gingen die beiden schon weit vor Mitternacht ins Bett.

»Hm, also …«

»Braucht es weitere Argumente, um dich zu überzeugen?«

»Nein.« Corinna fasste sich ein Herz. »Ich würde Silvester gern mit dir verbringen«, gestand sie. »Aber nicht unbedingt auf einer Party.«

Viel lieber würde sie Marc richtig kennenlernen. Mehr über ihn erfahren. Der Start, den sie wegen seines Berufs gehabt hatten, war nicht optimal gewesen, aber vielleicht konnten sie es jetzt besser machen.

Zum Glück verstand er sie sofort. »Okay, dann nur wir beide. Ich könnte für uns kochen. Magst du Couscous?«

Sie war überwältigt, wie sehr er sich bemühte. Anscheinend lag ihm viel daran, sie wiederzusehen.

»Ich probiere alles, was du kochst«, versprach sie.

»Perfekt! Dann versuche ich, unser Essen nicht anbrennen zu lassen. Soll ich dich abholen?«

Corinna lehnte ab. Mit dem Zug nach Heilbronn zu fahren, war kein Problem. In Berlin war sie auch immer mit öffentlichen Verkehrsmitteln unterwegs gewesen.

»Sag mir Bescheid, wann du ankommst«, sagte Marc. »Dann hole ich dich am Bahnhof ab.«

Als Corinna auflegte, perlte die Vorfreude in ihr empor wie Sektbläschen in einem Glas.

Fühlte es sich so an, verliebt zu sein?

KAPITEL 25

Petra verabschiedete sich von Ruth und trat nach draußen in die klare Winternacht. Sterne funkelten am Himmel, und der mit mehreren Kerzen bestückte Holzbogen im Fenster des Kinderdorfhauses verströmte heimeliges Licht.

»Pedda«, krähte ein schon müdes Stimmchen hinter ihr. Die kleine Katrin zappelte im Schlafanzug auf Ruths Arm herum und winkte ihr nach.

»Bis bald!« Petra winkte zurück in den Flur.

Bevor sie aufs Fahrrad stieg, um nach Hause zu fahren, zog sie ihre Handschuhe aus der Anoraktasche und wickelte den schönen buntgestreiften Wollschal, den sie von Ruth und den Kindern zu Weihnachten bekommen hatte, fester um den Hals. So viele fleißige Hände hatten daran mitgestrickt! Petra war wirklich gerührt gewesen, als sie das Päckchen geöffnet hatte und hatte sich bei allen herzlich bedankt.

Sie selbst hatte kleine Buchstaben aus Holz verteilt, für jedes Kind den Anfangsbuchstaben seines Namens und für Ruth ein komplettes ABC im Holzrahmen. So konnte diese mit den Kindern spielerisch das Alphabet lernen. Die größte Freude hatte sie jedoch der 13-jährigen Ilona mit einem Starschnitt aus der Bravo gemacht – das Mädchen war ganz verrückt nach den Teens. Seit Petra das wusste, hatte sie alle Posterteile der Band für Ilona gesammelt.

Überhaupt war es eigentlich richtig nett gewesen, mit den Kindern das Weihnachtsfest zu verbringen; eine willkommene

Ablenkung von der Leere und Stille in ihrer Wohnung. Trotzdem fühlte Petra sich jetzt innerlich ausgelaugt. Sie sprang Ruth gern zur Seite, wie sie es immer getan hatte, und sie mochte die Kleinen und das Gewusel, das einen keine Minute zur Ruhe kommen ließ. Aber anschließend spürte sie das Alleinsein nur umso stärker. Dann ließ sich die Tatsache, dass sie keine Familie hatte und nirgends dazugehörte, nicht länger ignorieren.

Dass Thomas Behrendt, der junge Assistenzarzt, vorhin kurz vorbeigeschaut hatte, weil er heute im Dienst und wegen eines Notfalls in der Nähe gewesen war, hatte ihr einen zusätzlichen Stich versetzt. Dieses Mal war ihr der Ring an seinem Finger sofort aufgefallen – und der Glanz in seinen Augen. Sicher hatte er Heiligabend glücklich mit seiner Verlobten verbracht, während sie sich um Ruths Schützlinge kümmerte, um zu vergessen, dass es sonst niemanden gab, mit dem sie Weihnachten feiern konnte.

Na und? Dann war es eben so. Trotzig trat Petra in die Pedale und strampelte gegen den eisigen Wind an. Ihr Atem trieb in weißen Wölkchen vor ihr her.

Dass vor ihrer Haustür jemand auf sie wartete, bemerkte sie erst, als die Gestalt sich bewegte und einen rotglimmenden Zigarettenstummel in den Rinnstein warf. Dann erkannte sie auch das Auto, das am Ende der Straße parkte.

»Sebastian?«, fragte sie ungläubig.

»Hey Süße.« Sein Gesicht und seine Lippen waren eiskalt, als er sie küsste. »Sehr viel länger hätte ich es nicht mehr ausgehalten, ohne zu erfrieren …«

Sie lachte, plötzlich erfüllt von überbordender Freude. »Was machst du denn hier?«

»Ich wollte dich sehen.«

»Dann komm rein.« Sie stellte rasch ihr Fahrrad ab und schloss die Haustür auf. In ihrer kleinen Wohnung unterm Dach schien es zunächst kaum wärmer als draußen, aber der Ofen tat sein Bestes und aneinander gekuschelt in Petras Bett war ihnen beiden bald nicht mehr kalt. Wobei aus ihrer Umarmung auch rasch mehr als nur Kuscheln wurde …

Atemlos lachend lagen sie anschließend nebeneinander. »Du hast mir gefehlt«, sagte Sebastian.

»Und du mir erst! Ich hab übrigens noch was für dich.«

Petra schälte sich unter der zerknäulten Decke hervor und huschte nackt durchs Zimmer, um Sebastian das Weihnachtsgeschenk zu geben, das sie heimlich für ihn angefertigt hatte.

»Hier, bitte.« Sie drückte ihm das Holzkästchen in die Hand, das wie eine Schatztruhe aussah. »Frohe Weihnachten!«

Neugierig öffnete Sebastian den Deckel des Holzkästchens, in dem sich ein Schlüsselanhänger befand.

»Wow«, staunte er. »Hast du den geschnitzt?«

Petra nickte. Sie hatte sich angestrengt, damit der kleine Sportwagen aus lackiertem Holz seinem Audi Quattro möglichst ähnelte. Ein Foto aus der Zeitschrift *auto motor sport*, die Rudi las, hatte ihr dabei geholfen.

»Danke!« Sebastian wirkte ebenso gerührt wie sie, als sie den Schal ausgepackt hatte. »Verzeihst du mir, wenn ich dir kein Geschenk mitgebracht habe? Ich hasse Weihnachten.«

Es machte Petra nichts aus, dass er kein Geschenk für sie dabeihatte. Er war stets großzügig, wenn es ums Bezahlen ging, und erst neulich hatte er ihr ein Mixtape mit Rockballaden aufgenommen, was sie total süß fand. Im Grunde war seine Anwesenheit viel besser als jedes Geschenk.

»Du bist hier, das zählt.«

Sie kroch wieder zu ihm unter die Decke.

Seine Hände waren jetzt angenehm warm. Jede Berührung jagte winzige Stromstöße durch ihren Körper. Nachdem sie sich ein weiteres Mal geliebt hatten, lagen sie eine Weile einfach nur stumm da und hielten sich aneinander fest.

»Manchmal glaube ich, du bist der einzige Mensch in meinem Leben, der mich versteht«, murmelte Sebastian.

»Ich?«

»Ja! Meine Sippschaft dagegen … Die ist an Weihnachten noch unerträglicher als sonst.«

Petra stützte sich seitlich auf einem Ellenbogen auf, um ihn anzusehen. »Was ist passiert?«

»Nichts. Nur das Übliche. Meine Mutter besteht darauf, dass ich zum Weihnachtsessen komme, obwohl mein Stiefvater mich gar nicht sehen will. Dann spielen wir ein bisschen heile Welt, bis er anfängt, an mir rumzumäkeln und es Streit gibt, und spätestens nach dem dritten Glas Rotwein fängt meine Mutter an zu heulen und wirft mir vor, dass ich ihr Leben ruiniert habe. Jedes Jahr dasselbe. Ich hasse es!«

Das klang wirklich furchtbar.

Petra schwieg und strich ihm mit den Fingern durchs Haar. Sie wusste instinktiv, dass sie Sebastian mit Zärtlichkeit eher erreichte als mit Worten. Außerdem hatte er noch nicht zu Ende erzählt.

»Bei meinem alten Herrn läuft es ähnlich. Er ist beleidigt, wenn ich mich nicht blicken lasse, weil er sonst niemanden hat. Dann gibt's zur Strafe keine Geschenke und keine Kohle. Also hocke ich an den Feiertagen bei ihm rum, ertrage sein Genörgel und bediene mich an seiner Bar, bis mir schlecht wird. Wenigstens ist das Essen gut, das seine Haushälterin kocht. Aber ansonsten ist es nicht zum Aushalten.«

Er küsste Petra auf den Hals. »Ich finde, Weihnachten ist die beschissenste Zeit des Jahres. Nur mein Geburtstag ist noch schlimmer! Dann hocken sie alle zusammen und streiten sich stundenlang, weil aus mir nichts geworden ist. Geben sich gegenseitig die Schuld, dass ich so ein Versager bin.«

»Aber du bist doch kein …«

»Ach nein?« Er hob den Kopf und blickte ihr direkt in die Augen. Das blonde Haar hing ihm leicht zerzaust in die Stirn, und er sah zum Anbeißen aus. »Was bin ich dann?«

»Du bist perfekt«, antwortete sie.

Seine Mundwinkel hoben sich. »Erzähl das mal meinem Vater! Der ist da anderer Meinung.«

»Mir doch egal«, flüsterte Petra – und das stimmte.

Was interessierte es sie, was Sebastians Vater von ihm hielt? Der reiche Herr Werwinkel kannte seinen Sohn doch kaum. Jedenfalls kannte sie ihn besser. Jeden Zentimeter seiner Haut. Das mitreißende Lachen, wenn ihn irgendetwas amüsierte, das sie tat. Das Funkeln in seinen Augen, wenn er mal wieder zu schnell fuhr. Oder die Traurigkeit, die ihn manchmal überkam – und die sie so gut verstehen konnte. Vor anderen konnte Sebastian sein Gefühl innerer Verlorenheit vielleicht verborgen halten, aber nicht vor ihr.

»Weißt du was?« Er ließ den kleinen Schlüsselanhänger vor ihrer Nase baumeln. »Lass uns abhauen. Jetzt gleich.«

Petra starrte ihn verwirrt an.

»Lass uns abhauen«, wiederholte Sebastian. »Wir gönnen uns ein paar freie Tage. Hast du einen Pass?«

»Ja, aber …?«

»Pack ihn ein. Dazu ein paar warme Sachen und Stiefel. Wir fahren ein paar Tage in die Schweiz. Was hältst du davon, Silvester mit mir in den Bergen zu feiern?«

Sie begriff es immer noch nicht. Wovon redete er?

»Mein Vater besitzt in der Nähe von Arosa eine Skihütte. Aber er fährt schon seit Jahren nicht mehr hin. Angeblich tut die Kälte seinen Knochen nicht gut. Das Haus steht leer, und jemand aus dem Ort kümmert sich drum und verwaltet den Schlüssel.« Sebastian grinste. »Der Verwalter kennt mich. Wir müssen uns den Schlüssel nur bei ihm abholen.«

Zwei Stunden später saßen sie im Auto und rasten durch die Nacht. Auf der A81 war außer ihnen kaum ein anderes Fahrzeug unterwegs. Kein Wunder, es war halb drei! Im Radio lief Pink Floyd. Sebastian grinste und drehte den Regler hoch.

»We don't need no education ...«, grölte er.

Petra stimmte mit ein. Es war so verrückt! Sie stellte sich Ruths Gesicht vor, wenn sie ihr davon erzählte – oder noch besser, Corinnas! Ob die ihr überhaupt glauben würde? Petra kniff sich mehrmals in den Arm, bis es weh tat. Nein, sie träumte nicht. Das alles war wahr!

»Im Handschuhfach sind Zigaretten.« Sebastian brüllte, um die Musik zu übertönen. »Machst du mir eine an?«

Sie nickte und angelte das Feuerzeug heraus. »Wir teilen sie uns, okay?« Ein Zug für ihn, einer für sie. Obwohl sie sonst nicht rauchte – heute fand sie es angebracht.

»Danke, Süße.« Sebastian sog den Rauch tief in die Lunge, dann reichte er ihr die Zigarette lächelnd zurück.

Mit einer Hand hielt er das Steuer fest, die andere lag auf Petras Knie. Irgendwann spürte sie, wie sie schläfrig wurde. Das Nikotin hatte sie nur kurz wachgehalten, jetzt wurde die Müdigkeit wieder stärker.

»Schlaf ruhig.« Sebastian drehte das Radio leiser. »Ich weck dich, wenn wir die Grenze erreichen.«

Tatsächlich erwachte sie erst am nächsten Morgen am Ziel.

Die Grenzbeamten hatten das Auto einfach durchgewunken und die Pässe gar nicht kontrolliert.

»Na, was sagst du?« Sebastian riss lachend die Beifahrertür auf und zog Petra aus dem Auto.

Es war eine Bilderbuchwelt, die sie umgab: Schneebedeckte Berge, dazwischen gespurte Loipen und Tannen, von denen der Schnee stäubte, wenn der Wind durch die Zweige fuhr. In der Ferne erkannte Petra einen Skilift und ein paar Menschen, klein wie Punkte, die den Hang hinabwedelten. Sehnsüchtig betrachtete sie das Panorama. Wie schade, dass sie nicht skifahren konnte!

»Wenn du's ausprobieren willst, leihen wir dir ein Paar zum Üben«, meinte Sebastian.

Aber das traute Petra sich dann doch nicht zu. Sie wollte sich ungern vor ihm blamieren, wenn sie sich ungeschickter anstellte als die Knirpse auf dem Anfängerhügel.

Sie ließen das Auto auf dem Parkplatz stehen und machten sich auf die Suche nach dem Verwalter. Der Ort war nicht groß und der Mann schnell gefunden. Er übergab ihnen den Schlüssel, und als Sebastian ihn bat, kurz telefonieren zu dürfen, nickte er freundlich. »Sicher, der Apparat steht drinnen, kommen Sie rein.«

»Wen willst du denn anrufen?«, fragte Petra verdutzt. Kannte Sebastian noch jemanden in der Schweiz?

»Erfährst du später.« Er lächelte geheimnisvoll, während er sein Portemonnaie aus der Lederjacke zog. »Kaufst du solange ein paar Vorräte für uns ein? Dort im Laden?«

Verunsichert blickte sie ihn an. »Ich soll allein …?«

»Ich komme gleich nach, versprochen.«

Tatsächlich dauerte es nur wenige Minuten, bis er ihr in das Lebensmittelgeschäft folgte. Irgendetwas heckte er aus, das war ihm deutlich anzumerken, aber er verriet mit keiner Silbe, wen er angerufen hatte. Stattdessen konzentrierte er sich auf die Getränkeauswahl. Alkohol schien ihm wichtiger zu sein als Essen.

»Willst du etwa kochen?«, fragte er, als Petra nach einem Beutel mit Kartoffeln griff. »So richtig?«

»Willst du lieber verhungern?«, fragte sie zurück. »Pizza für den Notfall gibt es auf der Hütte bestimmt nicht.«

»Wir verhungern schon nicht.« Grinsend klemmte er sich eine Riesentüte Chips unter den Arm. »Aber kauf nur, was du essen willst.«

Anschließend fuhr sie der Verwalter mit dem Schneemobil bis zur Hütte, so dass sie ihr Gepäck nicht schleppen mussten.

Die Fahrt war ein Heidenspaß. Petra klammerte sich an Sebastian, während es in flottem Tempo den steilen Berg hinaufging und Schnee um sie herum aufwirbelte.

»Herrlich«, juchzte sie.

Petra hätte ewig so dahingleiten können, immer dem blauen Himmel zu. Sebastian schüttelte nur lachend den Kopf.

Die Hütte lag einsam oben am Hang und bot wenig Komfort, aber Petra hätte sich kein romantischeres Nest vorstellen können. Der Blick ins Tal war atemberaubend.

Gemeinsam richteten sie sich wohnlich ein und holten einen Korb voll Brennholz aus dem Verschlag neben der Hütte. Zu Petras Freude entdeckte sie dort auch einen Holzschlitten.

»Schau mal«, rief sie und zerrte ihn hervor.

Sobald Sebastian den alten Schlitten sah, war das Einheizen vergessen. Spaß ging für ihn immer vor. Johlend sausten sie den Berg hinunter, ehe der Schlitten umkippte und sie beide kopfüber im Schnee landeten.

Sebastian war als Erster wieder auf den Beinen, doch statt Petra aufzuhelfen, stopfte er ihr hinterrücks eine Handvoll Schnee in den Kragen.

»Du Scheusal«, kreischte sie und sprang auf.

Wild fuchtelnd versuchte sie, den Schnee aus ihrem Schal und der Kapuze zu schütteln. Beim Anblick ihres Gehopses fiel Sebastian vor Lachen erneut in den Schnee.

»Na warte, dir zeig ich's!« Sie stürzte sich auf ihn und rieb ihm das Gesicht mit Schnee ein. Das Gerangel endete gleich darauf in leidenschaftlichen Küssen.

Dass der Schnee um sie herum nicht schmolz, war ein wahres Winterwunder …

Schließlich erhob sich Sebastian und zog Petra auf die Beine. »Gehen wir zurück und wärmen uns auf.«

Seine Augen glänzten. Petra kam es vor, als spiegelte sich der Himmel darin. Nie hatte sie sich ihm verbundener gefühlt als in diesem Moment.

Hand in Hand stapften sie den Berghang hinauf zur Hütte und zogen dabei den alten Schlitten hinter sich her.

Abends hockten sie vor dem Holzofen, der gehörig qualmte, aber ausreichend Wärme abgab. Petra röstete Kartoffeln und Zwiebeln und rieb den Schweizer Käse darüber, den sie im Ort gekauft hatten. Das Ergebnis war eine sättigende Mahlzeit, die würzig und intensiv schmeckte. Beim Essen verkündete Sebastian dann endlich seine geheimnisvolle Überraschung.

»Ich hab mir überlegt, dass wir Silvester in St. Moritz feiern«, sagte er. »Das liegt nicht weit entfernt und dort ist eindeutig mehr los.«

Petra fiel beinahe die Gabel aus der Hand. St. Moritz? Das war doch dieser berühmte Kurort mit den Luxushotels, wo die Promis sich zum Wintersport trafen.

»Bevor du sagst, dass wir da eh kein Zimmer mehr bekommen …« Er machte eine bedeutungsvolle Pause. »Ich habe uns schon eines organisiert. Eine Suite mit Whirlpool. Irgendjemand wird immer krank und muss kurzfristig absagen.«

Petra starrte ihn fassungslos an. »Eine Suite? Das kannst du dir doch nicht leisten!«

Er grinste. »Ich nicht, aber mein Vater. In dem Hotel war er früher schon mehrmals geschäftlich. Man kennt ihn da.«

»Ja, aber …« So ganz behagte Petra die Vorstellung nicht. Waren sie nicht fehl am Platz inmitten all der Schickeria? Was, wenn man sie spüren ließ, dass sie nicht dazugehörten?

Sebastian wischte ihre Einwände beiseite. »Komm schon, das wird ein Riesenspaß.« Er stupste sie neckend an. »Niemand wird was merken. Wir mischen uns einfach unter die Leute und feiern mit. In den Après-Ski-Bars tobt abends der Bär, das wird dir gefallen. Und unter den Designerkleidern sehen die reichen Ladys auch nicht anders aus als du.«

Wie sich drei Tage später herausstellte, hatte er recht.

Der mondäne Skiort war bevölkert von Vergnügungssüchtigen aus den verschiedensten Ländern der Welt, und ein Wirrwarr von Sprachen und Dialekten prasselte auf Petra ein, als sie am 30. Dezember die Hotellobby betraten.

Ein Page eilte sofort auf sie zu, um Sebastian den Koffer abzunehmen. Über dem Empfangstresen aus dunklem Holz, das Petra als Mahagoni erkannte, hing ein mächtiger funkelnder Kristalllüster. Was der edle Perserteppich unter ihren Füßen gekostet haben mochte, konnte Petra nicht einmal erahnen.

»Sie haben reserviert?«, fragte die Dame hinter dem Tresen und musterte sie abschätzend.

»Ja, ich hatte angerufen.« Zum Glück übernahm Sebastian

allein das Reden. Sein Charme entlockte der Dame mit dem strengen Dutt im Nu ein Lächeln.

Er unterschrieb das Aufnahmeblatt, das sie ihm reichte, mit einem schwungvollen *S. Werwinkel* und erhielt im Gegenzug dafür den Schlüssel für die Suite.

Wieder verspürte Petra den Drang, sich zu kneifen.

»Ich wünsche Ihnen einen angenehmen Aufenthalt in unserem Haus, Herr Werwinkel«, sagte die Dame. »Ihrer Begleiterin natürlich auch.« Petra erntete ein gnädiges Nicken.

Der Page mit Sebastians Koffer eilte auf den Lift zu. Petra war beinahe schlecht vor Aufregung, als der getäfelte Aufzug endlich die oberste Etage erreichte. Der Liftboy hielt ihnen die Tür auf, wie der Page trug auch er eine Hoteluniform.

»Bitte sehr, die Herrschaften, hier entlang.«

Gleich darauf stand Petra völlig überwältigt in einer märchenhaften Suite, während Sebastian dem Pagen ein Trinkgeld gab und ihn dann grinsend entließ. Kaum war der Page verschwunden, ließ Petra sich jauchzend zwischen die Berge aus duftenden Kissen in rosafarbener Bettwäsche fallen. »Ich kann einfach nicht glauben, dass das wahr ist. Bestimmt träume ich das nur!«

»Wenn schon, dann träumen wir zusammen.« Sebastian öffnete die Minibar. »Womit wollen wir anstoßen?«

Sie entschied sich für ein Fläschchen Asti Spumante und er goss den Inhalt so schwungvoll in ihr Glas, dass ihre Finger ganz klebrig wurden. Petra leckte sie ab und genoss die prickelnde Süße am Gaumen.

»Bah!« Sebastian verzog das Gesicht. »Das ist nichts für Männer.« Er mixte sich aus den Flaschen auf der Anrichte etwas zusammen und warf Eiswürfel in sein Glas.

»Was trinkst du?«, fragte Petra neugierig.

»Gin.«

Sie mochte den Geruch nicht, also verzichtete sie darauf, einen Schluck zu probieren. Stattdessen wanderte sie mit dem Sektglas in der Hand durch die Suite, zog alle Schubladen auf und naschte aus der Obstschale. »Erdbeeren! Wo kriegen die um diese Jahreszeit frische Erdbeeren her?«

»Sie lassen sie einfliegen, schätze ich.«

Er tat so, als sei das für ihn nichts aufregend Neues, aber Petra kaufte ihm nicht ab, dass der Aufenthalt in einem so noblen Hotel für ihn eine Selbstverständlichkeit war. Warum hätte er die Frau an der Rezeption sonst belogen? Sein Name war nicht Werwinkel, sondern Schaller.

Andererseits war er ein begnadeter Schauspieler, das musste sie zugeben. Und wenn sie an seiner Seite die Chance bekam, zu Silvester ein wenig in die Welt der Schönen und Reichen einzutauchen – warum sollte sie es dann nicht tun? Für Sebastian schien das alles nur ein Spiel zu sein. Eine seiner Verrücktheiten. Eigentlich liebte sie ihn doch genau dafür.

Den sonnigen Nachmittag verbrachten sie damit, ziellos durch St. Moritz zu bummeln. Petra bestaunte den zugefrorenen See, auf dem laut Sebastian Pferderennen veranstaltet wurden. Die Skianlagen auf dem Hausberg wimmelten von Menschen, und auch in den Geschäften und Cafés war mächtig was los.

Sebastian blieb vor einer Boutique stehen. »Wie findest du das Outfit?«, fragte er. »Würde dir auch stehen, oder?«

»Ja, das gefällt mir.« Bewundernd betrachtete Petra die Schaufensterpuppe, die eine enge schwarze Lederhose und ein lackartig glänzendes Oberteil trug. »Helen Schneider trägt sowas. Die amerikanische Sängerin, die mit Udo Lindenberg auf Tournee war. Sieht super aus.«

»Dann kaufen wir's dir.« Er zog eine Kreditkarte heraus und wedelte damit vor ihrer Nase herum. »Ich schulde dir eh noch ein Weihnachtsgeschenk.«

Petra stolperte hinter ihm in die Boutique und probierte die Sachen an. Beides passte ihr wie angegossen. Das Leder fühlte sich faszinierend an auf der Haut. Sie trat aus der Kabine und betrachtete sich im Spiegel.

»Oh, das ist sexy«, raunte Sebastian und knabberte an ihrem Ohrläppchen.

Kichernd stieß sie ihn weg. »Nicht hier!«

Preisetiketten hingen an den Sachen keine. Offenbar war es in Boutiquen wie dieser nicht üblich, dass jemand sich für den Preis interessierte. Sebastian tat es auch nicht. Er schob nur seine Kreditkarte über den Tresen, während die Verkäuferin Petras neue Klamotten in eine Tüte packte.

»Besten Dank«, sagte die Frau und reichte ihr mit silbrig glitzernden Fingernägeln die Tüte. »Beehren Sie uns bald wieder.«

Im Café nebenan bestellte Sebastian Engadiner Nusstorte zum Kaffee, eine Spezialität der Gegend, die Petra lecker fand. Anschließend kehrten sie zum Hotel zurück, das mit seinen Balkonen und Türmchen auch von außen wie ein Märchenschloss aussah. Dahinter ließ die untergehende Sonne den Himmel über den schneebedeckten Bergen glühen.

Sie vergnügten sich eine Weile im Whirlpool ihrer Suite und es kam Petra vor, als sei sie noch nie so glücklich gewesen. Lachend pustete sie mit Sebastian duftende Schaumflocken in die Luft, die durch das riesige Badezimmer schwebten und überall Schaumpfützen auf dem Boden hinterließen. Das arme Zimmermädchen würde später eine Menge aufzuwischen haben.

Sobald das Wasser abkühlte, drehte Petra den Hahn auf und ließ heißes nachströmen. Während sie sich wohlig räkelte, öffnete Sebastian eine Flasche Champagner. »Das ist das Einzige, was hier kalt sein sollte«, lachte er.

Ihre Gefühle füreinander waren es jedenfalls nicht.

Petra bedauerte es kein bisschen, das Sebastian für das festliche Silvesterdinner im Hotel keine Tischreservierung mehr vornehmen konnte; alle Plätze waren längst ausgebucht. Stattdessen bekamen sie einen Wagen voller Häppchen und Delikatessen aufs Zimmer serviert. Diese Lösung gefiel Petra viel besser. So konnten sie – im Bademantel und mit völlig zerzausten Haaren – auf dem Bett sitzend essen.

Später schlüpfte Petra in ihre neuen Lederklamotten und schminkte sich sorgfältig. Das Feuerwerk um Mitternacht bewunderten sie anfangs vom Balkon ihrer Suite aus, danach stürzten sie sich ins Partygetümmel von St. Moritz. Auf der Straße drängten sich die Menschen, sämtliche Bars und Clubs waren brechend voll.

»Na, hab ich dir zu viel versprochen?«, rief Sebastian.

Petra strahlte ihn an. »Nein!« Es fühlte sich unglaublich an, dabei zu sein. Mittendrin zwischen den Feiernden.

Jetzt erst fielen Petra auch die Fotografen auf. Immer wieder drängten sich einige in kleinen Pulks vorbei, auf der Jagd nach Prominenten. Häufig offenbar mit Erfolg, wie das Blitzlichtgewitter verriet. Als der Ruf »Onassis!« ertönte, stürmten alle gleichzeitig in eine Gasse. Petra starrte dem Pulk mit offenem Mund nach. Rannten die gerade Christina Onassis hinterher?

Sebastian grinste. »Siehst du, keiner interessiert sich für uns. Die laufen alle nur den großen Namen nach …«

Sie tranken Wodka Lemon in einer Bar und tanzten dann im flirrenden Licht einer riesigen Discokugel. Petra genoss es mit allen Sinnen. Bunte Lichter zuckten rhythmisch über die Köpfe der ausgelassen tanzenden Menge, die Lightshow war phänomenal. Auch die Musik war toll. Als Sebastian irgendwann andeutete, dass er eine Pause brauchte, tanzte Petra allein weiter.

Bald verlor sie jedes Zeitgefühl.

Sebastian tauchte wieder auf, lachend, mit einem Drink für sie in der Hand, den sie sofort hinunterstürzte.

Später zogen sie weiter, in eine andere Bar, wo es ebenfalls eine Tanzfläche gab, die Petra lockte. Sebastian unterhielt sich währenddessen mit ein paar gleichaltrigen Männern am Tresen, hinter dem ein Barkeeper Cocktails mixte. Vielleicht kannte Sebastian die Männer von früheren Urlauben oder er hatte sie gerade erst kennengelernt – es spielte keine Rolle, solange Petra nur weiter tanzen konnte und er ihr ab und zu ein Lächeln schenkte.

»Puh, ich brauche dringend etwas zu trinken.« Atemlos und ausgepowert wie selten, lehnte sie sich schließlich an seine Seite. »Bestellst du mir was?«

»Klar. Hey, Mister!« Er winkte dem Barkeeper. Petra hatte längst den Überblick verloren, wie viel sie heute getrunken hatten. Obwohl – war es nicht schon längst morgen? Oder …?

»Welcher Tag ist heute?«, kicherte sie.

»Wen interessiert's?« Sebastian prostete ihr zu.

Im Schein des Lichts, das den Tresen erhellte, wirkten seine Augen anders als sonst. Die Pupillen waren seltsam geweitet. Petra blinzelte verwirrt. Gleich darauf beobachtete sie, wie fahrig Sebastian sich bewegte. Auch das war eher untypisch für ihn, Alkohol machte ihm doch eher wenig aus.

Hatte er Drogen genommen?

Das gefiel ihr nicht. Am liebsten wäre sie auf der Stelle mit ihm zurück ins Hotel gegangen. Spät genug war es ja. Aber Sebastian weigerte sich. Und die Männer neben ihm, denen er offenbar schon etliche Drinks spendiert hatte, wollten ihn auch nicht gehen lassen.

»Setz dich doch zu uns, Bella«, sagte einer mit dunklen Locken und hörbar italienischem Akzent. Einladend streckte er seine Hand nach Petra aus.

»Finger weg!«, schnauzte Sebastian ihn an.

»Schon gut«, sagte sie. »Er hat mich ja nicht angefasst.«

»Aber er wollte es!«

»Bastardo«, zischte einer aus der Gruppe.

Die Stimmung kippte so abrupt, dass Petra gar nicht schnell genug reagieren konnte. Sebastian holte aus, um dem Mann ins Gesicht zu schlagen. Als der in den Kreis seiner Freunde auswich, griff Sebastian nach seinem halb vollen Glas und warf es nach ihm. In dem Moment, als das Glas klirrend auf dem Tresen zerschellte und Alkohol und Scherben in alle Richtungen spritzten, flammte ein Blitzlicht auf.

»Verdammt, was soll das?« Wutentbrannt griff Sebastian nach dem nächsten Glas, das in seiner Reichweite stand und warf es nach dem Fotografen. Wieder klirrte es und die Scherben flogen bis auf die Tanzfläche. Innerhalb von Sekunden zog Sebastian jede Menge Aufmerksamkeit auf sich – und natürlich die Wut der Männer vor der Bar.

»Hör auf!« Petra bekam Angst. Würde hier gleich eine Schlägerei losgehen? Die würde für Sebastian keinesfalls gut enden. Wie konnte er sich nur mit fünf betrunkenen Kerlen gleichzeitig anlegen?

Sie drängte sich dazwischen, ohne nachzudenken. »Lass uns gehen«, flehte sie und zerrte an seinem Arm.

Wieder flammte Blitzlicht auf. Jemand brüllte laut etwas auf Italienisch, das entweder ein Fluch oder eine Beschimpfung war, und dann wurde Petra unsanft an der Schulter gepackt. Es war der Barkeeper, der sie mit wütender Miene zum Ausgang bugsierte. Er hatte sich einen Türsteher zur Verstärkung geholt, der den sich heftig wehrenden Sebastian im Klammergriff hielt und auf die Straße setzte. Petra konnte hören, wie hinter ihnen aufgebracht diskutiert wurde; sowohl der Fotograf als auch ein paar Schaulustige versuchten, ihnen zu folgen.

»Haut ab«, schnauzte der Barkeeper.

Petra nahm an, dass das Sebastian und ihr galt. Aus dessen Nase tropfte Blut, er hatte auf dem Weg nach draußen wohl einen Schlag abbekommen.

»Los, komm!« Sie zog ihn hinter sich her in die Richtung, in der sie das Hotel vermutete. Die Helligkeit draußen blendete sie, es war längst Morgen. Einige Passanten wichen ihnen mit teils schockierten, teils angewiderten Gesichtern aus.

»Glotzt nicht so«, blaffte Sebastian und presste den Ärmel seines hellgrauen Sakkos vor die blutende Nase. Das machte es natürlich nicht unbedingt besser.

Petra atmete auf, als sie endlich die Hotellobby erreichten. Die Dame an der Rezeption reichte ihnen mit missbilligendem Blick den Schlüssel für die Suite.

»Falls Sie das Sakko in die Reinigung geben möchten«, sagte sie spitz zu Sebastian, »kann sich das Zimmermädchen darum kümmern.«

»Ja, danke«, keuchte er hinter seinem blutverschmierten Ärmel hervor.

Es war Petra äußerst peinlich, so mit Sebastian auf den Lift zuzuwanken. Sie hatte das Gefühl, dass alle Hotelgäste ihnen empört hinterherstarrten.

Der Liftboy verzog jedoch keine Miene, während er sie nach oben fuhr. Er wünschte ihnen sogar »Ein glückliches Neues Jahr!«, als er ihnen auf ihrer Etage die Tür aufhielt.

»Danke, gleichfalls«, antwortete Petra beschämt.

Sie schliefen bis zum Abend in dem pompösen Bett ihrer Suite. Falls das Zimmermädchen währenddessen da gewesen war, so hatte Petra es nicht bemerkt. Sebastians Sakko lag allerdings nicht mehr auf dem Teppich vor der Tür, wo er es hingeworfen hatte.

»Frühstück?«, fragte er mit kratziger Stimme.

Sie hatte keinen Hunger. Ihr Kopf brummte und statt Kaffee wollte sie lieber Aspirin.

Sebastian sah auch nicht so aus, als würde er sich blendend fühlen. Die Nase war geschwollen, seine Haut ziemlich blass und er schwitzte.

»Hast du Fieber?« Sie musterte ihn besorgt.

»Nein. Sind bloß die Nachwehen.«

»Welche Nachwehen?«

Er sah sie an, als sei sie begriffsstutzig. »Vom Speed.«

Also hatte er tatsächlich Drogen genommen.

Petra schwieg. Sie konnte ihm schlecht Vorschriften machen. Er war alt genug, um zu wissen, was er tat.

»Ich glaube, wir sollten besser bald von hier verschwinden.« Er stand auf, dehnte und streckte sich. »Wenn es dumm läuft, präsentieren sie mir sonst die Rechnung, und dann fliegt der ganze Schwindel auf.«

»Was meinst du?«, fragte sie.

»Meine Kreditkarte hat ein Limit, damit kann ich die Suite nicht bezahlen.«

Petra blieb vor Schreck fast das Herz stehen. Sie sah sich schon von der Schweizer Polizei verhaftet und in eine Zelle geführt. »Um Himmels willen …«

»Reg dich ab, mein alter Herr zahlt das schon.« Sebastian grinste. »Gefallen wird's ihm nicht, aber er ist von mir ja nichts anderes gewöhnt.«

Er schlenderte mit nacktem Oberkörper auf das Badezimmer zu. »Wie wär's – gönnen wir uns zum Abschied noch eine Runde im Whirlpool, Süße?« Seine Augen blitzten, als er Petra mit dem Zeigefinger zu sich winkte. »Danach packen wir unsere Sachen und verschwinden über die Hintertreppe.«

Sie sprang vom Bett, um ihm zu folgen. »Du bist unmöglich!«

KAPITEL 26

Corinna musterte sich mit schräg gelegtem Kopf im Spiegel. War es okay, zu dem cremefarbenen Wollpullover nur eine schlichte Jeans zu tragen? Die Karottenhose, die sie zuvor anprobiert hatte, sah irgendwie unpassend aus. Oder war der Pulli zu langweilig? Vielleicht sollte sie ihn besser mit einem Halstuch aufpeppen? Fragen über Fragen, die Corinna sich sonst selten stellte. Und das alles nur wegen Marcs Silvestereinladung. Dabei hatten sie heute Abend doch gar nichts Besonderes vor …

Seufzend trug sie ein bisschen Lipgloss auf. Der Eyeliner, den sie noch in ihrem alten Schminkkästchen im Kinderzimmer gefunden hatte, war längst eingetrocknet.

»Gut so?«, fragte sie ihr Spiegelbild.

Das Gegenüber im Spiegel zögerte, ehe es nickte. Beinahe musste Corinna über sich selbst lachen.

Das war allerdings ein Fortschritt. Denn oft hatte sie in den letzten Tagen nicht gelacht. Die Atmosphäre im Haus war weiterhin bedrückend, das Verhältnis zu ihrer Mutter blieb angespannt.

Umso mehr freute Corinna sich auf das bevorstehende Treffen mit Marc. Seit sie sich mit ihm am Telefon verabredet hatte, war ihre Laune beträchtlich besser.

Wie versprochen holte Marc sie am Bahnhof ab.

Schon als der Regionalzug in Heilbronn einfuhr, erkannte sie seine schlanke Silhouette neben dem Zeitungskiosk. Er trug ebenfalls Jeans und den Parka, den er immer trug. Jetzt war Corinna erst recht froh, dass sie sich nicht groß in Schale geworfen hatte. Sie klopfte an die Scheibe und winkte, aber er sah sie nicht.

Endlich öffneten sich die Abteiltüren. Corinna stieg aus und ging Marc langsam auf dem Bahnsteig entgegen. Dass ihr Herz raste, konnte sie nicht verhindern, aber sie musste es ihm ja nicht dadurch verraten, dass sie wie ein aufgeregtes Kind auf ihn zu hüpfte.

»Hallo! Schön, dass du da bist.« Eine kurze Umarmung, dann streckte Marc lächelnd die Hand aus. »Gehen wir?«

Sie ergriff seine Hand und er zog sie mit nach draußen. Nach der stickigen Wärme im Zug fand Corinna den rauen Wind auf Heilbronns Straßen unangenehm. Graupelkörnchen wehten um die Häuserecken, und ihr Gesicht brannte.

»Komm, wir laufen!« Marc beschleunigte das Tempo. »Es ist nicht weit bis zu mir.«

Wenige Minuten später keuchte sie die Treppe eines grauen Mietblocks hinauf. Natürlich wohnte Marc ganz oben.

Während er die Wohnungstür öffnete, hielt Corinna sich die stechenden Seiten. Vielleicht hätte sie in Berlin doch öfter mit Ulrike joggen gehen sollen. Aber aus Sport hatte sie sich noch nie viel gemacht.

Zum Glück lachte Marc nur über ihre Atemlosigkeit. »Was meinst du, wie ich beim Einzug geflucht habe, dass es in diesem Haus keinen Fahrstuhl gibt.«

Kein Wunder – er besaß ein ganzes Regal voller Bücher, wie Corinna nach dem Eintreten feststellte. Die hätte sie auch nicht hochschleppen wollen.

»Du liest ja mehr als ich«, rief sie und schlüpfte aus der Winterjacke, um die Titel näher betrachten zu können. »Aber das sind keine Romane, oder?«

»Nein, das meiste sind Sachbücher aus dem Nachlass eines Professors. Ich horte sie eher. Beim Recherchieren habe ich darin schon viel Nützliches entdeckt.« Er nahm ihr die Jacke ab und hängte sie an einen Garderobenhaken. »Meiner Erfahrung nach schätzen es Gesprächspartner, wenn ich in Interviews nicht völlig ahnungslos daherkomme, sondern fundierte Fragen stellen kann.«

Neugierig schaute Corinna sich weiter um.

Auf dem unteren Regalbrett stapelten sich ganze Jahrgänge des National Geographic Magazins. Marc erklärte, die Hefte lese er vor allem zum Vergnügen. »Die Reportagen sind klasse gemacht. Ich kriege immer wahnsinnige Lust zu reisen, wenn ich mir die Fotos ansehe.«

»Leidest du unter Fernweh?«

»Ach, leiden ist das falsche Wort.« Er schmunzelte. »Aber wenn ich die Chance bekäme, international zu arbeiten und mir die Welt anzusehen, würde ich sofort zusagen. Du nicht?«

»Fürs Erste würde es mir reichen, wieder nach Berlin gehen zu können. Was nach meinem Studium kommt …« Corinna brach ab. Woher sollte sie das heute schon wissen?

»Vielleicht liegt es in meiner Familie, dass es uns in die Ferne zieht«, sagte er. »Steffi wollte immer Stewardess werden. Abgesehen von der Zeit im Kindergarten, in der sie unbedingt Prinzessin werden wollte.«

»Ist sie das?« Corinna deutete auf das Foto an der Pinwand über Marcs Schreibtisch. Es zeigte ein hübsches Mädchen mit lockigem Haar, das mit verträumtem Blick an Marcs Schulter lehnte. Eigentlich hätte Corinna nicht fragen müssen, die Ähnlichkeit der Zwillinge war unverkennbar.

»Ja, das ist Steffi.«

Außer ein paar Stadtansichten gab es sonst keine Bilder, die

Wände waren schmucklos weiß. Marc schien ein rationaler Mensch zu sein, der für Kunst oder Dekoration wenig übrighatte.

Corinna folgte ihm in die kleine Küche, wo der Rest ihrer Nervosität innerhalb kürzester Zeit verflog. Marc machte es ihr aber auch leicht. Weil er so normal war, so unverstellt. Den Tisch hatte er bereits für zwei Personen gedeckt.

»Leider habe ich die Servietten vergessen«, gestand er zerknirscht. »Und Blumen konnte ich auch keine mehr kaufen, weil der Laden an der Ecke schon geschlossen hatte, als es mir einfiel.«

»Ist doch unwichtig«, sagte sie.

Dafür duftete es köstlich aus dem großen Topf auf dem Herd und wie sich herausstellte, schmeckte Marcs Couscous genauso gut, wie es roch.

»Das Rezept habe ich von einem Freund«, erzählte er beim Essen. »Wir haben zusammen studiert, Hassans Eltern stammen aus Marokko. Er hat gern Leute eingeladen und für alle gekocht. Meistens haben wir dann bis tief in die Nacht beisammengesessen und diskutiert. Manchmal vermisse ich das. Ich wollte nie zum Einzelkämpfer werden. Aber nach dem Abschluss haben wir uns in alle Winde zerstreut.«

Nachdenklich drehte Corinna ihr Glas in den Händen. »Mir fehlt der Austausch mit den anderen Studenten auch.«

Das konnte Marc gut nachvollziehen. »Du hast zwar eine ungewöhnlich treue Belegschaft und deine Familie um dich herum, aber Gleichgesinnte sind was anderes.«

»Vor allem ist Berlin was anderes als Hohenlohe.«

»Definitiv.« Er lachte.

Sie unterhielten sich angeregt weiter, über ihre Interessen und die Themen, die sie beschäftigten. Was Marc über seine Arbeit berichtete, fand Corinna spannend. Politik trieb ihn um, und er fand es toll, dass die neue Partei der Grünen im Herbst in den Landtag eingezogen war.

»Vielleicht wirken die Grünen manchmal wie ein chaotischer Haufen, aber die Umweltprobleme, die sie durch ihre Aktionen aufdecken, sind real. Ich finde es wichtig, davor nicht die Augen zu verschließen. Die Wasserproben aus dem Rhein haben eine hochgradige Verschmutzung durch die Industrie gezeigt. Beim Neckar dürfte es ähnlich aussehen; von der Gefahr, die vom AKW in Neckarwestheim ausgeht, ganz zu schweigen.«

Später erkundigte er sich nach ihrem Roman, aber weil der gerade keine Fortschritte machte, erzählte Corinna lieber von Berlin. Sie räumten den Tisch ab – Marc spülte das Geschirr, sie trocknete es ab, dabei nippten sie an ihren Weingläsern. Das Ganze fühlte sich so vertraut an, als hätten sie das schon hundertmal zusammen gemacht.

»Soll ich noch eine Flasche Wein öffnen?«

»Hast du auch etwas Nichtalkoholisches zu trinken?« Corinna wollte vorerst einen klaren Kopf behalten.

»Sicher.« Er öffnete die Kühlschranktür. »Was darf's sein? Sprudel? Orangensaft? Ich kann dir auch Kaffee anbieten.«

»Gute Idee.« Sie nickte. »Einen Kaffee nehme ich gern.«

Marc füllte Pulver in den Espressokocher, denn eine normale Kaffeemaschine besaß er nicht. Die hätte wohl zu viel Platz weggenommen. Wobei Corinna die kleine Küche gemütlich fand, für einen alleinlebenden Mann reichte sie völlig aus.

Sie nahmen die Tassen mit ins Wohnzimmer, und Corinna setzte sich auf die breite, ausklappbare Couch. Auf der Glasplatte des Beistelltischchens mit Rattangeflecht lag eine Fernsehzeitschrift. Neben dem Fernseher stand ein Videorecorder, sowie eine Stereoanlage mit Plattenspieler. Seine LPs und Kassetten bewahrte Marc in einer hölzernen Obstkiste auf.

»Was hörst du gern?«, fragte er Corinna.

Sie zuckte mit den Schultern. »Egal, such etwas aus.« Es würde ja hoffentlich weder Volksmusik noch Klassik sein, beides passte in ihrer Vorstellung nicht zu Marc.

Er zog eine Platte von Kate Bush aus der Hülle und legte den Tonarm auf. Die ersten Takte von ›Babooshka‹ erklangen.

Corinna lächelte. »Die Platte mag ich.«

»Und sonst …?«

»Du kannst einfach nicht lockerlassen, wenn du etwas wissen willst, oder?«

»Nein.« Er setzte sich zu ihr und grinste. »Berufskrankheit. Außerdem möchte ich gern alles über dich wissen. Einigen wir uns darauf, dass du die nächste Platte auswählst?«

Amüsiert stimmte Corinna zu. Das gefiel ihr. Sie würde schon etwas finden in der Kiste.

»Apropos Berufskrankheit«, sagte Marc. »Da gibt es noch was, was ich dich fragen wollte.«

»Ob wir seit deinem Bericht endlich Ruhe vor der Pressemeute haben?« Sie nickte. »Ja, haben wir.«

»Davon bin ich ausgegangen.« Er kippte den Espresso hinunter und lehnte sich auf der Couch zurück. »Nein, es betrifft deinen Vater.«

Corinna ließ die Tasse sinken. Würde es je aufhören, dass sie bei solchen Fragen innerlich zusammenzuckte? »Was ist mit meinem Vater?«

»War er Franzose?«

»Nein, Deutscher.« Ihre Antwort kam prompt. Doch im selben Moment, wo sie es aussprach, wurde ihr klar, dass sie über die konkrete Herkunft ihres Vaters kaum etwas wusste. »Ich bin jedenfalls immer davon ausgegangen, dass er Deutscher war. Hast du andere Informationen?«

Marc schüttelte den Kopf. »Eure Familiengeschichte gibt mir nur einige Rätsel auf. Bitte glaub mir, es ist nicht so, als würde ich dir nachspionieren, aber es ist mir relativ früh aufgefallen, dass da einige Leerstellen sind. Wie hieß dein Vater, bevor er deine Mutter geheiratet hat?«

»Er hieß …« Corinna stellte hastig die Tasse ab, bevor sie ihr aus der Hand rutschte. Sie konnte nicht glauben, dass sie so etwas Banales nicht wusste. Aber Tatsache war, sie wusste es nicht und hatte es auch nie gewusst.

Plötzlich kam sie sich ungeheuer dumm vor. Warum hatte sie ihren Vater nie danach gefragt, solange er noch lebte?

Tränen traten ihr in die Augen, und sie angelte nach ihrer Handtasche, um ein Papiertaschentuch herauszukramen.

Marc sah sie bestürzt an. »Entschuldige, ich wollte keine alten Wunden aufreißen.«

»Du reißt gar nichts auf.« Sie tupfte sich die Wangen ab und schnäuzte sich verstohlen. »Mir ist nur gerade klargeworden, dass es da ein Geheimnis geben muss. Und weil mein Vater tot ist, kann ich ihn nicht mehr danach fragen.«

Marcs Blick war sanft, ehrliches Mitgefühl war darin zu erkennen. Einen Moment lang schien er nachzudenken. »Deine Mutter wird es auch wissen.«

»Meinst du?«

»Sie muss es wissen. Wenn sie vor deiner Geburt geheiratet haben, konnte er ihren Namen nicht annehmen. Das war damals gesetzlich nicht möglich. Deine Eltern können das höchstens nachträglich geändert haben.«

»Aber warum sollten sie?«, fragte Corinna ratlos.

»Genau diese Frage ist es, die mich nicht loslässt.« Marc sah sie prüfend an. »Es muss einen Grund dafür geben. Ich werde den Verdacht nicht los, dass etwas Bedeutendes dahintersteckt.«

Corinna musste ihm zustimmen. Offensichtlich gab es einige alte Geschichten in ihrer Familie, von denen sie nichts wusste. Ach, hätte sie doch noch Zeit gehabt, danach zu fragen.

Marc fasste nach ihrer Hand, und die Berührung vertrieb ihre düsteren Gedanken. Sein Daumen strich zärtlich über ihren Handrücken. »Lass uns darüber ein anderes Mal nachdenken. Das ist kein Thema für heute Abend.«

»Stimmt.« Sie lächelte – was ihr leichtfiel.

Nachdem die Platte zu Ende war, suchte Corinna neue Musik aus. Sie entschied sich für Patti Smith.

Beim dritten Song, der mit einem Klavierintro begann, stand Marc plötzlich auf. »Tanzen wir?«

»Was, hier?«, fragte sie verblüfft.

»Natürlich hier.« Er drehte die Lautstärke etwas höher und zog Corinna sanft an sich, während die nächsten Takte aus den Boxen schallten. Dann kam der Refrain.

»… because the night belongs to lovers,
because the night belongs to us …«

Volltreffer. Das war ihr Lied.

Corinna wusste es, während sie die Augen schloss und sich an Marcs Brust schmiegte, seinem Herzschlag ganz nah.

Diese Nacht gehörte zweifellos ihnen.

Die letzte Stunde vor Mitternacht verging viel zu schnell. Schon wurden draußen auf den Straßen erste Knaller gezündet. Der Lärm erinnerte Corinna daran, dass gleich ein neues Jahr begann. Welche Veränderungen würde es bringen? Würden sich ihre Träume erfüllen?

Sie wünschte sich so sehr, dass es ein gutes Omen war, dass sie Silvester mit Marc verbrachte – und er somit der Erste sein würde, dem sie 1981 in die Augen blickte.

Er kehrte mit einer Sektflasche und zwei Gläsern aus der Küche zurück, und sie traten auf den Balkon hinaus. Corinnas Wangen glühten in der Kälte.

»Soll ich dir deine Jacke holen?«, fragte er.

»Nicht nötig.« Sobald er den Sekt eingegossen und die Arme wieder für sie freihatte, würde sie sich an ihn kuscheln. Das war wärmer und besser als jede Jacke der Welt.

Er lächelte, als er ihr das Glas reichte. »Schön, dass wir uns im alten Jahr kennengelernt haben. Sonst wärst du jetzt nicht hier. Und das wär jammerschade ...«

»Ja, das finde ich auch«, flüsterte Corinna.

Vom Turm einer nahegelegenen Kirche hallten Glockenschläge herüber. Schon zischten erste Raketen in den Himmel über Heilbronn und färbten die Dunkelheit rot, grün und lila. Ein glitzernder Funkenregen erhellte die Nacht.

»Frohes neues Jahr!« Sie stießen miteinander an.

Corinnas erster Kuss des Jahres schmeckte nach einer prickelnden Mischung aus Söhnlein Brillant und dem Mann, der ihr Herz so unerwartet erobert hatte.

In Marcs Armen spürte Corinna für einen Moment keine Kälte und keine Zukunftssorgen mehr, nur noch ein überwältigendes Glücksgefühl. Ähnlich wie diese wundervolle, funkensprühende Silvesternacht, die gerade in allen Farben explodierte, hätte sie das Gefühl gern für immer festgehalten.

Schade, dass das unmöglich war.

In dieser Nacht schlief Corinna nicht auf Marcs Couch.

Überhaupt schliefen sie beide wenig.

Stattdessen tasteten sie sich langsam und behutsam weiter aufeinander zu – forschend und voller Staunen darüber, im jeweils anderen einen Seelenverwandten zu entdecken.

Denn genauso fühlte es sich an.

Als hätte Corinna in Marc jenes Puzzleteil gefunden, durch das ihr Leben erst vollständig wurde. Auch wenn sie bisher nicht einmal geahnt hatte, dass ausgerechnet dieses Puzzleteil darin fehlte.

Aber so war es. Sie gehörten zusammen.

Leider musste Corinna am nächsten Tag trotzdem nach Hause zurück. Sie wollte ihre Mutter nicht länger allein lassen; Marianne bewegte sich teilweise noch sehr unsicher, und wenn sie auf der Treppe oder im Bad stürzte, war Oma Barbara die Einzige, die ihr zu Hilfe kommen konnte – falls sie aufgrund ihrer Altersschwerhörigkeit den Hilferuf nicht überhörte.

Außerdem hatte Corinna es versprochen. Sie wollte niemanden beunruhigen, weil sie sich nicht an Absprachen hielt. Und die Rückfahrkarte hatte sie ja auch schon gekauft.

In den Regionalzug zu steigen, der bereits am Gleis wartete, fiel ihr trotzdem unendlich schwer. Viel lieber wäre sie bei Marc geblieben.

»Sehen wir uns am Wochenende?«, fragte er und küsste sie zum Abschied noch einmal zärtlich.

»Das wäre schön.« Sie nickte. »Ich frage Lotte, ob sie auf dem Lindenhof übernachten und sich um meine Mutter kümmern kann. Musst du nächstes Wochenende nicht arbeiten?«

»Nein, ich habe Zeit«, er lächelte, »für uns.«

Für uns. Wie sich das anhörte!

Der Schaffner pfiff gellend, der Zug fuhr ruckelnd an, und Corinna sprang in letzter Sekunde durch die Waggontür. Der Schaffner murrte, aber das scherte sie wenig.

Sie winkte Marc, bis seine Gestalt in der Ferne verschwamm und sie ihn nicht mehr sehen konnte, dann presste sie ihre Tasche an sich und suchte nach einem freien Platz.

Sobald sie zu Hause war, würde sie Lotte anrufen. Hoffentlich sagte ihre Tante fürs Wochenende zu!

Doch als Lotte am darauffolgenden Samstagvormittag zur Tür hereinplatzte, brachte sie schlechte Nachrichten mit. »Du glaubst nicht, was ich heute früh entdeckt habe«, sagte sie und zog eine gefaltete Zeitung aus der Manteltasche. »Hier, schau dir das an! Es ist nicht zu fassen!«

Corinna griff nach dem Tagblatt. Die aufgeschlagene Seite enthielt den üblichen Gesellschaftsklatsch und -tratsch, ein paar Schnappschüsse von regionalen Silvesterfeiern und in der Ecke links unten eine Aufnahme von – Petra! Sie schien am Arm eines jungen Mannes zu ziehen, der gerade mit wutverzerrtem Gesicht ein Glas in Richtung des Fotografen warf.

Corinna traute ihren Augen kaum. »Das ist doch …?«

»Sebastian Schaller, genau«, schimpfte Lotte. »Du wolltest mir ja nicht glauben, dass er ein Taugenichts ist! Das ist nicht der erste Artikel über ihn, aber als Sprössling von Theodor Werwinkel scheint er sich solche Eskapaden leisten zu können. Dummerweise zieht er jetzt Petra mit rein.«

Corinna starrte auf das Foto. Mit den zerzausten Haaren und der verschmierten Mascara um die Augen sah Petra aus, als sei sie heillos betrunken.

Corinna überflog die Bildunterschrift und dann den Artikel, der aus nur wenigen reißerischen Zeilen bestand. »Sie ist mit ihm nach St. Moritz gefahren?«

»Offensichtlich«, sagte Lotte grimmig. »Die Gespielin des vergnügungssüchtigen Erben, der gerne mal über die Stränge schlägt – hab ich das richtig zitiert?«

»Hast du.« Corinna konnte ihren Blick nicht von Petras Foto losreißen. »Weil Sebastian dort in einer Bar randaliert hat, stellen sie die beiden hin, als handle es sich um Bonnie und Clyde? Das ist doch reichlich übertrieben.«

»Mag sein, aber die Reporter bauschen ja immer alles auf und verzerren die Realität.« Lotte brauchte Corinna nicht an die Artikel über die grausigen Unfälle zu erinnern. »Petra hätte der Kamera lieber aus dem Weg gehen sollen, statt direkt vors Objektiv zu laufen.«

»Aber ihr Name wird in dem Artikel gar nicht erwähnt«, wandte Corinna ein.

»Noch nicht«, sagte Lotte düster. Sie hatte endlich den Mantel ausgezogen und lehnte nun mit verschränkten Armen am Küchentresen. »Diese Meldung und das Foto haben sie vermutlich aus einem anderen Klatschblatt übernommen, die Sache ist ja gerade erst ein paar Tage her. In der Schweiz kennt Petra keiner, aber spätestens, wenn sie hier in der Nähe mit diesem Kerl gesehen wird, kriegt die Klatschpresse raus, wer sie ist, und dann haben wir die Meute wieder auf dem Hals.«

»Du denkst, das Theater geht bald wieder von vorne los?«

»Ich befürchte es«, sagte Lotte.

Corinna stützte den Kopf auf die Hände. »Was schlägst du vor, was wir tun sollen?«

»Wir müssen mit Petra reden.«

»Du kennst sie doch.« Corinna seufzte. »Das wird nicht funktionieren. Sie hat sich schon früher nie etwas sagen lassen. Von niemandem, auch nicht von mir.«

Und heute, wo sie erwachsen waren und sich nicht mehr so nahestanden, dass Corinna auf ihre Freundschaft hätte pochen können, wäre Petra erst recht nicht einzubremsen.

»Versuchen müssen wir es trotzdem«, beharrte Lotte. »Sie muss begreifen, welche Auswirkungen ihr Verhalten hat. Dass Sebastians Einfluss nicht nur ihr selbst, sondern womöglich uns allen schaden kann, wenn wir am Ende wieder in den Schlagzeilen landen.«

»Hoffen wir, dass es nicht dazu kommt.« Corinna knüllte die Zeitung zusammen, um sie in den Ofen zu werfen. Verbrennen war das Beste, was man damit tun konnte.

»Warte!«, rief ihre Tante. Lotte nahm das Tagblatt, strich den Teil mit Petras Foto wieder glatt und trennte die Seite dann vorsichtig heraus. »Vielleicht brauchen wir das noch, um es Petra zu zeigen.«

Corinna starrte in ihre Teetasse. Der Tee darin war längst kalt, der intensive Duft nach Minze verflogen. Selbst ihre Vorfreude auf das Wochenende mit Marc fühlte sich plötzlich schal an. War ihr Glück bereits wieder verpufft?

KAPITEL 27

Corinna musste zugeben, dass sie den Geruch nach Sägespänen und frischem Holz während der Betriebsferien vermisst hatte. Als sie nun in die Werkstatt trat, sog sie die Luft tief in ihre Lungen. Ein wenig fühlte sich dieser Ort schon nach Heimat an.

Im Moment herrschte hier allerdings ungewohnte Ruhe. Die Werkbänke waren noch aufgeräumt und leer, alle Mitarbeiter unterwegs zum Lindenhof zur ersten Versammlung des neuen Jahres. Lotte hatte Corinna lediglich gebeten, die Zettel mit den Zahlen und das Protokollbuch zu holen, in dem die Ergebnisse jeder Versammlung festgehalten wurden.

Beides lag auf dem alten Schreibtisch ihrer Mutter. Schnell ging sie hinüber, griff danach und nahm dazu noch einen Ersatzstift mit. Das hatte sie inzwischen gelernt. Kugelschreiber verschwanden hier genauso schnell wie an der Uni in Berlin, und wenn sie keinen Stift dabeihatte, ging das große Suchen los, weil niemand sonst daran dachte, das Protokoll zu führen.

Dann machte sie sich auf den Weg zum Versammlungsraum.

Während der Betriebsferien hatte sie nicht aufgehört, darüber nachzugrübeln, wie sich die Schreinerei retten ließ. Wer hätte gedacht, dass ihr der Familienbetrieb einmal so viel bedeuten würde? Aber nicht nur die Hingabe der Mitarbeiter und das soziale Engagement der Firma hatten zu ihrer Entschlossenheit geführt – inzwischen war da auch eine gehörige Portion Trotz, die Corinna bestärkte. Die gesamte Presse schien sich gegen sie verschworen zu haben. Denen würde sie es zeigen!

Einer Lösung war sie dadurch allerdings nicht nähergekommen.

Corinna nickte Matthias zu, der ihr die Tür zum Besprechungsraum aufhielt, damit sie nicht schwerbepackt die Klinke runterdrücken musste. Weiterhin in Gedanken versunken hielt sie auf ihren üblichen Platz neben Lotte zu. Noch immer ging ihr durch den Kopf, was Marc gesagt hatte. Dass sie ihr Spielzeug mit Hilfe von Geschichten verkaufen konnten. Aber sie schrieb Metaphern über das Leben und das Dasein, keine Abenteuer für Kinder. Nur weil sie für das eine einmal fast ein Stipendium bekommen hatte, wer sagte, dass sie das andere überhaupt konnte?

»Danke.« Lotte lächelte sie an, als Corinna die Papiere vor ihr ablegte.

Spontan zog Corinna das Protokollbuch zu sich heran, während sie sich setzte. Besser, sie hielt sich heute mit Reden zurück, damit die Belegschaft sich nicht zu sehr an sie gewöhnte. Allzu lange würde sie ja nicht mehr hier sein. Es war sinnvoller, wenn die Mitarbeiter allein einen Weg aus dieser Krise fanden, den sie später auch ohne Corinna weitergehen konnten. Sie würde helfen, indem sie alle Ideen sorgfältig aufschrieb.

Erst als Lotte sich zu der Person auf ihrer anderen Seite beugte, um kurz ein paar Worte mit ihr zu wechseln, fiel Corinna auf, dass sie ein neues Gesicht in der Runde hatten. Ella Neubauer hätte sie eigentlich direkt an dem roten Haar erkennen müssen, aber sie war wohl zu abgelenkt gewesen. Fragend blickte Corinna ihre Tante an. »Müssen wir zuerst über unsere Schulden wegen der Kreissäge reden?«

Ella lächelte. »Das müsst ihr mit meinem Chef klären, damit hab ich heute nichts zu tun.«

Corinna musste sehr verwirrt dreingeschaut haben, denn Lotte lachte. »Ich hatte mit Petra darüber gesprochen, ob wir vielleicht Spielzeug mit Elektronik bauen könnten. Und Ella hat sich dazu bereiterklärt, uns zu dem Thema zu beraten.«

Corinna nickte. »Das hört sich gut an.«

Das tat es tatsächlich. Elektronisches Spielzeug mit verschiedenen Funktionen war der Hit, das sah man schon allein an der Werbung, die im Fernsehen lief. Allerdings hatte Corinna noch nie eine Kombination von moderner Technik mit Holzspielzeug gesehen. War das überhaupt möglich?

Bevor sie eine entsprechende Frage stellen konnte, räusperte sich Lotte. »Ich schätze, wir sollten anfangen.« Ihr Blick fiel auf das Buch vor Corinna. »Übernimmst du heute das Protokoll? Dann leite ich die Versammlung, schätze ich.«

Corinna nickte. Zurückhaltung war heute eindeutig die richtige Entscheidung.

»In Ordnung.« Lotte erhob die Stimme nur wenig, aber genug, dass das Gemurmel im Raum erstarb. Stühle rückten, als auch die letzten ihre Plätze einnahmen.

»Willkommen zurück! Ich freue mich, euch alle gesund und hoffentlich erholt im neuen Jahr begrüßen zu dürfen. Machen wir es kurz.« Lotte rückte die Papiere vor sich zurecht, obwohl es darauf gerade gar nichts abzulesen gab. »Ihr wisst, weshalb wir heute hier sind. Wir brauchen neue Ideen. Wer möchte anfangen?«

Auf Anhieb meldete sich niemand. Alle blickten sich um, hofften wohl darauf, dass jemand anders den ersten Schritt machte. Unruhig rutschte Corinna auf ihrem Stuhl vor. Traute sich keiner, weil Lottes Aufforderung zu forsch gewesen war? Sollte sie doch etwas sagen? Um das Eis zu brechen?

Schließlich seufzte Lotte. »Gut, dann fange ich an. Ich habe heute Ella mitgebracht.« Sie deutete auf die rothaarige Frau neben sich. »Um über elektronisches Spielzeug zu reden.«

Das brachte immerhin Leben in die Runde. Rudi meldete sich als Erster zu Wort. »Reden wir von bunt blinkenden Lichtern oder Spielzeug mit Geräuschen?«

Ella hob die Schultern. »Kommt drauf an. Ihr liefert die Ideen. Ich sag euch, was möglich ist und wie.«

Das brach endgültig den Damm. Fragen prasselten auf Ella ein. Corinna bewunderte, mit welcher Geduld und Leichtigkeit sie alle beantwortete. Ganz folgen konnte Corinna bei den technischen Details nicht, aber was sie verstand, war, dass nicht nur blinkende Lichter möglich waren, sondern auch sich bewegende Teile. Petra schien bereits einige Ideen zur Umsetzbarkeit zu haben.

Die Versammlung beschloss, eine neue Version der Mondrakete herzustellen, die Elektronik enthalten würde. Ella stimmte zu, auf Stundenbasis daran mitzuarbeiten.

Aber würde das die Wende bringen? Corinna hatte ihre Zweifel. Auch elektronisches Spielzeug gab es auf dem Markt schon genug.

Weitere Ideen wurden eingebracht. Rudi schlug vor, den Sammler-Markt anzusprechen und detailgetreue Modelle von Autos und Flugzeugen zu bauen. Dieser Vorschlag stieß allerdings auf Skepsis.

»Ich weiß nicht«, sagte Elvira. »Ich würde lieber weiter Dinge für Kinder machen anstatt etwas, das in irgendeiner Vitrine verstaubt.«

»Erwachsene Sammler sind auf jeden Fall eine sehr spezielle Klientel«, warf Lotte ein. »Und wir kennen uns damit überhaupt nicht aus. Das wäre sehr riskant.«

»Teuer wäre es auch«, gab Georg zu bedenken. »Außerdem könnte nicht jeder von uns so filigrane Teile herstellen. Was ist mit denen, die keine Ausbildung haben?« Er schüttelte den

Kopf. »Ich bin dafür, möglichst kostengünstige Dinge zu produzieren. Die leisten sich die Kunden dann eher. So etwas wie Holzpuzzle oder diese Rahmenpuzzle mit wenigen Teilen. Erinnert ihr euch? Davon hatten wir früher schon welche im Angebot, die haben sich doch immer gut verkauft.«

»Ja«, rief Elvira. »Ich erinnere mich! Die Puzzles mit den bunten Tiermotiven, das war wirklich schönes Spielzeug.«

Lotte runzelte die Stirn und machte sich eine Notiz. »Ich frage Marianne danach. Könnte sein, dass sich das Geschäft mit den Puzzles nicht gelohnt hat. Versteht ihr, das ist ähnlich wie mit unseren Kleinprodukten, die sich prima verkaufen. Die Mobiles zum Aufhängen oder die kleinen Engelchen gehen auf den Weihnachtsmärkten immer weg wie warme Semmeln, aber unterm Strich lohnt sich das alles nicht. Davon kann der Betrieb nicht dauerhaft überleben. Wir brauchen etwas Besonderes, möglichst Innovatives, das sich in großer Stückzahl produzieren und verkaufen lässt!«

»Vielleicht hätte ich da eine Idee …«, meldete sich Petra. Sie schlug vor, Gebäudeteile zu bauen. »Damit könnten wir unsere Puppenhäuser modellbaukastenartig variieren.«

Alle blickten sie ratlos an.

»Wie meinst du das?«, fragte Corinna.

»Gib mir mal ein Blatt Papier!« Eilig kritzelte Petra Entwürfe auf die herausgetrennte Seite des Protokollbuchs, um ihre Idee zu verdeutlichen. Alle schauten ihr gebannt zu.

»Stellt euch vor, die Leute kaufen zuerst ein kleines Puppenhaus.« Sie malte eines auf den Zettel und hielt ihn hoch. »Aber dann stellen sie fest, dass sie doch gerne noch ein extra Zimmer hätten. Oder einen Balkon oder eine bespielbare Dachetage. Ein ganz neues Puppenhaus wollen sie vielleicht nicht kaufen. Aber was, wenn sie …« Wieder huschte ihr Stift über das Papier. Als sie es hochhob, hatte das Haus einen Anbau. »… nur einzelne Zimmer dazukaufen müssten?«

Das Gemurmel, das nun erklang, wirkte schon deutlich begeisterter. Corinna lächelte. Petra hatte wirklich das Zeug dazu, die Produktion zu leiten. Wenn da nur nicht die jüngsten Skandale wären.

»Das ist schön und gut«, sagte Lotte schließlich. »Aber das ändert wenig daran, dass die Leute generell weniger Puppenhäuser kaufen, oder?«

Petra presste unmutig die Lippen aufeinander, aber Corinna konnte sehen, dass sie kein Argument dagegen hatte.

Das Problem war wirklich knifflig. Der Lindenhof war bislang immer stolz auf seine Qualität gewesen, die Puppenmöbel waren hochwertig verarbeitet und langlebig. Familien schätzten die Puppenhäuser auch gerade dafür, dass sie von einer Kindergeneration zur nächsten vererbt werden konnten. Aber genau das schränkte neue Verkaufsmöglichkeiten leider auch stark ein.

Die Stimmung im Raum wurde verbissen. Sie hatten sich alle Mühe gegeben, aber die wirklich zündende Idee fehlte noch, das spürte Corinna. Wieder kamen ihr Marcs Worte in den Sinn. Sollte sie vielleicht doch etwas sagen? Sie mochte Petras Idee, womöglich ließ sich die weiter ausbauen. Zumindest einen Anstoß konnte sie geben.

»Wie wäre es«, sagte sie jetzt, »wenn wir nicht nur ergänzbare Puppenhausmodelle bauen, sondern auch andere Gebäude. Zum Beispiel …« Und mit einem Mal sah sie es vor sich. »Im Grunde ist doch alles möglich! Ein Bauernhof mit Reitstall und Koppel. Oder zum Beispiel eine Burg. Und es müssten nicht einfach neue Zimmer sein, die man dazu kaufen kann, sondern Teile, die neue Möglichkeiten des Spiels eröffnen. Stellt euch die Burgmauer vor.« Sie klappte das Protokollbuch zu und stellte es hochkant auf, um eine Mauer anzudeuten. »Die Angreifer beschießen sie mit Katapulten.« Konnten Katapulte überhaupt Burgmauern zerstören? Corinna wusste es nicht, aber vielleicht brauchte es ohnehin noch etwas Beeindruckenderes. »Oder die bösen Ritter verfügen über Zauberkräfte und beschwören ein Erdbeben.« Corinna stieß das Buch um, und mehrere Leute im Raum zuckten bei dem Knall zusammen. Aber sie war zu sehr in ihrer Geschichte gefangen, um sich darüber groß Gedanken zu machen. »Die vorher intakte Burgmauer enthält ein Teil, das herausgenommen werden kann. Damit lässt sie sich in eine kaputte Burgmauer verwandeln. Die Feinde dringen in die Stadt ein.«

Atemlos hielt sie inne. Wo war das denn hergekommen? Ja, sie hatte sehr viel über die Belagerung Trojas gelesen, immerhin kam daher ihre Idee zu ihrem Roman ›Patroklos' Fall‹. Aber Burgen und Ritter mit magischen Kräften waren normalerweise nicht ihr Ding.

Für einen Moment herrschte Stille im Raum. Selbst Petra, die normalerweise um kein Wort verlegen war, blickte Corinna erstaunt an.

Schließlich brach ein Lachen das Schweigen. Es kam von Ella. »Weißt du was? Du solltest Geschichten zu jedem Spielzeug schreiben. Dann verkaufen sie sich bestimmt.«

Schon die zweite Person, die so etwas sagte. Corinna öffnete den Mund, um zu protestieren, aber Petra kam ihr zuvor.

»Ja, das wär super! Ich kann dann Modellteile entwerfen, die genau zu deinen Geschichten passen.«

Mit dem Protest noch auf der Zunge hielt Corinna inne. Holzspielzeug, das ihren Geschichten entsprach, war nichts, was sie sich bisher gewünscht hatte, aber die eigenen Geschichten buchstäblich anfassen zu können, das klang verlockend.

»Ich mag die Idee«, ließ sich nun auch Tomasz vernehmen.

»Ich wette, mein Sascha wäre begeistert davon. Sicher auch andere Kinder. Oder was denkt ihr?« Ringsum erklang zustimmendes Gemurmel.

Unsicher ließ Corinna den Blick in der Runde schweifen. Sie hatte sich doch heute zurückhalten wollen. Weil sie schon bald in ihr altes Leben zurückkehren würde.

Andererseits, Geschichten schreiben konnte sie auch von Berlin aus. Dafür musste sie nicht hier vor Ort sein.

Und von der anderen Seite des Tisches grinste Petra sie an – mit diesem Blick, den Corinna noch aus ihrer Kindheit kannte. Es war ein Blick, der Spaß und Abenteuer versprach.

Vielleicht war es einen Versuch wert.

»In Ordnung«, sagte sie. »Wir versuchen es.«

Applaus brandete auf.

Nachdem sie über verschiedene Ideen abgestimmt hatten, war die Laune am Tisch gut. Auch Corinna blickte mit einer gewissen Vorfreude in die Zukunft. Vielleicht war das eine gute Art, wieder ins Schreiben hineinzufinden. Kleine, etwas weniger anspruchsvolle Geschichten für Kinder.

Einig war man sich in der Runde nach kurzer lebhafter Diskussion auch darüber, die Teilnahme an der Nürnberger Spielwarenmesse im Februar abzusagen. Marianne war nicht in der Lage hinzufahren, und für Lotte, die finanziell den Überblick hatte, standen Kosten und Nutzen in keinem Verhältnis.

»Wenn wir im nächsten Jahr attraktive Neuheiten ausstellen können, sieht das natürlich anders aus«, sagte sie, um den murrenden Rudi zu beschwichtigen, der Verwandte in Nürnberg hatte und jedes Jahr mit zur Messe gefahren war. »Dieses Mal ist dafür einfach die Zeit zu knapp.«

Das sah Rudi ein. Und gegen seinen Vorschlag, allein als Besucher hinzufahren und anschließend Bericht zu erstatten, hatte niemand etwas einzuwenden.

»Marktbeobachtung ist immer sinnvoll«, sagte Lotte mit gefurchter Stirn. »Je mehr wir über die Konkurrenz wissen, umso besser können wir uns davon abheben.«

Dann schien alles gesagt. Die Ersten erhoben sich bereits, als Lotte sich laut räusperte. »Wartet! Wir müssen noch über die Frage der Geschäftsführung reden.«

Sofort wurde die Stimmung im Raum ernst. Matthias und Szymon ließen sich wieder auf ihre Stühle sinken. Bedrücktes Schweigen senkte sich über den Tisch.

Auch Corinna war mit einem Mal nervös. Sie wusste, was ihre Mutter sich von ihr wünschte, aber sie konnte ihr diesen Wunsch einfach nicht erfüllen. Sie hatte ihr Studium, das ihr wichtig war, und ihr Leben in Berlin.

»Wie ihr wisst, ist Marianne erblindet«, fuhr Lotte fort. »So, wie es aussieht, wird sich daran auch nichts mehr ändern; die Ärzte haben ihr leider wenig Hoffnung auf Heilung gemacht. Sie kann die Geschäfte nicht mehr führen. Wir brauchen vorerst zumindest eine kommissarische Nachfolge, später dann eine dauerhafte. Gibt es freiwillige Kandidaten?«

Schlagartig senkten sich die Köpfe. Gestandene Männer und Frauen taten mit einem Mal so, als wäre die Tischplatte, an der sie seit Jahrzehnten tagten, enorm interessant.

Corinna konnte sie gut verstehen. Sie wollte ja auch nicht in Mariannes Fußstapfen treten.

Schließlich äußerte sich Elvira. »Lotte, möchtest du das nicht weitermachen? Du leistest doch bei der Buchhaltung sehr gute Arbeit.«

»Ja«, stimmte Szymon ihr zu. »Du jonglierst die Zahlen, als wärst du dafür geboren!«

Verlegen blickte Lotte in die Runde. »Ähm … also …« Sie warf Ella einen Hilfe suchenden Blick zu. Corinna hörte diese leise sagen: »Mach, was dich glücklich macht, Schneeflöckchen.«

Corinna fragte sich, ob es wohl eine Geschichte hinter dem Kosenamen gab. Zuzusehen, wie liebevoll ihre Tante und ihre Partnerin miteinander umgingen, entlockte ihr ein Lächeln.

Lotte straffte die Schultern. »Also, wenn ihr das möchtet, wäre es mir eine Ehre.«

»Sollen wir abstimmen?«, fragte Corinna und zückte ihren Stift. Die Buchhaltung in sicheren Händen zu wissen, war auf jeden Fall eine große Erleichterung.

Am Ende vermerkte sie im Protokollbuch eine einstimmige Ernennung von Lotte zur kaufmännischen Geschäftsführerin. Lotte bestand jedoch darauf, dass jemand anderes die Verantwortung für den kreativen Bereich übernehmen sollte, und alle waren sich einig, dass zwei Personen an die Spitze zu stellen, eine gute Idee war.

Corinna bemerkte sofort, wie einige der Leute am Tisch sie erwartungsvoll anschauten. Warteten sie darauf, dass sie sich freiwillig für den kreativen Part meldete? Da konnten sie lange warten.

Allerdings sagte sie besser schnell etwas, bevor jemand den Mund aufmachte und sie vorschlug. »Ich bin dafür, dass Petra das übernimmt. Sie ist nicht nur kreativ, sondern schon lange dabei und kennt sich bestens mit Holzarbeiten aus.«

Über den Tisch hinweg warf die alte Freundin ihr einen überraschten Blick zu. Auch Lotte gab einen erstaunten Laut von sich. Während die Runde diskutierte, beugte sie sich zu Corinna hinüber. »Hältst du das für klug?«, flüsterte sie.

Corinna sah die Zweifel in ihrem Blick. »Ja«, wisperte sie zurück. »Wenn wir Petra genug Verantwortung übertragen, reißt sie sich vielleicht zusammen und hat keine Zeit mehr für diesen Sebastian. Dann sollte es keine weiteren Eskapaden und peinlichen Auftritte geben, auf die sich die Klatschpresse stürzen kann.«

Ein leichtes Lächeln erschien auf Lottes Gesicht. »Ich mag, wie du denkst. Das könnte tatsächlich das Problem auf gute Weise lösen.«

Und dass Petra die Verantwortung wollte, war deutlich zu sehen. Ihre Augen leuchteten, auch wenn sie sich sichtlich zurückhielt. »Es wäre mir … Wie hat Lotte das gesagt? Es wäre mir eine Ehre.«

Auch diese Abstimmung verlief schnell und einstimmig. Am Ende war Corinna erschöpft, aber sehr zufrieden. Endlich fügten sich die Dinge. Jetzt musste es ihr nur noch gelingen, Lotte oder Petra zu überzeugen, auf den Lindenhof zu ziehen. Wenn jemand auch im Alltag ein Auge auf Marianne hatte, konnte sie guten Gewissens nach Berlin zurückkehren. Dann hatte sie ihren Teil hier getan.

Und Argumente dafür gab es ja genügend – Lotte müsste nicht mehr ständig Hennis Auto ausleihen, um hin- und herzufahren oder Petra, die ständig in Geldnot war, könnte ihre Miete sparen. Mal sehen, wie die beiden auf ihren Vorschlag reagierten.

Pfeifend verließ Corinna den Besprechungsraum. Alles würde gut werden.

KAPITEL 28

»Das ist alles, was Sie mir anzubieten haben?« Mit einer abfälligen Geste fegte Marcs Chef das Material vom Tisch. Auch das Band mit dem Hörfunkbeitrag, an dem Marc zwei Tage lang gebastelt hatte, um den Ton verständlicher zu machen, flog zu Boden. »Das taugt alles nichts, und das wissen Sie selbst! Ich dachte, wir hätten uns verstanden, Helmers?«

Marc zählte innerlich bis zehn, ehe er antwortete.

Trotzdem klang seine Stimme gepresst, so schnell ließ sich sein Ärger nicht hinunterschlucken. »Sie wollten, dass ich mich mehr am Alltagsgeschäft beteilige. Genau das habe ich getan.«

In der letzten Woche hatte er jeden Tag mindestens einen aktuellen Lokalbericht abgeliefert. Am Mittwoch sogar eine ausführliche Reportage – über die absurden Salzmengen, die der Winterdienst auf den Straßen verstreute, und welche Gefahr für die Natur laut Expertenmeinung darin lag.

»Für solche Banalitäten interessiert sich kein Schwein«, brüllte Herzog. »Wo ist Ihr Riecher für die guten Storys geblieben? Für die Knüller, die Skandale? Solche wollten Sie doch aufdecken, als Sie hier angefangen haben.«

»Das will ich immer noch«, sagte Marc.

»Warum zum Teufel tun Sie es dann nicht?«

»Weil …« Es gab genügend Gründe. Weil Heilbronn eben nicht New York war, wo nebenan John Lennon wohnte, der vor der eigenen Haustür erschossen wurde. Und weil das sowieso nicht die Art von Geschichten war, die Marc gern schreiben wollte. Er interessierte sich für die kleinen Leute und die Widrigkeiten, denen sie ausgesetzt waren. Für Dinge, die den Menschen schadeten und von Arbeitgebern oder Regierungen vertuscht wurden.

Leider war das seinem Chef scheißegal.

»Was Sie aus der Lindenhofsache gemacht haben, hätte jeder Praktikant am ersten Tag aufregender hinbekommen«, grollte er. »Vielleicht habe ich mich in Ihnen getäuscht, Helmers, und Sie sind einfach zu weich für den Job. Nehmen Sie sich ein Beispiel an Gerster! Von dem können Sie noch eine Menge lernen.«

Marc horchte auf. »Was soll das heißen?«

»Diese raffinierte Möchtegernliteratin hat Sie eingelullt wie einen Anfänger! Die Kleine hat Sie doch nur filmen lassen, um vom Wesentlichen abzulenken. Und Sie fallen blind darauf rein! Stellen den Betrieb sogar noch als familiär und vorbildlich dar.« Herzog schnaufte verächtlich. »Zum Glück hat Ihr Kollege sich nicht täuschen lassen!«

»Gerster ist weiter an der Sache dran?«

»Ja, und weitaus erfolgreicher als Sie!« Herzog lachte auf, aber es klang nicht fröhlich. »Wir werden Ihre falsche Darstellung umgehend korrigieren. Gerster hat nämlich ein äußerst aufschlussreiches Interview mit einem Unternehmer geführt, der die Damen, die den Betrieb leiten, schon lange kennt. Und was dabei ans Licht gekommen ist …« Er rollte mit den Augen. »Oh, là, là, sag ich da nur!«

Marc schwante Böses. »Mit wem hat Gerster gesprochen?«

»Das können Sie sich heute im Abendjournal ansehen«, sagte Herzog grob. »Sie halten sich jedenfalls künftig raus, klar? Diese Geschichte ist für Sie erledigt, Sie hatten Ihre Chance und haben Sie nicht genutzt.«

Er griff nach rechts in ein überfülltes Ablagefach, zerrte ein dickes Bündel Briefe heraus und drückte es Marc gegen die Brust. »Ich gebe Ihnen eine neue Rubrik, die Ihren Fähigkeiten eher entsprechen dürfte. Ab heute kümmern Sie sich um die Post.«

Marc bückte sich verwirrt, um zwei Umschläge aufzuheben, die aus dem Stapel gerutscht waren. »Welche Post?«

»Die Zuschriften von unseren Hörern und Zuschauern! Machen Sie jeden Tag einen netten kleinen Beitrag daraus, in dem Sie ein paar Fragen herauspicken und beantworten, oder was Ihnen sonst dazu einfällt. Die Leute werden sich freuen, wenn der Sender sich nahbar zeigt, verstehen Sie? Wenn Sie das gut machen, geht Ihnen der Nachschub nie aus.« Wieder lachte Herzog, und dieses Mal war die Verachtung, die darin mitschwang, unverkennbar. »Ich bin überzeugt, dass Sie das toll machen werden, Helmers. Mit Ihrem glatten Gesicht und der sonoren Stimme sind Sie genau der Richtige dafür!«

Marc kochte vor Wut, als er das Büro seines Chefs verließ und den Stapel Post mitnahm. Nicht, dass er es als unter seiner Würde empfand, sich um die Zuschriften an den Sender zu kümmern – nein, das war es nicht.

Aber sollte er zukünftig die gute Seele des SDR mimen? Quasi eine Art männliches Pendant zur Lottofee sein, das niemandem etwas zuleide tat und immer ein offenes Ohr hatte?

Das verletzte seine journalistische Würde dann doch – und vermutlich lag genau das in Herzogs Absicht. Er wollte ihm eine Lehre erteilen, klarmachen, wer hier das Sagen hatte. Und Marc hasste es, dass er nichts dagegen tun konnte.

Obwohl – vielleicht doch?

Zumindest konnte er Hartmut auf den Zahn fühlen und mehr darüber herausfinden, was es mit diesem ominösen Interview auf sich hatte. Vermutlich gelang es ihm nicht zu verhindern, dass es ausgestrahlt wurde, aber versuchen musste er es. Das war er nicht nur Corinna, sondern auch sich selbst schuldig.

Marc machte mitten auf dem Flur kehrt und stapfte zur Treppe.

Hartmut Gersters Büro lag eine Etage höher. Es war kleiner als die meisten anderen Zimmer im Haus, aber dafür hatte er es für sich allein, und niemand beschwerte sich mehr über den Gestank und seine Kautabakreste, die auf dem Teppich klebten, weil er gelegentlich beim Spucken das Ziel verfehlte.

Marc riss die Tür auf, ohne anzuklopfen.

»He«, sagte er barsch.

Hartmut telefonierte gerade. »Ich ruf später wieder an«, sagte er und legte hastig den Hörer auf. »Was soll das? Du kannst doch nicht einfach so reinplatzen!«

Marc besann sich. Mit Unfreundlichkeit und Wut erreichte er garantiert nichts, und dank der Rückendeckung vom Chef saß Hartmut gerade klar am längeren Hebel. Er musste es anders angehen, wenn er hier etwas ausrichten wollte.

»Tut mir leid«, quetschte er hervor. »Ich hab gehört, du hast was Neues über den Lindenhof herausgefunden?«

»Ja, das war ganz leicht.«

»Ach, war es das?«

Hartmut stützte beide Ellenbogen auf den Schreibtisch und legte die Fingerspitzen aneinander. »Man muss nur mit den richtigen Leuten reden.« Er grinste süffisant. »Ist mir unerklärlich, wieso du das versäumt hast.«

Marc kam es vor, als würde sein Kollege in seinem Triumph geradezu baden. »Wer sind die richtigen Leute?«

»Theodor Werwinkel zum Beispiel.«

»Dieser Typ aus Hall, der die Beerdigung gestört hat?«

Hartmut hob die Brauen. »Dieser Typ, wie du ihn nennst, ist ein einflussreicher Unternehmer, der die Wagners schon seit langem kennt. Um genau zu sein, seit der Neugründung ihrer Schreinerei in den fünfziger Jahren.«

»Aha. Und?«

»Der Betrieb stand schon immer auf wackligen Füßen. Die bisherige Geschäftsführerin hat weder eine fachliche noch eine betriebswirtschaftliche Ausbildung. Das mag ja damals nach dem Krieg so möglich gewesen sein, aber zeitgemäß ist das nicht. Ein Wunder, dass nicht schon viel früher Unfälle passiert sind.«

»Sagt Herr Werwinkel das in deinem Interview, das heute Abend auf Sendung geht?«

»Oh, der sagt noch was ganz anderes!« Jetzt geriet Hartmut in Fahrt. »Die Wagners agieren derart fahrlässig, dass sie anscheinend kein Problem damit haben, dass in ihrem Betrieb kriminelle Subjekte arbeiten.«

Marc verspürte das dringende Bedürfnis sich zu setzen. Doch auf dem einzigen Stuhl, der im Zimmer stand, stapelten sich Papiere.

»Darf ich?«, fragte er trotzdem und nickte in Richtung des beladenen Stuhls.

»Warum fragst du? Ach so, warte.« Hartmut kam hinter seinem Schreibtisch vor und räumte den Stuhl frei. Dabei warf er einen neugierigen Blick auf Marcs Umschläge.

»Was schleppst du da eigentlich durch die Gegend?«

»Nichts von Belang.«

»Ist das die Zuschauerpost?« Hartmut feixte, während er sich wieder setzte. »Hat Herzog seine Drohung also wahrgemacht?«

Marc ging nicht darauf ein. »Zurück zum Thema bitte.«

»Was interessiert dich denn daran so brennend?«

»Von welchen kriminellen Mitarbeitern redet Werwinkel? Mir sind jedenfalls keine aufgefallen, als ich dort war. Wen meint er also?« Er blickte den Kollegen scharf an. »Und wie bist du überhaupt auf den redefreudigen Herrn Werwinkel aufmerksam geworden? Woher wusstest du, dass er dazu etwas aussagen kann?«

»Er war auf dem Friedhof, wie du selbst bemerkt hast.«

»Die Beerdigung ist doch schon Wochen her!« Allmählich verlor Marc die Geduld. »Hältst du mich für blöd?«

»Na gut, es gab einen anonymen Hinweis, der mich auf die Spur gebracht hat.«

»Einen Hinweis?«

Hartmut zog einen getippten Brief hervor, ähnlich dem, den Marc vor einiger Zeit erhalten hatte. »Hier stehen ein paar interessante Dinge über eine Angestellte namens Petra drin, die offenbar ein Alkoholproblem hat und zu Straftaten neigt. Sie war an dem Unfall mit dem Transporter beteiligt, das ist nachgewiesen. Vielleicht hat sie den Unfall sogar verschuldet, und der einarmige Mann wollte sie nur schützen, wer weiß? Zuzutrauen ist es ihr. Zuletzt ist diese Petra in der Öffentlichkeit jedenfalls dadurch aufgefallen, dass sie Werwinkels Sohn zu Straftaten verführt hat. Er soll nur wegen ihr in einer Bar randaliert haben.«

»Behauptet wer? Dein anonymer Hinweisgeber?«

»Es war ein Zeitungsausschnitt beigefügt, der das belegt.« Hartmut griff in den Umschlag. »Siehst du? Im Übrigen hat Herr Werwinkel im Interview die Vorwürfe bestätigt.«

Marc schwieg. Es war auffällig, wie sehr da jemand bestrebt war, den Lindenhof an den Pranger zu stellen.

»Ich habe vor einiger Zeit etwas Ähnliches erhalten«, sagte er.

»Sollte uns das nicht misstrauisch machen? Dass hier jemand versucht, uns zu manipulieren?«

»Quatsch!« Hartmut wischte den Einwand beiseite. »Der neue Hinweis kam sicher nur, weil du es versäumt hast, dich um den ersten zu kümmern. Warum bist du der Sache nicht gleich nachgegangen?«

»Bin ich doch!«

»Aber nicht richtig und konsequent! Das hat Herzog an deiner Berichterstattung ja auch bemängelt.«

Es war sinnlos, mit Hartmut zu diskutieren.

Er wollte sich von Marcs Argumenten nicht überzeugen lassen, dass hier jemand versuchte, mit Hilfe der Medien ein Unternehmen zu diskreditieren.

»Warum sollte jemand so was tun?«

Auf die Frage hatte Marc leider keine Antwort. »Das herauszufinden sollte unser Anliegen sein! Nicht, auf einen dubiosen Zug aufzuspringen oder wie Marionetten an der Strippe eines unbekannten Hinweisgebers zu zappeln.«

»Vergiss es«, wehrte Hartmut ab. »Herzog und ich sind da völlig einer Meinung. Wenn du die eindeutigen Aussagen von Herrn Werwinkel hörst, wirst du das auch so sehen wie wir. Oder hier, vielleicht ändert das ja dein Weltbild!«

Er zog ein Foto aus dem Umschlag und warf es vor Marc auf den Schreibtisch. »Davon wusstest du nichts, stimmt's? Hat dir bei der Betriebsbesichtigung keiner verraten …«

Das Foto war nicht sonderlich gut, was Schärfe und Kontraste betraf. Es war aus der Ferne aufgenommen, vermutlich weil der Fotograf nicht bemerkt werden wollte, und so hatte er die beiden Personen darauf nur herangezoomt. Das Bild zeigte zwei Frauen auf Schlittschuhen am Rand eines zugefrorenen Sees oder Teichs, die sich aneinanderklammerten. Nicht, weil eine von ihnen zu stürzen drohte, sondern weil sie sich gerade innig küssten. Die Frau links war eindeutig Lotte, Corinnas Tante. Die andere Frau kannte Marc nicht, aber mit dem langen roten Haar, das ihr über die Schultern fiel, war sie sicher leicht zu identifizieren.

»Was soll das?« Marc wusste nicht, was er sagen sollte, so mies und schäbig fand er die Vorgehensweise.

»Sodom und Gomorrha«, zischte Hartmut. »Das ist es, was bei einer Weiberwirtschaft am Ende rauskommt.«

»Jetzt mach dich nicht lächerlich!«

»Lächerlich bist du, wenn du so was gutheißt!«

Marc konnte zuerst nicht glauben, dass sein älterer Kollege das ernst meinte. Aber Hartmut meinte es absolut ernst.

»Du hast aber schon mitbekommen, dass wir nicht mehr im Mittelalter leben, oder?«, fragte Marc.

Hartmut riss das Foto wieder an sich. »Wer auch immer das aufgenommen und unserer Redaktion zugeschanzt hat, scheint meine Ansichten zu teilen.«

»Du hast wirklich vor, das zu veröffentlichen?«

»Natürlich! Es illustriert doch vortrefflich, um was es dort geht. Lose Sitten, lose Sicherheitsbestimmungen, es ist ein Skandal, wie der Betrieb geführt wird. Und von wem!« Er lachte höhnisch. »Vielleicht schanzt mir meine unbekannte Quelle demnächst ja noch ein paar hübsche Bildchen von der jungen Literatin zu. Ha, das wär ein Quotenhit!«

Es kostete Marc ziemlich viel Beherrschung, Hartmut nicht die geballte Faust ins Gesicht zu schlagen. Stattdessen schnappte er seine Zuschauerpost und ging zur Tür.

Dort wandte er sich noch einmal um. »Ich weiß ehrlich nicht, wer von euch beiden das größere Arschloch ist – Herzog oder du!«

Bis zum Nachmittag drückte er sich davor, Corinna anzurufen. Dann wählte er doch ihre Nummer. Er musste sie vorwarnen, er konnte die Sache nicht einfach laufenlassen.

Sie reagierte erschüttert. »Der Spuk geht also weiter? Mit noch übleren Methoden?«

»Eindeutig, ja.«

»Und du kannst nichts dagegen tun?«

»Leider nein.« Er hasste es, das zugeben zu müssen. »Im Moment hat Gerster völlig freie Hand. Mein Chef befürwortet, was er da macht.«

Corinna schwieg. Nur anhand ihres Atems hörte er, dass sie nicht aufgelegt hatte. Marc wünschte sich, sie stünde jetzt neben ihm und er könnte sie in den Arm nehmen, ihr Halt geben. Sie auf irgendeine Weise unterstützen.

»Ich muss Lotte informieren«, sagte sie leise. »Es ist so unfair, das hat sie nicht verdient.«

»Niemand hat das.«

Nach Marcs Meinung war auch Petras Anteil an dem Vorfall in der Schweiz deutlich geringer. »Sie hätte sich wohl besser einen anderen Freund ausgesucht. Werwinkels Sohn scheint ein echtes Früchtchen zu sein.«

»Sag ihr das.« Corinna seufzte. »Wir haben gerade erst besprochen, dass Petra mit Lotte die Geschäftsführung übernehmen soll. Aber wenn das solche Kreise zieht, wird es schwer werden. Wir stellen Kinderspielzeug her, Kunden reagieren recht empfindlich auf solche Eskapaden. Das alles beschädigt das Ansehen des Lindenhofs. Wir können uns das nicht leisten.«

»Ich weiß, mir brauchst du das nicht zu sagen.« Marc fühlte sich hilflos vor Wut. »Hör zu, alles was ich machen kann, ist weiter zu recherchieren. Vielleicht finde ich heraus, wer diese

Quelle ist, von der die anonymen Hinweise kommen. Ich habe den Verdacht, dass der feine Herr Werwinkel persönlich dahintersteckt. Der taucht im Zusammenhang mit eurer Geschichte auffällig oft auf, findest du nicht?«

Corinna stimmte ihm zu. »Der war nicht nur beim Begräbnis meines Vaters, der hat seinen Sohn anschließend auch mit einem Investitionsangebot zu uns geschickt. Hatte ich dir das erzählt?«

»Nein, hast du nicht.« Plötzlich witterte Marc tatsächlich eine Fährte. »Ihr habt das Angebot ausgeschlagen?«

»Ja, Lotte war strikt dagegen, es anzunehmen.«

Marc stellte ihr noch ein paar Fragen und kritzelte alle Informationen auf einen Notizblock. Umkreiste wesentliche Details. Klammerte andere aus und fügte manchen Punkten Fragezeichen hinzu. In seinem Gehirn ratterte es. Irgendwo hier musste ein Motiv vergraben liegen, er sah es nur noch nicht. Wahrscheinlich, weil die Fäden so weit in die Vergangenheit zurückreichten.

»Ich schwöre dir, ich kriege raus, was diesen Werwinkel antreibt«, sagte er. »Vielleicht reicht es, um einiges geradezurücken. Dann verfasse ich einen Gegenbericht.«

Corinna zögerte. »Das wird deinem Chef nicht gefallen.«

»Möglich.« Marc jonglierte mit dem Kugelschreiber. »Ich mache mich trotzdem gleich an die Arbeit.«

Darauf, was Herzog gefiel, würde er keine Rücksicht nehmen. Nach der Bloßstellung heute erst recht nicht.

Und die Zuschauerpost konnte warten.

KAPITEL 29

Über die große Leinwand des Kornwestheimer Autokinos flimmerte ›Das Imperium schlägt zurück‹. Aus dem kleinen Lautsprecher, der auf Sebastians Seite am Fenster des Audi Quattro eingehängt war, quäkte der Ton und ein Heizlüfter fauchte warme Luft in den Innenraum.

Während Sebastian gebannt die actionreiche Handlung des Films verfolgte, war Petra abgelenkt und müde.

Sie hätte lieber mit Sebastian über das Interview mit den hässlichen Anschuldigungen gesprochen, das sein Vater gegeben hatte. Wie stand sie nun in der Öffentlichkeit da? Als wäre sie allein schuld an Sebastians Eskapaden! Daran, dass er zu viel trank, mitunter auch Drogen nahm und dann anderen Menschen gegenüber aggressiv und beleidigend wurde. Dabei konnte sie doch überhaupt nichts dafür! So hatte Sebastian sich schon verhalten, bevor er sie kennengelernt hatte. Es war einfach nur ungerecht und demütigend, dass Herr Werwinkel jetzt vor aller Welt sie dafür verantwortlich machte.

Sebastian lachte über eine komische Filmszene. »He, das war witzig. Zigarette, Süße?« Er hielt ihr die offene Packung hin.

Petra drehte das Gesicht weg. »Nein, danke.«

»Dann nicht«, meinte er achselzuckend. Gleich darauf klackte sein Feuerzeug, als er sich selbst eine anzündete.

Sebastian bemerkte offenbar nicht einmal, wie mies es ihr ging. Oder er wollte es nicht merken, weil ihm der blöde Film wichtiger war als sie.

Gekränkt krallte Petra die Fingernägel in ihre Handflächen. Die Idee, ins Autokino zu fahren, hatte sie zuerst total begeistert, weil sie dort vorher noch nie gewesen war. Auch dass Sebastian keinen romantischen Film, sondern unbedingt die Fortsetzung von Krieg der Sterne anschauen wollte, hatte sie nicht gestört. Weil es der Beweis war, dass sie den richtigen Riecher für Trends hatte. Science-Fiction war derzeit angesagt, nicht nur bei den Kindern mit ›Captain Future‹, sondern generell. Für die Schreinerei bedeutete das, dass die Mondrakete zum Verkaufsschlager werden konnte. Vielleicht war es eine falsche Entscheidung von Corinna gewesen, in diesem Jahr nicht an der Spielwarenmesse in Nürnberg teilzunehmen und die Rakete dort auszustellen.

Petra seufzte. Ihre eigenen Entscheidungen waren sicher auch nicht alle richtig gewesen.

Die vergangenen Wochen schienen ein einziges Auf und Ab an Ereignissen und Gefühlen gewesen zu sein – mal lief alles bestens, dann wieder ging alles schief. Und viel zu oft hing es bloß von Kleinigkeiten ab, wie sich etwas entwickelte.

Sie warf einen Blick zu Sebastian hinüber, der wie gebannt auf die Leinwand starrte. Gerade fiel ein Stück Glut auf seine Hose, aber er bemerkte es nicht. Erst als es sich durch den Stoff schmorte, schreckte er auf.

»Au, verdammt!« Er wischte hastig über den braunen Fleck auf seinem Oberschenkel.

Jetzt tat Petra so, als hätte sie nichts bemerkt. Aber auch das schien ihm egal zu sein.

Sie fragte sich allmählich, ob für ihn überhaupt irgendetwas von Bedeutung war. Eine teure Markenjeans wie die, die nun ein Loch hatte, jedenfalls nicht, er konnte sich jederzeit eine neue kaufen. Aber was war mit ihrer Beziehung? Was bedeutete sie ihm? Im Bett rutschte Sebastian manchmal ein gekeuchtes »Ich liebe dich« heraus, aber meinte er das auch wirklich ernst?

Auf der Leinwand brüllten sich ein paar Weltraumkrieger an. Petra fiel es schwer, der Handlung zu folgen. Sie hatte in den letzten Minuten wohl zu viel verpasst, weil ihr andere Gedanken durch den Kopf gegangen waren.

Auch jetzt wandte sie den Blick gelangweilt wieder aus dem Seitenfenster. Der nächtliche Parkplatz war voller Autos, hier und da sah sie das rote Glimmen von Zigaretten. Andere Besucher rauchten auch. Soeben wehte der Wind eine leere Popcorntüte zwischen den Autoreihen hindurch, sie hüpfte und sprang umher, als wäre sie ein gestreiftes kleines Lebewesen.

Petra presste die Stirn gegen die kühle Scheibe. Ihr war seltsam zumute. Sie wünschte sich, der Film wäre endlich vorbei und sie könnten nach Hause fahren.

Sebastian war aufgedreht und bester Laune, als der Abspann über die Leinwand flimmerte.

»Cooler Film!«, meinte er. »Den könnte ich mir gleich noch mal ansehen.«

Petra lächelte gequält.

»Gehen wir irgendwo noch was trinken?« Er stieg aus, um den Lautsprecher an die fest installierte Säule neben dem Auto zurückzuhängen. »Oder tanzen? Was ist los, warum guckst du mich so an?«

»Ich möchte lieber nach Hause«, sagte sie.

»Machst du schlapp? So spät ist es doch noch gar nicht.«

»Ich muss früh arbeiten.«

»Das musst du sonst auch.«

»Ja, aber …?«

Er stieg wieder ein und knallte die Tür zu. »Dann meld' dich morgen eben krank. Problem erledigt.«

»Für dich vielleicht«, fauchte Petra. »Für mich nicht!«

Jetzt sah er sie zum ersten Mal richtig an. Allerdings verhießen sein abweisender Blick und die gerunzelte Stirn nichts Gutes. »Sag mal, was ist eigentlich los mit dir? Du keifst mich schon den ganzen Abend an.«

»Ich keife überhaupt nicht!«

»Heute schon!« Er rammte den Rückwärtsgang rein und setzte mit durchdrehenden Reifen aus der Parkbucht.

Das Hupen des anderen Autos, das er fast gerammt hätte, ignorierte er. Petra war kurz davor, in Tränen auszubrechen. Ein Unfall, das fehlte ihr gerade noch.

»Kannst du bitte aufpassen?«

»Kann ich schon. Will ich aber nicht!«

Warum klang er so wütend? Nur weil sie ihm widersprochen hatte?

Während er sich in die Autoschlange einreihte, die auf die B27 auffuhr, trommelten seine Finger unentwegt auf dem Lenkrad. Als wenig später auf der Autobahn vor ihm ein Wagen ausscherte und ihn am Überholen hinderte, donnerte er sogar mit der Faust gegen das Leder.

Petra zog es vor zu schweigen, bis er sich abgeregt hatte. Bei Sebastian ging das oft schnell – vor allem, wenn er mit brüllend lauter Rockmusik durch die Nacht rasen konnte, wie er es jetzt tat. Sie stellte sich schon auf fiepende Ohren bei der Ankunft ein.

Erst kurz vor Hall drehte er die Musik leiser. »Kommst du noch mit zu mir?«, fragte er versöhnlich.

Petra nickte.

Sie wollte doch gar nicht mit ihm streiten. Sie musste nur wirklich dringend mit ihm über seinen Vater reden.

Leider war das Thema für Sebastian ein rotes Tuch.

»Muss das sein?«, fragte er, leicht außer Atem.

Sie hatten sich kurz und heftig geliebt, sein Haar hing ihm zerzaust in die Stirn und ein Kratzer prangte auf seiner linken Schulter.

»Ja, es muss sein.« Petra wickelte die Decke um sich, als könne diese ihr Schutz vor Sebastians Zorn bieten. »Weil dein Vater Lügen über mich verbreitet. Er stellt mich hin, als sei ich ein kriminelles Flittchen, das dich zu Drogen und Straftaten verführt.«

»Na und? Er ist ein blöder alter Spießer! Was glaubst du, was er über mich schon alles erzählt hat?«

»Das ist nicht dasselbe.«

»Findest du?« Sebastian stand auf. »Also, das Gespräch gebe ich mir nicht nüchtern.«

Nackt stürmte er aus dem Schlafzimmer und kehrte mit einer Flasche Wodka zurück. Er kickte genervt Petras Klamotten aus dem Weg, dann setzte er die Flasche an die Lippen und trank einen großen Schluck.

»So«, sagte er anschließend. »Jetzt können wir weiterreden.« Er ließ sich neben Petra aufs Bett fallen.

»Mein Vorschlag wäre, du ignorierst einfach, was mein alter Herr sagt. Das tue ich seit Jahren. Ja, er nervt gewaltig, aber am Ende mache ich einfach, was ich will, und er zahlt. Unsere Hotelrechnung aus St. Moritz hat er doch auch brav beglichen.«

»Das nützt mir nichts«, sagte sie.

»Nee? Ich dachte, du warst auch dabei.«

»Willst du mich nicht verstehen?« Petras Verzweiflung wuchs, sie hörte den flehenden Unterton in ihrer Stimme. Warum war Sebastian nur so begriffsstutzig? »Dein Vater ruiniert alle meine Zukunftspläne. Ich habe endlich die Chance, beruflich das machen zu können, was ich immer wollte, und er zerstört es mit seinen Lügen über mich.«

»Zukunftspläne …« Sebastian kippte noch einen Schluck Wodka hinunter. »Wie das klingt! Wollten wir nicht Spaß zusammen haben? War das nicht unser Plan?«

»Ja, aber …« Petra verstummte.

Auf einmal kam ihr alles, was sie sagen wollte, falsch vor. Vielleicht verstand Sebastian sie wirklich nicht. Er hatte sich noch nie Sorgen machen müssen, weder um Geld noch um irgendetwas anderes. Die Welt stand ihm offen, er konnte tun und lassen, was er wollte. Baute er Mist, musste er keine Konsequenzen fürchten – der Einfluss seines Vaters genügte, um ihn reinzuwaschen.

Aber es gab niemanden, der dasselbe für sie tat. Sie musste für alle Folgen ihres Tuns geradestehen. Und jetzt musste sie außerdem noch für Sebastians Taten den Kopf hinhalten. Es war höllisch ungerecht.

Aber war ihr Leben jemals anders gewesen?

»Gib her«, sagte Petra und griff nach der Flasche.

Der Wodka brannte in ihrer Kehle. Sie blinzelte. Trank noch einen Schluck. Und dann noch einen.

Sebastian grinste. »Das ist mein Mädchen.«

Sie ließ sich in die angenehme Wärme seiner Arme fallen. Küsste seine Brust und den Kratzer an seiner Schulter. Die sichtbare Spur ihrer Liebe.

»Mach dir keine Sorgen, Süße«, flüsterte er. »Was heute in der Zeitung steht, interessiert doch morgen schon keinen mehr. Und welches Geschwätz mein Vater von sich gibt, kann uns egal sein. Das ist doch alles nicht wichtig für uns. Was zählt, sind nur wir beide. Oder?«

Sie schmiegte sich an ihn. Spürte, wie seine Finger langsam ihren Rücken hinunterwanderten.

»Ja«, erwiderte sie. »Nur wir beide …«

KAPITEL 30

Corinna zerknüllte den Antwortbrief von Ulrikes Eltern und warf das Papierknäuel gegen die Wand.

Sie hatten ihr das WG-Zimmer gekündigt! Statt das Zimmer vorübergehend untervermieten zu dürfen, sollte sie es möglichst noch im Januar räumen. Wie sollte sie das bitte schaffen? Das waren doch bloß noch ein paar Tage …

Bestimmt hatte sie das wieder Ulrike zu verdanken. Genügte es der nicht, dass sie sich Corinnas Stipendium unter den Nagel gerissen hatte? Musste sie ihr nun auch noch eine mögliche Rückkehr nach Berlin erschweren?

Voller Verzweiflung boxte Corinna in ihr Kissen. Sie hatte sich in ihr Zimmer geflüchtet und aufs Bett geworfen, kaum dass sie den Brief nach dem Mittagessen geöffnet hatte.

Was sollte sie jetzt tun?

Ihre Mutter oder sonst jemanden von der Familie brauchte sie gar nicht erst zu fragen. Die würden es alle gutheißen, wenn sie hierblieb. Schließlich stand die Zukunft der Schreinerei weiterhin auf der Kippe. Petra erwies sich leider als unzuverlässiger denn je, nicht erst seit dem Skandal in der Presse. Sie kam jetzt öfter zu spät oder saß verkatert und mit dicken Augenringen an ihrem Platz. Letzte Woche war sie an einem Morgen gar nicht erschienen und hatte sich kurzfristig krankgemeldet, wobei Corinna bezweifelte, dass das der Wahrheit entsprach. Der Plan, Petra mehr Verantwortung zu übertragen, ging bislang nicht auf. Zumindest hatte er nicht für den erhofften Sinneswandel gesorgt. Sogar Lotte wäre es daher lieber, wenn Corinna blieb.

Es klopfte an der Tür.

»Corinna?«, hörte sie die Stimme ihrer Oma.

Nie hatte man seine Ruhe in diesem Haus! »Ja?«

»Telefon für dich!«

»Kann das nicht warten?«

Aber die schlurfenden Schritte entfernten sich schon, ohne auf ihre Frage einzugehen.

Genervt stand Corinna auf und verließ ihr Zimmer, um den Anruf entgegenzunehmen. Zu ihrer Erleichterung war es Marc, der sich meldete, sobald sie den Hörer ans Ohr presste.

Er merkte ihr sofort an, dass etwas passiert sein musste. »Willst du's mir erzählen? Kann ich dir helfen?«

Sie setzte sich auf den Boden und zog die Beine an. Leider reichte das Telefonkabel nur bis zur Flurecke, aber wenn sie leise sprach, würden ihre Mutter und Oma Barbara vielleicht nichts mitbekommen. In der Stube nebenan, wo die beiden sich aufhielten, lief eine Schlagersendung im Radio.

»Mein WG-Zimmer ist futsch«, berichtete sie. »Ein Nachmieter soll einziehen. Offenbar wartet schon jemand auf das Zimmer, und wenn ich die Miete für Februar nicht völlig umsonst bezahlen will, muss ich so schnell wie möglich meine Sachen aus Berlin holen.«

»Das tut mir leid.« Ansonsten fand Marc die Kündigung aber gar nicht so niederschmetternd wie sie. »Ich verstehe, dass du enttäuscht bist, aber versuch mal, das Positive daran zu sehen. Es muss nicht gleich das Ende von allem bedeuten, ein WG-Zimmer zu verlieren. Was wäre denn so schlimm daran, wenn du dein Studium bis zum Herbst unterbrichst und erst zum Wintersemester wieder einsteigst? Bis dahin sollte sich die

Situation bei dir zu Hause geregelt und stabilisiert haben – sowohl was deine Mutter als auch was eure Schreinerei betrifft. Im Moment zerreißt du dich zwischen zwei Welten, das ist doch keine Lösung. Sei ehrlich, könntest du mit gutem Gewissen schon bald nach Berlin zurück?«

»Nicht wirklich«, gab sie zu.

»Es könnte dir viel Druck nehmen, wenn du dich bis zum Herbst nur auf eine Sache konzentrieren würdest. Du hättest mehr Zeit, um deine Ideen für die Kindergeschichten richtig einzubringen. Zu sehen, wie es läuft.«

Er hatte recht. Mit mehr Zeit könnte sie ihre Ideen weiter entwickeln, vertiefen und anpassen, je nachdem, was sich als verkaufsfördernd erwies. Sie könnte ein festes Fundament für den Erfolg des Lindenhofs schaffen, statt alles Neue nur auf wacklige Füße zu stellen und wieder zu verschwinden.

»Und du denkst, bis zum Herbst hat sich alles eingespielt?«, fragte sie zweifelnd.

»Ich bin kein Hellseher, aber ja, das denke ich.«

Marc klang überzeugt. Das fand Corinna tröstlich.

»Wenn nicht, kann dir jedenfalls niemand vorwerfen, dass es an deinem mangelnden Einsatz gelegen hat. Das zu wissen, würde dir sicher helfen, wenn du dein Studium später wieder aufnimmst.«

»Stimmt.« Sie hätte dann wirklich ihren Teil geleistet. Es versucht, mit allen Mitteln, die ihr zur Verfügung standen.

Mehr konnte niemand von ihr verlangen.

»Danke«, sagte sie. »Offenbar reicht es, ein paar Minuten mit dir zu sprechen, damit ich wieder klarer sehe.«

»Rechnest du mir bitte hoch an, dass ich mich nicht selbst in die Waagschale geworfen habe?«, fragte Marc und lachte. »Weil, ehrlich gesagt, Berlin ist ziemlich weit weg …«

»Und?«

»Du würdest mir fehlen, wenn du jetzt gehst.«

»Du mir auch«, sagte sie und spürte, wie Zärtlichkeit in ihr aufwallte.

Vielleicht war ja auch das ein Wink des Schicksals, die Kündigung des Zimmers nicht allzu schwer zu nehmen. Bis zum Herbst würde sie wissen, ob ihre Liebe zu Marc stark genug war, eine räumliche Trennung auszuhalten. Ihre Gefühle hätten bis dahin noch Zeit zu wachsen.

War es das nicht allemal wert?

»Ich hätte einen Vorschlag«, sagte er und riss sie aus ihren Gedanken. »Was hältst du davon, wenn wir zusammen für ein Wochenende nach Berlin fahren? Ich helfe dir, dein WG-Zimmer zu räumen und du zeigst mir dafür ein bisschen die Stadt?«

Sie wusste spontan gar nicht, was sie sagen sollte, so sehr überwältigte sie sein Hilfsangebot. »Das wär …«, sie musste sich räuspern, »… sehr lieb von dir.«

»Hast du sperrige Möbel? Oder kriegen wir deine Sachen in meinen Kadett?«

»Die Möbel hatte ich von der Vormieterin übernommen, die bleiben dort.« Wenn ihre Nachfolgerin sie nicht haben wollte, war das nicht Corinnas Problem. Darum konnte sich dann gern Ulrike kümmern, der verdankte sie vermutlich die kurzfristige Kündigung.

Corinna überschlug in Gedanken, was sie noch aus Berlin holen musste. Zwei oder drei Umzugskisten würden es sicher werden – Bücher, Kleidung, Kleinkram. Falls es zu viel war, um in Marcs Auto zu passen, konnte sie notfalls einen Teil verschenken. Das hatten andere WG-Bewohner früher auch schon so gehandhabt und beim Auszug einfach einen Karton im Flur stehen lassen.

Sie verabredeten, nächsten Freitag frühmorgens zu starten.

Als Corinna den Hörer auflegte, waren Kummer und Frust über das abrupt erzwungene Ende ihres Berliner Lebens zwar nicht verflogen, aber sie fühlte sich auch nicht mehr ganz so niedergeschlagen. Marc hatte ihr einen möglichen Weg in die Zukunft gezeigt, der sich richtig anfühlte.

Aufgeschoben war nicht aufgehoben. Sie würde im Herbst ihr Studium wieder aufnehmen und neu durchstarten. Ein anderes WG-Zimmer würde sie dann schon finden, beim ersten Mal hatte es doch auch geklappt. Dafür brauchte sie nur ein bisschen Glück und ein paar nützliche Kontakte vor Ort. Vielleicht konnte Martin ihr behilflich sein, seine Nummer hatte sie noch irgendwo notiert.

»Ich geh in die Werkstatt«, rief sie zur Stube hinüber, ehe sie in Jacke und Stiefel schlüpfte, um den Mitarbeitern und Lotte die Neuigkeit zu verkünden.

Ihre Mutter konnte bis zum Abend warten.

Jedes Gespräch mit Marianne war nach wie vor konfliktreich und schwierig. Als Corinna es vor kurzem gewagt hatte, nach der Herkunft ihres Vaters zu fragen, hatte sie glatt auf Granit gebissen. Es geschah ihrer Mutter daher nur recht, wenn sie als Letzte erfuhr, dass Corinna voraussichtlich länger auf dem Lindenhof blieb.

Am folgenden Freitag saß Corinna auf Marcs Beifahrersitz und beobachtete, wie sich der Morgenhimmel langsam aufhellte. Als die ersten Sonnenstrahlen über den Hügeln auftauchten, hatten sie schon fast Nürnberg erreicht.

»Kein Stau auf der A6«, sagte Marc zufrieden. »Muss ich mir merken, diese Uhrzeit.«

»Wieso, ist das so ungewöhnlich?«

»Ja, schon.« Er lachte. »Oder vielleicht hatte ich sonst immer Pech, weil ich ohne dich unterwegs war.«

Corinna lehnte den Kopf gegen das weiche Sitzpolster.

»Als ich damals nach Berlin gezogen bin, hat mein Vater mich hingefahren«, sagte sie. »Mit dem alten Transporter …« Wenn sie die Augen schloss, glaubte sie, seinen speziellen Geruch nach Holz und Farbe noch riechen zu können, das Rütteln zu spüren, mit dem sie über die geflickten Stellen der Fahrbahn geholpert waren.

»Wir haben zusammen Chansons gesungen. Und Phantasietexte an den Stellen dazu gedichtet, wo wir nicht weiterwussten.«

»Du vermisst ihn immer noch sehr, hm?«

Sie nickte. »Ich denke oft an ihn.«

Mehr musste sie nicht sagen. Sie wusste, dass Marc sie verstand.

Für eine Weile herrschte Schweigen zwischen ihnen, aber es war eine vertraute, wohltuende Stille. Vor dem Grenzübergang auf der A9 tankte Marc in Rudolphstein noch einmal voll.

Der Benzinpreis von 1,40 DM überraschte Corinna. »So teuer?« Sie kramte ihren Geldbeutel heraus.

»Tja, leider.« Marc zuckte die Achseln. »Du musst das nicht allein bezahlen, lass uns die Spritkosten teilen.«

»Kommt nicht in Frage.« Sie drückte ihm mehrere Scheine in die Hand. »Wir hatten ausgemacht, dass ich das Benzin zahle. Schließlich fährst du nur meinetwegen nach Berlin.«

Sie gönnten sich an der Raststätte ein schnelles Frühstück. Der Kaffee schmeckte zwar nicht sonderlich gut, sorgte aber dafür, dass Corinna sich danach wacher fühlte.

Die anschließende Grenzkontrolle ging zügig vonstatten. Sie zeigten ihre Pässe vor und bekamen ein Transitvisum für die einmalige Durchreise ausgestellt, auf dem ihre Personendaten vermerkt waren sowie ein Stempel mit Datum und Uhrzeit. Beim Verlassen des DDR-Gebiets würde später sorgfältig überprüft werden, ob die Dauer ihrer Fahrt entsprechend des Visums plausibel war.

»Wehe, wenn nicht.« Marc grinste. »Eine Panne sollten wir uns nicht leisten. Sonst halten sie uns womöglich fest und wir müssen tausend Fragen beantworten.«

Er gab Gas. Der Motor lief zuverlässig, und so erreichten sie bereits am späten Vormittag Checkpoint Bravo. Auch hier, an der südwestlichen Grenze von Berlin in Dreilinden, dauerte die Kontrolle ihrer Papiere nicht allzu lange.

»Gleich haben wir es geschafft.« Marc lächelte Corinna an. »Wie fühlst du dich?«

»Ziemlich nervös«, gab sie zu. Wieder in der Stadt zu sein und womöglich gleich Ulrike gegenüberzustehen, verursachte ihr Herzklopfen.

Vor Aufregung lotste sie Marc prompt falsch – und hätte er nicht daran gedacht, von seinem Kollegen Jürgen das aktuelle Baedeker Reisehandbuch samt Stadtplan auszuborgen, wären sie bestimmt noch ewig herumgeirrt. Dabei war die Lepsiusstraße eigentlich gar nicht so schwer zu finden.

»Dort ist es!« Sie deutete auf das Haus.

Marc quetschte den Kadett in eine freie Parklücke und folgte Corinna. Im Treppenhaus standen mehrere Fahrräder und ein Kinderwagen. Die Holzstufen knarrten, als sie in den ersten Stock hinaufstiegen.

Corinna schloss die Wohnungstür auf. »Hallo?«, rief sie halblaut und trat in den Flur.

Keine Reaktion erfolgte. Hätte sie Ulrike Bescheid geben sollen, wann sie kam?

In der WG-Küche herrschte das übliche Chaos. Im Spülbecken standen benutzte Teller und Tassen, auf dem Tisch war Zucker verschüttet und der Küchenboden mit Krümeln übersät. Durch das Fenster schien die Sonne, Schmutz und Fingerabdrücke waren im hellen Licht deutlich zu erkennen. Laut Putzplan, der an der Tür hing, war Angie in dieser Woche an der Reihe. Corinna schluckte, als sie ihren durchgestrichenen Namen in der Liste sah.

»Sei froh«, meinte Marc schmunzelnd. »Oder hättest du Lust gehabt, hier sauberzumachen, nachdem du wochenlang nicht da warst?«

»Natürlich nicht.«

Noch mehr schmerzte sie das Cover der Zeitschrift, die oben auf dem Stapel lag. Sicher hatte Ulrike das Heft absichtlich so hingelegt, dass jedem, der die Küche betrat, ihr Foto und die knallige Überschrift vom »jungen literarischen Stern am Himmel« sofort ins Auge fallen musste.

Corinna drehte die Zeitschrift um. Sie verspürte keine Lust, eine Lobeshymne auf das große Talent ihrer Konkurrentin zu lesen. Sobald Ulrike auftauchte, würde sie ihr den Artikel sowieso genüsslich unter die Nase reiben. Diese falsche Kröte!

Corinna ging zurück in den Flur und lauschte. Hinter keiner der Türen war ein Geräusch zu hören – kein klackerndes Tippen einer Schreibmaschine, keine Musik, kein Stimmengemurmel. Offenbar war tatsächlich gerade niemand da.

»Welches ist dein Zimmer?«, fragte Marc.

»Das dort drüben.«

Es kam ihr jetzt schon fremd vor. Die Luft roch abgestanden und leicht muffig, ihre Kakteen in den kleinen Töpfchen auf dem Fensterbrett waren allesamt vertrocknet. Niemand hatte sich die Mühe gemacht, sie zu gießen. Der Anblick verstärkte

Corinnas Traurigkeit. Sie setzte sich aufs Bett, auf dem die Batikdecke lag, die sie selbst eingefärbt hatte.

»Ich brauche einen Moment«, flüsterte sie. Wofür, wusste sie selbst nicht.

»Kein Problem.« Marc öffnete das Fenster. »Ich hole solange die leeren Kartons aus dem Kofferraum und deine Reisetasche. Wollen wir danach in die Stadt gehen?«

Sie schaute ihn überrascht an.

»Das lenkt dich vielleicht ein bisschen ab«, sagte er mit liebevollem Lächeln. »Packen können wir doch auch morgen.«

Er hatte recht. Mit ihm durch Berlin zu schlendern, lenkte Corinna von ihrem Kummer ab.

Bei einem türkischen Imbiss kauften sie würzige Teigtaschen und aßen sie im Gehen. Von der Aussichtsplattform des Europa-Centers bestaunte Marc den großartigen Ausblick auf die Stadt. »Was ist das für ein Gebäude dort?«

Corinna fand es amüsant, die Fremdenführerin zu spielen. Sie zog Marc hinter sich her und zeigte ihm sämtliche Attraktionen für Berlintouristen – den Ku'damm mit den großen Kinopalästen, das KaDeWe und die mit Graffiti bemalte Mauer, die den Ostteil der Stadt abgrenzte.

Zwischendurch blätterte Marc in Jürgens Reisehandbuch und ergänzte ihre Ausführungen mit historischen Details. So lernte sie auch noch einiges dazu.

Später saßen sie in einem Café, gönnten ihren schmerzenden Füßen eine Pause, und Corinna überlegte, was sie am Abend machen konnten.

»Vielleicht findet irgendwo eine interessante Lesung statt. Soll ich nachsehen?« Sie deutete auf den Drehständer mit Zeitungen in der Ecke, in dem zwischen der Berliner Morgenpost und einer eselsohrigen Spiegelausgabe auch ein Veranstaltungsprogramm steckte.

»Ich hätte eine bessere Idee«, sagte Marc. Seine Augen funkelten verschmitzt. »Jürgen hat mir den Tipp für ein Konzert in Charlottenburg gegeben.«

Sie lachte. Marc war immer für eine Überraschung gut. Was hatte er jetzt wieder ausgeheckt?

»Vorsorglich habe ich mich als Pressevertreter auf die Gästeliste setzen lassen. Falls es keine Karten mehr gibt, kommen wir also trotzdem rein.«

»Wo rein?«

»Ins Kantkino. Da spielt heute …«

»Wer? Sag schon!« Für eine Sekunde hoffte sie, es könnte Patti Smith sein.

»Ideal!«

Also die neue Berliner Band, die im letzten Sommer vor dem Reichstag für Furore gesorgt hatte. »Musst du dann einen Artikel über den Auftritt schreiben?«

»Na klar. Ehrensache!« Er grinste. »Das sollte ich wohl hinbekommen, auch wenn Kultur sonst nicht mein Metier ist.«

Das Konzert am Abend war tatsächlich ausverkauft.

Erst nachdem Marc am Eingang seinen Presseausweis vorgezeigt hatte, durften sie in den Saal.

Das Gedränge war groß, die Stimmung ausgelassen und die Musik der Band, als es endlich losging, laut.

Unmöglich, sich davon nicht mitreißen zu lassen.

Corinna wippte im Takt und registrierte, wie Marc einem Kollegen mit Fotoapparat ins Ohr brüllte, um sich verständlich zu machen. Anscheinend bat er ihn, ihm später ein paar seiner Fotos zu überlassen. Der andere nickte und sie tauschten Visitenkarten aus.

»Super, hat geklappt!« Marc küsste Corinna auf den Hals und sie rückten noch ein Stück näher an die Bühne heran.

Das Konzert war ein tolles Erlebnis. Sie tranken Bier aus Flaschen und sangen die Refrains mit. Von »Das ist gemein, so gemein, hundsgemei-ei-ein …« über »Deine blauen Augen machen mich so sentimental …« bis zu »Ich fühl mich gut, ich steh auf Berlin«, das Marc sogar noch auf dem Rückweg nach Steglitz summte. Für Corinna ergatterte er nach dem Konzert eine Autogrammkarte, die er ihr zur Erinnerung schenkte. Als ob sie den heutigen Abend je vergessen könnte!

In der WG begegneten sie niemandem, als sie weit nach Mitternacht eintrafen. Das Badezimmer war frei, die Küche dunkel und genauso unaufgeräumt wie am Morgen.

Nur unter Juans Tür schimmerte ein schwacher Lichtschein hindurch, aber Corinna verzichtete darauf, bei ihm anzuklopfen.

Sie zog es vor, ins Bett zu gehen. Nicht, weil sie nach dem langen, ereignisreichen Tag müde war, sondern weil Marc mit in ihrem Bett schlafen würde.

Sich in seine Arme zu schmiegen, war der schönste Abschluss dieses Tages, den Corinna sich vorstellen konnte.

Am Samstag standen sie erst gegen Mittag auf.

In der Küche traf Corinna auf Berit, die sie erstaunt und fröhlich begrüßte. Leider musste sie nach kurzem Geplauder und einem Schluck grünem Tee aufbrechen.

»Ihr könnt gern den Rest aus der Kanne trinken! Ich muss nämlich los, die Demo startet bald. Wir protestieren, weil sie einige der Hausbesetzer verhaftet haben. Angies Freund sitzt derzeit auch im Knast. Was die Staatsmacht sich da erlaubt, ist eine Schande!«

Schimpfend rauschte sie davon, ein selbstbemaltes Plakat unter dem Arm.

Marc, der in der Zwischenzeit bei einem Bäcker Brötchen geholt hatte und im Türrahmen beinahe mit ihr zusammenstieß, sah Corinna belustigt an. »Schade, mit der hätte ich mich gern länger unterhalten …«

»Vielleicht sehen wir Berit später noch mal«, sagte sie und kippte den Rest des grünen Tees in den Ausguss. Kaffee war ihr eindeutig lieber, und Marc, wie sie wusste, auch.

Ein Glas Erdbeermarmelade mit ihrem Namen fand sich noch hinten im Kühlschrank, damit bestrichen sie die Brötchen. Corinnas sonstige Vorräte an Müsli, Haferflocken und Nutella hatte jemand anders in ihrer Abwesenheit aufgebraucht.

»Hello, Cora!« Juan winkte im Vorbeigehen zur Küchentür herein, ein Handtuch unter dem Arm. Gleich danach rauschte nebenan das Wasser der Dusche.

Marc verbiss sich ein Grinsen. »War das ein Kosename oder hat er vergessen, wie du heißt?«

»Keine Ahnung«, erwiderte sie achselzuckend.

Sie wusste es wirklich nicht. Juan schwebte meist in anderen Sphären, sie kannte ihn kaum. Am stärksten hatte sie sich immer Ulrike verbunden gefühlt – aber von der war weiterhin nichts zu sehen und zu hören.

Auch nicht, als sie nach dem Frühstück begannen, das Zimmer auszuräumen. Corinna wusste nicht, ob sie froh oder traurig über Ulrikes Abwesenheit sein sollte. Mittlerweile stand so vieles zwischen ihnen, vielleicht gab es gar nichts mehr zu klären geschweige denn zu kitten.

Das Packen ging viel schneller, als sie erwartet hatte. Im Nu waren ihre Kleidung und die Bücher in Kartons verstaut, der Kerzenständer aus Keramik, das Teestövchen und andere zerbrechliche Dinge dick in Zeitungspapier eingewickelt und obendrauf gepackt. Am Ende waren Schrank und Regale leer, nur ein paar Stifte lagen noch auf dem Schreibtisch. Leicht verloren sah Corinna sich um.

»Das ging ja fix …«

»Ist doch gut.« Marc lächelte. »Dann haben wir den Rest des Tages für uns. Wo wollen wir hin?«

Sie fuhren zuerst zum Campus, damit Corinna das Schreiben in den Briefkasten der Fakultätsleitung werfen konnte, in dem sie mitteilte, dass sie ihr Studium erst zum Wintersemester wieder aufnehmen würde. Die Freistellung würde kein Problem sein, das hatte sie telefonisch schon vorab geregelt. Seit der Aberkennung ihres Stipendiums war sie vorsichtiger geworden, so etwas sollte ihr nicht noch einmal passieren.

Sehnsüchtig warf sie einen Blick durch die Fenster in die Seminarräume. Bis zum Herbst würde sie das Gebäude nicht mehr betreten. Es kam ihr plötzlich viel zu lange vor …

Wieder war es Marc, der sie darüber hinwegtröstete. Einfach, weil er da war, an ihrer Seite, und sie überhaupt nichts sagen musste, um sich verstanden zu fühlen.

Später spazierten sie durch den Grunewald und am Ufer des Wannsees entlang, bis die Sonne unterging.

»Diese Stadt bietet ein beeindruckendes Kontrastprogramm.« Marcs Gesicht war gerötet von der Kälte, aber seine Augen blitzten und die Hand, die Corinnas hielt, war warm. »Schön ist es hier, oder?«

»Hier draußen war ich nicht oft«, gab sie zu. Vielleicht, weil sie umgeben von Wald und in der Nähe eines Badesees aufgewachsen war. Da waren großstädtische Verlockungen viel spannender als die Natur.

Am Abend lud Marc sie zum Essen ein und anschließend

gingen sie ins Metropol am Nollendorfplatz. Sie tranken Longdrinks, tanzten zu Hazel o'Connor und stolperten spät nachts kichernd und verliebt die Treppenstufen zu Corinnas WG hinauf.

Wieder begegneten sie bei ihrer Rückkehr niemandem.

Doch die Hoffnung, dass Corinna ein Wiedersehen mit Ulrike vielleicht erspart bleiben würde, zerschlug sich am nächsten Morgen. Sie schleppte gerade einen Bücherkarton durch den Flur, als sich Ulrikes Zimmertür öffnete.

Heraus kam jedoch nicht ihre einstige Freundin, sondern ein gähnender Mann in Schlafshorts. Die schlaksige Gestalt mit den schmalen Schultern kam Corinna bekannt vor.

Er stutzte, als er sie bemerkte. »Corinna …?«

»Martin!« Sie setzte den schweren Karton ab und starrte ihn verblüfft an.

Er hatte sich verändert, seit sie ihn zuletzt gesehen hatte. Das Haar war länger und der Bartschatten um sein Kinn stand ihm gut. Die hässliche Brille fehlte, und auch sonst wirkte Martin nicht mehr so brav und langweilig wie früher.

»Was machst du denn hier?«, fragte sie.

»Na ja, ich …« Sichtlich verlegen trat er von einem Bein aufs andere. »Ich bin jetzt mit Ulrike zusammen.«

»Ach so. Klar.« Am liebsten hätte sie sich für ihre dämliche Frage geohrfeigt. Warum hatte sie das nicht gleich kapiert, was er hier machte, es war doch offensichtlich! Und bestimmt lief ihr Gesicht nun genauso rot an wie seins.

»Das … äh, das freut mich für dich«, stammelte sie.

»Ja, wirklich?« Hörbar erleichtert stieß Martin die Luft aus. »Ich war mir nicht sicher, wie du darauf reagieren würdest. Sonst hätte ich …«

Corinna erfuhr nicht, was er sonst hätte, da in diesem Augenblick Ulrike hinter ihm auftauchte. Herablassend und mit verschränkten Armen schaute sie Corinna an. »Ach, du bist das! Gut, dass du gekommen bist, um deine Sachen zu holen. Ich hätte sie sonst zum Sperrmüll gestellt.«

Corinna war bemüht, sich ihren Groll nicht anmerken zu lassen. »Hat meine Nachmieterin es denn so eilig mit dem Einzug?«, fragte sie kühl.

»Welche Nachmieterin?« Ulrike lachte spöttisch. »Martin zieht in dein Zimmer.«

»Martin?«

»Ja, auf Dauer wird mir das zu eng, wenn er ständig bei mir hockt. Das stört mich beim Schreiben.«

Martins Gesicht leuchtete flammend rot. Corinna hatte den Eindruck, er würde am liebsten im Boden versinken, um sie nicht länger ansehen zu müssen.

Ulrikes Blick dagegen war voller Genugtuung. »Du weißt ja, wie das ist. Oder hast du das daheim in deiner Provinz schon vergessen? Für deine Karriere ist das Leben im literarischen Niemandsland nicht sehr förderlich, fürchte ich.«

»Schlechtes Karma ist noch weniger förderlich«, sagte Marc und sein Arm legte sich um Corinnas Schulter, als er dicht neben sie trat. »Habe ich jedenfalls gehört.«

Ulrikes Augen weiteten sich bei seinem Anblick.

Ehe sie fragen konnte, wer er war, stellte er sich bereits selbst vor. »Marc Helmers, ich bin Journalist. Falls Sie später nicht zitiert werden möchten, sollten Sie besser aufpassen, was Sie in meiner Gegenwart sagen. Vor allem, wenn es um unpassende und gehässige Kommentare geht. Dafür habe ich ein ausgezeichnetes Gedächtnis.«

Dass er sie siezte, brachte Ulrike aus dem Konzept.

»Ich wusste gar nicht, dass du einen Freund hast, Corinna.« Nervös lachte sie auf, es klang schrecklich gekünstelt. »Und dann noch einen von der Presse, wie aufregend!«

»Stellen Sie sich vor, es ist sogar noch aufregender«, sagte Marc. »Ich arbeite fürs Fernsehen.«

Das verschlug Ulrike die Sprache. Vorerst sagte sie nichts mehr. Martin drückte sich an ihr vorbei, sein schlechtes Gewissen stand ihm deutlich ins Gesicht geschrieben.

»Es tut mir leid, Corinna, ich …«

»Muss es nicht.« Sie bückte sich und nahm den Bücherkarton wieder hoch. »Hältst du mir bitte die Tür auf?«, bat sie Marc. »Je früher wir hier raus sind, umso besser.«

Als sie eine knappe Stunde später mit dem vollbeladenen Kadett auf die Grenze zufuhren, ließ Corinnas innerliches Zittern endlich nach.

»Danke«, sagte sie leise. »Dass du mir beigestanden hast. Ich bin sonst nicht auf den Mund gefallen, aber …«, sie schüttelte den Kopf, »bei so viel Gemeinheit fällt mir nichts mehr ein.«

»Ich glaube, Ulrike ist neidisch auf dich. Deshalb versucht sie, mit allen Mitteln, dich auszustechen.«

»Meinst du?«

Corinna warf ihm einen fragenden Blick zu. Mit ruhiger Hand lenkte Marc den Wagen durch den Sonntagsverkehr.

»Mir fällt kein anderer Grund ein«, sagte er.

»Aber warum sollte sie das nötig haben?«, wandte Corinna ein. »Sie ist reich, sie ist hübsch, und auch ihr Stil ist ziemlich gut, ich kenne einige ihrer Texte. Sie schreibt geschliffene Sätze und findet oft geniale Formulierungen, die mir so nie einfallen würden. Ulrike hat überhaupt keinen Grund, auf mich neidisch zu sein.«

Marc bremste an einer Kreuzung. Sinnierend betrachtete er die Häuserzeile neben der roten Ampel, die Wände waren mit Parolen beschmiert.

»Ich denke, doch. Vielleicht ist ihr bewusst, dass es beim Schreiben nicht bloß darauf ankommt, elegant mit Worten zu jonglieren oder ein hübsches Köpfchen auf Lesungsplakaten zu präsentieren, sondern darauf, ob man etwas zu sagen hat.«

Er lächelte sie an. »So wie du, Corinna.«

KAPITEL 31

Petra zupfte ihr Kostüm zurecht. Die schwarze Hose lag hauteng an, das ebenfalls schwarze Oberteil ließ die Schultern frei. Sie hatte sich sogar das Haar lockig gestylt, damit sie Sandy aus dem Film Grease möglichst ähnlich sah. Als der Film in die Kinos gekommen war, hatte sie ihn bestimmt ein Dutzend Mal geschaut. An diesem Rosenmontag wollte sie die Chance nutzen, Sandys sexy Outfit einmal selbst zu tragen.

In dem deckenhohen Spiegel in Sebastians Apartment in Hall sah sie umwerfend aus. Petra war zufrieden mit sich selbst.

Sebastian trat hinter sie und legte die Hände auf ihre Hüften. »Genehmigen wir uns noch einen Drink, bevor wir losfahren? Zum Anheizen?«

Da sagte sie nicht nein. Er küsste ihre bloße Schulter. »Alle werden mich um dich beneiden.«

Der Gedanke gefiel ihr, sie fühlte sich geschmeichelt. Lächelnd drehte Petra sich um. Sebastian hatte sich nicht zu einer Verkleidung überreden lassen, aber in seiner schwarzen Lederjacke und den Jeans sah er ohnehin schon ein bisschen aus wie Danny Zuko. Nur dass sein Haar blond war und nicht dunkel wie das von John Travolta. Sie stellte sich auf die Zehenspitzen, um ihn zu küssen.

»Bist du bereit für jede Menge Spaß?«, raunte er ihr ins Ohr.

»Und ob ich das bin.«

»Dann los! Wodka oder Martini?«

Sie kicherte. »Beides!«

In ihrer Lieblingsdisco war für heute eine große Faschingsparty angekündigt. Die Schlange vor dem Eingang war lang. Doch inzwischen kannte Petra die Wunder, die Geld bewirken konnte. Selbstbewusst stolzierte sie an Sebastians Arm an der Reihe der Menschen vorbei und genoss die Blicke, die man ihr zuwarf. Am Eingang nahm Sebastian den Türsteher beiseite, ein Geldschein wechselte unauffällig den Besitzer.

Wenige Minuten später traten sie ein.

Die Disco war voll, auf der Tanzfläche tummelten sich zahlreiche Gäste in Kostümen. Petra entdeckte mehrere Männer in schwarzen Anzügen, auf die ein reflektierendes Skelett aufgemalt war. Im schummrigen Discolicht wirkten sie tatsächlich unheimlich. Dazu kamen Piraten mit Säbeln, Punks mit zerfetzten Hosen und Clowns mit Perücken, Frauen in hautengen Katzenkostümen oder altertümlichen Ballkleidern. Die bunte Menge war wunderbar anzusehen.

»Willst du tanzen?«, fragte Sebastian dicht an ihrem Ohr.

Petra nickte – und dann stürzten sie sich auch schon jauchzend in das verrückte Getümmel.

Eine halbe Stunde später schlugen sie verschwitzt und außer Atem an der Bar auf. Sebastian bestellte zwei Caipirinhas und zog sie dann mit dem eiskalten Getränk in der Hand auf die Tanzfläche zurück. Eng umschlungen tanzten sie zu einem ruhigeren Song, und Petra ließ mit einem glücklichen Seufzer den Kopf auf seine Schulter sinken.

So konnte es gerne weitergehen.

Ein Blitzlicht riss sie aus ihren Träumen. Als sie sich umsah, entdeckte sie am Rand der Tanzfläche einen Mann mit Kamera. Im Sekundentakt schoss er weitere Fotos.

»Was hat die Scheißpresse denn hier verloren?«, fluchte Sebastian.

Oh nein, wenn er sich jetzt wieder aufregte, war der ganze Abend ruiniert. Beschwichtigend legte Petra ihm eine Hand auf die Schulter. »Ignorier den Kerl einfach.«

»Wie soll ich ihn ignorieren, wenn er mir die ganze Zeit ins Gesicht blitzt?« In einer frustrierten Bewegung stürzte Sebastian seinen Drink hinunter. »Ich brauche noch einen. Komm mit!« Er zog Petra in Richtung Bar.

Sebastian bewegte sich so schnell durch die Menge, dass Petra beinahe ihren Drink verschüttete. Gleichzeitig ging das Blitzlichtgewitter weiter. Petras gute Stimmung verflog.

Wie hatte der schöne Abend nur so schnell in ein schreckliches Spießrutenlaufen umschlagen können? Warum hatte man nirgends Ruhe vor der Presse? Gönnte es ihnen denn niemand, einfach mal ausgelassen Spaß zu haben und zu feiern?

Sebastian bestellte sich einen doppelten Whiskey und stürzte auch den hinunter.

Mit ungutem Gefühl im Magen sah Petra ihm dabei zu. Täuschte sie sich oder waren seine Pupillen geweitet? Hatte er wieder hinter ihrem Rücken Drogen eingeworfen?

»Kannst du mit dem Trinken bitte etwas langsamer machen?«

»Wieso?«, gab Sebastian zurück. »Wir wollten doch Spaß haben.«

Petra hatte gerade keinen Spaß. Aber sie presste nur die Lippen aufeinander. Wenn er in dieser Stimmung war, würde ihn so eine Aussage nur wütender machen.

Auch so hatten sich die Umstände anscheinend gegen sie verschworen. Der Fotograf schob sich jetzt durch die Menge direkt auf sie zu. »Sebastian Schaller, nicht wahr?«, rief er über die Musik hinweg. »Der Werwinkel-Erbe …«

Ganz langsam drehte Sebastian sich zu ihm um, das leere Whiskeyglas noch in der Hand. Das war kein gutes Zeichen.

»Komm, wir gehen woandershin«, drängte Petra und versuchte, ihn von dem aufdringlichen Reporter abzuschirmen. »Es gibt sicher genügend andere Discos, wo wir ungestört sein können.«

»Ich möchte aber hierbleiben«, sagte Sebastian. »Das ist mein gutes Recht!«

»Bitte, Sebastian …«

»Nein! Ich will hier meine Ruhe haben!« Mit jedem Wort wurde seine Stimme lauter, bis sich sämtliche Leute an der Bar zu ihnen umdrehten.

Petra sehnte sich nach einem Mauseloch, in dem sie sich verkriechen konnte. Nicht schon wieder! Lotte und Corinna würden so was von sauer sein, wenn sie wieder für Schlagzeilen sorgte.

Der Fotograf dagegen grinste süffisant. Er hatte sie inzwischen fast erreicht. Nun entdeckte Petra auch noch einen Kollegen von ihm. Dieser kam von der anderen Seite, richtete die Kamera genau auf sie und schoss ebenfalls eifrig Fotos. »Ah, der Werwinkel-Sprössling! So ein hübsches Gesicht und dann so ein Temperament …«

Das Glas flog, bevor irgendjemand reagieren konnte.

»Sebastian!« Petra packte den Arm ihres Liebhabers, aber da war es schon zu spät. Das leere Whiskeyglas zischte haarscharf am linken Ohr des Fotografen vorbei, traf stattdessen den Rücken eines anderen Gastes. Klirrend zerschellte es auf dem Boden.

Unruhe entstand, Schreie wurden laut.

»Vergleich mich nicht mit meinem Vater!«, brüllte Sebastian. Er schüttelte Petras Hand ab und stapfte auf den Fotografen zu.

»Halt, nein!« Sie versuchte, ihn zurückzuhalten.

Aber es gelang ihr nicht. Schon hatte er den Mann am Kragen gepackt. »Ich sollte dir deine Kamera ins Maul stopfen, du Drecksack!«

Hilfe suchend blickte Petra sich um. Doch die zwei Türsteher, die sich durch die Menge einen Weg zu Sebastian bahnten, sahen eher nach weiterem Ärger aus.

Gleichzeitig rückten die anderen Gäste von ihm ab, und plötzlich fand auch Petra sich alleine auf einer freien Fläche wieder, als die Leute um sie herum zurückwichen. Der zweite Fotograf schoss noch immer Bilder.

Sebastian nutzte den Platz, um den Fotografen, den er gepackt hatte, von sich zu stoßen. Der Mann stolperte, versuchte seine Kamera festzuhalten und warf einen Barhocker um, als er stürzte. Petra schlug sich die Hände vor die Augen, als er zu Boden fiel. Sie hörte nur Klirren und splitterndes Holz.

Dieser Abend entwickelte sich zu einem Albtraum.

Als sie die Hände wieder runternahm, hatten die Türsteher Sebastian gepackt. Der zeterte und schlug um sich, während er nach draußen gezerrt wurde. Eilig folgte Petra, bekam mit, wie die beiden bulligen Männer Sebastian nach draußen stießen. Unelegant fiel er auf die Knie.

»Ihr könnt mich mal, ihr Arschlöcher!«, brüllte er, als er sich wieder aufrappelte.

Petra sah Steinchen und Dreck an seinen aufgeschürften Handflächen kleben. Wütend wischte er sich die Hände an der Jeans ab.

Als sie zu ihm eilte, trafen sie aus der mittlerweile kürzeren Reihe der Wartenden einige mitleidige und noch mehr verachtende Blicke. Petra gab sich alle Mühe, sie zu ignorieren.

»Dieser Scheißladen hat mich heute zum letzten Mal gesehen.« Sebastian packte Petra am Arm und zog sie mit sich auf den Parkplatz zu. »Wir finden eine bessere Disco. Eine, in der man tatsächlich Spaß haben kann.«

»Ich glaube, ich möchte lieber nach Hause.« Der Abend war

doch schon gelaufen. Sie wollte nur noch in ihr Bett fallen und sich die Decke über den Kopf ziehen.

»Erzähl keinen Mist! Du bist doch sonst keine Spielverderberin.« Sebastian knurrte etwas Unverständliches und suchte nach seinem Autoschlüssel.

Petra konnte nicht anders, als daran zu denken, wie viel er vorhin innerhalb kürzester Zeit getrunken hatte. War es überhaupt klug, sich mit ihm ins Auto zu setzen? Aber wie sonst sollte sie nach Hause kommen?

Außerdem war er ein sicherer Fahrer, selbst wenn er oft mit irrsinniger Geschwindigkeit über die Straßen raste. Vielleicht heiterte ihn das auch wieder auf, und sie konnten den Abend doch noch nett ausklingen lassen.

Hauptsache, sie kamen hier weg …

Die letzten Meter bis zum Auto legten sie in unangenehmem Schweigen zurück. Dort angekommen ließ Sebastian endlich Petras Arm los. Sie rieb sich die Stelle, an der sich ein Abdruck seiner Finger abzeichnete. Er würde sich später sicher dafür entschuldigen. Sobald er sich beruhigt hatte.

Sie beeilte sich, auf den Beifahrersitz zu rutschen. Gerade als sie die Tür schließen wollte, stieß Sebastian einen wütenden Laut aus. Mit einem unguten Gefühl blickte Petra über die Schulter und entdeckte die beiden Fotografen vor dem grell beleuchteten Eingang der Disco. Die Männer waren ihnen gefolgt! Sicher würden sie nicht lange brauchen, um sie auf dem Parkplatz zu finden.

»Sebastian«, flehte Petra, »bitte lass uns einfach fahren.«

Zu ihrer Überraschung hörte Sebastian diesmal auf sie. Er ließ sich auf den Fahrersitz fallen und knallte die Tür zu. Der Motor erwachte bereits röhrend zum Leben, bevor Petra dazu gekommen war, die Beifahrertür zu schließen.

Knirschend rammte Sebastian den Rückwärtsgang hinein. Eilig tastete Petra nach dem Sicherheitsgurt. Der Verschluss war noch nicht eingerastet, da wurde sie nach vorne geworfen, so heftig fuhr Sebastian an. Petra keuchte vor Schreck, Tränen prickelten in ihren Augen. Dass er beim Ausparken kein anderes Auto streifte, erschien ihr wie ein kleines Wunder.

Sebastian fuhr jetzt vorwärts und steuerte die schmale Notausfahrt im hinteren Bereich des Parkplatzes an. Doch ausgerechnet heute war sie zugestellt. Ein Kombi stand mit seinem ausladenden Kofferraum davor und versperrte ihnen den Weg.

»Was für ein verdammter Idiot …« Sebastian knirschte wild mit den Zähnen. »Jetzt müssen wir doch vorne raus.«

Als er wendete, standen die beiden Fotografen mitten auf der Zufahrt und blickten ihnen entgegen. Im Scheinwerferlicht sah Petra einen von ihnen hämisch grinsen. Sebastian stieß eine Verwünschung aus, schaltete und gab genauso abrupt Gas wie zuvor.

»Pass auf!« Petra nahm kaum richtig wahr, was sie schrie. Die Fotografen waren direkt vor ihnen, ihre Mienen wechselten von selbstzufrieden zu entsetzt. Und so sehr Petra inzwischen auch alle Pressevertreter hasste, Sebastian konnte sie doch nicht einfach über den Haufen fahren!

»Brems!« Panik wallte in Petra auf. Ihr Kreischen vermischte sich mit dem aufheulenden Motor, als der Audi Quattro weiter beschleunigte. Wäre sie doch nur nicht eingestiegen, hätte sie nur nicht gesagt, dass sie nach Hause wollte.

Die Fotografen hechteten zur Seite. Petra schlug wieder die Hände vor die Augen, als sie sah, wie einer von ihnen auf die Motorhaube eines parkenden Wagens krachte.

Erst als der befürchtete Aufprall ausblieb und Sebastian ungehindert weiterfuhr, wagte Petra es, die Hände herunterzunehmen. Das Industriegebiet mit der Disco lag hinter ihnen, die Straße vor ihnen schlängelte sich zwischen Feldern und Wiesen durch die Dunkelheit. Tränen brannten auf Petras Wangen, verschleierten ihre Sicht. Sie konnte nicht fassen, was gerade vorgefallen war.

Sebastian allerdings grinste zufrieden. »Hast du ihre Gesichter gesehen? Die werden uns so schnell nicht mehr belästigen.«

»Du hättest sie fast überfahren!« War ihm denn nicht klar, was er riskiert hatte? Er hatte Menschenleben in Gefahr gebracht.

»Reg dich wieder ab. Es ist ja nichts passiert.«

Als ob er noch rechtzeitig hätte bremsen können, wenn einer der Fotografen nicht zur Seite gesprungen wäre.

»Außerdem waren das zwei echte Arschlöcher«, fuhr Sebastian fort. »Denen geschieht das recht, die haben den Schreck verdient. Auf uns haben sie ja auch keine Rücksicht genommen.«

»Aber sie haben nicht versucht, uns umzubringen.«

»Oh nein, diese Arschlöcher ruinieren bloß mein Leben, seit ich denken kann. Weißt du wie oft mein Vater mir schon irgend so ein Schmierblatt unter die Nase gehalten hat, nur um mir dann zu erklären, was für ein Versager ich bin? Was für eine Verschwendung seines kostbaren Erbguts?«

Petra kramte in ihrer Handtasche nach einem Taschentuch, fand aber keines. Sie warf die Tasche zurück auf den Rücksitz und wischte sich mit dem Ärmel die Tränen aus dem Gesicht. Sebastian raste in eine enge Kurve. Mit unerwarteter Wucht wurde Petra gegen das Seitenfenster gedrückt. Ihr Ohrring bohrte sich tief in die Haut.

»Kannst du bitte vorsichtiger fahren?«

»Nein, kann ich nicht!« Sebastian donnerte mit der Faust gegen das Lenkrad. »Fang du nicht auch noch an, mir Vorschriften zu machen. Mir reicht's!«

Petra reichte es auch. Sebastian hätte gerade fast jemanden getötet, und ihn schien es nicht zu interessieren. Sie würde nicht hier sitzen und warten, bis tatsächlich jemand umkam. »Halt an«, sagte sie. »Ich will aussteigen.«

Sebastian machte keine Anstalten, langsamer zu werden. »Ich dachte, du willst nach Hause.«

Ja, das wollte sie.

Und Petra hatte nicht das Geld, um sich ein Taxi nach Hause zu nehmen. Sie war von ihm abhängig. Bisher hatte sie das nie gestört, aber jetzt fand sie es schrecklich.

Als Petra schwieg, starrte Sebastian sie einen Moment lang finster an, bevor er sich wieder der Straße zuwandte. »Ich dachte, du würdest mich verstehen. Du bist doch genauso eine Außenseiterin wie ich. Niemanden auf der Welt interessiert es, was wir beide wollen oder wer wir wirklich sind.«

Ja, oft genug fühlte es sich so an. Aber erst vor kurzem hatte sich etwas geändert. Corinna hatte vorgeschlagen, dass Petra in Mariannes Fußstapfen treten sollte. Die Wagners trauten ihr zu, die Schreinerei der Familie zu leiten.

»Marianne ist es nicht egal, was ich tue. Und Lotte und Corinna auch nicht. Die haben mich gern.« Sogar Ruth behandelte Petra wie eine Tochter, auch wenn sie oft nur wenig Zeit hatte.

»Du verlässt dich auf das, was die sagen? Dann bist du echt verloren.« Sebastian lachte bitter. »Wusstest du, dass eine von den Wagner-Frauen früher mit meiner Mutter befreundet war? Sie hat ihr versprochen, ihr zu helfen, und ja, sie wollte sich um mich kümmern. Aber dann war sie doch zu sehr mit ihrem eigenen Scheißleben beschäftigt. Mein Vater kann dir auch eine

Menge Geschichten erzählen, wenn du die Wahrheit hören willst. Die Wagner-Frauen benutzen dich, solange sie dich brauchen, und dann lassen sie dich fallen.«

Sie hätte es fast glauben können, so wahr wie sich das anhörte. Aber eben nur fast.

Niemand hatte Marianne dazu gezwungen, Petra die Arbeit mit Holz beizubringen. Sie hatte sich die Zeit genommen, obwohl sie immer beschäftigt gewesen war, und hatte sich mit einem kleinen Mädchen hingesetzt, das schlecht in der Schule war, oft Ärger machte und mitunter einen schlechten Einfluss auf Corinna hatte. Marianne hatte Petra die Freude und Erfüllung offenbart, die es bedeutete, ein Stück Holz in eine bestimmte Form zu bringen. Sie hatte an ihre Begabung geglaubt, hatte Vertrauen in ihre Fähigkeiten und ihren Lerneifer gesetzt und sie stets mit viel Zuneigung gefördert.

An allen anderen konnte Petra zweifeln – und zweifelte sie auch oft genug. Aber an Marianne nicht. Die hätte ihr damals nicht helfen müssen. Sie hatte es dennoch getan. Und nun hatte Petra die Möglichkeit, Marianne ihrerseits zu helfen, ihr Lebenswerk fortzuführen. Das war etwas, das sie nicht von der Hand weisen konnte.

»Ich glaube, du solltest die Lügen deines Vaters weniger glauben.«

Sebastian bremste so abrupt, dass Petra in den Sicherheitsgurt gepresst wurde. Sie war froh, dass auf der einsamen Landstraße gerade niemand hinter ihnen fuhr. Sebastian scherte nach rechts aus und hielt an.

»Raus«, sagte er, ohne sie anzusehen.

»Was?«, fragte sie verwirrt.

»Steig aus! Das wolltest du doch.« Seine Stimme war eiskalt. Es war, als säße sie mit einem Mal neben einem Fremden.

Verloren blickte Petra sich um. Bäume rechts und links. Sie hatte keine Ahnung, wo sie waren.

Dann schaute sie wieder in Sebastians Gesicht. Es war voller unterdrückter Wut. Sie hatte seinen Vater erwähnt, auch wenn sie genau wusste, wie empfindlich er darauf reagierte.

Kurz überlegte Petra, sich zu entschuldigen. Aber sie hatte doch recht. Marianne war nicht so, wie Sebastian es behauptete.

Petra presste die Lippen aufeinander und schnallte sich ab. Zögernd öffnete sie ihre Tür.

»Sebastian, ich …«

»Hau endlich ab!« Er stieß so hart gegen ihre Schulter, dass sie fast aus dem Auto fiel. »Du bist keinen Deut besser als die anderen. Ihr seid alle gleich. Verlogenes Pack!«

Petra beeilte sich, aus seiner Reichweite zu gelangen. Zitternd stand sie auf dem Asphalt, während Sebastian sich vorbeugte und nach dem Türgriff fasste.

»Wenn die Wagner-Frauen dich fallen lassen«, sagte er kalt, »komm bloß nicht zu mir, um dich auszuheulen. Mit uns ist es aus!«

Er knallte ihre Tür zu, dann raste er davon.

Seine Rücklichter verschwanden hinter der nächsten Kurve und Petra blieb allein am Straßenrand zurück. Dunkelheit, Kälte und Angst waren alles, was ihr blieb.

Petra schluchzte auf. Nie zuvor hatte sie sich so verlassen und verzweifelt gefühlt. Dann erst bemerkte sie, dass ihre Tasche noch bei Sebastian im Auto lag.

Ihr Geldbeutel, ihr Hausschlüssel, alles war weg.

Und der Mann, den sie liebte, auch.

Schlimmer konnte ein Abend wirklich nicht enden.

KAPITEL 32

Corinna blinzelte, langsam kam sie zu sich. Ihr Zimmer lag im Dunkeln, durch die Ritzen der Fensterläden war kein bisschen Licht zu sehen. Also war es wahrscheinlich noch viel zu früh, um aufzustehen. Warum war sie wach geworden? Irgendetwas musste sie geweckt haben.

Da prasselte es erneut. Warf jemand von draußen Steinchen an ihr Fenster?

Das also hatte sie geweckt. Aber wer konnte das sein? Corinna schlug die Decke zurück, suchte hastig nach ihren Hausschuhen. Wie gut, dass Oma Barbara schlecht hörte und ihre Mutter im Moment noch ein Schmerzmittel bekam, das sie nachts tief schlafen ließ. Neben dem nächtlichen Besucher hätte Corinna sich nicht auch noch mit einer grantigen Marianne herumschlagen wollen.

Als sie durch den Hausflur tappte, klopfte es schon ans Glasfenster, das in der Tür eingelassen war. Da hatte es jemand aber sehr eilig.

»Ich komme ja schon!« Corinna knipste das kleine Licht über der Treppe an.

Wenn das ein Reporter war, dann würde sie …

Corinna riss die Tür auf. »Petra?«

Petra hatte früher an diesem Abend sicher schick ausgesehen in dieser hautengen schwarzen Hose und dem schulterfreien Oberteil. Aber jetzt wirkte das Outfit ziemlich deplatziert und irgendwie abgerissen. Ihr Haar war zerzaust und das Make-up vollständig verlaufen. Die Wimperntusche hatte schwarze Streifen auf ihren Wangen hinterlassen. Zitternd schlang sie die Arme um ihren Oberkörper. Tagsüber war es sonnig gewesen, aber nun war es eindeutig zu kalt ohne Jacke.

Corinna trat beiseite, noch bevor Petra etwas sagen konnte. »Komm rein.«

Wenn sie eines von Lotte gelernt hatte, dann war es, dass Krisen zuallererst einmal nach Tee verlangten. Während Petra wie ein Häufchen Elend in einer von Mariannes dicken Strickjacken am Küchentisch saß, setzte Corinna Wasser auf.

Es war seltsam, sich mit der alten Freundin allein in einem Raum aufzuhalten. Seit Corinna zurückgekehrt war, hatte sich das nicht einmal ergeben. Es war immer noch jemand anderes in der Nähe gewesen. Nun suchte Corinna nach Worten, versuchte herauszufinden, wie sie eigentlich gerade zueinander standen. Würde sich Petra wohl damit fühlen, ihr das Herz auszuschütten? Vielleicht machte es ihnen die nächtliche Atmosphäre ja beiden einfacher sich zu öffnen.

»Willst du mir erzählen, was passiert ist?«, fragte Corinna schließlich.

Petra schniefte. Sie griff nach der Küchenrolle und riss ein Stück davon ab, um sich die Nase zu putzten. Dann rieb sie an dem verlaufenen Make-up in ihrem Gesicht herum, verschmierte es aber bloß noch mehr.

»Ich hab nicht gewusst, wo ich sonst hingehen soll. Nach Hause kann ich nicht, meine Handtasche mit dem Schlüssel liegt in Sebastians Auto.«

Oh, da war offensichtlich richtig was schiefgegangen. Dass Sebastian mit der Sache zu tun hatte, ließ Corinna nichts Gutes ahnen, aber gerade war bestimmt nicht der richtige Zeitpunkt, um Petra ihre Bedenken mitzuteilen.

»Wir haben genug leere Zimmer«, sagte sie. »Falls du also hier schlafen willst, ist das kein Problem.«

Petra schniefte noch einmal. »Danke.«

Während Corinna den Tee aufgoss, schwiegen sie, aber es war nicht unangenehm. Corinna fühlte sich in alte Zeiten zurückversetzt, als sie sich, nach dem Spielen draußen im Wald oder am Bach, zusammen hier in der Küche wieder aufgewärmt hatten.

Kräuterduft erfüllte die Küche. Corinna fand noch eine Packung mit Schokoriegeln im Schrank und schob sie Petra hin. Schokolade half manchmal am besten gegen Kummer. Schließlich stellte sie eine Tasse Tee vor Petra ab und setzte sich dann, ebenfalls mit einer Tasse, ihr gegenüber. Petra fuhr noch einmal mit einem Papiertuch über ihr Gesicht, dann gab sie es auf.

»Sag ehrlich, wie ich aussehe«, forderte sie. »Bestimmt schrecklich, oder?«

Corinna musterte ihre Freundin, überlegte, was sie sagen sollte. Schließlich entschied sie sich für die Wahrheit. »Wie ein Panda.«

Das brachte Petra zum Lachen. »Pandas sind süß.«

Auch Corinna musste grinsen. »Eben.«

Für einen Moment kicherten sie gemeinsam in ihre Teetassen. Und es war, als würde sich die Kluft zwischen ihnen schließen. Eine Kluft, die viel zu lange da gewesen war.

»Sebastian hätte heute beinahe einen Fotografen überfahren«, sagte Petra unvermittelt.

Das Lachen blieb Corinna im Halse stecken. »O Gott, hat er ihn verletzt?«

Petra schüttelte den Kopf. »Nein, aber wir haben uns deswegen gestritten. Er meinte, ich müsse seine Wut doch verstehen. Weil wir beide Außenseiter sind und uns niemand liebt.«

So fühlte Petra sich?

Betroffen trank Corinna einen Schluck Tee, um zu überspielen, dass ihr die Worte fehlten.

»Aber das stimmt doch gar nicht«, sagte sie dann. »Meine Mutter liebt dich zum Beispiel viel mehr als mich.«

Der Satz war raus, bevor Corinna ihn zurückhalten konnte.

Überrascht sah Petra auf. »Das glaubst du doch nicht wirklich?«

Nun gab es kein Zurück mehr, also wählte Corinna die Flucht nach vorne. »Doch! Du bist die perfekte Tochter für sie. Du teilst ihre Begeisterung für alles, was mit Holz zu tun hat und kannst dir nichts Besseres vorstellen, als für immer hier auf dem Lindenhof zu arbeiten.«

»Aber ich bin nicht ihre Tochter«, sagte Petra leise. »Und ich werde es auch nie sein, egal, wie sehr ich mich bei der Arbeit anstrenge.«

»Trotzdem hat sie lieber Zeit mit dir in der Schreinerei verbracht, anstatt zu meiner allerersten Lesung zu kommen!«

»Sie hat …?« Petra blinzelte verwirrt. Dann erst schien ihr zu dämmern, wovon Corinna redete. »Oh, du meinst den Tag, an dem ich mich mit Ruth gestritten habe, weil sie nicht einsehen wollte, dass ich das Abi niemals schaffen würde.«

Nun war es an Corinna, verwirrt zu sein. »Davon weiß ich gar nichts.«

»Ich hab dir doch sicher erzählt, wie wütend Ruth war, als ich beschlossen habe, eine Ausbildung zu machen! Sie meinte, ich würde mein Potenzial vergeuden und all das.« Petra verdrehte die Augen. »Marianne hat später mit ihr geredet, und dann hat sie sich wieder eingekriegt. Aber davor hatten wir richtig üblen Streit.«

Corinna erinnerte sich dunkel. Doch zu der Zeit war sie ganz mit der Idee beschäftigt, in Berlin Literatur zu studieren, ihr Kopf war längst woanders gewesen. Die Enttäuschung über das Nichterscheinen ihrer Mutter bei der Lesung hatte sie beiseitegeschoben mit dem Gedanken, dass sie ohnehin bald in einer anderen Stadt wohnen würde.

»Ich glaube, ich habe dir damals gar nicht mehr richtig zugehört«, musste sie eingestehen.

Petra lächelte. »Ich habe auch nicht verstanden, wie wichtig dir das mit der Lesung war. Ich war nur so froh, dass deine Mutter mir geholfen hat, mit Ruth klarzukommen und einen Ausbildungsplatz zu finden. Und dass sie mir …«, sie stockte, »so ein bisschen das Gefühl gegeben hat, irgendwo hinzugehören.«

Corinna seufzte. Wie hatten sie beide nur so blind sein können? Da war sie die ganze Zeit auf ihre beste Freundin neidisch gewesen, dabei hatte die nur versucht, Anschluss zu finden, irgendwie Unterstützung zu bekommen, sich vielleicht so etwas wie eine Ersatzfamilie aufzubauen. Dabei war Petra immer völlig klar gewesen, dass sie die nie bekommen würde – warum hatte Corinna das nicht begriffen?

»Es tut mir leid«, sagte sie deshalb. »Und du gehörst zur Familie Wagner, Petra. Das tust du schon sehr lange.«

Wieder schimmerten Petras Augen feucht. Sie stand auf, ging um den Tisch herum, und mit einem Mal fand Corinna sich in einer Umarmung wieder.

Petra roch nach Zigarettenrauch, Parfüm und Haarspray, und für einen Moment wusste Corinna nicht, wie sie reagieren sollte. Dann jedoch schlang sie die Arme um ihre Freundin.

»Mir tut es auch leid«, murmelte Petra.

Gleich darauf fügte sie schuldbewusst hinzu: »Ich denke, ich hab mal wieder für schlechte Presse gesorgt.«

Allein bei dem Gedanken daran, wie anstrengend die nächsten Arbeitstage deswegen werden würden, fühlte Corinna sich plötzlich hundemüde.

»Wir schaffen das schon«, sagte sie dennoch. »Zusammen stehen wir das durch, so wie bisher auch. Wir setzen eine Stellungnahme auf, in der du dich von dem, was Sebastian getan hat, distanzierst. Und wenn ihr ab sofort getrennte Wege geht, sollte das ja dann auch das letzte Mal gewesen sein, dass wir irgendwas erklären müssen.«

Petra löste sich von Corinna und ließ sich auf den Stuhl fallen. »Er bereut sicher schon, dass er mich aus dem Auto geworfen hat«, sagte sie. Ihre Stimme klang hoffnungsvoll und traurig zugleich. »Vielleicht fährt er jetzt draußen herum und sucht nach mir.«

»Petra!« Ein großes Herz war schön und gut, aber irgendwo musste es doch seine Grenzen haben. »Er hat dich mitten in der Nacht in der Pampa stehen lassen! Wie viele Kilometer musstest du laufen?«

»Schon, aber …«

»Aber was?«

»Er hat niemanden, der ihn liebt.«

Corinna hatte ganz vergessen, wie mitfühlend ihre Freundin sein konnte. Das ehrte sie, aber in diesem Fall konnte es nur in einer Katastrophe enden. »Na und?«, sagte sie. »Er hatte dich, und er hat es vermasselt.«

Petra nickte betrübt.

Sie dachte doch nicht ernsthaft darüber nach, Sebastian zu verzeihen und sich weiterhin mit ihm einzulassen?

Corinna lehnte sich vor. »Petra, versprich mir, dass du dich nicht noch mal mit ihm triffst. Er wird nicht aufhören, Ärger zu machen. Drogen, Alkohol, Fahrerflucht, Randale – Lotte hat uns von Anfang an vor ihm gewarnt. Und dieses Mal wurde niemand verletzt, aber beim nächsten Mal kann das anders aussehen. Da willst du doch nicht dabei sein, oder?«

Petra schwieg kurz, aber ihre Miene drückte bereits inneren Widerspruch aus. »Sebastian ist nicht immer so«, sagte sie dann. »Ich kenne ihn, er hat auch seine guten Seiten. Und angenommen, er entschuldigt sich bei mir …«

Wie lange hatte Corinna ihre alte Freundin um den scheinbar lässigen Umgang mit Männern beneidet! Aber warum war ihr eigentlich nie aufgefallen, wie schlecht sie von den meisten dieser Männer behandelt wurde?

»Denkst du, nach einer Entschuldigung wird er ein anderer Mensch sein und dir nie wieder Ärger machen?«, fragte Corinna.

Petra seufzte, schüttelte den Kopf. Immerhin sah sie es ein.

»Du hast etwas Besseres verdient«, setzte Corinna nach.

»Die Männer, die sich für mich interessieren, sind aber alle so«, erwiderte Petra.

»Dann bist du trotzdem ohne sie besser dran. Du brauchst Sebastian nicht! Du hast doch uns.«

Petra lächelte. »Du bist noch genauso dickköpfig wie früher.«

Unwillkürlich musste Corinna grinsen. »Und du hast immer noch ein ausgesprochenes Talent dafür, in Schwierigkeiten zu geraten.«

»Gar nicht wahr«, protestierte Petra. »Die Schwierigkeiten sind schuld, die haben es auf mich abgesehen.«

Nun mussten sie beide lachen.

Am nächsten Morgen beobachtete Corinna, wie Petra am Frühstückstisch für Marianne ein Brot mit Butter bestrich und in kleine Stücke schnitt. Sie beobachtete auch, wie Marianne zum ersten Mal seit langem auftaute und sich am Gespräch beteiligte, als Petra wie ein Wasserfall von den Ideen redete, die sie als Nächstes in der Schreinerei umsetzen wollte.

Das Erlebnis der letzten Nacht sah man Corinnas Freundin nicht mehr an. Sie trug zwar geborgte Kleidung, aber ansonsten wirkte sie so lebhaft und fröhlich wie immer.

Allerdings wusste Corinna nun, was in Petra vorging, und wie verzweifelt sie sich danach sehnte, irgendwo hinzugehören.

Oma Barbara warf Corinna einen fragenden Blick zu, als wollte sie sich vergewissern, dass Petras Nähe zu Marianne für sie in Ordnung war. Corinna lächelte ihr beruhigend zu. Vielleicht war es am besten so. Sie selbst wollte nicht auf dem Lindenhof bleiben, aber wenn Petra die Wohnung in Waldenburg aufgab und hier bei ihnen einzog, wäre Marianne versorgt.

»Wir sollten uns heute freinehmen und ein bisschen verschnaufen«, sagte Corinna jetzt. So würde sie ihre Pläne später in Ruhe mit Petra besprechen können. »In der Schreinerei kommen sie auch mal ohne uns klar«, bestimmte sie.

Zögernd stimmte Petra zu.

Gleich nach dem Frühstück erledigte Corinna noch einige Anrufe. Lotte versprach, mit Marcs Unterstützung bei Sebastian die Handtasche abzuholen, die Petra im Auto vergessen hatte.

Elvira kam in der Mittagspause, um Petra mit selbstgebackenen Keksen zu trösten. Sie richtete Grüße von allen aus und erzählte, dass Rudi gedroht habe, Sebastian eine zu verpassen, sollte er sich jemals wieder in der Werkstatt blicken lassen.

Auch Ruth tauchte später kurz auf, um Petra in den Arm zu nehmen und ihr zu versichern, dass sie jederzeit auf sie zählen konnte, wenn sie Hilfe beim Umzug oder sonst irgendetwas brauchte. »Das haben mir die Kinder für dich mitgegeben«, sagte sie und überreichte Petra ein Kritzelbild und eine Kette aus bunten Plastikperlen. »Damit du nicht länger traurig bist.«

Je mehr Leute mit Dingen für Petra auf dem Hof eintrudelten, desto feuchter wurden Petras Augen wieder. Erst recht als Lotte und Marc schließlich am Nachmittag mit ihrer Handtasche vor der Tür standen.

Marc zwinkerte Corinna zu. »Sie hätte mich gar nicht gebraucht«, sagte er und grinste dabei zu Lotte hinüber. »Wir haben auf dem Weg zu Sebastians Apartment noch spontan ein paar Frauen in Latzhosen mit raspelkurzen Haaren aufgesammelt. Die Truppe hättest du sehen müssen!«

Seine Augen leuchteten, als hätte er ein Abenteuer erlebt, das er so schnell nicht vergessen würde. Wenn Corinna ihn nicht bereits lieben würde, hätte sie sich direkt noch einmal in ihn verliebt. Sie mochte es, wie offen er war, wie sehr er sich für neue Erlebnisse begeistern konnte.

»Hanna hat lange Haare«, korrigierte Lotte.

»Aber Muskeln wie ein Bauarbeiter.« Marc grinste.

»Sie arbeitet ja auch auf dem Bau«, erklärte Lotte. »Hör mal, ich hab extra die Freundinnen ausgesucht, von denen ich dachte, dass sie besonderen Eindruck auf Sebastian machen würden.«

»Hat doch auch prima funktioniert«, pflichtete Marc bei. Er wandte sich an Corinna. »Du hättest Sebastians Gesicht sehen müssen, als er die Tür aufgemacht hat und seine Wohnung von dieser Horde gestürmt wurde. Er hat null Widerstand geleistet und die Handtasche sofort rausgerückt.«

Sie alle lachten, selbst Oma Barbara, obwohl sie Lotte ein wenig irritiert musterte. Corinna ahnte, dass ihr wahrscheinlich erst jetzt ein Licht aufging und sie plötzlich begriff, dass Lotte sich nicht für Männer, sondern für Frauen interessierte – und dass die nette, rothaarige Ella mehr als nur eine gute Freundin war. Hoffentlich gab es deswegen nicht später noch Ärger.

Doch für den Moment drehte sich alles um Petra. Sie stand im Mittelpunkt und genoss die Aufmerksamkeit und Fürsorge, die ihr heute von allen Seiten zuteilwurde.

Corinna fand, dass sie glücklich aussah.

KAPITEL 33

An einem sonnig-warmen Aprilnachmittag saßen Corinna und Petra einträchtig zusammen in der Schreinerei. Die anderen Mitarbeiter waren bereits gegangen, sämtliche Bestellungen waren ausgeliefert, und es gab vor den bevorstehenden Ostertagen nicht mehr allzu viel zu tun. Zeit für Corinna, innezuhalten, über die vergangenen Wochen nachzudenken und eine Bestandsaufnahme zu machen.

Nachdenklich blätterte sie durch die Prospekte, die Rudi von der Spielwarenmesse mitgebracht hatte. Es war immer gut, die Konkurrenz im Auge zu behalten. Manchmal konnte man sich bei anderen etwas abgucken, sich inspirieren lassen. Oder erkennen, welche Ideen eher nicht so gut funktionieren würden.

Als Kind war Corinna einige Male auf der Nürnberger Messe gewesen. Sie hatte sich gefreut, wenn sie mit ihrem Vater durch die Hallen streifen und alles ausprobieren durfte, was die Stände hergaben.

Erst viel später hatte sie begriffen, dass sie Alexandre damit bei der Recherche geholfen hatte. Ihr kindliches Urteil über die ausgestellten Produkte hatte es ihm ermöglicht, abzuschätzen, wie erfolgreich die Konkurrenz wohl sein würde. Und hin und wieder hatten ihre Eltern sich wohl auch den einen oder anderen Tipp von ihr geben lassen.

Später als Teenager war der Messebesuch für sie weniger interessant gewesen, auch wenn sie die Zeit vor der Messe mit ihrer fieberhaften Aktivität in der Schreinerei immer als eine ganz besondere empfunden hatte. Im nächsten Jahr mussten sie unbedingt wieder teilnehmen, wenn sie nicht in Vergessenheit geraten wollten. Der Lindenhof musste seinen Platz in der Spielzeugbranche behaupten, das hatte Lotte erst kürzlich betont.

Corinna legte die Prospekte weg und näherte sich Petras Werkbank. »Darf ich dich kurz stören?«

Petra blickte lachend von dem Stück Holz auf, das sie gerade zurecht hobelte. »Du störst mich doch nicht. Setz dich!«

Corinna zog einen Hocker heran, achtete aber darauf, dass sie den fliegenden Spänen nicht zu nahe kam.

»Ich überlege immer noch, was ich von Rudis Messebericht halten soll.« Ihm zufolge waren die Starwars-Artikel das absolute Highlight gewesen. Im vergangenen Jahr war der zweite Krieg der Sterne-Film in die Kinos gekommen, und offensichtlich waren Raumschiffe nun der neueste Schrei auf dem Spielzeugmarkt. Tomasz hatte mit seiner Mondrakete also den richtigen Riecher bewiesen. Aber das, worum es eigentlich ging, hieß Merchandise, wie Rudi berichtet hatte. Und er hatte auch vorgeschlagen, dass der Lindenhof einige Lizenzen einkaufen sollte, um Produkte zu Filmen herstellen und vertreiben zu können, aber Corinna war davon nicht wirklich überzeugt.

»Denkst du auch, dass wir uns in Zukunft mehr an Filmen orientieren sollten?«

Petra lachte. »Ach komm, warum fragst du? Ich hab schon gemerkt, dass dir die Sache mit den Lizenzen nicht gefällt.«

»Ja, das stimmt«, bestätigte Corinna, »aber vielleicht irre ich mich ja, und das ist wirklich eine gute Idee.«

»Du und dich irren?« In Petras Augen blitzte es amüsiert auf. »Was ist denn aus der Corinna geworden, die in unseren Versammlungen allen erklärt hat, wie wir unsere Arbeit besser machen können?«

Ihre Freundin wollte sie nur necken, aber die Erinnerung daran, wie erbittert sie sich gezankt hatten, beschämte Corinna dennoch ein wenig. Allerdings …

»Ich hatte recht«, murmelte sie.

»Genau.« Petra nickte lächelnd, anscheinend kein bisschen böse. »Und ich denke, du hast auch jetzt recht. Ich habe auf jeden Fall keine Lust, Unsummen zu bezahlen, nur damit ich nach den Vorgaben anderer Leute irgendwas herstellen darf. Und wehe, ich ändere eine harmlose Kleinigkeit daran ab, dann gibt's sofort eine Vertragsstrafe. Klingt ziemlich dreist.«

So gesehen war es das tatsächlich.

»Aber«, fuhr Petra fort, »das heißt ja nicht, dass wir nicht eine Idee klauen können, wenn wir sie gut finden.«

»Wir können doch nicht einfach Ideen klauen!«, rief Corinna aus. »Das merken die Leute doch!«

Petra grinste. »Nicht, wenn man es geschickt macht. Warte.« Sie legte den Hobel beiseite und blätterte in den Skizzen, die in dem Fach unter ihrer Werkbank lagen.

»Hier schau mal, was mir zu ›Alien‹ eingefallen ist.« Sie schob Corinna einige Papiere zu. »Sebastian fand den Film damals so toll, dass ich ihn mir unbedingt mit ihm auf Video ansehen sollte.«

Corinna runzelte die Stirn. »Ist das nicht ein Horror-Film?« Dann fiel ihr Blick auf Petras Zeichnungen.

Es war zu erkennen, wo die Inspiration herkam. Die Entwürfe hatten alle eine ähnliche Fülle an Details wie die Geschöpfe von Hans Rudolf Giger, die er für den Film geschaffen hatte. Nur dass Petra dafür gesorgt hatte, dass ihre niedlich aussahen. Corinna entdeckte vierarmige Kreaturen mit Dackelblick zwischen knuffigen Robotern, die zur Mondrakete gepasst hätten. Sie entdeckte außerdem Versatzstücke eines wabenförmigen Höhlensystems – damit konnte man den außerirdischen Kreaturen ein Zuhause bauen.

»Wie ein Puppenhaus im Weltraum«, rief sie fasziniert. Wenn man die Wohnhöhlen mit der Mondrakete kombinierte, ergab sich praktisch ganz von selbst ein Abenteuerspiel.

Sofort begannen Corinnas Gedanken zu rotieren. »Darf ich deine Skizzen haben? Du hast doch nichts dagegen, wenn ich ein paar Ideen daneben schreibe?«

Petra strahlte. »Heißt das, ich hab dich inspiriert?«

»Ja, hast du.« Corinna hatte bereits angefangen, sich Notizen neben die Weltraumdackel zu machen.

»Bin ich jetzt offiziell deine Muse?«

»Petra …«

Corinna war noch dabei, ein weiteres Blatt mit Ideen zu Petras Weltraumentwürfen zu füllen, als das Telefon klingelte. Sie stand auf und eilte zu Mariannes Schreibtisch hinüber. »Ja?«

»Wusste ich's doch, dass du noch in der Schreinerei bist.« Marcs Stimme erklang am anderen Ende der Leitung.

Corinna lächelte. »Und du bist noch im Büro, nehme ich an.«

»Ertappt.« Marc lachte.

»Hast du etwas Neues über Theodor Werwinkel herausgefunden?«

Seit der Verlautbarung, in der Petra bekannt gegeben hatte, dass sie nichts mehr mit Sebastian zu tun haben wollte, hatte sich der Unternehmer noch weiter auf den Lindenhof eingeschossen. Auch Sebastian verbreitete infame Lügen – dass Petra eine Diebin wäre, die ihm seinen Walkman gestohlen hätte, oder er nur wegen ihr unter Alkohol gefahren war und die Reporter angegriffen hatte. Petra hätte ihn dazu angestiftet. Sie hatte sogar bei der Polizei dazu aussagen müssen.

»Wir brauchen dringend irgendwas, das wir notfalls gegen ihn verwenden können, wenn das nicht aufhört.«

»Hm, vielleicht habe ich da was. Das Fuhrunternehmen scheint früher für die Nazis gearbeitet zu haben. Also nicht Theodor, sondern sein Vater.«

Sonderlich bahnbrechend klang diese Entdeckung für Corinna nicht. »Viele Leute haben damals für die Nazis gearbeitet. Manchmal hatte man ja keine andere Wahl.«

Marc widersprach. »Ich glaube, in diesem Fall steckt mehr dahinter. Ich bleibe jedenfalls dran.«

»Hast du schon mit Henni gesprochen?«, fragte Corinna. »Hat sie dir weiterhelfen können?«

Ihre Tante hatte sich letztendlich doch bereiterklärt, mit Marc zu reden. Aber Corinna wusste immer noch nicht genau, worum es bei der geplatzten Verlobung mit Theodor Werwinkel eigentlich gegangen war und sie war neugierig. Vielleicht konnte sie Marc ein paar konkretere Informationen über die Vergangenheit entlocken.

Doch er zögerte. »Ja, aber sie will es dir selbst erzählen. Ich weiß auch noch nicht, ob ich diese Details in einem Beitrag für den Sender verwenden werde. Die sind eher privat.«

»Na gut, behalt deine Geheimnisse für dich.« Corinna tat beleidigt.

»Ich würde niemals Geheimnisse vor dir haben. Aber das hier ist nicht mein Geheimnis.«

Das brachte Corinna zum Lächeln. »Weißt du, warum ich mich in dich verliebt habe?«

»Nein, warum?«

»Weil du so bist, wie du bist.«

»Aha.« Kurz hörte sie ihn nur atmen. »Wie bin ich denn?«, fragte er dann.

»Du bist ein großartiger Mann.«

»Und du bist eine ganz wunderbare Frau.« Das Lächeln war jetzt auch in seiner Stimme zu hören. »Wir sehen uns am Wochenende, in Ordnung? Ich muss jetzt noch mal los. Bis dann!«

In der Woche nach Ostern setzten Corinna und Petra sich regelmäßig gegen Feierabend zusammen, um ihre Ideen weiterzuspinnen. Und was dabei wuchs, war nicht nur ein Geflecht aus verschiedenen Holzteilen, die sich zu einem großen wabenförmigen Weltraum-Spielset zusammenstecken ließen, sondern auch ganze Erzählstränge von Geschichten.

»Die Mondhunde leben in Höhlen tief unter der Oberfläche«, las Corinna ihren neuesten Entwurf vor. »Doch immer, wenn die Erde sich vor die Sonne schiebt und sie zu einer schwarzen Scheibe macht, kommen sie heraus, um die Behausungen der Menschen anzuheulen. Dann liegen die Raumfahrer in ihrer Kuppel auf dem Mond die ganze Nacht wach und können nicht schlafen.«

»Hast du das hier gerade einen Mondhund getauft?« Petra nahm eine kleine Holzfigur, die sie geschnitzt hatte, in die Hand. Das Wesen hatte drei Beinpaare, lustige Knopfaugen auf Fühlern und einen breiten Mund.

»Ja«, entgegnete Corinna, »warum nicht?«

Stirnrunzelnd betrachtete Petra ihr eigenes Werk. »Es hat keine Schnauze. Sieht nicht aus wie ein Hund.«

Corinna lachte. »Deshalb ist es ja ein Mondhund. Unsere Astronauten können die Mondhunde zähmen und als Haustiere halten. Ich wette, die Kinder mögen das.«

»Oh, das heißt, sie brauchen auch eine Hundehütte!«

»Eine Mondhundehütte«, verbesserte Corinna.

Petra lachte. »Gib mir eine Minute.« Sie zog ein Blatt Papier heran. »Ich weiß, wie wir das machen. Wir nehmen die Form der Kuppel, nur ein bisschen kleiner. So.« Sie hielt Corinna die Skizze hin.

Da war es wieder, dieses Gefühl, das Corinna sonst nur beim Schreiben ihrer eigenen literarischen Texte kannte. Die Inspiration, die einen Gedanken nach dem anderen hervorbrachte und sie dabei mitriss. Es mochte nur um Spielzeug gehen, aber vielleicht war es gerade deshalb so leicht, auch absurden Ideen Raum zu geben und sich nicht vom eigenen Anspruchsdenken ausbremsen zu lassen.

»Ich mag, dass du einen kleinen Futternapf dazu gezeichnet hast. Was fressen Mondhunde denn?«

»Woher soll ich das wissen?«, sagte Petra. »Denk dir was aus.«

Wenig später hatte Corinna schon wieder mehrere Seiten ihres Blocks mit Notizen vollgeschrieben. Mondkälber auf Mondweiden, eine Sternenfee in ihrem Sternenhaus – wenn es so weiterging, würden sie innerhalb kürzester Zeit genug Ideen für die nächsten paar Jahre sammeln.

»Weißt du«, sagte Corinna schließlich. »Marc hat gemeint, dass man diese Sets verwenden könnte, um damit eine Fernsehserie für Kinder zu machen.«

»Eine Fernsehserie?« Petras Augen wurden groß. »Ist das dein Ernst?«

Corinna nickte. Je mehr Ideen sie entwickelten, desto größer wurde ihre Motivation, das auszuprobieren. »So ein bisschen wie bei der Augsburger Puppenkiste vielleicht.«

»Aber die Augsburger Puppenkiste hat Marionetten«, warf Petra ein. »Unsere Figuren dagegen sind komplett steif.« Sie hob den Astronauten hoch und hielt ihn Corinna hin. »Nicht einmal die Arme bewegen sich.«

An die Umsetzbarkeit hatte Corinna noch nicht gedacht. Sie

kaute nachdenklich auf ihrer Unterlippe. »Was, wenn wir ein Set beweglicherer Figuren machen?«

»Hm …« Petra starrte auf ihre Skizzen, dann nickte sie. »Lass mich mal überlegen.«

Damit versank sie wieder in ihrer Arbeit.

Auch Corinna wandte sich erneut ihren Notizen zu.

Corinnas Nacken schmerzte, und als sie von ihrem Block aufsah, um sich zu strecken, war Petra gerade dabei, ihren Arbeitsplatz aufzuräumen. Außer ihnen war längst niemand mehr in der Schreinerei.

Gemeinsam verließen sie die Werkstatt, schlugen wie selbstverständlich den Waldweg zum Lindenhof ein und verfielen beim Gehen in einen gleichmäßigen Trott wie früher, wenn Petra nach der Schule mit zu Corinna gekommen war.

Doch als der Hof in Sicht kam, zögerte Petra.

»Warte mal, Corinna. Ich muss dir noch was sagen.« Sie starrte verlegen auf ihre Schuhspitzen. »Aber du darfst nicht wütend werden.«

Das ließ nichts Gutes vermuten. Corinna zählte innerlich bis drei. »Ich verspreche, nicht wütend zu werden.« Sie war sich aber nicht ganz sicher, ob sie dieses Versprechen würde halten können.

Neben ihr holte Petra tief Luft. »Ich, also … Meine Regel ist schon seit einer Weile überfällig.«

Oh nein. »Was heißt eine Weile?«

»Na ja … so zwei Monate ungefähr …«

Mit Anstrengung verbiss Corinna sich einen Fluch. »Warst du beim Arzt? Vielleicht ist es nur eine Unregelmäßigkeit.«

»Zwei Monate wären eine große Unregelmäßigkeit«, gab Petra zu bedenken.

»Ja, aber warst du beim Arzt?«

»Bisher nicht.« Petra holte noch einmal tief Luft. »Ich hab mich nicht getraut. Würdest du vielleicht mit mir hingehen?«

Corinna schluckte. Angesichts dessen, was sie nach Petras Worten befürchtete, fiel ihr das Lächeln nicht leicht. Aber sie spürte, dass die alte Nähe wieder da war.

Genau wie früher fühlte sie sich Petra eng verbunden. Oder vielleicht nicht genau wie früher – sie waren jetzt beide älter, unabhängiger und wussten besser, was sie wollten.

Und klar war – sie ließen einander nicht im Stich.

»Natürlich komme ich mit.«

Corinna hielt Petras Hand, während der Arzt ihnen auf dem Ultraschallbild das winzige Zellklümpchen zeigte, das einmal ein Baby werden würde.

Petra lächelte selig und strich über ihren noch flachen Bauch. »Schau nur, wie ein Erdnussflip sieht es aus!«

Sie würde das Kind behalten, so viel stand fest. Wie hätte sie sich auch anders entscheiden können, nachdem sie die pochenden Herztöne gehört hatte.

»Du verstehst mich doch, Corinna, oder?«

»Ja«, sagte Corinna tapfer. Es war typisch für Petra, dass sie nicht über den Moment hinausdachte. An die Probleme, die diese Schwangerschaft mit sich brachte. Es war alles andere als leicht, alleine ein Kind aufzuziehen.

Corinna hielt auch Petras Hand, als sie beschlossen, Lotte und Marianne davon zu erzählen.

Sie saßen gemeinsam beim Mittagessen, Lotte und Petra waren in letzter Zeit ständige Gäste. Oma Barbara hatte eine deftige Mahlzeit gekocht, und selbst Marianne langte bei den

Schupfnudeln kräftig zu. Zumindest so lange, bis Petra die Bombe platzen ließ.

»Ich bin übrigens schwanger.«

Marianne fiel die Gabel aus der Hand und knallte auf den Teller. »Von wem?«, fragte sie tonlos. »Etwa von diesem Sebastian Schaller?«

Das war die Frage, die Corinna sich bisher nicht getraut hatte zu stellen. Petra hatte verschiedene Liebhaber gehabt, und das mit Sebastian war doch keine richtig feste Beziehung gewesen, oder? Hatte es da nicht noch irgendeinen Arzt gegeben, von dem sie geschwärmt hatte?

Petra zuckte zusammen. »Spielt das eine Rolle?«

»Und ob das eine Rolle spielt!« Mariannes blinde Augen starrten ein Stück an Petra vorbei, aber ihre Mimik war lebendiger denn je. Fast schien es, als brannte ihr Zorn ein Loch in die vergilbte Tapete. »Die Welt braucht wahrlich nicht noch mehr Werwinkels!«

Corinna spürte, wie Petra ihre Hand fester umschloss. »Es wird kein Werwinkel, es wird ein Baby!«

Da musste Corinna ihr zustimmen. »Du kannst einem Kind doch nicht seine Herkunft vorwerfen, Mama.«

Lotte nickte, musterte Petra allerdings schweigend.

»Das hat Henni bei Juttas Baby damals auch gesagt«, ereiferte sich Marianne. »Und schaut, was aus Sebastian geworden ist. Jutta musste mit ihrem Mann aus Hall wegziehen, weil die Schwangerschaft nichts als Ärger und Unglück für sie bedeutet hat.«

Abrupt ließ Petra Corinnas Hand los. »Sebastian hat mir erzählt, dass Henni seiner Mutter beistehen wollte, aber dann hat sie ihr Versprechen nicht gehalten. So war das!«

Gleich würde es einen handfesten Streit geben. Corinna warf Lotte einen Hilfe suchenden Blick zu.

»Ja, das klingt ganz nach einem Werwinkel, immer sind die anderen schuld«, höhnte Marianne. »Hat natürlich vergessen zu erwähnen, dass seine Familie weggezogen ist, dieser Sebastian! Wie hätte Henni Jutta da helfen sollen?«

Das nahm Petra den Wind aus den Segeln. Sie presste die Lippen aufeinander, starrte einen Moment lang auf ihren Teller. »Na ja, im Gegensatz zu Sebastians Eltern werde ich mein Kind auf jeden Fall lieben.«

Corinna fand, es war an der Zeit, sich einzumischen.

»Jetzt lass sie doch«, sagte sie zu ihrer Mutter. »Es sind nicht mehr die Fünfziger und es ist keine Katastrophe, wenn Petra ein uneheliches Kind bekommt. Ich bin sicher, sie wird gut für ihr Baby sorgen und ihm alles geben, was es braucht. Und wir sind ja auch noch da!«

»Eben«, stimmte Lotte zu. Sogar Oma Barbara nickte.

Marianne schnaubte und grummelte leise vor sich hin. Schließlich sagte sie laut: »Ich bin zum Glück nicht diejenige, die den Reportern Fragen zum Vater des Kindes beantworten muss.«

Daran hatte Corinna noch gar nicht gedacht. Das könnte tatsächlich noch unangenehm werden. Aber inzwischen hatte sie ja Übung darin, sich mit der Presse herumzuschlagen, da würden ihr schon entsprechende Antworten einfallen. Außerdem würde Marc sie sicher unterstützen, wenn es sein musste.

»Genau«, sagte sie deshalb nur.

Marianne wirkte weiter gereizt. Sie murrte etwas in Petras Richtung, das nicht ganz nach Zustimmung, aber auch nicht mehr nach purer Ablehnung klang. Corinna hatte das Gefühl, dass das letzte Wort in dieser Sache noch nicht gesprochen war. Hoffentlich konnte ihre Mutter sich mit dem Gedanken anfreunden, dass Petra auch als junge Mutter in der Lage war, die kreative Leitung der Schreinerei zu übernehmen.

Das Telefon klingelte. Lotte stand auf, um den Anruf entgegenzunehmen, rief aber wenig später aus dem Flur nach Corinna. Verwirrt folgte die ihrer Tante. Wer konnte das sein?

»Dein Liebster.« Lotte lächelte und drückte ihr den Hörer in die Hand.

Sofort klopfte Corinnas Herz schneller. Sie waren nun schon mehrere Monate ein Paar, aber sie spürte jedes Mal wieder Schmetterlinge im Bauch, wenn sie von ihm hörte.

Doch heute klang Marcs Stimme ungewohnt ernst, als er sie begrüßte. Er kam direkt zur Sache.

»Ich wurde gerade entlassen.«

KAPITEL 34

»Irgendwie kann ich es immer noch nicht fassen.«

Marc füllte Kaffeepulver in die Espressokanne. Der Löffel in seiner Hand zitterte nicht – erstaunlich, wie ruhig er nach außen war. In seinem Innern sah es anders aus. Da tobte es, wenn er an das beleidigende Gebrüll seines Chefs dachte. Andererseits fühlte er sich nach dem abrupten Schlussstrich auch wie befreit. Fast stärker denn je. Trotz der Tatsache, dass er nun arbeitslos war.

»Mir war schon klar, dass es Ärger geben würde, wenn ich Herzog das Ergebnis meiner Recherche präsentiere. Aber dass es mich gleich den Job kostet, damit habe ich natürlich nicht gerechnet.«

»Das alles tut mir so leid«, sagte Corinna. Sie hatte den erstbesten Zug nach Heilbronn genommen, um bei ihm zu sein, lehnte nun aber am Tisch wie ein Häufchen Elend.

»Dir muss es doch nicht leidtun.« Er spülte seine eigene Tasse mit Wasser aus und holte eine zweite für Corinna aus dem Küchenschrank. »Du bist doch nicht schuld.«

»Ohne mich wäre dir das aber nicht passiert.« Ihre Stimme klang mutlos und verzagt.

»Das siehst du völlig falsch!« Marc nahm sie spontan in die Arme. »Mein Chef war schon immer ein Idiot und hat das heute nur noch mal eindrücklich unter Beweis gestellt. Mit dir hat das gar nichts zu tun.«

Für ein paar Sekunden verbarg sie das Gesicht an seiner

Brust, dann hob sie den Kopf und sah ihm in die Augen. »Worum ging es denn überhaupt in deinem Bericht?«

»Setz dich, dann erzähle ich dir alles.«

Während sie Platz nahm, öffnete er den Kühlschrank, um die Milch herauszunehmen. Er roch kurz daran, ob sie noch gut war, dann schob er sie Corinna hin.

»Im Grunde verdanke ich es deinem Vater, dass ich etwas derart Brisantes herausgefunden habe.« Normalerweise recherchierte er nicht so weit in die Vergangenheit, die Themen, die ihn interessierten, waren aktueller. »Aber ich war mir sicher, dass es da eine wichtige Verbindung geben musste.«

»Zwischen meinem Vater und Theodor Werwinkel?«

»Ja. Mich hat es stutzig gemacht, dass dieser Unternehmer sich so viele Jahre von deiner Familie ferngehalten hat, obwohl er doch ganz in der Nähe lebte. Du hast gesagt, du kanntest ihn vor der Beerdigung nicht einmal! Dafür musste es einen Grund geben.«

»Die geplatzte Verlobung mit Tante Henni …«

»Nein, darum ging es nicht. Es war zwar aufschlussreich, was deine Tante über diesen Mann zu sagen hatte, und die Tatsache, dass er ihre beste Freundin geschwängert und sitzengelassen hat, passt da exakt ins Bild, aber wie du weißt, bin ich kein Klatschreporter.«

»Ich weiß.« Über ihr Gesicht huschte ein Lächeln, das ihm das Herz wärmte. »Solche privaten Dinge auszugraben und zu skandalisieren, ist nicht dein Stil.«

»Das Ausgraben gehört oft dazu, aber im Allgemeinen sehe ich keine Veranlassung, mein Wissen zu verwenden.« Er strich sanft über ihren Handrücken. »Was mich zurück zu deinem Vater bringt. Er war mir da anscheinend sehr ähnlich.«

»Wie meinst du das?«, fragte sie.

»Ich bin überzeugt, dass er damals, nachdem er deine Mutter kennengelernt hat, etwas über die Werwinkels herausgefunden hat und dass Theodor mit aller Macht verhindern wollte, dass er sein Wissen preisgibt. Ich denke, die beiden hatten so eine Art Waffenstillstand geschlossen – Theodor hat versprochen sich von deinen Eltern und von deiner Tante Henni strikt fernzuhalten und dein Vater hat ihm im Gegenzug versprochen zu schweigen. Vielleicht haben sie sich auch gegenseitig zum Schweigen verpflichtet. Weil es mehr als seltsam ist, dass sich in all den Jahren nie jemand genauer nach der Herkunft deines Vaters erkundigt hat. Gerade auf dem Dorf ist das höchst ungewöhnlich. Aber wenn die richtigen Leute wissen, dass sie sich in der Hinsicht taub und blind stellen sollen, dann klappt das wohl. Dann kann man sogar heiraten, ohne seinen wahren Namen preisgeben zu müssen.«

Corinna rührte in ihrer Tasse. Auf ihrer Stirn bildete sich eine Falte. »Weißt du inzwischen, wie mein Vater hieß?«

»Ich glaube schon, ja.« Er stand auf, um die Notizen von seinem Schreibtisch zu holen. »Alexandre von Berckheim, der Vater war ein hochrangiger Nazi aus dem Elsass.«

Sie zuckte heftig zusammen. »Mein Vater war …?«

»Nein! Nicht dein Vater, dein Großvater! Dein Vater gilt als verschollen. Nachdem er sich freiwillig zum Kriegseinsatz an die Ostfront gemeldet hatte, verliert sich jegliche Spur von ihm. Die Familie hat anscheinend nie wieder von ihm gehört.« Marc griff wieder nach Corinnas Hand, dieses Mal hielt er sie fest. »Ich denke, er hat damals alle Brücken hinter sich abgebrochen und sich von seiner Familie losgesagt. Er wollte mit den Verbrechen seines Vaters nichts zu tun haben.«

Corinna wirkte erschüttert. Kein Wunder nach dem, was er ihr gerade erzählt hatte.

»Nun verstehe ich, warum meine Mutter darüber kein Wort sagen wollte. Bei uns zu Hause redet nie jemand über den Krieg, weil damals so viel Schlimmes passiert ist. Mein Opa ist gefallen, bevor Tante Lotte auf die Welt gekommen ist, sie hat ihren Vater nie kennengelernt. Meine Oma stand plötzlich mit drei Mädchen allein da. Ludwig hat den Arm verloren, Tomasz und Szymon waren Flüchtlingskinder. Keiner von ihnen will an diese dunklen Zeiten erinnert werden. Und natürlich will niemand mit einem Nazi verwandt sein.«

»Tja, manche stört es nicht.«

Marc schob den Notizblock zur Seite und trank seinen Kaffee aus. Er schmeckte unangenehm bitter, jetzt, wo er abgekühlt war. Offenbar hatte Marc zu viel Pulver erwischt.

Nachdenklich rieb er sich die Stirn. »Auf welcher Seite die feine Familie Werwinkel im Krieg gestanden hat, lässt sich jedenfalls eindeutig belegen.«

»Oh«, sagte Corinna überrascht. »Ist das der Zusammenhang, den du vorhin angedeutet hast?«

»Ja, der Vater von Theodor Werwinkel war ein bedeutender Parteifunktionär und Kriegsgewinnler. Dafür gibt es ganz eindeutige Hinweise, und auch deine Tante hat mir das bestätigt. In der Zeit, als sie mit ihm liiert war, hat er ihr wohl einiges erzählt. Ansonsten erinnert sich auch Ruth Hofbauer, die das Kinderdorf leitet, noch gut an die Gerüchte, die damals über Theodors Vater im Umlauf waren. Dass er sich als Fuhrunternehmer skrupellos an jüdischem Besitz bereichert hat. Viele Familien haben alles zurücklassen müssen, als sie geflohen oder deportiert worden sind, und der alte Werwinkel hat dann die Wohnungen geräumt und sämtliche Wertsachen einkassiert.«

»Ich hoffe, man hat ihn dafür verurteilt.«

»Nein, hat man nicht.«

Ungläubigkeit und tiefe Abscheu spiegelten sich auf Corinnas Gesicht. »Man hat ihn nie zur Rechenschaft gezogen?«

Marc schüttelte den Kopf. »Das war nicht möglich, weil Theodors Vater 1945 gestorben ist. In dem Feuer, bei dem Waldenburg so stark zerstört wurde. Und jetzt kommt's! Ich habe mich gefragt, was er dort eigentlich zu suchen hatte, während des Artillerieangriffs der amerikanischen Armee. Die Werwinkels wohnten am Rand von Hall und bis dahin hatte dieser Mann doch nie gekämpft, sondern ganz andere Aufgaben übernommen. Nämlich Aufgaben, bei denen er sich keiner Gefahr aussetzen musste und sich die Taschen füllen konnte.«

Ein kurzes Lächeln huschte über sein Gesicht, als er sich daran erinnerte, wer ihm den entscheidenden Tipp gegeben hatte. »Mein Kollege Jürgen hat mich auf die richtige Spur gebracht.«

»Jürgen?« Corinna horchte auf. Sie kannte den Namen aus früheren Gesprächen über seine Arbeit und wusste, dass Jürgen beim SDR für das Ressort ›Kunst und Kultur‹ zuständig war.

»Ja, er hat mir erzählt, dass im Waldenburger Schloss während der letzten Kriegsjahre zahlreiche wertvolle Kunstschätze aus der Stuttgarter Staatsgalerie lagerten«, erklärte Marc. »Man hatte Teile der Bestände dort weggeholt und versteckt, um sie vor der Vernichtung zu schützen. In Waldenburg glaubte man die Gemälde und historischen Bücher sicher vor den Bomben der anderen Kriegsparteien, es gab ja kein lohnendes Ziel in der Nähe.«

Sie nickte. Er sah, dass sie ihm folgen konnte. »Du glaubst, Theodors Vater war deswegen vor Ort?«

»Ich wette meinen Kopf darauf!« Marc berichtete ihr, dass er Beweise dafür hatte, dass der Fuhrunternehmer Werwinkel beim Abtransport der Gemälde und Kunstgegenstände aus Stuttgart beteiligt gewesen war. »Das musste zwar alles im

Geheimen ablaufen, aber im Nachhinein lässt sich doch rekonstruieren, wer an der Nacht-und-Nebel-Aktion beteiligt gewesen ist und die wertvollsten Stücke aus der Staatsgalerie abgeholt und ins Versteck gefahren hat. Wer wäre dafür besser geeignet gewesen als ein parteitreuer, ortsansässiger Spediteur? Werwinkel hat also Bescheid gewusst, welche besonderen Schätze im Waldenburger Schloss lagerten. Deshalb war er da, als das Feuer ausgebrochen ist.« Marc zuckte mit den Achseln. »Ob er in der Brandnacht die Gemälde vor der Zerstörung retten oder sich einfach nur die wertvollsten Stücke unter den Nagel reißen wollte, weiß ich natürlich nicht. Aber ich hätte da so eine Vermutung …«

Er war sogar sehr sicher, dass er richtiglag. Nur konnte er es nicht beweisen, weil der Verdächtige samt den Kunstwerken den Flammen zum Opfer gefallen war.

»Eines verstehe ich nicht.« Corinna knibbelte an einem Fingernagel herum. Das tat sie oft, wenn sie nachdachte, und es schien ihr gar nicht aufzufallen. Marc lächelte, weil ihm das bereits so vertraut vorkam.

»Was verstehst du nicht?«

»Das alles ist eine Ewigkeit her. Das Feuer im Waldenburger Schloss war in den letzten Kriegstagen, oder? Der Mann, um den es geht, ist tot. Was also ist an dieser Geschichte so bedeutend, dass du deswegen fünfunddreißig Jahre später deinen Job verlierst? Das kapiere ich nicht.«

»Ganz einfach, es geht nicht um die Person. Der alte Werwinkel ist tot, richtig. Aber das Vermögen, das er unrechtmäßig angehäuft hat, existiert noch.« Marc hatte zuerst selbst nicht glauben können, worauf er bei seinen Recherchen gestoßen war. »Ich habe Hinweise gefunden, dass manche der angeblich verbrannten Gemälde gar nicht verbrannt sind. Sie existierten noch, weil sie in jener Brandnacht gar nicht mehr im Versteck im Schloss waren. Werwinkel hatte offenbar vorher schon einige der Kunstwerke heimlich beiseitegeschafft.«

»Was? Im Ernst?«

»Ja, wenn ihr Fehlen irgendwann bemerkt worden wäre, hätte er vielleicht behauptet, sie seien von Plünderern mitgenommen worden. Solange er nicht öffentlich mit dem Besitz der gestohlenen Kunstwerke protzte – wie hätte man ihm etwas nachweisen sollen? Zwar war es wohl eher seine verstorbene Frau, die Kunst wirklich zu schätzen wusste, er war mehr ein Sammler, der nach dem Besitz gierte, aber er hatte definitiv ein großes Interesse daran.«

Marc zählte die Spuren auf, denen er nachgegangen war. Vor allem Henriettes Beschreibung der Gemälde im Haus hatte ihm geholfen. »Die Jagdszene über dem Kamin im Rauchsalon, an die sie sich erinnert, ähnelt einem Bild, das vermutlich aus der Sammlung der Staatsgalerie stammt. Es ist in den fünfziger Jahren verkauft worden. Genau wie einige andere Gemälde im Haus, die Übereinstimmungen mit verloren geglaubten Bildern aufweisen.«

»Aber da war der Mann doch schon lange tot?«

»Richtig.« Marc grinste. »Und da ist der Knackpunkt. Von der Familie Werwinkel hat nach dem Krieg nur noch Theodor gelebt, der das Unternehmen seines Vaters weiterführte. Ich kann ihm nicht nachweisen, dass er von den Verbrechen und Diebstählen seines Vaters gewusst hat, aber ich finde, einiges spricht dafür. Zum Beispiel, dass er Bilder unter der Hand abgestoßen und nie über ein Auktionshaus zum Verkauf angeboten hat, wo er sicher höhere Preise erzielt hätte. Alle Bilder sind von anderen Sammlern erstanden worden, und offiziell haben sie gar nicht mehr existiert.«

Bei seinen Recherchen war er schnell auf eine Mauer des Schweigens geprallt. Es war ihm nicht gelungen, bis in die eingeweihten Kunstkreise vorzustoßen, niemand brachte sich selbst gerne damit in Verbindung. Er hatte also keinen eindeutigen Beweis gegen Theodor in der Hand. Für einen Bericht hätte sein Material trotzdem ausgereicht – er war schließlich Journalist und kein Staatsanwalt.

»Ich hätte damit weitere Nachforschungen von anderer Stelle anstoßen können«, sagte er. »Den Fokus auf Theodors mögliche Machenschaften lenken. Einfach dadurch, dass ich die richtigen Fragen aufwerfe. Aber mein Chef ist regelrecht ausgeflippt, als ich damit angekommen bin. Er wollte von dem Thema nichts wissen, hat mir den Bericht und das Tonband aus der Hand gerissen und getobt wie …«

Marc brach ab. Corinna musterte ihn, in ihrem Blick erkannte er Mitgefühl und Zärtlichkeit.

Er holte tief Luft. »Ach, egal. Ich muss mir das nie wieder anhören, da Herzog mich ja rausgeworfen hat.«

»Willst du die Kündigung wirklich einfach so hinnehmen?«, fragte sie. »Kampflos aufgeben?«

»Wer sagt denn, dass ich kampflos aufgebe?«

»Na ja, du …«

»Ich will nicht mehr für einen cholerischen Widerling wie Herzog arbeiten«, sagte Marc mit Nachdruck. »Sein Verhalten ging mir schon eine ganze Weile gewaltig gegen den Strich. Im Grunde ist er mir also nur zuvorgekommen.«

Sie sah ihn fragend an. Wartete, dass er weitersprach. Marc suchte nach den richtigen Worten.

»Vielleicht hätte ich sogar Erfolg damit, die fristlose Kündigung jetzt anzufechten. Dann müsste Herzog mich wieder einstellen.« Aber der Preis für diese Art von Genugtuung war

Marc zu hoch. Er hatte weder Lust auf die gerichtliche Auseinandersetzung noch auf eine Weiterbeschäftigung unter Herzogs Regime.

»Ehrlich gesagt, kann ich doch froh sein, dass ich ihn als Chef los bin. Lieber bewerbe ich mich woanders. Und bevor ich den nächsten Arbeitsvertrag unterschreibe, schaue ich mir genauestens an, für wen ich da arbeite.«

Er stand auf und trug die leeren Kaffeetassen zur Spüle. Corinna erhob sich ebenfalls und schlang von hinten die Arme um ihn. Sie küsste ihn in den Nacken und die kurze, zarte Berührung ihrer Lippen fühlte sich an wie der Flügelschlag eines Schmetterlings, der auf seiner Haut gelandet war.

Er drehte sich um und küsste sie ebenfalls.

»Ich gebe nicht auf«, versicherte er. »Ich kämpfe nur nicht gern gegen Windmühlen. Weil ich das sinnlos finde.«

Doch das brisante Recherchematerial hatte er noch, und wenn es ihm zudem gelang, eine persönliche Verbindung von Herzog zu Theodor Werwinkel nachzuweisen, dann war er an einer verdammt heißen Story dran. Daran, dass die beiden Männer sich kannten, hatte er mittlerweile keinen Zweifel mehr. Ob und inwieweit Herzog auch in Theodors Machenschaften verstrickt war, würde er schon noch herausfinden. Vielleicht fand er am Ende genau da das entscheidende Puzzleteil, das eine andere Redaktion überzeugen würde, den Bericht zu veröffentlichen.

»Der Kerl ist jedenfalls reicher, als er sein dürfte. Allein mit seiner Spedition lässt sich das Vermögen nicht erklären, das er in den Nachkriegsjahren angehäuft hat. Dummerweise hat er Geschäftskontakte und Konten in der Schweiz, weil er da auch ein Haus hat. Das macht es komplizierter, etwas Konkretes herauszufinden, das ihn belastet. Ich hatte gehofft, mein Bericht würde Werwinkel aufscheuchen. Dass er daraufhin einen Fehler macht und mir neue Hinweise liefert. Unter Druck verrät man sich schneller …«

Aber diese Chance hatte Herzog vorerst vereitelt, indem er die Sendungsfreigabe verweigert hatte.

Marc stellte die gespülten Tassen auf das Abtropfgitter neben dem Spülbecken. »Ich bleibe trotzdem an der Geschichte dran«, versprach er.

»Ich wünschte, ich könnte dir irgendwie helfen«, sagte Corinna. »Irgendwas für dich tun.«

Sie seufzte tief.

»Glaub an mich.« Er lächelte. »Das reicht mir.«

KAPITEL 35

»So, das ist alles an Material, was wir haben«, sagte Corinna und schob die leergeräumte Kiste unter den Tisch.

Der breite Ateliertisch stand in der Schreinerei jetzt dort, wo früher die alte Kreissäge ihren Platz gehabt hatte. An das mörderische Ungetüm erinnerte inzwischen nichts mehr. Stattdessen war die Trennwand jetzt weiß gestrichen und Ella hatte dort zwei Scheinwerfer angebracht, damit der Raum möglichst hell ausgeleuchtet werden konnte.

Corinna hatte Ella darum gebeten. Sie wollte den abgetrennten Bereich nutzen, um mit Marc ein paar Geschichten auszutüfteln, die sich vielleicht filmisch umsetzen ließen.

Da Marc derzeit noch arbeitslos war, nahm er sich gern die Zeit, sie zu beraten. Er streckte derzeit seine Fühler in alle Richtungen aus – nicht nur um selbst baldmöglichst einen neuen Job zu ergattern, sondern auch, um in Erfahrung zu bringen, ob Corinnas Ideen eine Chance hatten. Dafür nutzte er sämtliche Kontakte, die er besaß. Noch hatte sich daraus allerdings nichts Konkretes ergeben.

Aber sie gaben beide die Hoffnung nicht auf.

»Auf den ersten Blick würde ich sagen … echt originell!«

Marc betrachtete die Holzfigürchen und -bauteile, die Corinna vor ihm aufgestellt hatte. Es war alles, was Petra bisher für das Weltraumset angefertigt hatte. Petra selbst fühlte sich heute nicht gut und konnte deshalb nicht dabei sein, obwohl sie es sehr gerne gewesen wäre. Während Marc verschiedene Figürchen hochhob, um sie näher zu betrachten, wartete Corinna mit angehaltenem Atem auf Marcs Urteil.

»Also«, sagte er schließlich, »worum geht es in der Geschichte?«

»Ich weiß noch nicht so ganz genau, worauf es hinauslaufen wird, aber ich hab schon ganz viele Details im Kopf«, gab Corinna zu. »Und die Geschichte fängt natürlich damit an, dass unser Mann hier …« Sie deutete auf die Astronautenfigur neben der Rakete. Petra hatte eine Version davon hergestellt, die Arme und Beine bewegen und den Kopf drehen konnte. Mit der Augsburger Puppenkiste würden sie nicht mithalten können, aber die Figuren der Augsburger Puppenkiste konnten die Kinder sich dafür auch nicht nach Hause holen. »… auf dem Mond landet.«

Marc schmunzelte. »Ja, das dachte ich mir schon.«

Corinna knuffte ihn gegen die Schulter. »Unterbrich mich nicht, sonst kann ich nicht denken!«

Beschwichtigend hob er die Hände. »Ich bin ja schon still.«

»Also, unser Mann hier landet auf dem Mond und er stellt fest, dass der Mond gar nicht so unbewohnt und ohne Leben ist, wie alle bisher dachten. Das Leben befindet sich nur unter der Oberfläche.«

Marc machte ein angemessen beeindrucktes Gesicht, also fuhr Corinna fort. »Die Menschen bauen eine Basis auf der Oberfläche des Mondes. Sie wohnen in diesem Kuppelhaus, das sich beliebig erweitern lässt, und fangen dann an, das Höhlensystem zu erforschen. Um das anschaulich darzustellen, sollten wir für den Film vielleicht ein paar Naturmaterialien wie Steine und Sand nutzen.«

Sie seufzte. »Aber leider kenne ich mich mit Kindergeschichten nicht sonderlich gut aus, also weiß ich einfach nicht, was für Abenteuer sie erleben können.«

»Hm.« Nachdenklich starrte Marc die Figuren an. »Darf ich dir ein paar Fragen stellen?«

»Klar.« Corinna war gespannt, worauf er hinauswollte.

»Wie alt ist die Zielgruppe, die du vor Augen hast?«

»Äh …« Sie stockte. »Ist das wichtig?«

»Wenn du deine Geschichten ins Fernsehen bringen willst – ja, absolut!« Er öffnete die Klapptür der Mondrakete. »Du musst die Altersgruppe ansprechen, die sich für so ein Spielzeug begeistern kann. Also die Kinder ab dem Sandmännchen-Alter bis zur Grundschule, schätze ich. Ältere Kinder bevorzugen vermutlich kompliziertere Technik, wenn es um Spielsachen geht.«

Das leuchtete Corinna ein. Schließlich ging es ja auch gerade darum, Werbung für die neuen Spielzeugsets zu machen. »Inhaltlich hilft mir das aber nicht wirklich weiter«, sagte sie. »Mir fehlt immer noch eine zündende Idee.«

»Möchtest du eine Geschichte haben, in der es hauptsächlich um Spannung und Action geht und viel gekämpft wird? Du weißt schon, so wie bei Superman zum Beispiel. Oder möchtest du etwas, in dem es vor allem darum geht, dass alle Beteiligten voneinander lernen und am Ende Freundschaft schließen? Wie bei … na ja … Raumschiff Enterprise.«

Corinna lächelte. Marc wusste wirklich, was er sagen musste, um ihr zu helfen. »Ich glaube, die Variante mit der Freundschaft gefällt mir besser.«

»Das dachte ich mir.«

Es war fast, als hätte es nur diesen einen Satz gebraucht, um Corinnas Phantasie den entscheidenden Anstoß zu geben. Was konnten die Menschen und die Mondbewohner voneinander lernen? Was gab es, das sie Kindern vermitteln wollte? Sie musste an Petra denken und daran, wie verzweifelt die sich immer eine Familie gewünscht hatte. Wie wäre es also damit, dass keine Blutsverwandtschaft nötig war, um eine Familie zu sein?

»Corinna?«

Oh, hatte sie zu lange ins Leere gestarrt? »Tut mir leid.« Sie griff nach Stift und Papier. »Ich muss mir ein paar Notizen machen.«

Marc lachte. »Hast du was dagegen, mir ein paar Blätter abzugeben? Dann schreibe ich in der Zwischenzeit meine nächste Bewerbung.«

Corinna sah in Marcs Arbeitslosigkeit den Vorteil, dass sie viel mehr Zeit mit ihm verbringen konnte, als es sonst der Fall gewesen wäre. Während seiner Zeit beim Sender in Heilbronn war er ständig unterwegs gewesen und oft sehr spät nach Hause gekommen, da hatte sie ihn nur am Wochenende treffen können. Nun tauchte er manchmal schon vormittags auf dem Lindenhof auf.

Oma Barbara war hingerissen von seinem Charme und schwärmte in den höchsten Tönen von Marc. »Dein Freund ist so ein prächtiger junger Mann, Corinna! Immer höflich und hilfsbereit.«

Auch der Rest ihrer Familie und die Mitarbeiter gewöhnten sich schnell an Marcs Anwesenheit. Allen war klar, dass sie es seinem Engagement zu verdanken hatten, dass die aufdringlichen Reporter abgezogen waren und der Betrieb nicht länger öffentliches Interesse erregte. Theodor Werwinkel und sein Sohn verhielten sich auffällig still, seit Marc an einigen Stellen die richtigen Fragen gestellt und in der Vergangenheit gewühlt hatte. Corinna hoffte, dass Marcs Bericht über die Machenschaften der Werwinkels trotzdem irgendwann noch gesendet werden würde. Auch wegen ihrer Mutter, für die der Name Werwinkel nach wie vor ein rotes Tuch war.

Marianne, die auf Marc wegen seines Berufs anfangs eher reserviert reagiert hatte, begegnete ihm mittlerweile freundlich.

Nachdem er ihr an einem sonnigen Maitag spontan anbot, sie zur Schreinerei zu begleiten – damit sie dort ein bisschen Werkstattluft schnuppern konnte, wie er es nannte – hatte er endgültig gewonnen.

»Na, war das nicht schlau von mir?«, raunte er Corinna zu.

Sie beobachtete staunend, wie ihre Mutter, so wie in alten Zeiten, mit Ludwig fachsimpelte. Tomasz war sofort losgeeilt und hatte ihr einen Stuhl gebracht, als er sie mit Marc kommen sah. Da saß Marianne nun, legte den Kopf schräg und diskutierte, ob das Holz, das sie in Händen hielt, den Ansprüchen genügte für das, was man daraus herstellen wollte. Marianne konnte das Holz vielleicht nicht sehen, aber sie erspürte seine Beschaffenheit genau. Ihre Stimme klang energisch und kraftvoll. Der Blindenstock lehnte unbeachtet neben ihr.

Ludwig hörte Marianne aufmerksam zu. Auf seinem Gesicht lag ein Lächeln, wie Corinna es seit dem Unfall nicht mehr gesehen hatte. Als er kurz in ihre Richtung blickte, nickte er Marc zufrieden zu und hob die Hand. Ein stummes Zeichen des Dankes.

»Wie hast du es geschafft, meine Mutter zu überreden, dass sie mit dir hierherkommt?«, fragte Corinna leise. »Bisher hat sie sich strikt geweigert. Ich dachte, es sei wegen der Erinnerung an das Unglück, bei dem mein Vater …« Sie brachte den Satz nicht zu Ende. Es tat immer noch weh, es auszusprechen.

»Ich habe es ihr nur vorgeschlagen, nichts weiter.« Marc zuckte mit den Schultern. »Deine Mutter hat gleich zugestimmt. Vielleicht war die Zeit bisher noch nicht reif, aber jetzt fühlte sie sich stark genug dafür. Manchmal dauert es eben, bis der richtige Zeitpunkt gekommen ist.«

»Ja, mag sein.« Corinna drückte seine Hand. »Danke jedenfalls.«

»Ach, es war doch nur ein Spaziergang«, meinte er. »Ich habe Lotte übrigens auch angeboten, dass ich es gern übernehmen kann, deine Mutter zum Friedhof zu fahren, wenn sie frische Blumen auf das Grab deines Vaters legen will. Deine Tante hat schließlich genug anderes zu tun, und mein Auto muss ja auch mal bewegt werden.«

»So, so!« Corinna lachte. »Fällt dir noch mehr ein, wie du dich bei meiner Mutter einschmeicheln kannst?«

»Ich glaube, am meisten mag sie mich sowieso, weil ich hier in der Nähe wohne«, sagte er verschmitzt. »Sie hofft bestimmt, dass ich dich davon abhalte, im Herbst wieder nach Berlin zu ziehen.«

»Aber das wirst du doch nicht …«

»Nein«, sagte er liebevoll. »Das weißt du doch.«

Glücklicherweise war es noch lange hin bis zum Herbst und der Frage, ob die Beziehung auch über die Ferne halten würde. Corinna und Marc nutzten die Zeit, die sie hatten, um so viel wie möglich zusammen zu sein.

Corinna genoss es, neben Marc zu sitzen, während sie beide schrieben. Bei schönem Wetter zogen sie nachmittags mit Papier, Stiften und manchmal sogar Corinnas Reiseschreibmaschine in den Wald hinaus, um sich dort ein gemütliches Plätzchen zu suchen. Oder sie ließen sich am Seeufer nieder, wo sie höchstens vom Flattern und Zanken der wilden Enten gestört wurden.

Corinna las Marc die Entwürfe ihrer Mondgeschichten vor, während er neue Artikel ins Reine tippte, die er einer Bewerbung beifügen wollte. Marc recherchierte weiterhin zu den

Themen und Projekten, die ihm wichtig waren – zu Umweltverschmutzung und verborgenen Giftstoffen in Nahrungsmitteln und Kosmetik, zu schlechten Arbeitsbedingungen in der Industrie. Falls es mit einer Festanstellung nicht klappen sollte, wollte er es als freier Journalist versuchen. Aber noch war er optimistisch, bald einen Job zu finden.

Er überzeugte Corinna auch, weitere Kindergeschichten zu schreiben. »Du könntest eine Puppenhausfamilie erfinden, die in ihr neues Haus zieht. Oder in den Urlaub fährt, in ein Ferienhaus oder auf einen Bauernhof. Oder was auch immer. Es geht ja auch darum, die Spielzeugsets miteinander in Verbindung zu bringen. Was baut Petra gerade?«

»Einen Ponyhof«, sagte Corinna.

Wenn sie zwischendurch eine Pause zum Nachdenken brauchte, streckte sie sich im Gras neben ihm aus und bettete ihren Kopf in seinen Schoß. Sie schloss die Augen, lauschte dem Zirpen der Vögel und spürte seine Finger in ihrem Haar.

Für Kinder zu schreiben war anders. Spaß machte es, und die Aussicht auf lohnende Bezahlung spornte sie an, aber mitunter fehlte ihr auch etwas dabei. Weil es da weniger auf sprachliche Raffinesse und stilistische Feinheiten ankam – die Dinge, die Corinna beim Schreiben erfüllt hatten und die sie besonders liebte.

»Ich liebe dich«, sagte Marc.

Corinna lächelte. So konnte man es auch sehen.

Ende Mai hatte Marc ein Vorstellungsgespräch beim WDR in Köln. Er fuhr am Mittwoch los und würde erst zum Wochenende wiederkommen, weil er bei der Gelegenheit noch Freunde treffen wollte. Hassan, mit dem er studiert hatte, lebte und arbeitete in Köln.

Unruhig tigerte Corinna den ganzen Samstag über durchs Haus. Noch hatte Marc nichts von sich hören lassen. Ob er den Job bekommen hatte? Oder würde es dauern, bis eine Entscheidung fiel? Sie würde sich natürlich für ihn freuen, wenn es klappte – andererseits war Köln ziemlich weit weg …

»Na und? Du gehst doch bald noch viel weiter weg«, meinte Petra ungerührt. »Da kann dir das ja egal sein, wo er arbeitet.«

»Genau!« Lotte schien entschlossen, in die gleiche Kerbe zu schlagen. Sie hievte gerade eine Rolle Dämmmaterial über die Schwelle ins Haus und verbot Petra, mit anzupacken.

»Hilf du mir und schaff das nach oben«, forderte sie stattdessen Corinna auf. »Oder willst du uns bloß im Weg herumstehen?«

Als sie die Treppe hinaufgingen, hallte ihnen ein Hämmern entgegen. Ella war schon dabei, das Dachgeschoss zu renovieren, um es wieder bewohnbar zu machen. Eine bessere Isolierung musste her. Danach konnte Petra dort oben einziehen, wo früher Elvira und noch früher Marianne, Henni und Lotte gewohnt hatten. Petra hatte ihre Wohnung bereits gekündigt und freute sich darauf, demnächst hier einzuziehen. Dann war sie mit dem Baby nicht allein, und Marianne würde die Gesellschaft haben, die sie brauchte. Die beiden würden sich in Zukunft so jederzeit eng abstimmen können, was die Belange der Schreinerei betraf, und Lotte konnte auch noch ein Auge auf alles haben. Corinnas Anwesenheit wäre dann wirklich nicht mehr notwendig. Ein Grund mehr, tatkräftig mitzuhelfen!

Eine Weile schufteten sie gemeinsam, nur unterbrochen von einem kurzen Mittagessen. Die Zeit verging schnell, aber sie kamen auch gut voran.

Schmunzelnd beobachtete Corinna, wie Lotte und Ella eine Holzverkleidung am Dachstuhl anbrachten, während Petra ihnen Anweisungen gab. Der Bauch der Freundin war inzwischen deutlich gewachsen, sie konnte sich nicht mehr so gut bücken und die Arbeit selbst erledigen.

»Nein, setz die Schraube nicht so dicht am Rand der Platte an. Das gibt nur Risse! Zwei Zentimeter nach links! Ja, genau.«

Ella ließ den Elektroschrauber aufheulen. Lotte wischte sich das kurze Haar aus der Stirn und blickte dabei in Richtung Tür. Sie machte Corinna lächelnd ein Zeichen.

»Schau, wer da kommt …«

Corinna fuhr herum. Bei all dem Lärm hatte sie Marcs Schritte auf der Treppe gar nicht gehört. Aber da war er, ein breites Lächeln auf dem Gesicht. »Rate, wer den großartigsten Job der Welt bekommen hat!«

»Du?«

»Ja!« Er breitete die Arme aus, und sie sprang hinein. Strahlend wirbelte er sie herum, offensichtlich überglücklich.

»Ich bin so stolz auf dich!«, rief sie.

Auch Petra, Lotte und Ella gratulierten ihm.

»Wir machen eine Pause«, sagte Lotte. »Die haben wir uns eh verdient. Ich koche Tee, und dann wollen wir alles ganz genau hören.«

Nicht lange, und sie saßen alle um den Küchentisch versammelt. Auch Marianne und Oma Barbara gesellten sich dazu.

»Also, erzähl schon«, sagte Corinna und nahm sich ein Stück frischen Hefezopf. »Wann fängst du in Köln an?«

»Gar nicht.« Marc beäugte den Zopf misstrauisch und entschied sich dann dagegen. Corinna wusste inzwischen, dass er keine Rosinen mochte.

»Gar nicht?«, fragte sie verblüfft. »Aber du sagtest doch …«

»Dass ich einen großartigen Job bekommen habe, ja. Aber nicht in Köln, sondern in Stuttgart!«

Die Geschichte, wie es dazu gekommen war, hörte sich ziemlich verrückt an – er hatte sich auf eine freiwerdende Stelle beim WDR beworben, die Kollegin, die dort aufhörte, wechselte als Leiterin eines neu geschaffenen Bereiches zum SDR. »Sie war bei meinem Vorstellungsgespräch anwesend, und wir waren sofort auf derselben Wellenlänge. Deshalb hat sie direkt im Anschluss an das Gespräch alle Hebel in Bewegung gesetzt und dafür gesorgt, dass ich in ihr neues Team in Stuttgart aufgenommen werde. Sie will unbedingt, dass ich mit ihr arbeite.«

Seine Augen leuchteten vor Begeisterung, als er von den näheren Einzelheiten seines zukünftigen Jobs berichtete. »Es geht um ein kritisches Berichtsformat, ähnlich wie ›Monitor‹ beim WDR oder ›Panorama‹ beim NDR, also genau das, was ich eigentlich immer schon machen wollte. Ich darf regelmäßig Themen vorschlagen und werde viel mehr Verantwortung haben als bisher.«

Er zwinkerte Corinna zu. »Meine Recherche zu den Verstrickungen von Theodor Werwinkel und dem ganzen Filz hinter seinen unsauberen Geschäften fand übrigens großen Anklang. Meine zukünftige Chefin will alles noch einmal genau prüfen, aber wir können wohl davon ausgehen, dass mein Bericht bald gesendet wird.«

»Hurra!«, platzte Lotte heraus.

»Darauf trinke ich.« Petra hob grinsend ihre Teetasse. Sie alle stießen unter Gelächter miteinander an.

Marianne sagte nichts, aber Corinna sah ihr die Genugtuung an. Endlich bekam dieser intrigante Mann das, was er ihrer Ansicht nach schon lange verdient hatte. Tante Henni würde vermutlich ähnlich reagieren, wenn sie es erfuhr.

»Ich habe übrigens noch mehr Neuigkeiten«, fügte Marc hinzu und blickte Corinna an. »Ich habe mit meiner zukünftigen Chefin auch ausführlich über deine Ideen für eine Kinderserie gesprochen. Sie meinte, originelles Material fürs Kinderprogramm wird immer gesucht. Sie hat mir die Telefonnummer des zuständigen Ressortleiters gegeben. Er würde sich gerne mal mit dir unterhalten.«

»Wirklich?« Corinna konnte es kaum fassen. »Ist das dein Ernst? Hast du ihn etwa schon angerufen?«

Marc nickte lächelnd. »Ja, habe ich. Ich wollte dir keine falschen Hoffnungen machen, falls er doch nicht interessiert gewesen wäre. Aber er ist sogar sehr interessiert! Er sagt, Trickfilme laufen super, ob mit Knetmännchen oder Plüschfiguren. Wenn wir da mit dem Holzspielzeug neue Akzente setzten, will er sich das unbedingt ansehen. Schick ihm deine Texte, dann machen wir in Kürze einen Termin mit ihm aus, packen meinen Kofferraum mit den Spielzeugsets voll und schaffen alles nach Stuttgart ins Studio. Damit er sich alles anschauen kann. Filmen müssten wir dann eh dort, wegen der ganzen Technik, die benötigt wird.«

Corinna war sprachlos vor Freude. Spontan fiel sie ihm um den Hals.

»Ich wusste es«, hörte sie Marianne sagen. »Gut gemacht, Corinna! Ich wusste, dass du wichtig für die Schreinerei sein würdest. Weiter so!«

Stolz glühte in Corinnas Brust.

Erst später spürte sie, dass das Lob ihrer Mutter einen leicht bitteren Beigeschmack hinterlassen hatte. Ihre Mutter hatte bekommen, was sie wollte.

Aber galt das auch für sie?

KAPITEL 36

Petra presste die Hand auf den rechten Oberbauch. Die Schmerzen wurden langsam unerträglich.

Vor ihren Augen flimmerte es. Ob es nur an der Julihitze lag, dass sie so viele Beschwerden hatte?

Noch versuchte sie, sich tagsüber bei der Arbeit nichts anmerken zu lassen. Klar, die fortgeschrittene Schwangerschaft konnte niemand übersehen. Aber dass es ihr schwerfiel, sich auf das, was sie tat, zu konzentrieren, weil ihr Kopf dröhnte und das Blut in ihren Ohren rauschte, wollte sie nicht zugeben.

Wenn Marianne merkte, dass sie jetzt schon Probleme hatte, wo das Baby noch gar nicht geboren war … Dann würde sie ihr sicher nicht mehr zutrauen, dass sie den praktischen Teil der Betriebsleitung übernehmen konnte.

Wieder durchfuhr sie ein heftiger Schmerz. Petra konnte es nicht verhindern, dass sie leise aufstöhnte.

»Alles in Ordnung mit dir?«, fragte Matthias.

Petra hatte nicht einmal mitbekommen, dass das Geräusch seiner Drechselmaschine hinter ihr verstummt war.

»Ja«, presste sie hervor. »Alles bestens.«

»Du siehst aber nicht so aus.« Er musterte sie besorgt. »Du bist käseweiß im Gesicht.«

Himmel, wenn das sogar dem begriffsstutzigen Matthias auffiel, musste sie ja wirklich schlimm aussehen!

Mühsam rang Petra sich ein Lächeln ab. »Mir ist nur ein bisschen schwindlig. Die Hitze, weißt du …«

Natürlich wusste er nicht. Woher auch! Sie hatte ja selbst nicht gewusst, dass eine Schwangerschaft so anstrengend sein konnte. Anfangs hatte sie überhaupt keine Probleme damit gehabt – abgesehen davon, dass sie keinen Vater für ihr Kind vorweisen konnte. Aber Corinna, Lotte und Ella – alle hatten ihr Mut gemacht und ihre Entscheidung, das Kind trotzdem zu bekommen und allein großzuziehen, unterstützt.

Sie wischte sich über die verschwitzte Stirn.

»Soll ich noch bleiben, bis du hier fertig bist?«, fragte Matthias.

Die anderen hatten bereits Feierabend gemacht. Corinna und Lotte waren schon am Mittag aufgebrochen, eines von Hennis Mädels feierte heute Kindergeburtstag, da durften die Tante und die ältere Cousine natürlich nicht fehlen.

Petra winkte ab. »Nein, ich mach auch gleich Schluss. Lass einfach die Tür offen, wenn du rausgehst. Dann kommt ein bisschen frische Luft herein.«

Matthias verabschiedete sich mit zweifelndem Blick.

Als sie allein in der Werkstatt war, atmete Petra auf. Jetzt konnte sie niemand mehr beobachten. Aber besser fühlte sie sich dadurch nicht. Auch der zarte Luftzug, der hereinwehte, brachte weder die erhoffte Abkühlung noch linderte er ihre Schmerzen. Vielleicht musste sie doch bald zum Arzt.

»Ach, Kleines.« Gequält strich sie über ihren Bauch. »Was stellst du da bloß mit mir an?«

Am Abend saß sie unter der Linde im Hof und strickte. Hier draußen waren die Temperaturen einigermaßen erträglich.

Es war die richtige Entscheidung gewesen, ihre Wohnung in Waldenburg zu kündigen und hierherzuziehen. Anfangs hatte sie gezögert, weil sie nicht wusste, ob es Marianne recht sein würde und weil sie niemandem zur Last fallen wollte. Aber seit sie jede Kleinigkeit anstrengend fand, war sie heilfroh, dass sie keinen beschwerlichen Arbeitsweg mehr auf sich nehmen musste. Außerdem war die Umgebung so wunderbar friedlich – tagsüber nichts als Vogelgezwitscher, summende Bienen und nachts das Rauschen des Waldes.

Es war genau das, was sie gebraucht hatte. Nach den Attacken von Sebastian und seinen fiesen Verleumdungen in der Presse, waren Ruhe und Frieden das, was ihr am ehesten half, über ihn hinwegzukommen. Sie hatte ihn geliebt – und insgeheim liebte sie ihn immer noch. Aber es war besser, das Corinna und den anderen gegenüber nicht zu erwähnen. Es war besser, Sebastian zu vergessen. Manchmal, ganz selten, klappte das sogar …

Petra hob den Kopf und sah von ihrem Strickzeug auf, als sie Schritte hörte. Vor dem Haus stand Ruths Fiat. Die Leiterin des Kinderdorfes besuchte Marianne oft, die beiden Frauen waren seit einer Ewigkeit befreundet.

Jetzt kam Ruth aus dem Haus und setzte sich für einen Moment neben Petra auf die alte Bank. »Hallo! Was für ein ungewohnter Anblick«, scherzte sie. »Früher hast du solche Handarbeiten gehasst.«

»Das tue ich immer noch.« Seufzend ließ Petra das verklumpte Ding sinken, das mal eine Babydecke werden sollte. Die Wolle kräuselte sich zwischen ihren schweißnassen Fingern.

»Corinnas Oma meinte, ich sollte es wenigstens versuchen. Aber bestimmt wird nichts draus … «

»Ach, nur Mut!« Ruth lachte.

Petra versuchte, in das Lachen einzustimmen, zuckte jedoch zusammen, als ihr dabei wieder ein Schmerz in den Oberbauch fuhr. Vor ihren Augen tanzten helle Schlieren.

»Petra, was ist? Geht es dir nicht gut?«

Sie ahnte den prüfenden Blick, mit dem Ruth sie musterte, mehr, als dass sie ihr Gesicht erkennen konnte.

»Doch, nur heute ist es nicht so …« Sie verstummte.

»Sind deine Hände schon länger so geschwollen?«

»Erst seit es heiß ist«, schwindelte sie. »Die Füße auch, ich passe kaum noch in meine Schuhe, schau!« Sie hob das rechte Bein und wackelte mit dem breiten Schlappen, den sie trug. »Hat Tomasz mir mitgebracht. Er sagte, bei seiner Frau war das in der Schwangerschaft genauso. Meist ist sie barfuß herumgelaufen.«

Vor ein paar Tagen hatte Petra das auch ausprobiert, aber es ging nur zu Hause – in der Schreinerei war es zu gefährlich ohne Schuhe, und im Wald trat sie ständig auf piekende Nadeln oder spitze Steinchen.

Ruth sah auf ihre Armbanduhr. »Ich muss leider gleich los, sonst bleiben die Kinder wieder zu lange auf. Aber soweit ich weiß, hat Dr. Behrendt diese Woche Bereitschaftsdienst. Soll ich ihn anrufen, damit er kurz vorbeikommt und nach dir sieht?«

»Nein«, sagte Petra sofort. Um zu überspielen, wie schnell und heftig die Antwort gekommen war, fügte sie hinzu: »Ich glaube, ich bin ein bisschen älter als seine üblichen Patienten.«

»Arzt bleibt Arzt, auch wenn er sich größtenteils um Kinder kümmert. Wenn ich ihn frage, macht er bestimmt eine Ausnahme. Ihr kennt euch doch.«

»Eben.« Petra blickte zu Boden. Thomas Behrendt war der letzte Arzt, mit dem sie über ihren Zustand reden wollte.

Ruth zögerte. »Ich habe dich das nie gefragt, weil es mich auch nichts angeht, aber …« Sie legte ihre Hand auf Petras Arm. Ihre Finger waren wunderbar kühl, als sie sanft über Petras Haut strichen. »Ihr seid euch nähergekommen, oder? Damals im Winter, als … Ist er der Vater deines Babys?«

»Der doch nicht.« Zumindest glaubte Petra das nicht. Die Affäre mit dem Arzt konnte ihre Schwangerschaft nicht verursacht haben, dafür war sie viel zu kurz gewesen.

Andererseits … ganz ausgeschlossen war es nicht. Aber selbst wenn es so war, wollte Petra es nicht wissen. Der junge Arzt war sicher inzwischen verheiratet. Er würde sie hassen, wenn sie nun mit einem Baby in sein Leben platzte und sein Glück zerstörte. So sehr Thomas sie mit seinem Verhalten gekränkt hatte, das wollte sie ihm nicht antun. Und sich und dem Baby auch nicht.

»Ich komme schon allein klar«, sagte sie leise.

»Aber das musst du nicht«, rief Ruth. »Wir lassen dich nicht im Stich, die Kinder sind schon ganz gespannt auf das Baby! Wir packen dir ein Paket mit Kinderkleidung, und alles, was du sonst am Anfang so brauchst, kaufe ich dazu. Windeln, Creme, Babypuder …«

»Kein Babypuder!« Petra erinnerte sich, dass Marc einmal erwähnt hatte, dem Babypuder sei ein gefährlicher Giftstoff beigemischt.

»Einen Teddy haben die Kinder für das Baby schon ausgesucht«, berichtete Ruth. »Den bringe ich dir beim nächsten Besuch mit. Damit du siehst, dass wir alle dauernd an dich denken.«

Ruths Sorge war rührend, und Petra war ihr wirklich dankbar dafür. Aber sie wollte keine Schwäche zeigen.

»Lass die Kinder nicht warten. Und richte ihnen liebe Grüße von mir aus.«

»Ruf mich an, wenn es nicht besser wird«, schärfte Ruth ihr ein, ehe sie ging. »Dann hole ich dich ab und fahre dich zum Arzt.«

Petra winkte ihr nach, als sie vom Hof fuhr, dann lehnte sie ihren Kopf erschöpft gegen den Stamm der Linde und schloss die Augen. Bestimmt ging es ihr gleich wieder besser, wenn sie sich nur ein bisschen ausruhte.

Sie wusste nicht, wie viel Zeit vergangen war, als sie die Augen wieder öffnete. Sehr spät konnte es nicht sein, es war noch nicht dunkel. Durch die Abenddämmerung erklang die Erkennungsmelodie der Montagsmaler. Marianne und Oma Barbara saßen offenbar drinnen vor dem Fernseher und hatten das Fenster geöffnet.

Mühsam richtete Petra sich auf. Stemmte beide Hände gegen den unteren Rücken. Der Schmerz im Oberbauch war weg, aber das blöde Schwindelgefühl hielt an. Auch hinter den Schläfen spürte sie einen unangenehmen Druck. Sie hatte nie Migräne gehabt, wusste aber von Beschreibungen anderer, wie sich das anfühlte. Migräne, das hatte ihr gerade noch gefehlt!

Wann Corinna und Lotte wohl aus Hall zurückkehrten? So lange konnte eine Kindergeburtstagsfeier doch nicht dauern.

Petra betastete ihre Stirn. Fieber hatte sie nicht, wenn sie das richtig einschätzte. Also war es keine Sommergrippe.

»Stell dich nicht so an«, murmelte sie.

Der Gemüsegarten musste dringend gegossen werden. Obwohl es am Waldrand schattig war, ließen die Pflanzen im Sommer oft schon mittags die Köpfe hängen. Bohnen, Gurken, Möhren und vor allem die empfindlichen Tomaten – sie brauchten Wasser. Mit langsamen Schritten schleppte Petra sich über den Hof und spähte in die Regentonne. Sie war noch halb voll, das sollte genügen.

Nie war Petra die gefüllte alte Gießkanne aus Blech so schwer vorgekommen wie heute. Ächzend stemmte sie das Teil in die Höhe. In letzter Zeit hatte meist Lotte das tägliche Gießen übernommen und Petra verboten, so schwer zu heben. Aber Lotte war nicht da, und wenn sie erst im Dunkeln heimkam, würde sie das Gießen bestimmt vergessen.

Haltsuchend tastete Petra nach dem Zaun. Der Boden schien unter ihren Füßen zu schwanken. Als stünde sie auf einem Schiff und nicht auf krümeliger, vertrockneter Gartenerde. Sie klammerte sich an einen schiefen Pfosten.

Okay, durchatmen, befahl sie sich energisch. Ganz tief! Einmal, zweimal. Aber es half nicht.

Der Griff der Gießkanne entglitt ihren Fingern. Ein Schwall Wasser ergoss sich über Petras Beine, dann schlug die Kanne scheppernd auf dem Boden auf.

Petra stieß ein Wimmern aus. Der Druck in ihrem Kopf schwoll an, wurde immer unerträglicher.

»Hilfe, Marian…« Sie wollte rufen, aber vermutlich war ihre Stimme viel zu leise, um den Fernseher zu übertönen.

Angst erfasste Petra. Etwas war nicht in Ordnung.

Etwas war ganz und gar nicht in Ordnung.

Das Schwindelgefühl wurde immer schlimmer. Obwohl sie die Augen weit aufriss, konnte sie kaum noch etwas sehen. Die Konturen verschwammen – der Garten, das Haus, der Hof, der Wald, alles verschwand wie im Nebel.

Sie hielt sich am Zaun fest und ließ sich möglichst langsam zu Boden sinken, um mit einem Sturz nicht das Baby zu gefährden.

Corinna, war Petras letzter Gedanke. Hoffentlich kam Corinna bald nach Hause und fand sie …

KAPITEL 37

Corinna erschrak, als sie ihre Freundin in dem Krankenhausbett liegen sah. Die tiefen Augenringe im bleichen Gesicht verliehen Petra das Aussehen eines Gespensts, und wäre der dicke Bauch nicht gewesen, hätte sie sich kaum von den weißen Laken abgehoben.

»Hallo«, sagte Corinna betont munter und versuchte, sich ihr Erschrecken nicht anmerken zu lassen. »Ich hab dir ein paar Sachen mitgebracht, frische Wäsche und Shampoo.« Sie stellte die Tasche ab. »Wie geht's dir? Ich hoffe, sie kümmern sich hier gut um dich?«

Petra lächelte schwach. »Ja, das tun sie.« Sogar ihre Stimme klang erschöpft. »Ruth war auch schon da. Sie hat gesagt, du warst es, die mich gefunden hat?«

»Lotte und ich, ja. Ein Glück, dass wir gerade nach Hause gekommen sind …«

Das Bild, wie Petra im Gemüsegarten gelegen hatte, würde Corinna so schnell nicht vergessen. Sie hatte sofort gespürt, dass etwas Schreckliches passiert sein musste. Während Lotte ins Haus gerannt war, um einen Krankenwagen zu rufen, hatte sie behutsam den Kopf der Freundin auf ihre Knie gebettet. Sie hatte nicht gewagt, Petras Körper sonst zu bewegen, aus Angst, sie könnte ihr oder dem Baby Schaden zufügen. Zum Glück war nirgendwo Blut zu sehen gewesen, das hatte ihr Hoffnung gemacht. Aber die Viertelstunde, bis der Notarzt endlich eingetroffen war, war Corinna trotzdem wie eine Ewigkeit vorgekommen.

»Ich kann mich an gar nichts erinnern«, flüsterte Petra.

»Sei froh …« Corinna erinnerte sich dagegen noch an jede Einzelheit. Die ernste Miene des Arztes, als er Petra untersucht hatte. Die Eile, mit der er den Zugang für eine Infusion legte und dann die beiden Sanitäter anwies, Petra auf die Trage zu legen und in den Krankenwagen zu bringen. Der piepsende Monitor, an den sie dort angeschlossen wurde, das wackelige Gestell mit dem Tropf neben der Liege. Und dann die zuschlagenden Türen und das flackernde Blaulicht, als der Krankenwagen vom Hof fuhr. Das besorgte Gesicht ihrer Mutter, die neben Lotte vor der Haustür stand und ihren Blindenstock fest umklammerte, und Oma Barbaras gefaltete Hände.

Beten war nicht wirklich etwas, von dem Corinna glaubte, dass es half, aber in jener Nacht hatte sie es versucht. Zumindest hatte sie kein Auge zugetan.

»Denkst du, du hast was verpasst?«, scherzte sie. »Weil du schon immer mal von zwei starken Männern getragen werden und mit dem Krankenwagen fahren wolltest?«

Auch diese Bemerkung entlockte Petra nur die schwache Andeutung eines Grinsens. Corinnas Sorge vertiefte sich. Wenn Petra zu schwach zum Scherzen war, dann war es ernst.

Um sich abzulenken, blickte sie sich nach einer Vase um. Im Zimmer gab es keine. Die Frau im Bett neben Petra schlief und schnarchte leise. »Ich bin gleich wieder da!«

Corinna huschte zurück auf den Flur, klopfte an der Tür des Schwesternzimmers und ließ sich eine Vase für die Blumen aushändigen, die sie Petra mitgebracht hatte.

»Frischgepflückt, von der Waldwiese.« Sie stellte den Strauß auf Petras Nachttisch und zupfte die Blüten noch ein bisschen zurecht – mehr aus Verlegenheit, denn dass es nötig gewesen wäre. »Gefallen sie dir?«

»Ja, sie sind wunderschön. Vielen Dank.«

Corinna zog sich einen Stuhl heran und setzte sich. Petras Hände lagen auf der Bettdecke, die Finger waren unnatürlich geschwollen. Wassereinlagerungen, hatte Oma Barbara gesagt, die sich mit Schwangerschaften auskannte. Allerdings hatte sie früher damit nie ins Krankenhaus gemusst.

»Was sagen die Ärzte?«

»Sie geben mir ein Medikament, weil mein Blutdruck viel zu hoch ist.« In Petras Flüstern schwang leise Angst mit. »Das ist gefährlich, sagen sie.«

Corinnas Brust schnürte sich zusammen. »Für dein Baby?«

»Für uns beide. Der Blutdruck muss unbedingt bis zur Geburt wieder runtergehen. Ansonsten ist das gar nicht gut.«

»Deswegen bist du ja jetzt hier.« Corinna bemühte sich, ihrer Stimme einen festen, zuversichtlichen Klang zu verleihen. »In der Klinik bist du in den allerbesten Händen. Bestimmt bist du bald wieder ganz gesund, und dann darfst du zurück nach Hause kommen.«

Petras Augen leuchteten kurz auf. »Nach Hause. Das wäre schön.«

»Alle vermissen dich und lassen dich lieb grüßen«, fuhr Corinna fort, um die bedrückende Stimmung zu überspielen. »Tomasz hat die Wolkenwiege für dein Baby fertig gebaut, und Elvira ist gerade dabei, sie zu bemalen. Du wirst staunen, wenn du das Ergebnis siehst. Traumhaft!«

Petra nickte stumm.

»Marc wünscht dir auch gute Besserung.«

»Hat er dich hergefahren?«

»Nein, er hat zu tun. Ich bin mit dem Bus gekommen.« Sie lächelte. »Wenn die Schwester von der Station am Telefon nicht ausdrücklich gesagt hätte, dass du Ruhe brauchst und möglichst wenig Aufregung durch Besuch haben sollst, würden die Kollegen aus der Werkstatt reihum hier antanzen und dich mit Geschenken überhäufen. Du fehlst allen!«

Sie klopfte auf ihre Tasche. »Ich habe dir ein paar Zeitschriften zum Lesen mitgebracht. Überall sind Prinz Charles und Prinzessin Diana auf dem Titelblatt, die Hochzeit im Fernsehen hast du ja leider verpasst. Ach, und Elvira hat mir Schokokekse mitgegeben. Darfst du Süßigkeiten essen? Dann lasse ich dir welche da.«

»Ich glaube, zu viel Zucker darf ich nicht essen«, sagte Petra matt.

Corinna bemühte sich, ein Thema zu finden, das nichts mit Krankheit oder anderen beängstigenden Dingen zu tun hatte. Etwas Harmloses, weniger Bedrohliches.

Worüber konnten sie reden?

Sie erzählte ein paar unwesentliche Neuigkeiten aus der Schreinerei, die Petra kaum zur Kenntnis nahm, und dann fiel ihr zum Glück eine gute Frage ein.

»Weißt du inzwischen, ob es ein Mädchen oder ein Junge wird? Sie haben doch bestimmt eine weitere Ultraschalluntersuchung gemacht, oder?«

»Ja.« Endlich lächelte die Freundin. »Es wird ein Mädchen.«

»Wie schön!« Corinna verspürte aufrichtige Freude. Ein kleines Mädchen sah Petra später vielleicht ähnlicher als seinem Vater, das würde vieles leichter machen.

»Passende Kleidung dürfte kein Problem sein, Mädchensachen haben wir auf dem Lindenhof ja genug. Und Oma Barbara näht dir bestimmt auch gern ein paar neue Kleidchen! Oder …« Sie unterbrach sich und dachte an ihre Kindheit – weder sie noch Petra hatten gern Kleider oder Röcke getragen. Weil man die nicht dreckig machen durfte und die dummen Strumpfhosen, die man dazu anziehen musste, immer gekratzt hatten. Kleider gingen auch viel zu schnell kaputt, wenn man im Wald herumtobte. »Oder lieber Hosen?«, fragte sie.

Petra blickte auf ihren Bauch, als hielte sie Zwiesprache mit dem Baby. »Lieber Hosen«, meinte sie dann.

Das Schmunzeln auf ihrem Gesicht erleichterte Corinna. Jetzt sah sie fast wieder so aus wie die Petra, die ihr vertraut war.

»Hast du dir schon überlegt, wie du dein Baby nennen willst?«, fragte sie.

Petra nickte. »Ja, ich weiß schon einen Namen. Franziska soll meine Tochter heißen.«

Corinna war überrascht. Mit der prompten Antwort hatte sie nicht gerechnet. Offenbar hatte Petra sich bereits viel mehr Gedanken gemacht, als sie geahnt hatte. »Franziska klingt hübsch, das gefällt mir.«

»Corinna?« Petra richtete sich mühsam im Bett auf. Jede Bewegung schien ihr schwerzufallen, sie schwitzte. »Ich wollte dich noch um etwas bitten. Ruth hat mir Unterlagen mitgebracht, sie liegen da in der Schublade. Kannst du sie an dich nehmen?«

»Sicher, wenn du das willst.« Verwundert zog Corinna die Schublade des Nachttisches auf. Darin lagen ein Päckchen Taschentücher und ein dicker Umschlag.

Sie nahm ihn heraus. »Was ist da drin?«

»Meine Geburtsurkunde«, erwiderte Petra. »Und ein Mützchen, das angeblich meine Mutter für mich gehäkelt hat.«

»Oh.« Corinna starrte den Umschlag an.

»Ruth sagte, sie weiß nichts weiter, aber es wäre möglich, dass meine Eltern noch leben«, fuhr Petra leise fort. »Meine Mutter wollte damals kein Kind haben. Sie hat mich nach der Geburt zurückgelassen und ist verschwunden.«

Wie traurig. Corinna wusste nicht, was sie sagen sollte.

»Als ich hier zur Welt kam, waren meine Eltern bloß auf der Durchreise. Sie kamen offenbar aus Ostdeutschland.«

Die Geschichte hörte Corinna zum ersten Mal. »Dann wärst du ja gar keine Waise.«

»Nein, aber das macht keinen Unterschied.« Obwohl Petra weiterhin so leise sprach, dass Corinna sie kaum verstehen konnte, wirkte sie plötzlich sehr entschlossen. »Sie haben mich einfach zurückgelassen, deshalb bin ich damals ins Kinderdorf gekommen. Sie sind nie wieder hier aufgetaucht oder haben sich je bei Ruth nach mir erkundigt. Sag, was sind das für Eltern, die so was tun?«

Keine, die den Namen verdient hätten, dachte Corinna, aber das sagte sie lieber nicht laut.

Petra tastete nach ihrer Hand. »Bitte erzähl niemandem davon. Ich möchte nicht, dass es außer dir jemand weiß.«

»Natürlich, das ist deine Angelegenheit«, versicherte Corinna rasch. »Ich behalte es für mich, Ehrensache! Wir sind schließlich Freundinnen.«

»Deswegen musst du mir noch etwas versprechen …«

»Ja?«

»Etwas viel Wichtigeres.« Petra umklammerte Corinnas Finger. Es fühlte sich an, als sei ihre Hand in einen Schraubstock gespannt. »Hör zu, falls ich mich aus irgendeinem Grund nicht um mein Baby kümmern kann, will ich, dass du es zu dir nimmst. Bitte versprich mir, dass du dich um mein Kind kümmerst!«

»Was redest du denn? Natürlich kannst du dich selbst um dein Kind kümmern.« Mit einem unbehaglichen Lachen wollte Corinna das Ansinnen abwehren, doch Petra ließ es nicht zu.

»Bitte«, drängte sie. »Versprich es mir! Wenn ich sterbe oder mir etwas zustößt, soll mein kleines Mädchen nicht als Waise im Kinderdorf aufwachsen, sondern bei dir.«

Corinna suchte nach Worten. »Also …«

»Ich will nicht, dass es zu fremden Leuten kommt. Und Ruth trägt die Verantwortung für so viele Kinder, bei ihr ist es nicht wie in einer richtigen Familie. Ich will, dass mein Kind ein Zuhause und eine Mutter hat.«

»Aber ich bin nicht …«

»Corinna!« Es klang wie ein Aufschrei, und Petra quetschte ihre Hand vor Verzweiflung so fest, dass es weh tat.

»Ja«, stieß Corinna hervor. »Ich verspreche es dir!«

»Gut.« Sichtlich erleichtert sank Petra zurück auf das weiße Krankenhauskissen. »Danke.«

Rote Flecken leuchteten auf ihren Wangen, die Aufregung hatte ihr nicht gutgetan.

Corinna schluckte. Vielleicht war es sinnvoller, wenn sie das Gespräch ein anderes Mal fortsetzten. Sobald es Petra besser ging. Wenn sie erst wieder gesund war, würden sie sich gemeinsam darüber amüsieren, dass sie ihr ungeborenes Baby ausgerechnet Corinna hatte anvertrauen wollen, die von Kindern überhaupt keine Ahnung hatte. Oder sollte sie etwa ›Patroklos' Fall‹ weiterschreiben und nebenher eine Babywiege schaukeln, während draußen eine Berliner Straßenbahn vorbeiratterte? Die Vorstellung war so absurd, dass Corinna sich und Petra schon laut darüber lachen hörte.

Die Frau im Nachbarbett blickte herüber. Petras Ausruf hatte sie geweckt. Noch ein Grund mehr, das Gespräch zu beenden, bevor sie eine neugierige Zuhörerin hatten.

»Steck den Umschlag ein«, verlangte Petra. »Ich will nicht, dass er hier im Krankenhaus ist.«

Corinna zögerte.

»Bitte«, drängte die kranke Freundin. »Bewahr ihn für mich auf, und wenn …«

»Und wenn du nach Hause kommst, gebe ich ihn dir wieder«, vollendete Corinna rasch den Satz. »Dann kannst du das Mützchen deiner Tochter aufsetzen und ihr später, wenn sie groß ist, alles erzählen, was sie wissen will.«

Petra nickte, und Corinna schob den Umschlag in die Tasche. Das Nachthemd und die frische Wäsche stapelte sie in den Schrank neben Petras Bett, die Zeitschriften legte sie zu den Blumen auf den Nachttisch.

»Möchtest du noch etwas zu trinken?«

Petra schüttelte schwach den Kopf. Sie sah aus, als fielen ihr jeden Moment die Augen zu. »Ich bin müde.«

»Gut, dann gehe ich jetzt. Falls dir noch was einfällt, was du von zu Hause brauchst, sag es der Stationsschwester, sie kann es mir dann ausrichten. Ich rufe jeden Tag an, solange du hier bist. Und Lotte und Ella kommen dich diese Woche auch noch besuchen, haben sie gesagt.«

Corinna streichelte noch einmal liebevoll über Petras Hand mit den aufgequollenen Fingern. »Bis bald! Denk dran, wir vermissen dich alle. Und wir brauchen dich!«

KAPITEL 38

Corinna blinzelte in die Sonne. Sie fühlte sich ein wenig schuldig, hier im Heilbronner Freibad zu entspannen, während Petra weiterhin im Krankenhaus lag, aber sie hatte Marc für das Wochenende nicht absagen wollen. Es half der Freundin ja auch wenig, wenn sie sich unentwegt Sorgen machte. Petras Zustand war soweit stabil, es ging ihr nicht besser, aber auch nicht schlechter. Das erste Medikament hatte leider nicht angeschlagen, also wollten die Ärzte es nun mit einem anderen Präparat versuchen. Der neue Wirkstoff würde Petras Blutdruck hoffentlich senken. Und wenn das Baby erst einmal geboren war, würde sich sowieso alles wieder einpendeln.

Corinna wandte den Kopf zum Sprungturm.

Auf dem obersten Brett stand Marc und hielt einen Augenblick lang inne. Dann sprang er mit den Füßen voraus ins Becken. Ein mächtiges Klatschen begleitete sein Eintauchen, Wasserfontänen spritzten hoch.

»Na, hättest du gedacht, dass ich mich das traue?«

»Alter Angeber!«

Er kraulte auf sie zu und stemmte sich aus dem Wasser. Die Tropfen flogen, als er sein nasses Haar schüttelte.

»Hör sofort auf!« Corinna quietschte und wich vor seiner Umarmung zurück. »Lass mich, du bist eiskalt!«

Barfuß floh sie in Richtung Liegewiese, wo sie ihre Badetücher ausgebreitet hatten.

»Ich wusste gar nicht, dass du so wasserscheu bist.« Lachend rannte er ihr hinterher, überholte sie auf dem Weg und erreichte vor ihr den Liegeplatz. »Du bist doch in der Nähe eines Sees großgeworden. Hast du nicht behauptet, du hättest schon mit vier Jahren schwimmen gelernt?«

»Hab ich auch! Mein Vater hat es mir beigebracht.« Kurz hinter ihm kam sie angekeucht und hielt sich die Seiten. Netterweise verkniff er sich eine freche Bemerkung über ihre Unsportlichkeit.

»Was hältst du von einem Eis?«, fragte er. »Oder ist dir das auch zu kalt?«

»Nein, Eis wär toll.«

Das Freibad am Neckarufer war an diesem Samstag voller Menschen. Kinder tollten durchs Planschbecken, ihr Johlen und Kreischen klang bis zur Wiese herüber und mischte sich mit der Popmusik aus einem Kassettenrecorder, den ein paar Jugendliche mitgebracht hatten.

Ein Fußball knallte gegen Corinnas Knöchel. Sie schaute sich um, wem der Ball gehörte. Ein Mädchen im Badeanzug stürmte auf sie zu. »Entschuldigung«, rief sie. Mit den Zöpfen und der Zahnlücke sah sie sehr niedlich aus. Ihre Wangen waren vor Verlegenheit knallrot.

»Nichts passiert.« Corinna gab ihr den Ball zurück.

»Hast du einen speziellen Wunsch, was dein Eis betrifft?« Marc bückte sich und kramte einen Zehnmarkschein aus der Tasche seines Hemds, das zerknäult auf dem Badetuch lag. »Vanille, Schokolade, was darf's sein?«

»Eigentlich wär mir was Fruchtiges lieber.«

»Okay, ich schau mal, was es gibt.«

Träge ließ Corinna sich auf ihrem Handtuch nieder und beschattete die Augen, um ihm nachzusehen, wie er zum Kiosk lief. Seine Schultern waren braun gebrannt, und in den Badeshorts sah er von hinten einfach zum Anbeißen aus. Jetzt wandte er sich um und winkte ihr zu. Bei seinem Anblick perlte das Glück wie winzige Sprudelbläschen in ihr auf.

Marc getroffen zu haben, war zweifellos das Beste, was ihr seit langem passiert war. Das Zweitbeste war, dass sie ein ganzes wundervolles Augustwochenende für sich allein hatten, und es zudem noch etwas zu feiern gab: Ihre erste Serie mit acht Teilen war abgedreht. Die Premierenfolge sollte in Kürze im Kinderfernsehen gesendet werden. Wenn alles klappte und der Inhalt bei den jungen Zuschauern gut ankam, würden sie die Freigabe für eine weitere Reihe erhalten.

»Zitrone, bitte sehr!« Marc kehrte mit zwei Eiswaffeln in den Händen zurück. »Was anderes hatten sie nicht.«

»Zitrone ist perfekt.« Corinna lächelte ihn an, während sie ihr Eis entgegennahm. »Süß und sauer zugleich, das ist eine Mischung, die ich liebe.«

»Dann sollten wir heute Abend chinesisch essen gehen.« Er zog die Stirn kraus. »Ich glaube, Jürgen hat mir mal ein Restaurant empfohlen. Vielleicht erinnere ich mich noch daran, wie es heißt oder wo es ist.«

»Sonst ruf ihn an«, schlug Corinna vor. »Ihr habt doch noch Kontakt, oder?«

»Ja.« Marcs Eiskugel war cremeweiß mit dunklen Pünktchen. Stracciatella, wie es aussah. »Jürgen trauert mir nach. Zwar muss er das Büro nicht wieder mit Hartmut teilen, aber mein Nachfolger ist wohl ein ähnlicher Typ. Stinkt nach billigem Aftershave, raucht wie ein Schlot und versteht die banalsten Gags nicht. Dafür ist er sofort wie ein Hündchen zur Stelle, wenn Herzog seine Befehle brüllt.«

»Klingt schauderhaft.« Corinna knabberte ein Stück von ihrer Waffel ab. »Bloß gut, dass du nicht mehr dort bist.«

»Ich bin gespannt, ob Herzog wegen mir noch Ärger mit dem Rundfunkrat bekommt. Es würde mir jedenfalls kein bisschen leidtun, wenn er am Ende selbst seinen Stuhl räumen muss und meinen Rauswurf bitter bereut.« Marc grinste. »Der alte Fiesling hätte sich eben nicht mit mir anlegen sollen.«

Sie aßen ihr Eis, genossen die Sonne und Corinna schwelgte in Zukunftsplänen. Sie freute sich unbändig darauf, im Herbst ihr Studium wieder aufzunehmen. Ihre Sehnsucht nach Berlin war groß und noch größer die Lust, dort literarisch zu arbeiten. In Hohenlohe würde ›Patroklos' Fall‹ nie beendet werden, der Stoff eignete sich nicht für diese Umgebung. In Gegenwart ihrer Mutter und dem Rest der Familie, mit all den Sorgen und Nöten, die die Schreinerei betrafen, war sie viel zu abgelenkt. Der Kontrast zwischen künstlerischem Anspruch und Alltagsbelangen war zu groß.

»Daheim kann ich mich nicht konzentrieren«, sagte sie. »Da werde ich ständig unterbrochen oder gestört.« Seit Lotte und Petra mit im Haus wohnten, war es noch unruhiger geworden. Auch Ella war häufig zu Gast. »Und wenn Petras Baby erst auf der Welt ist, herrscht vermutlich ständig Ausnahmezustand.«

»Wie geht es ihr denn?«, fragte Marc.

»Petra? Leider nicht so gut.«

Corinna senkte den Kopf. Ein brauner Käfer krabbelte über ihren Fuß, doch sie nahm das Kitzeln auf ihrer Haut kaum wahr.

Gestern hatte sie Petra zuletzt besucht. Die Freundin war noch genauso aufgedunsen gewesen wie beim ersten Mal. Es war schwierig gewesen, sich mit ihr zu unterhalten, Petra hatte müde und schlapp gewirkt, jede Antwort schien sie anzustrengen. Daher war Corinna bald wieder gegangen.

»Wenn nur endlich die Medikamente anschlagen würden«, sagte sie und zupfte einen Grashalm ab.

»Die Ärzte im Krankenhaus werden schon das Richtige tun«, meinte Marc aufmunternd. »Dort ist sie gut aufgehoben, mach dir nicht zu viele Sorgen. Bestimmt geht es ihr bald besser.«

Ja, das hoffte Corinna auch. Wie sollte sie sich sonst freuen, dass ihr eigenes Leben nach all den Rückschlägen in den letzten Monaten derzeit so positiv verlief?

»Was ist eigentlich mit deinen Zukunftsplänen?«, fragte sie, um sich vom Gedanken an Petra abzulenken.

»Was meinst du?«

»Na ja, was hast du vor? Nach Stuttgart umziehen?«

»Hm, ich glaube nicht.« Marc angelte eine Tube Sonnencreme aus ihrer Tasche und tupfte ihr Kleckse auf die Schultern und den Rücken. »Bevor du einen Sonnenbrand kriegst …«

Corinna schloss die Augen und genoss die Berührung seiner Hände. Die sanften, kreisenden Bewegungen, mit denen er ihre Haut eincremte.

»Gleich schnurre ich wie eine Katze.«

»O ja, bitte! Das will ich hören.« Er lachte und küsste sie zärtlich in den Nacken. »So, fertig.«

»Schon? Schade.«

Marc schraubte den Deckel wieder auf die Tube und warf sie zurück in Corinnas Tasche. »Vielleicht ziehe ich irgendwann auch nach Berlin«, verkündete er, als sei diese Option das Selbstverständlichste von der Welt und nicht etwas, das er ihres Wissens nach nie zuvor in Erwägung gezogen hatte.

Sie traute ihren Ohren nicht. »Im Ernst?«

»Ja, warum nicht? Gute investigative Journalisten sollten doch überall gefragt sein. Ich meine, ich kann heute nicht vorhersagen, wohin mein Job mich demnächst verschlägt, aber wenn ich mir erst einmal einen Namen gemacht habe, kann ich mir hoffentlich aussuchen, wo ich arbeite.«

»Und du kannst dir vorstellen, dann nach Berlin zu ziehen?« Ihr Herz klopfte heftig, als sie ihn ansah.

»Das kann ich sogar sehr gut«, erwiderte er.

»Ich dachte, du willst um die Welt reisen?«

»Na ja, das will ich immer noch.« Sein Mund verzog sich zu einem Lächeln. »Herumreisen und die Welt sehen, das steht ganz weit oben auf meiner Liste. Aber ich brauche trotzdem einen Ort zum Wohnen und Nachhausekommen. Und warum sollte das nicht Berlin sein?« Seine Lippen näherten sich ihren. »Vor allem, wenn die Frau, die ich liebe, dort wohnt.«

Sein Kuss schmeckte nach Sonne und Wärme und purem Glück.

Corinna wünschte sich, den Moment einfangen und für alle Zeiten festhalten zu können.

Abends saßen sie in einem hübsch dekorierten chinesischen Restaurant und bestellten das »Menü für Zwei«, das in der Karte stand. Schon die Vorspeise roch köstlich und Corinna war entzückt, als die freundliche Asiatin, die sie bediente, Unmengen kleiner Schüsselchen auf den Tisch stellte.

»Ich weiß gar nicht, was das alles ist«, staunte sie.

»Das ist ja gerade das Besondere daran!« Marc hielt ihr lachend ein aufgespießtes Stückchen Fleisch hin. »Probier das mal, ich glaube, das ist Ente.«

»Mmh, stimmt.«

Corinna schwelgte in den süß-sauren Genüssen und versuchte, sich die Namen der Gerichte zu merken.

Zum Nachtisch gab es flambierte Bananen und Pflaumenwein. Weil sie zuvor schon chinesisches Bier getrunken hatten, fühlten Corinnas Sinne sich allmählich wie vernebelt an. Aber der Pflaumenwein war so herrlich süß!

»Können wir davon noch mehr bestellen?«

Marc winkte der Kellnerin, und die brachte nicht nur zwei weitere Gläser Pflaumenwein, sondern auch zwei verpackte Glückskekse.

»Glaubst du an so was?« Corinna wickelte ihren Keks aus der durchsichtigen Folie. Knackend brach sie ihn entzwei und zog das eingebackene Papierchen daraus hervor.

»Lies vor, was draufsteht, dann verrate ich dir, ob ich dran glaube«, sagte Marc.

Sie faltete den Zettel auseinander und kniff die Augen zusammen, um die winzige Schrift im rötlichen Schein der Drachenlampe über dem Tisch entziffern zu können.

»Wer den Himmel im Wasser sieht, sieht die Fische auf den Bäumen«, las sie vor. »Chinesisches Sprichwort.«

Marc feixte. »Klingt phantasievoll. Passt zu dir!«

»Was steht in deinem Keks?«

Marcs Keksbotschaft war romantischer. »Der Geist, der allen Dingen Leben verleiht, ist die Liebe«, zitierte er.

»Wollen wir tauschen?« Corinna streckte die Hand aus.

»Nein, das ist meiner«, sagte Marc.

Sie stießen mit dem Pflaumenwein an – auf ihren gemeinsamen Erfolg mit der Kinderserie im Fernsehen und auf ihre Beziehung.

Anschließend machten sie sich zu Fuß auf den Heimweg. Bis zu Marcs Wohnung war es nicht weit. Die Nachtluft war angenehm lau, der Wind kaum zu spüren.

»Vielleicht ist das ja unser geheimes Glücksrezept«, sagte Corinna, ihre Finger fest mit Marcs verschränkt.

»Was meinst du?«

»Alles, was wir zusammen machen, ist am Ende von Erfolg gekrönt.«

»Schöne Vorstellung.« Er wich einer Laterne aus und blieb dann stehen, um ihr in die Augen zu sehen. »Ich wünsche mir jedenfalls, dass wir zusammenbleiben, du und ich.«

»Für immer?« Ohne den dritten Pflaumenwein hätte sie wohl nie gewagt, ihm diese Frage zu stellen.

Er lächelte. »Für immer, ja.«

»Was ist mit …« Sie brach ab. Nein, das konnte sie ihn nicht fragen, unmöglich!

»Was ist mit – was?«, fragte er.

»Vergiss es, es war … zu spießig.«

»Dachtest du an Heiraten und Kinder kriegen, ein Haus bauen, einen Baum pflanzen, das volle Programm?«

Verräterische Hitze schoss Corinna ins Gesicht. Sie wusste kaum, wo sie hinschauen sollte.

Doch wie so oft verwandelte Marc die peinliche Situation in eine vollkommen andere. Er sah nämlich keine Veranlassung, sich über sie lustig zu machen.

»Corinna, mit dir kann ich mir alles vorstellen! In Berlin wohnen oder in Afrika. In einem Haus oder einem Zelt oder in einem Iglu. Auch Heiraten und Kinder kriegen – warum nicht, wenn wir das später wollen? Nur wir beide entscheiden, wie unser Leben einmal aussehen soll, oder nicht? Du und ich, darum geht es doch.«

Sie nickte. Lehnte die Stirn an seine Brust. Spürte seinen Atem auf ihrem Haar, als er sie küsste.

»Du und ich«, flüsterte sie.

»Du und ich«, wiederholte er.

Am frühen Sonntagmorgen riss das Klingeln des Telefons sie aus dem Schlaf. Corinna fuhr hoch und sah auf den Wecker.

»Halb sechs? Wer ruft dich denn um diese Zeit an?« Stöhnend zog sie sich die Decke wieder über den Kopf. »Hast du nicht gesagt, du hast heute frei?«

»Habe ich auch.« Das Telefon auf seinem Schreibtisch im Wohnzimmer klingelte hartnäckig weiter. Marc stand auf. »Ich geh lieber ran. Vielleicht ist es wichtig.«

Er tappte davon, und Corinna hörte, wie er sich meldete.

Dann sagte er einige Sekunden nichts mehr – und dann: »Ja, natürlich, ich bringe sie sofort hin. Wir fahren gleich los.«

Corinnas Magen verkrampfte sich bei seinem Tonfall. Was war passiert? Als Marc zurück ins Schlafzimmer kam und sie sein fassungsloses Gesicht sah, bildete sich ein Kloß in ihrer Kehle. »Wer war das?«, stieß sie hervor.

»Lotte. Schnell!« Er streckte die Hand aus, um ihr aus dem Bett zu helfen. »Wir müssen ins Krankenhaus fahren.«

»Ist was mit Petra?«

»Ja, es gab wohl Komplikationen bei der Geburt …«

Um diese Uhrzeit war kaum Verkehr auf den Straßen, dennoch kam Corinna die Zeit beinahe endlos vor, bis sie endlich das Krankenhaus in Hall erreichten.

Sie sprang schon aus dem Auto, noch bevor Marc den Motor abgestellt hatte. Ihr Herz hämmerte, als sie über den Parkplatz rannte, die gläserne Eingangstür der Klinik aufstieß und weiter in Richtung Entbindungsstation hastete. Marc holte sie ein, als sie eben dort ankam.

Im Gang vor dem Schwesternzimmer saß Lotte auf einem weißen Plastikstuhl und weinte. »Oh, Corinna …« Tränenüberströmt hob sie den Kopf. »Sie konnten ihr nicht mehr helfen.«

Corinna brachte vor Entsetzen kein Wort hervor.

Wie betäubt nahm sie wahr, dass Marc den Arm um sie legte, und sich bei Lotte erschüttert erkundigte, was geschehen war.

»Petra hat allergisch auf das neue Medikament reagiert.« Lotte schnäuzte sich in ein Taschentuch, das schon völlig zerknüllt war. »Daher mussten die Ärzte mitten in der Nacht einen Notkaiserschnitt machen und …«

»Nein, das kann nicht sein!« Kurz verspürte Corinna einen verrückten Anflug von Hoffnung. »Petra hat doch gar keine Allergie.«

»Anscheinend wusste sie nichts davon.« Lotte tupfte sich die Augen ab, aber die Tränen flossen unvermindert weiter. »Sie war ja selten krank und fast nie beim Arzt. Jedenfalls hat der Notkaiserschnitt sie nicht retten können, ihr Blutdruck war einfach viel zu hoch …« Lotte schluchzte auf. »Ich kann es noch gar nicht glauben, dass sie nicht mehr lebt. Sie war doch so jung …«

Corinna konnte es auch nicht glauben. So etwas Schreckliches durfte einfach nicht wahr sein!

Nein, nein, nein, hämmerte ihr Herz.

Sie weigerte sich, es zu akzeptieren. Wie kurze Blitzlichter flackerten Erinnerungen in ihr auf – sie sah Petra und sich als Kinder beim Spielen im Wald, dann die erwachsene Petra mit einem Stück Lindenholz an der Werkbank. Wie konnte ihre beste Freundin einfach nicht mehr da sein?

Nein, das war unmöglich.

Marc drückte sie wortlos an sich. Hielt sie fest. Corinna war noch viel zu geschockt, um zu weinen.

»Was ist mit Petras Baby?«, fragte sie tonlos.

Zum ersten Mal seit ihrer Ankunft huschte ein Lächeln über Lottes fleckiges Gesicht. »Das Baby lebt«, sagte sie. »Es ist ein Mädchen. Willst du es dir ansehen?«

Corinna zögerte, dann nickte sie langsam. Vielleicht weil sie wusste, dass Petra es so gewollt hätte.

Lotte erhob sich. Der Raum für die Neugeborenen lag gleich

neben dem Stationszimmer. Eine Schwester nahm das schlafende Baby aus seinem gläsernen Bettchen und brachte es zu ihnen herüber. Mitfühlend drückte sie ihr Beileid aus.

»Wie winzig sie ist!« Ungläubig betrachtete Corinna die geballten Fäustchen.

»Möchten Sie sie einmal halten?« Mit aufmunterndem Nicken reichte die Schwester ihr Petras Baby. »So spürt sie, dass sie nicht ganz allein auf der Welt ist, auch wenn sie ihre Mutter verloren hat.«

Corinna wagte kaum zu atmen, um die Kleine in ihrem weichen Strampelanzug nicht aufzuwecken. Ihren Lebenswillen hatte sie jedenfalls schon bewiesen.

»Willkommen im Leben, kleine Franzi«, flüsterte Corinna.

»Franzi?«, fragte Lotte und trat neben sie.

»Petra wollte, dass sie Franziska heißt.«

»Das ist ein schöner Name«, meinte Marc. »Er passt zu ihrer Stupsnase, findest du nicht?«

Die Schwester räusperte sich. »Der Arzt möchte dann gleich noch mit Ihnen sprechen. Die verstorbene Kindsmutter hat ein Schriftstück hinterlassen. Ihm liegt eine Art Testament vor, dass das Baby adoptiert werden soll. Von Ihnen, sofern Sie damit einverstanden sind.«

Lotte stieß einen überraschten Laut aus. »Was? Davon wussten wir nichts …«

»Doch«, sagte Corinna mit erstickter Stimme. »Ich wusste davon. Petra hat mit mir darüber gesprochen, als ich sie besucht habe. Sie wollte auf gar keinen Fall, dass ihr Kind im Heim aufwächst.«

»Vorerst muss das Baby natürlich noch hierbleiben, für die erforderlichen Untersuchungen und um zu sehen, wie es sich entwickelt«, erklärte die Schwester. »Alles Weitere wird der Arzt mit Ihnen besprechen. Welche Formalitäten zu klären sind, bevor Sie das Kind mit nach Hause nehmen können.«

Corinna nickte. Sie konnte keinen klaren Gedanken fassen. Verzweifelt schaute sie das schlafende Bündel in ihrem Arm an. Franzi gluckste laut. Dann noch einmal.

Marc lächelte. »Ich glaube, sie hat Schluckauf.« Behutsam strich er über eines der Händchen. Die winzige Faust öffnete sich und umklammerte seinen Finger.

Die Geste erinnerte Corinna an das Versprechen, das sie Petra gegeben hatte. Und auch wenn sie gerade keine Ahnung hatte, wie sie das alles schaffen sollte, die Freundin hatte sich auf ihr Wort verlassen.

Sie durfte dieses Versprechen nicht brechen.

»Lotte? Marc?«

Beide nickten, noch ehe sie die Frage ausgesprochen hatte.

»Wir regeln das gemeinsam«, bekräftigte Lotte. »Du musst die Verantwortung nicht allein tragen.«

Corinna blinzelte die aufsteigenden Tränen weg. Es war nur ein schwacher Trost in diesem schweren Moment, aber es war ein Trost.

Petras Baby würde auf dem Lindenhof aufwachsen.

So, wie sie es sich gewünscht hatte.

EPILOG

10. Oktober 1981

»Wie sehe ich aus?« Corinna trat ein letztes Mal vor den Spiegel und nestelte an der komplizierten Hochsteckfrisur herum, die Tante Henni ihr am Morgen verpasst hatte.

»Wunderschön«, versicherte Lotte.

»Danke.« Corinna lächelte und umarmte sie innig.

Sie war Lotte für so vieles dankbar – vor allem dafür, dass sie in diesem schicksalhaften Sommer nie den Mut oder die Hoffnung verloren hatte.

»Wir unterstützen dich«, sagte Lotte. »Du kannst dich immer auf uns verlassen.«

Petras Tod war schwer zu verkraften gewesen, für alle auf dem Lindenhof, die sie gekannt und gemocht hatten. Marianne hatte tagelang nicht gesprochen und sich geweigert, zu den Mahlzeiten zu kommen. Es hatte lange gedauert, bis sie den Verlust akzeptiert hatte.

Auch Corinna fehlte die Freundin noch immer – jeden Tag, wenn sie die Schreinerei betrat und die verwaiste Werkbank sah, an der Petra früher gesessen hatte. Oft brachte jemand Blumen mit und stellte sie an ihren Platz, zum Zeichen, wie sehr sie vermisst wurde.

Am meisten sicherlich von Corinna.

Das Versprechen, das sie Petra im Krankenhaus gegeben hatte, hatte ihr Leben von einem Tag auf den anderen auf den

Kopf gestellt. Aber sie würde es halten. Auch weil sie wusste, dass sie dabei Hilfe hatte und nicht allein war.

»Kommst du?« Marc klopfte und spähte durch den Türspalt zu ihnen herein. »Der Pfarrer wartet.«

Er hielt die schlafende Franzi in ihrem Taufkleidchen auf dem Arm. Ein Spuckefleck zierte seine Schulter, aber solche Kleinigkeiten waren ihm völlig egal. Corinna liebte ihn für die unerschütterliche Ruhe, die er ausstrahlte. Marc war in den letzten Wochen ihr Fels in der Brandung gewesen.

Unerschütterlich hatte er ihr zur Seite gestanden, seine Karriere hintenangestellt, um für sie da zu sein. Marc war der zuverlässigste Mann, den sie sich nur wünschen konnte, und er war ein wunderbarer Vater. Sogar jetzt, wo Corinnas Puls raste und sie fürchtete, bei jedem Schritt zu stolpern, war er die Ruhe selbst.

»Ich hätte nie gedacht, dass ich mal mit einem Baby auf dem Arm heirate«, scherzte er.

»Hast du überhaupt ans Heiraten gedacht?«

»Bevor ich dich getroffen habe? Nein, nie.« Er lächelte und küsste sie sanft auf die Schläfe.

Franzi regte sich und gluckste. Noch waren ihre Augenlider geschlossen, aber sicher würde es nicht mehr lange dauern, bis sie aufwachte. Marcs Zwillingsschwester wartete draußen im Hof, sie hatte versprochen, ihnen die Kleine während der Trauzeremonie abzunehmen. Steffi war entzückt, so unerwartet Tante geworden zu sein. Noch mehr freute sie sich, dass sie Patin sein durfte. Zu Corinnas Überraschung hatte Ella sich angeboten, die zweite Patenschaft zu übernehmen – und Marc hatte dem sofort zugestimmt.

»Da bekommt unsere Kleine zwei großartige Patentanten!«

Corinnas Mutter dagegen tat sich noch schwer, sich an ihre

dritte Enkelin zu gewöhnen, die nachts oft Hunger bekam und dann alle im Haus mit ohrenbetäubendem Geschrei wach hielt. Vielleicht erinnerte ihre Anwesenheit Marianne auch zu sehr daran, dass Petra nicht mehr da war.

»Gleich geht's los!« Zwei aufgeregt hüpfende Blumenmädchen erwarteten Corinna vor dem Haus. Ihre beiden Cousinen waren hellauf begeistert, Brautjungfern zu sein und in der Kirche Blumen streuen zu dürfen.

»Ins Auto mit euch!« Tante Henni scheuchte ihre Mädels zum Wagen. Onkel Herbert wartete bereits am Steuer, er trug eine Fliege und winkte Corinna zu.

Rund um die Linde hatten Rudi und Matthias am Vortag mehrere Tische und Bänke aufgestellt. Alles war festlich geschmückt für die spätere Feier. Speisen und Getränke warteten in der Küche, Lampions und bunte Girlanden hingen in den Zweigen. Szymon und Tomasz hatten sich bereiterklärt, für die Musik zu sorgen. Was für ein Glück, dass das Wetter mitspielte!

Warmes Sonnenlicht leuchtete durch die Zweige, als Corinna in die Pferdekutsche stieg. Ludwig thronte im Anzug auf dem Kutschbock. Er hatte es sich nicht nehmen lassen, sie damit zur Dorfkirche zu fahren. Sogar einen stilechten schwarzen Zylinder hatte er irgendwo aufgetrieben.

»Wenn schon, denn schon«, brummte er zufrieden.

In gemächlichem Tempo ruckelte der kleine Konvoi ins Dorf.

Wenig später schritt Corinna an Marcs Arm zum Altar.

Das Jawort vor ihren Familien, engsten Freunden und der versammelten Belegschaft wurde ein ebenso unvergesslicher Moment, wie Franzis empörtes Geschrei, als der Pfarrer ihr bei der anschließenden Taufe das kalte Weihwasser über die Stirn träufelte.

Nächste Woche würden sie die Kleine offiziell adoptieren.

Die Heiratsurkunde war der einzige Nachweis, der dafür noch fehlte, denn das erforderliche Mindestalter konnte Marc seit seinem 25. Geburtstag vorweisen. Corinna drückte das strampelnde Baby an sich. »Alles wird gut«, flüsterte sie.

Die Kleine beruhigte sich wieder, als würde sie Corinnas Worten vertrauen und Glauben schenken.

Von allen Seiten nahmen sie an diesem herrlichen Herbsttag Glückwünsche entgegen. Nachdem sie zurück auf dem Lindenhof waren, wurden Geschenke ausgepackt, Gläser angestoßen und Reden gehalten, der Brautwalzer getanzt und gemeinsam Lieder gesungen. Zur allgemeinen Erheiterung fing Ella den Brautstrauß, den Corinna hinter sich warf.

Zwischen all dem Frohsinn vermisste Corinna an diesem Tag neben Petra nur einen Menschen: ihren Vater.

Auch Marianne, die am Rand der feiernden Gesellschaft saß und traurig vor sich hinlächelte, schien an ihn denken zu müssen.

»Ich bin sicher, Alexandre und Petra sind heute bei uns«, sagte Marc und nahm Corinna tröstend in den Arm. »Sie werden immer in unseren Herzen sein.«

Langsam hob sie den Kopf und blickte hinauf zu den Wolken. Die Abendsonne färbte den Himmel in einem prächtigen Rot, als wollte sie Marcs Worte unterstreichen.

Corinna lächelte. »Ich glaube, du hast recht.«

Und so geht es weiter:

KATHARINA OSWALD

Die Frauen vom Lindenhof

Gemeinsam der Zukunft entgegen

ROMAN

Exklusive Leseprobe

PROLOG

Hohenlohe, Juli 1996

Franziska stieg als Letzte aus dem Schulbus.

»Trödel nicht so«, rief Miriam, die draußen ungeduldig auf und ab hüpfte. »Wir wollten doch heute Eis essen.«

»Ich komme lieber nicht mit.« Verlegen starrte Franzi auf ihre abgewetzten Turnschuhe.

»Wegen deinem Zeugnis?«, fragte Miriam.

Franzi nickte. Bis zuletzt hatte sie gehofft, dass sie versetzt werden würde. Trotz des blauen Briefs, den sie kurz vor Ostern mit nach Hause gebracht hatte. Es war nicht ihr erster blauer Brief gewesen, denn schlechte Noten bekam sie leider öfter, aber bisher hatte es am Schuljahresende trotzdem immer noch gerade so für die Versetzung in die nächste Klasse gereicht.

Dieses Mal nicht.

Dieses Mal war sie durchgefallen und würde die achte Klasse an der Haller Realschule nach den Sommerferien wiederholen müssen. Ohne Miriam und ihre anderen Freundinnen, die es alle in die neunte geschafft hatten.

Ziemlich bedrückende Aussichten, fand sie. Deshalb war sie auch kein bisschen mehr in Ferienstimmung.

»Jetzt guck nicht so traurig.« Miriam knuffte sie tröstend in die Seite. »Deine Eltern sind nett, die werden dir schon nicht den Kopf abreißen.«

»Nein, die wohl nicht.« Franzi seufzte. »Eher meine Oma.«

»Komm endlich! Die Schlange wird immer länger.« Miriams jüngerer Bruder zerrte ungeduldig an der Hand seiner Schwester. »Oder gib mir das Geld fürs Eis.«

»Ich komme ja schon. Schöne Ferien, Franzi!«

Schon liefen die beiden auf das Waldenburger Café zu. An der Eistheke warteten schon mehrere Kinder und Jugendliche, und zwei Frauen saßen davor an einem Tischchen unter der gestreiften Markise und tranken Kaffee. Franzi wäre Miriam am liebsten nachgelaufen, um das Unvermeidliche doch noch eine Weile hinauszuzögern. Aber stattdessen überquerte sie die gepflasterte Straße und schlug den Weg nach Hause ein.

Bald hatte sie die Häuser am Ortsrand hinter sich gelassen. Mit gesenktem Kopf trottete Franzi durch den Wald. Hier im Schatten war es angenehmer, das grüne Blätterdach hielt das Sonnenlicht und die Hitze ab.

Je näher sie dem Lindenhof kam, umso langsamer wurden ihre Schritte. Der Schulrucksack auf ihrem Rücken schien mit jedem Meter schwerer zu werden.

Ausgerechnet heute saß ihre Oma natürlich auf der Bank unter der Linde – keine Chance für Franzi, unbemerkt ins Haus zu kommen. Schon wandte sie lauschend den Kopf.

»Franziska, bist du das?«

»Ja«, sagte sie. »Hallo, Oma.«

»Du klingst nicht allzu fröhlich.«

Du auch nicht, hätte Franzi fast erwidert, aber das konnte sie sich gerade noch verkneifen. Frechheiten duldete Marianne nicht, darauf reagierte sie noch schärfer als ohnehin schon.

»Wie ist dein Zeugnis ausgefallen? Wieder so miserabel wie beim letzten Mal?«

»Ähm, also …«, Franzi suchte verzweifelt nach einem Vorwand, um zu verschwinden. Vor dem Haus parkte der Wagen ihres Vaters, der als Journalist sonst eher selten mittags zu Hause war – vielleicht konnte sie das als Grund vorschieben?

Doch schon griff ihre Oma nach dem Stock, mit dem sie sich beim Gehen behalf, und stand auf. »Bleib gefälligst hier, wenn ich mit dir rede! Wann begreifst du endlich, dass gute Noten wichtig sind?«

Franzi schob die Unterlippe vor.

»Du wirst im Leben nie etwas erreichen, wenn du das Lernen schleifen lässt«, setzte ihre Oma die Vorwürfe fort. »Ich begreife nicht, warum Corinna dir das durchgehen lässt. Sie sollte doch am besten wissen, was dabei herauskommt! Hast du in Mathematik wieder eine Fünf?«

Jetzt reichte es Franzi. »Ja.« Sie verschränkte die Arme. »Und damit du's weißt, in Chemie und Geschichte auch. Ich bin sitzengeblieben!«

Das klang wütender und trotziger, als ihr innerlich zumute war. Ihre Augen brannten. Gleich würde sie anfangen zu weinen. Aber das konnte ihre blinde Oma nicht sehen.

»Bist du etwa auch noch stolz darauf?« Blanke Empörung zeichnete sich auf deren Gesicht ab. »Willst du so enden wie deine Mutter? Dann mach nur so weiter!«

Franzi blinzelte. Sie begriff nicht, wovon ihre Oma sprach. Ihre Mutter leitete die Familienschreinerei, was Franzi toll fand. Außerdem hatte sie Abitur und war sehr belesen. »Mama hat sogar studiert.«

»Ich rede von deiner richtigen Mutter, nicht von Corinna!«

Franzi verschlug es die Sprache. In ihren Ohren rauschte es, als sie versuchte, die Worte zu erfassen.

Richtige Mutter? Corinna war ihre richtige Mutter! Oder etwa nicht? Sie sah ihren Eltern tatsächlich nicht sehr ähnlich, das hatten auch schon viele Leute angemerkt. Aber dass sie nicht ihre richtigen Eltern waren, das konnte doch nicht sein, das hätten sie ihr doch gesagt!

Plötzlich schien der Wald totenstill. Sogar das Gezwitscher der Vögel war verstummt.

»Was?«, stammelte sie. »Wer …?«

»Petra hat sich genauso wenig für die Schule interessiert wie du«, schimpfte Oma Marianne bereits weiter. »Und ich war so dumm, sie darin auch noch zu bestärken. Aber was hat's ihr gebracht? Sie war viel zu leichtsinnig, dafür bist du ja der beste Beweis!«

Franzis Gedanken überschlugen sich. Sie wusste, wer Petra war – eine gute Freundin ihrer Mutter, die jung gestorben war. Drüben in der Werkstatt hing ein Foto von ihr. Petra hatte die Mondrakete und weitere Spielzeugmodelle gebaut, die sie heute noch herstellten.

»Petra war meine Mutter?« Franzis Stimme brach.

»Ja, sie ist bei deiner Geburt gestorben.« Erst jetzt schien ihre Oma zu bemerken, was sie da gerade im Zorn offenbart hatte. Doch, wie auch sonst, lag es ihr fern, sich einzugestehen, einen Fehler gemacht zu haben. »Deine Eltern hätten dir das schon viel früher erzählen sollen«, beharrte sie, anstatt die Enthüllung irgendwie zurückzunehmen. »Schließlich bist du kein kleines Kind mehr, und eine Adoption ist nichts Verwerfliches!«

Franzi wurde schwindelig. Der Waldboden unter ihren Turnschuhen fühlte sich mit einem Mal nicht mehr fest und vertraut, sondern weich und nachgiebig an. Als könne er ihr keinen Halt mehr geben. Ihr ganzes Leben, alles, woran sie bisher geglaubt hatte, geriet ins Wanken.

»Ich bin adoptiert worden?«

»Ja, kurz nach der Hochzeit. Vorher ging es ja nicht.«

Franzi starrte Oma Marianne an. Wenn es stimmte, was sie sagte, dann war diese strenge alte Frau gar nicht ihre Oma. Dann waren sie nicht miteinander verwandt.

»Und mein Vater …?«

»Marc ist ebenso wenig dein Vater wie Corinna deine Mutter ist«, erklärte Marianne. »Dein wahrer Vater ist ein Taugenichts! Wenn du nicht in seine Fußstapfen treten willst, musst du dich mehr anstrengen. Ja, Petras Noten waren auch schlecht, aber sie hatte wenigstens Talent fürs Handwerk. Und du? Du hast dir beinahe die Fingerkuppen abgefräst, als du mal ein Stück Holz bearbeitet hast! Was soll aus dir bloß mal werden?«

Mit glühenden Wangen erinnerte Franzi sich daran, wie sie ihre Oma angebettelt hatte, ihr die Holzarbeit beizubringen. Der Versuch war gründlich schiefgegangen. Seitdem war ihre Oma der Ansicht, dass sie zu ungeschickt war, um mit ›richtigem‹ Werkzeug umzugehen. Und Franzi hatte sich nicht wieder in die Werkstatt getraut. Dabei liebte sie den Duft des Holzes und das Gefühl der Maserung unter ihren Fingerspitzen. Sie würde das Fräsen nur allzu gerne noch einmal versuchen. Bloß nicht unter Anleitung ihrer blinden Oma.

»Aber wieso …?«, begann sie, gar nicht sicher, was sie eigentlich fragen wollte.

»Schluss jetzt mit der Fragerei!«, fuhr Marianne sie an. »Wenn du mehr wissen willst, wende dich an jene, die dir die Wahrheit viel zu lange verschwiegen haben.« Sie fuchtelte drohend mit dem Stock in der Luft, dann wandte sie sich ab und setzte sich wieder auf die Bank unter der Linde.

Franzi bewegte sich auf die Haustür zu. Mechanisch setzte sie einen Fuß vor den anderen, ohne wirklich zu merken, was sie da tat. Erst als sie die Tür aufschob, den Kaffeeduft aus der Küche roch und ihren Vater leise telefonieren hörte, wurde ihr klar, dass sie ihm oder ihrer Mutter jetzt nicht gegenüberstehen wollte.

Das waren nicht ihre Eltern!

Von einer Sekunde auf die andere hatte sich ihr Leben in nichts aufgelöst. Sie hatte keine Eltern, keine Familie. Alles, woran sie je geglaubt hatte, war eine Lüge gewesen.

Wen interessierte da noch ihr Zeugnis?

Franzi schmiss ihren Schulrucksack in den Flur, drehte sich auf dem Absatz um und rannte Richtung Wald.

»Franzi?« Auf der Höhe der Schreinerei rief jemand nach ihr. Als sie sich umdrehte, stand der einarmige Ludwig dort. »Franzi, was ist denn los?«

Franzi schüttelte nur stumm den Kopf, fand nicht die Worte, um zu erklären, was gerade ihre Welt zerstört hatte. Ludwig winkte sie zu sich. »Komm erst mal rein. Dann kannst du mir erzählen, was los ist, während ich arbeite.« Franzi zögerte kurz, doch dann folgte sie Ludwig in die Werkstatt. Als der unverwechselbare Duft von frischen Sägespänen sie umgab, fühlte sie sich gleich etwas besser. Langsam kamen die Worte und sie begann zu erzählen.

KAPITEL 1

Hohenlohe, Mai 1999

»Ludwig!« Franzi wusste, dass sie eigentlich aus dem Alter raus war, wo man Leuten jauchzend entgegenrannte. Sie wurde im August achtzehn, demnächst würde sie mit der Schule fertig sein. Aber bei dem alten Freund der Familie war das etwas anderes. Selbst mit über 70 Jahren blieb er stehen, ging in die Hocke und breitete seinen Arm aus, um sie aufzufangen. Sie sprang an seine linke Seite, um ihn nicht, weil ihm der andere Arm fehlte, aus dem Gleichgewicht zu bringen, und er schloss sie lachend in seinen einen Arm.

»Eines Tages wirfst du mich noch um.«

Franzi kicherte. »Oder ich falle einfach über dich drüber, weil ich längst zu groß bin, als dass du dich extra bücken müsstest.«

»Gewohnheit.« Ludwig richtete sich wieder auf und zerzauste ihr das Haar. »Aber was machst du eigentlich hier draußen? Solltest du nicht für deine Prüfungen lernen?«

Franzi verzog das Gesicht. Sie hatte am Ufer des Goldbachs herumgelungert, weil sie von dort aus das Tor zur Schreinerei im Auge behalten konnte. Mittwoch war einer von den Tagen, an denen Ludwig in der Regel nachmittags auftauchte. Zu seinem Vergnügen arbeitete er immer noch stundenweise in der Schreinerei. Und wenn er kam, nahm er meist Franzi mit in die Werkstatt, erlaubte ihr, dass sie ihm half. Jetzt deutete sie auf die Schulbücher, die zugeklappt neben der Decke im Gras lagen. »Ich habe gelernt.«

Zumindest hatte sie das vorgehabt, bis ein Eichhörnchen, das in einem nahen Baum herumgehopst war, sie abgelenkt hatte. Und dann war sie ins Träumen geraten, was in der Maisonne auch viel mehr Spaß machte, als Mathe und Physik zu büffeln. Aber das musste Ludwig ja nicht wissen.

Skeptisch betrachtete er die Bücher. Dann nickte er.

»Warst du heute schon drin?«, fragte er und kramte nach seinem Schlüssel. Das Tor war immer abgeschlossen, seit Franzi denken konnte. Ihre Mutter bestand darauf.

Franzi schüttelte den Kopf. »Drinnen ist die Stimmung schlecht.«

»Ja?« Ludwig überquerte die schmale Straße und schloss das Tor auf. Eilig sammelte Franzi ihre Bücher und die Decke ein, um ihm zu folgen. Er hielt ihr das Tor auf und schloss es gleich wieder hinter ihnen zu. Irgendwie eine etwas übertriebene Vorsichtsmaßnahme, aber so machten sie es alle.

»Es geht wohl um die Fernsehserien«, erklärte Franzi. »Papa hat angerufen, und seitdem stecken Lotte und Mama nur noch die Köpfe zusammen. Sie haben ganz kurzfristig eine Mitarbeiterversammlung einberufen.«

Zu gerne hätte Franzi gewusst, was dort besprochen wurde, aber Lotte hatte sie heute abgewimmelt, als sie darum bitten wollte, dabei sein zu dürfen. Es war frustrierend. Etwas Wichtiges passierte, und sie bekam es als Letzte mit.

»Hm …« Nun blickte auch Ludwig ernst drein. Er beschleunigte seine Schritte, und Franzi beeilte sich, hinterherzukommen.

»Jetzt rede du doch wenigstens mit mir! Was denkst du denn, was da los ist?«

»Ich weiß es nicht, aber ich finde es heraus.«

»Und dann erzählst du es mir?«, fragte Franzi.

Ludwig drehte sich zu ihr um und lächelte sie an. »Dann erzähle ich es dir. Versprochen.«

Ungeduldig wartete Franzi im Holzlager auf seine Rückkehr. Sie hatte keine Lust, von ihrer Mutter erwischt und gefragt zu werden, wie es mit dem Lernen lief. Stattdessen stromerte sie zwischen den verschiedenen Holzklötzen und Brettern hindurch, die sich hier auf Paletten stapelten. Die meisten der Spielzeuge wurden aus Buche hergestellt, aber einige Steckverbindungen benötigten noch härteres Material, damit sie nicht zu schnell brachen. Der Lindenhof warb damit, alles aus Holz zu machen, sie verwendeten keine Schrauben und keine Nägel.

Franzi atmete tief den Duft von frisch geschnittenem Holz ein und sah sich dabei im Lager um. Am Ende eines Ganges entdeckte sie eine Kiste mit Balsaholz. Dieses besonders leichte Material war bestimmt für die Entwicklung eines neuen Projekts bestellt worden. Es wog kaum mehr als Pappe, und Franzi drehte eine der dünnen Platten fasziniert in den Händen.

»Das ist schön, nicht wahr?«, erklang Ludwigs Stimme hinter ihr.

Franzi zuckte zusammen und legte das Holz hastig weg. »Ja, aber für Spielzeug taugt es nicht. Das bricht doch zu schnell.«

»Wenn du es zwischen zwei andere Platten leimst, kannst du damit gut dickere Teile herstellen, ohne dass sie zu schwer werden.«

Daran hatte Franzi noch gar nicht gedacht. Das war interessant. Gerne hätte sie diese Technik einmal ausprobiert.

Ludwig hatte allerdings einen anderen Plan. »Wir machen heute Eichendübel.« Er hatte sich schon umgedreht, als er noch einmal innehielt und sich Franzi wieder zuwendete. »Außer du möchtest mir doch nicht helfen?«

Natürlich wollte Franzi ihm helfen. Dübel herstellen war zwar eine monotone Arbeit, aber auch sehr befriedigend, wenn man es genoss, die Späne fliegen zu sehen. Und das genoss Franzi immer!

Sie folgte Ludwig nach draußen. Da er in der Werkstatt keinen festen Arbeitsplatz mehr hatte, arbeitete er im Sommer gerne unter dem Vordach, das vor einigen Jahren angebracht worden war, um dort die Dinge anzufertigen, bei denen besonders viel Abfall entstand. Hier draußen waren sie außerdem die meiste Zeit allein und konnten ungestört reden.

»Also«, fragte Franzi, während sie die Lochschablone an einem schweren Arbeitstisch in den Schraubstock einspannte, »was hast du rausgefunden?«

»Hm …« Einen Moment lang wirkte Ludwig, als würde er zögern, es ihr zu verraten.

»Du hast es versprochen!«, erinnerte sie ihn.

»In Ordnung, in Ordnung.« In einer Geste der Kapitulation hob er seine linke Hand. »Es geht wirklich um die Serien. Sie werden eingestellt.«

Franzi runzelte die Stirn. Kurz nach ihrer Geburt waren beim Fernsehsender in Stuttgart zwei Kinderserien mit Spielzeug des Lindenhofs angelaufen. In einer der Serien ging es um Abenteuer im Weltraum, in der anderen um eine Familie, die auf einem Bauernhof lebte. Aber seit Jahren schon waren keine neuen Folgen mehr gedreht worden und nicht einmal den Fernsehsender, der sie ausgestrahlt hatte, gab es noch. Letzten Herbst war aus dem SDR, bei dem ihr Vater gearbeitet hatte, der SWR geworden, und in dem Zuge hatte er seine Festanstellung eingebüßt. Seitdem arbeitete Marc freiberuflich und war noch weniger zu Hause als zuvor. »Die Folgen sind doch eh nur wiederholt worden. So schlimm kann das also nicht sein, oder?«

Ludwig wiegte den Kopf. Er zog einige Vierkanteichenleisten aus einer Kiste. Die Dübel für das Spielzeug mussten sehr fein sein, deshalb waren die Hölzer entsprechend dünn. Ludwig hatte für die Herstellung von Dübeln über die Jahre seine eigene Methode entwickelt und dazu auch selbst eine Schablone angefertigt. Jetzt musste nur die Holzleiste in die Bohrmaschine eingespannt und durch das Loch der Schablone getrieben werden, und hinten kam ein sauber gefrästes Rundholz heraus, das man dann in kleine Stücke zersägen konnte.

»Lotte sagt, die Verkäufe unserer Spielzeugklassiker ziehen jedes Mal wieder an, wenn eine der Serien im Fernsehen läuft. Dann wird's wohl so sein, dass es ein Problem gibt, wenn sie in Zukunft nicht mehr gezeigt werden.« Ludwig zuckte mit den Schultern. »Aber auch wenn ich keine Ahnung von solchen Dingen hab, bin ich mir sicher, dass die Schreinerei schon Schlimmeres überstanden hat.«

Er warf die Bohrmaschine an, während Franzi das feine Schleifpapier bereithielt, um den Rundhölzern den letzten Schliff zu geben. Bei dem Lärm war eine Unterhaltung schwer, doch Franzis Gedanken kreisten weiter um das Thema. Wenn ihre Großtante Lotte sich Sorgen machte, dann musste es einen triftigen Grund dafür geben. Seit sie denken konnte, war Lotte diejenige, die die Schreinerei mit am Laufen hielt, sie war der Fels in der Brandung. Was war, wenn die ganzen Klassiker, wie Ludwig die Spielsachen genannt hatte, nicht mehr gekauft wurden? Neben den traditionellen Puppenhausmöbeln gab es nur wenig, wofür der Lindenhof so richtig bekannt war. Immer wieder hatten Mitarbeiter kleinere neue Projekte entwickelt, zu denen Corinna sich Geschichten ausgedacht hatte, aber nichts davon war mehr ein Verkaufshit gewesen, geschweige denn für Verfilmungen genutzt worden. Allen Erzählungen zufolge, die Franzi auch über die Zeit vor ihrer Geburt gehört hatte, waren Corinnas Ideen damals die Rettung gewesen. Die Fernsehserien hatten das Lindenhof-Holzspielzeug bekannt gemacht und so dringend benötigtes Geld in die Kasse gespült. Ganz davon abgesehen, dass Franzi die Serien liebte, wie würden sie wohl ohne sie durchkommen?

Während Franzi später die fertigen Rundstäbe auf die richtige Länge zurechtsägte, wanderten ihre Gedanken weiter. Ihre Mutter hatte damals ihre Großmutter abgelöst und die Leitung der Schreinerei übernommen. Bis sie erfahren hatte, dass sie adoptiert war, hatte Franzi immer gedacht, dass sie irgendwann genauso in die Fußstapfen ihrer Mutter treten würde. Erst Mariannes böse Vorhaltungen damals, als sie die Klasse hatte wiederholen müssen, hatten sie daran zweifeln lassen. Aber was, wenn ihr, so wie ihrer Mutter einst, auch gelingen würde, ein Konzept zu entwickeln, mit dem sie die Schreinerei erhalten konnten? Sie liebte die Arbeit mit Holz, und der Lindenhof war der einzige Ort, an dem sie sich heimisch fühlte. Vielleicht würde sie endlich ernst genommen, wenn sie sich stärker einbrachte. Dann würde sie die Neuigkeiten auch nicht mehr nur von Ludwig erfahren.

Die Frage war bloß, ob sie eine Idee hatte, die gut genug sein würde.

Die Frauen vom Lindenhof: *Gemeinsam der Zukunft entgegen*
Erscheint im September 2023
© 2023 S. Fischer Verlag GmbH, Hedderichstr. 114,
D-60596 Frankfurt am Main

Inhaltswarnung

Dieser Roman enthält einen schweren Unfall, sowie die Erblindung eines Charakters und den Tod wichtiger Charaktere. Eine nächtliche Begegnung mit einem Einbrecher. Aufdringliches Verhalten durch mehrere Personen sowie aggressives Verhalten eines männlichen Vorgesetzten. Eine teils manipulative, ungesunde Beziehung, Alkoholmissbrauch und Drogenkonsum, Homophobie und die Beschreibung von Schwangerschaftskomplikationen sowie eine Schlägerei.

Für Fragen nach spezifischen weiteren potenziellen Triggern können gerne die Autor* innen auf Instagram unter @AutorinKatharinaOswald kontaktiert werden.